Das Buch von
RAT UND TAT

Das Buch von
Rat und Tat

Ein Lesebuch aus drei Jahrtausenden

Herausgegeben von
Gerd Prechtl

Mit einer Einleitung von
Thomas H. Macho

Diederichs

Das Buch entstand in Zusammenarbeit mit der Wirtschaftskammer Niederösterreich, Wien.

Verlag und Herausgeber danken allen Rechteinhabern für die freundlichen Abdruckgenehmigungen für Texte und Bilder (nähere Angaben finden sich im Quellenverzeichnis und im Bildnachweis).

Redaktion: Thomas H. Macho unter Mitarbeit von Katrin Lemke, beide Berlin

Die Deutsche Bibliothek – CIP-Einheitsaufnahme
Das Buch von Rat und Tat : Ein Lesebuch aus drei Jahrtausenden / hrsg. von Gerd Prechtl. Mit einer Einl. von Thomas H. Macho. – München : Diederichs. 1999
    ISBN 3-424-01470-2

Umschlaggestaltung: Ute Dissmann, München
Produktion: Tillmann Roeder, München
Satz: SatzTeam Berger, Ellenberg
Druck und Bindung: Spiegel Buch, Ulm-Jungingen
Printed in Germany
ISBN 3-424-01470-2

INHALT

Inhalt

Vorbemerkung

Die Frage nach Sinn oder Unsinn von Beratung ist aktuell. Die steigende Komplexität zeitgenössischer Gesellschaften erzeugt einen wachsenden Bedarf an Beratung; die beschleunigte Veränderung politischer, ökonomischer, gesellschaftlicher und kultureller Rahmenbedingungen läßt immer mehr Menschen an der Schwelle zum dritten Jahrtausend nach professioneller Unterstützung suchen. Wir leben in einem neosophistischen Zeitalter. Die sogenannte »Ratgeber«-Literatur boomt: vom Diätplan bis zum Kräutergarten, vom Horoskop bis zum Psychotest, vom *Quick Tip* bis zur Kolumne selbsternannter Lebensexperten, die sich ermächtigt fühlen, Kommentare zu sexuellen oder spirituellen Herzensfragen zu publizieren. Wer in seinem Beruf oder in seinem Privatleben schwierige Entscheidungen treffen muß, fragt immer häufiger nach kompetenter Beratung – freilich nicht ohne die Erfahrung machen zu müssen, daß zwischen Rat und Tat ein großer Abstand besteht und daß selbst die klügsten Ratgeber irren können.

In solcher Situation ist es nötig, der Sehnsucht nach Rat und Orientierung mit seriösen Antworten zu begegnen. Einem differenzierten Interesse an Beratung antwortet inzwischen ein ebenso differenziertes Angebot, das in Kompetenz und Gewissenhaftigkeit die hohen Anforderungen ratloser Individuen und Organisationen zu erfühlen und zu erfüllen versucht. Freilich muß diesem Angebot – in kritischer Abgrenzung von trivialisierten »Weisheiten« und *Yellow-Press-Gurus* – ein spezifisches Profil und Gehör verschafft werden. Zu solcher Wahrnehmung will das vorliegende Buch beitragen: ein »Buch von Rat und Tat«, das schon in seinem Titel die Erprobung und Bewährung selbst der besten Ratschläge in der Praxis postuliert. Dieses Buch nimmt den Wunsch nach Beratung ebenso ernst wie die Idee der Beratung selbst – in ihren vielfältigen und widersprüchlichen Facetten. Ambivalenzen werden genauso erwähnt wie die Triumphe; die Schattenseiten der »Besserwisserei« werden ebensowenig verschwiegen wie die Erfolge einer geglückten Unterstützung.

»Das Buch von Rat und Tat« empfiehlt der Gegenwart die Erinnerung an alte Traditionen des Ratschlags: an die Ideengeschichte der Beratung, wie sie in der Religion, in der Politik, in der Therapeutik, in der Kriegskunst, in der Verwaltung, in der Ökonomie oder in Liebesangelegenheiten entwickelt und etabliert wurde. Die vorliegende Textsammlung will gleichsam als historischer Ratgeber für Berater und Beratene wirken: als eine bunte Enzyklopädie von Beratungsszenen und Beratungsgeschichten, die auch der Zweideutigkeit jedes Beratungsprozesses gebührenden Ausdruck verleihen. Die Geschichten entstammen zahlreichen Gattungen: vom Epos bis zur Fabel, von der Legende bis zum Roman, vom Weisheitsbuch bis zur Reportage, von religiösen bis zu wissenschaftlichen, medizinischen, politischen oder journalistischen Texten. Allen Geschichten ist gemeinsam, daß sie entweder von *Problemen* der Beratung handeln oder von gelungenen wie mißlungenen *Beispielen* einer Beratung erzählen. Verzichtet wurde hingegen auf Texte, die selbst nichts anderes als Ratschläge oder Weisheitssprüche vermitteln. Die Aufmerksamkeit der Leser soll auf die Frage der Beratung selbst gerichtet werden; nur so können die Ratschläge der Götter, Kinder, Narren, Heiligen, Freunde, Ärzte, Generäle, Politik- oder Unternehmensberater in Austausch und produktive Konkurrenz miteinander treten. Die einzelnen Kapitel des »Buchs von Rat und Tat« werden durch Abbildungen und kurze Einleitungen vorgestellt; ein Autorenverzeichnis und ein Glossar erleichtern die Benutzung des Bandes. Eine allgemeine Einführung versucht das Thema – die Geschichte und die aktuelle Bedeutung von Beratung – dem Leser näherzubringen.

Das »Buch von Rat und Tat« verdankt sich dem Engagement und Interesse von Beratern und Datenverarbeitungsspezialisten, die sich seit vielen Jahren mit den Angelegenheiten ihres Berufsstandes im Rahmen der Wirtschaftskammer Niederösterreich befassen. Den Kollegen soll an dieser Stelle der Dank für die langjährige konstruktive Unterstützung und für das konsequente Mittragen der Idee zu diesem Buch ausgesprochen werden. Namentlich bedanke ich mich (in alphabetischer Reihenfolge) bei: Brunhilde Anselm, Gerda Bindoni, Ing. Helmut Della-Pietra, Ing. Mag. Dr. Johann Jäger, Ing. Mag. Dr. Helmut Leihs, Dr. Christian Lürzer, Kurt Niese, Heinrich Plecher, Dr. Heribert Ramert, Ing. Gerald Riepl, Dkfm. Gerald Vogelsinger, Dkfm. Gerald

Volk, Robert Nikolaus Winkler, Dipl. Vw. Dr. Heinz Zorn sowie bei Ing. Gerhard Fraisl und Karin Winter.

Im Oktober 1998   *Gerd Prechtl*

Thomas Macho

ZUR IDEENGESCHICHTE DER BERATUNG

Versuch einer Einführung

1.

Die Geschichte der Beratung entspringt einem Zeitgewinn, der bei oberflächlicher Betrachtung als Zeitverlust erscheinen mag. Jeder Rat kommt vor der Tat, die er vertagt; er schiebt sich zwischen Herausforderung und Entscheidung, zwischen Ereignis und Reaktion. Während viele Umstände routiniert – ohne Zwang zur Reflexion, gleichsam »automatisch« – bewältigt werden können, schlägt die Stunde der Beratung, sobald Verzögerungen zwischen einer aktuellen Situation und einer Handlung eintreten. Die Frage der Beratung lautet schlicht: »Was tun?« – und diese Frage versteht sich so wenig von selbst, daß führende Anthropologen behaupten konnten, ihr Erscheinen bilde ein wesentliches Element des Hominisationsprozesses.[1] »Was tun?« Die Frage kostet Zeit, und bringt doch Zeit überhaupt erst hervor. Während die Tiere – nach Nietzsches vielzitiertem Wort – an den »Pflock des Augenblickes«[2] gebunden bleiben, können Menschen planen, experimentieren, versprechen, hoffen, erwarten, Möglichkeiten abschätzen und Trends berechnen. Der Mensch ist das Tier, das sich Zeit nehmen kann; er ist das Lebewesen, das Zukunft (und einen Terminkalender) hat.

»Rat« heißt auf griechisch *boulé*, *eùboulia* heißt die »Wohlberatenheit«. Die *boulé* läßt sich – nach Auskunft des »Historischen Wörterbuchs der Philosophie« – am ehesten als »sammelndes Innehalten«

---

1 Vgl. Dieter Claessens: *Das Konkrete und das Abstrakte.* Soziologische Skizzen zur Anthropologie. Frankfurt/ Main: Suhrkamp 1980. Seite 29-59.
2 Friedrich Nietzsche: *Vom Nutzen und Nachtheil der Historie für das Leben.* Unzeitgemässe Betrachtungen: Zweites Stück. In: *Sämtliche Werke · Kritische Studienausgabe.* Band I. München / Berlin / New York: dtv / de Gruyter 1980. Seite 248.

übersetzen: sie betrifft »nicht in erster Linie den Rat, den man jemandem gibt (wie im Deutschen), sondern den Rat, den man selbst hegt: »Erwägung« und »Ratschluß«.«[3] Zur *eùboulia*, Wahrnehmung der Vergangenheit wie der Zukunft, gehört die schockierende Erfahrung der Ratlosigkeit. Sie setzt – vor aller Arbeitsteilung – die ersten Ratgeber ein: nämlich die ratlosen Menschen selbst. Der Rat ist nicht bloß etymologisch mit dem *Rätsel* verwandt. Das ursprüngliche Beratungsverhältnis konstituierte sich als *sphinxische* Frage, die zunächst wohl als *Irritation*, ja als *Panik* erfahren wurde, als eine gefährliche Konkurrenz der Möglichkeiten, die eher zur Verzweiflung treibt als zur Besinnung. Ratlosigkeit führte gewiß nicht sofort zu innerer Sammlung oder Reflexion, zu einer Kunst der Selbsterkenntnis, wie sie bekanntlich in der Vorhalle des Apollotempels auf Delphi proklamiert wurde; im Angesicht des Monstrums wurden Freiheit und Offenheit vielmehr als Schutzlosigkeit, Orientierungsverlust und Todesdrohung erfahren. Nicht umsonst reüssierten jene Helden und herausragenden Persönlichkeiten als erste Ratgeber, die schlicht über eine höhere Krisentoleranz verfügten. Zu Schamanen wurden beispielsweise Stammesangehörige initiiert, die eine schwere, lebensbedrohliche Krankheit überwunden hatten; und noch in der Antike bildete Blindheit geradezu eine ideale Voraussetzung für das Amt des Sehers.

Bis zum heutigen Tag wird ein hohes Lebensalter als die »natürliche« Qualifikation eines erfolgreichen Beraters angesehen: dabei geht es nicht allein um ein reicheres Maß an Lebenserfahrungen, sondern auch um jene Weisheit, die sich als *Überlebenskompetenz* in schwierigen Zeiten dokumentiert. Der vertrauenswürdige Berater wirkt als ein Medium des Zeitgewinns: eines Zeitgewinns durch Verzögerung. Sein Hauptgegner ist allemal der Tod – der letzte und endgültige Zeitverlust, die Grenze und Vernichtung der Zukunft. Ein alter Berater bezeugt allein durch seine Erscheinung, daß er dem Untergang bei verschiedenen Gelegenheiten trotzen konnte. Seine Langlebigkeit fungiert als beste Empfehlung.

---

3 Joachim Ritter † / Karlfried Gründer (Hrsg.): *Historisches Wörterbuch der Philosophie.* Band VIII. Basel: Schwabe 1992. Spalte 32.

2.

Wer Zukunft haben will, darf sich dem Tod nicht beugen. Und doch gewinnt er sein Wissen gerade aus dem Kontakt mit der Vergangenheit. Zukunftsforschung setzt Erinnerung, die Arbeit des Gedächtnisses voraus; Weisheit entspringt dem Umgang mit den toten Ahnen. Die Schamanen mußten die jenseitigen Schattenreiche bereisen, um ihre kranken und gefährdeten Stammesgenossen im Diesseits beraten und heilen zu können; nicht wenige Herrscher huldigten – wie Saul bei seinem Besuch der Totenbeschwörerin von *En-Dor*[4] – der Nekromantie. Pointiert gesagt: Die wichtigsten Berater der Lebenden kamen aus dem Land der Toten. Daran hat sich bis heute nicht viel geändert. Wir lesen Bücher und lassen uns von geschriebenen Ratschlägen beeindrucken, deren Autoren nicht mehr am Leben sind; in Filmen und Biographien erscheinen die Toten, um von den leidvollen oder glücklichen Erfahrungen ihres Lebens Zeugnis abzulegen. Auch die überwältigende Mehrheit der Sätze des »Buchs von Rat und Tat« stammt von Verfassern, die bereits gestorben sind. Zu Recht schrieb Alain: »Die Toten sind nicht tot, schon deshalb nicht, weil wir leben. Die Toten denken, sprechen und handeln; sie können raten, wollen, billigen und tadeln; alles das ist wahr, man muß es nur richtig verstehen. Alles das ist in uns.«[5] Die Sätze bedürfen lediglich einer winzigen Korrektur, um jede Assoziation mit gruseligen Wiedergängern oder besessenen Zeitgenossen zu vermeiden: »Die Toten sind nicht tot – schon deshalb nicht, weil wir *lesen*.«

Beratungskompetenz korrespondiert der *Lesefähigkeit* – übrigens auch (wie im Falle des Rätsels) nach Maßgabe etymologischer Verwandtschaft, von der das englische Verbum *read* bis heute zeugt. In der mehrtausendjährigen Geschichte der Beratung wurden nicht nur Bilder, Schriften oder Zahlen gelesen: zum Stoff der mantischen Bemühungen zählten auch die Eingeweide von Opfertieren, Mißbildungen bei Pflanzen, Tieren oder Menschen (*Teratomantie*), die Gestirns- und Planetenkonstellationen, der Zug von Vögeln oder Fischen, die Träume und Visionen, Lose, Stäbe, Steine, Wolken, Wasser, Feuer oder Knochenreste. Chaldäische und assyrisch-babylonische

4 Vgl. *1 Samuel 28, 3-25*. Zitiert nach: *Neue Jerusalemer Bibel*. Freiburg/Brsg.: Herder 1985. Seite 376-377.
5 Alain: *Die Pflicht, glücklich zu sein*. Frankfurt/Main: Suhrkamp 1982. Seite 151.

Tontäfelchen aus dem dritten vorchristlichen Jahrtausend berichten bereits von Traumdeutungen, von der *Lekanomantie* – der Interpretation der vielfältigen Formen, die ein Tropfen Öl auf der Oberfläche eines mit Wasser gefüllten Gefäßes erzeugen kann –, von der Beobachtung des Vogelflugs oder der Sterne sowie vom *Haruspizium*, dem differenzierten, anatomisch geschulten Studium der Eingeweide eines zu prophetischen Zwecken geopferten Tiers. Gesucht und verzeichnet wurden Korrespondenzen zwischen Makro- und Mikrokosmos, Spuren des Auffälligen und Singulären, Maße, Proportionen, Analogien und Positionen. Wie im medizinischen Diskurs wurden Symptome zu Diagnosen und Diagnosen zu Prognosen verdichtet. Die vielfältigen Lektüren und Konsultationstechniken verlangten eine bemerkenswerte Strenge und Genauigkeit. Die Ergebnisse mußten ausgewertet und präzis festgehalten werden; denn nicht selten wurde der Irrtum des Beraters grausam bestraft. Nach Herodots Bericht wurden die gescheiterten Wahrsager der Skythen, die mit Weideruten zu operieren pflegten, auf Ochsenkarren geschnallt und mit ihren Reisigbündeln bei lebendigem Leibe verbrannt.[6]

Wahrsager und Berater waren einem hohen Irrtumsrisiko ausgesetzt. Kein Rat, keine Prophezeiung, keine Vision kann die Ergebnisse einer Entscheidung zwingend »erraten«. Die Folgen einer Tat lassen sich nur bedingt abschätzen: meistens kommt es anders als gedacht. »Oftmals der beste Rat den allerschlimmsten Ausgang hat.«[7] Und natürlich prägt sich diese Erfahrung tiefer ein, als die gegenteilige – nach welcher der »schlimmste Rat den allerbesten Ausgang« findet. Darum haben Berater schon früh versucht, die Qualitäten ihrer Ratschläge von den Konsequenzen der empfohlenen Taten abzulösen – anders gesagt: die Unwägbarkeiten der Entscheidung in den Unwägbarkeiten des erteilten Rats zu »spiegeln«. Der Ratschlag mußte die Gestalt des Rätsels annehmen, um gedeutet werden zu können. Fortan konnte sich jeder Beratungsprozeß in zwei Dimensionen aufspalten, die jeweils auf einander verwiesen: Im ersten Teil der Beratung wurden mediale, in Trance induzierte, charismatische Kommentare abgegeben,

---

6 Vgl. Herodot: *Historien* IV, 69.

7 Georg Rollenhagen: *Froschmeuseler [1505]*. 2. Buch I,4. Zitiert nach: Alfred Grunow (Hrsg.): *Weisheiten der Welt*. Erster Band: Deutsche Dichter und Denker. Gütersloh: Bertelsmann o.J. Seite 32.

im zweiten Teil wurden diese Kommentare interpretiert. Zuerst sprach die inspirierte Pythia oder Sybille, danach kamen – in getrennter Konsultation – die Experten für pythische oder sybillinische Reden zu Wort. Das System des Orakels blieb jahrhundertelang überlebensfähig, weil es ihm offenbar gelang, die Kontingenz der Entscheidungen und Handlungen durch die Kontingenz der Orakelsprüche zu »ersetzen«. Als »Medium« konnte die Instanz der Beratung nicht für Irrtümer belangt werden, denn ihre Sätze waren unverständlich; als »Medienexperten« konnten die Berater ebensowenig belangt werden, denn sie kommentierten nicht die Probleme der Besucher des Orakels, sondern einzig und allein die Äußerungen des Orakels selbst.

3.

Die Geschichte der griechischen Philosophie kann aus der Perspektive des Bruchs mit System und Institution des Orakels entfaltet werden. Die Position charismatischer Medien (wie sie vielleicht noch Heraklit eingenommen haben mag) wurde relativiert durch einen neuen Stand von Beratern, die ohne Pythia, Rauschmittel und Opfertiere auskamen: die *Sophisten*. Die *eùboulia* der Sophisten wurde auf dem Markt frei angeboten; ihre Beratungskompetenz konnte »gemietet« werden – was ihnen bis heute die üble Nachrede eingetragen hat, käufliche, korrumpierbare Denker gewesen zu sein. Diesen traditionsmächtig schlechten Ruf – der noch zeitgenössische Berater zu erreichen scheint – verdankten die Sophisten einem starken Gegner: der platonischen Philosophie. Seit mehr als zweitausend Jahren wird die griechische Sophistik vorzugsweise mit Platons Augen betrachtet – nämlich als opportunistische Geschäftemacherei, als Flohmarkt der Wahrheiten, als Verdrehung der Philosophie zur Rhetorik. Gegen solche Auffassungen hat erst der Soziologe Friedrich H. Tenbruck zu Recht eingewendet, daß die Sophisten als frühe Vertreter eines modernen, demokratischen Wissenschaftsideals anerkannt werden müssen. »Denn sie setzten […] die Wissenschaft selbst erst in Gang, lösten also eigentlich jene Bewegung aus, welche wir als einmaliges Specificum der griechischen Kultur ansehen, welches später zum Nährboden der modernen Wissenschaft wurde.« Diese Bewegung lasse sich nur verstehen, »wenn man erkennt, daß die Wissenschaft mit der Sophistik begonnen hat. Das hat erst einmal mit den Lehren, welche die Sophisten vortrugen, so gut wie gar nichts zu tun, wohl aber mit der Art und Weise ihres Vortrags, nämlich mit dem Anspruch, daß sich das Wahre aus Rede und Gegenrede öffentlich zwingend ergeben müsse. Darin steckte das völlig neue Konzept eines öffentlichen Wissens, das sich in öffentlicher Begründung erhärten sollte.«[8]

Gegen die Erscheinungsformen dieses »öffentlichen Wissens« hatte Platon mit nachhaltiger Gründlichkeit polemisiert. Hinter dieser Kritik, die als Parteinahme für einen Philosophen auftrat, der seinerseits gar nichts anderes gewesen war als ein Sophist – *Sokrates* –, verbarg sich allerdings mehr als bloß ein wahrheitstheoretisch legitimierbarer Affekt gegen Scharlatanerie und Dilettantismus: nämlich ein konkurrierendes Konzept von Beratung. Mehrfach hatte der Heros abendländischer Philosophie (von dem Alfred North Whitehead bekanntlich sagte, er habe zwei Jahrtausende Ideengeschichte zu Fußnoten seiner Dialoge und Briefe degradiert) den Tyrannen von Syrakus beraten. Zuerst hatte er *Dionysios den Älteren* besucht, der eine ganze Reihe griechischer Dichter und Philosophen an seinen Hof geholt hatte, darunter Pindar, Aischylos, Simonides oder den Pythagoreer Archytas; doch der Besuch scheiterte – und Platon gelang es lediglich, *Dion*, den Schwager des Dionysios, für seine Lehre zu begeistern. Im Jahre 387 wurde er – offenbar auf Befehl des Dionysios – am Sklavenmarkt von Aigina feilgeboten, wo er von einem gewissen Annikeris losgekauft wurde. Nach dieser Unglücksreise vergingen zwei Jahrzehnte, bevor Platon – nunmehr auf Einladung des eben erst an die Macht gekommenen *Dionysios des Jüngeren* – neuerlich zu sizilianischen Abenteuern aufbrach; aber auch dieser zweite Besuch mißlang, denn sein Freund *Dion* wurde verdächtigt, den Sturz des Tyrannen vorzubereiten. Platon kehrte 365 nach Athen zurück; von dort aus unternahm er knapp fünf Jahre später eine dritte und letzte Reise nach Syrakus. Diese letzte Reise endete indes ebenfalls – wie alle anderen Fahrten zuvor – mit einem Zerwürfnis zwischen dem Herrscher und dem Philosophen, und einzig die Fürsprache der Freunde, insbesondere des Archytas, ermöglichte Platon die Heimkehr nach Athen. Dion hingegen wurde wenige Jahre später ermordet.

8 Friedrich H. Tenbruck: *Zur Soziologie der Sophistik.* In: *Neue Hefte für Philosophie 10:* Moderne Sophistik. Göttingen: Vandenhoek & Ruprecht 1976. Seite 66.

Platons *Akademie* wurde nach der ersten Sizilienreise gegründet. Sie fungierte keineswegs nur als esoterische Brüderschaft (wie die pythagoreische Schule), als Geheimbund mit hohen wissenschaftlichen Ansprüchen und religiösen Idealen, sondern auch als eine pragmatische Lehranstalt, in der künftige Staatsmänner und politische Berater ausgebildet wurden. In gewisser Hinsicht repräsentierte die Akademie geradezu die Antwort auf die mißglückten Beratungsversuche ihres Begründers. Was auf direktem Wege nicht erreicht werden konnte, sollte über den Umweg des »Trainings« neuer Führungsgenerationen bewirkt werden. Zu Recht bemerkt Henri Marrou, die Akademie habe nicht nur als philosophische Schule, sondern auch als »Seminar für Ratgeber und Gesetzgeber zur Verfügung von Souveränen oder Republiken« reüssiert. »Plutarch hat uns das Verzeichnis der Staatsmänner überliefert, die Platon so über die ganze hellenische Welt ausgesandt hat [...]. Manchmal sieht man die geheimnisvolle Einheit durchschimmern, die die Schüler der Akademie untereinander verband; denn diese Akademie begründete eine Art von Brüderschaft politischer Techniker, deren aufeinander abgestimmte Aktion zur gegebenen Zeit eine Rolle spielen konnte und tatsächlich eine wirksame Rolle in der Geschichte spielte«.[9]

4.

Der Gegensatz zwischen platonischer Akademie und Sophistik läßt sich – nicht weniger als der Gegensatz zwischen der Pythia und den Experten der Orakeldeutung – verallgemeinern. Zwei Grundtypen kennzeichnen die Geschichte der Beratung: die charismatische und die pragmatische Beratung. Die charismatischen Ratgeber überzeugen durch ihre Weisheit und Präsenz, durch ihre suggestive Gewißheit, den richtigen Weg zu kennen; die pragmatischen Ratgeber überzeugen durch ihre Kenntnisse und Erfahrungen. Ein Medium im Orakeltempel – wie die Pythia oder die Sybille – praktiziert charismatische Beratungen, ein Experte zur Deutung von Orakelsprüchen pflegt pragmatische Beratungsbeziehungen. Ein Philosoph im Vollbesitz der letzten und höchsten Wahrheiten strebt charismatische Beratungsverhältnisse

---

9 Henri Marrou: *Geschichte der Erziehung im klassischen Altertum.* München: dtv 1977. Seite 134–135.

an (und zwar selbst dann, wenn er – wie Platon in Sizilien – mehrfach scheitert), ein Sophist auf dem Marktplatz muß dagegen – bei aller rhetorischen Brillanz, die sein Publikum in den Bann schlagen soll – die Pragmatik seiner öffentlich offerierten Ratschläge betonen. Die Reihe dieser Gegensatzpaare läßt sich fortsetzen. Ein Heiliger, beispielsweise ein Apostel oder ein Eremit, fungiert als charismatischer Berater, während ein »Seelsorger« als pragmatischer Berater auftritt; ein »Wunderdoktor« gibt charismatische Ratschläge, während der typische Hausarzt pragmatische Empfehlungen äußert.

Im Fall pragmatischer Beratungen ist die Auseinandersetzung über Ziel und Zweck, Methode und Konzept der aktuellen Beratung ein möglicher Teil des Beratungsprozesses selbst, im Fall der charismatischen Beratungen hingegen nicht. In solchem Sinne können charismatische Beratungen als »exklusiv« charakterisiert werden, pragmatische Beratungen als »inklusiv«: sie schließen den Ratsuchenden entweder ein oder aus. Während die Charismatiker ihre Inspirationsquellen »geheimhalten«, ihre Arbeitstechnik mystifizieren, den Kontakt zu den Ratsuchenden auf wenige, intime und eindrucksvolle Augenblicke reduzieren müssen, suchen die Pragmatiker die Öffentlichkeit, berufen sich auf Lehrer und bisherige Referenzen, operieren mit Kosten-Nutzen-Relationen, und bemühen sich um die Entwicklung dauerhafter Gesprächs- und Geschäftskontakte mit ihren Klienten. Dem Geheimnis kontrastiert die Teilhabe, dem Mysterium die Partizipation. Diese Gegenüberstellung schließt keine Bewertung ein. Denn es ist umstandslos möglich, Probleme auszumalen, die geradezu nach einem heilsamen Wort – *ohne Wenn und Aber* – verlangen, während es ebensogut möglich ist, Fragen nach einem Rat zu imaginieren, die ein geduldiges Abwägen und Differenzieren möglicher Alternativen benötigen, jedoch gewiß keine »Zauberformeln«. Manche Ratschläge bedürfen der Öffentlichkeit: etwa ein Pressekommentar zu einer anstehenden politischen oder ökonomischen Entscheidung, ein wissenschaftliches Expertengutachten oder eine Sammlung von Lebensweisheiten; andere Ratschläge wiederum – beispielsweise medizinische, juristische oder theologische Empfehlungen – lassen sich bloß »unter vier Augen«, gleichsam in einer Vertrauenssituation, artikulieren.

Die Unterscheidung zwischen charismatischen und pragmatischen Beratungen läßt sich auch an dem Risiko exemplifizieren, dem die jeweiligen Ratgeber ausgesetzt und unterworfen sind. Ein charismatischer Berater kann nicht »widerlegt« werden; wenn er tatsächlich scheitert, so scheitert er vollständig, ohne die Chance auf einen Teilrückzug wahrnehmen zu können. Ein blamierter Prediger ist gar kein Prediger mehr, im Unterschied zum Exegeten eines »heiligen Textes«, der seine Irrtümer einsehen und korrigieren kann; die römische Orakelkritik führte zum Untergang – und nicht zu einer Revision – der divinatorischen Praktiken.[10] Ein pragmatischer Berater kann dagegen leicht und oft widerlegt werden, was ihn zwar strategisch angreifbar erscheinen läßt, ihm aber auch eine gewisse Flexibilität schenkt. Gerade weil er selbst am Risiko seiner Klienten partizipiert, kann er die Klienten am eigenen Risiko partizipieren lassen. »Man muß den, der rät, kritisch prüfen, ob er auch sein eigenes Risiko mit seinem Rat verbindet.«[11] Irrtümer stehen in einem Verhältnis zu den Ratschlägen, das der Beziehung zwischen den Ratgebern und den Ratsuchenden strukturell ähnelt. Der gute Rat entspringt den Niederlagen, aus denen die richtigen Einsichten gewonnen werden; in ihm verkörpert sich die Gewißheit, daß der Wunsch, den Irrtum auszuschließen, den größten Irrtum in Kauf nimmt und begeht. Solche Einsichten brauchen freilich Zeit, die Wahrnehmung jener Verzögerungen, die – ebenso wie die Irrtümer – einen Beratungsprozeß überhaupt erst gestalten und prägen. Nur der charismatische Berater hat keine Zeit: er hält es mit dem »richtigen Augenblick«: dem *Kairos*, der seinem Wort die optimale Wirkung sichert. Manchmal kann der richtig gewählte Zeitpunkt eines Kommentars, einer Intervention, »wahre Wunder« bewirken: aber dieses »Wunder« ereignet sich vielleicht häufiger im Verlauf eines subtil und geduldig begleiteten Gesprächs, als bloß aufgrund der spontanen und intuitiven Einsicht des Beraters.

5.

Die Ideengeschichte der Beratung wird von Differenzen und Widersprüchen strukturiert, die einander wechselseitig voraussetzen. Die Fähigkeit, den Rat *anderer* Menschen einzuholen, hängt zusammen mit

---

10 Vgl. Marie Theres Fögen: *Die Enteignung der Wahrsager.* Studien zum kaiserlichen Wissensmonopol in der Spätantike. Frankfurt/Main: Suhrkamp 1993.
11 Tacitus: *Historien.* II. Buch. Stuttgart: Alfred Kröner 1959. Seite 76.

der Fähigkeit, mit *sich selbst* zu Rate zu gehen; die Neigung zum *geheimen*, etwa im Rahmen einer Akademie oder einer klösterlichen Brüderschaft erteilten Rat korrespondiert dem Angebot *öffentlicher* Beratung, das die Sophisten so überzeugend verkörperten. *Charismatische* Ratschläge lassen sich den *pragmatischen* Ratschlägen gegenüberstellen. Dem Typus der *prozeßorientierten*, zeitaufwendigen Beratung entspricht der konträre Typus des *epiphanischen*, im richtigen Augenblick ausgesprochenen Rats (etwa während einer therapeutischen Sitzung). *Exklusive* und *inklusive* Beratungsbeziehungen lassen sich ebenso deutlich unterscheiden wie beispielsweise die Beratung, die einen Entschluß beschleunigt – nach dem Motto aus Henrik Ibsens »Brand«: »Es prägt sich eine Tat mehr ein denn tausendfacher Rat« –, und die Beratung, die eine Entscheidung verzögert und aufschiebt. Eine der wichtigsten Differenzen, die sich in einem Beratungsprozeß ausdrückt, betrifft schließlich das Verhältnis zwischen den Formen direkter und indirekter Kommunikation, den Organisations- und Formalisierungsgraden einer Beratung. So repräsentiert die *Grand Jury* eines Schwurgerichtsprozesses ein formelles, organisiertes Beratungssystem, das sich komplementär zum vertraulichen Gespräch zwischen dem Anwalt und seinem Klienten verhält. Die geregelte Ratsversammlung in einer Gemeinde – oder im Parlament – verweist auf die informellen Konsultationen, die den Prozeß politischer Entscheidungsfindung »hinter den Kulissen« begleiten; jede Verhandlung wird durch die privaten Begegnungen und Audienzen der beteiligten Diplomaten »ergänzt«.

Die Geschichte der Beratung läßt sich systemtheoretisch als ein Wechselspiel zwischen *interner* und *externer* Positionierung des Ratgebers interpretieren. Das Bedürfnis nach Vertraulichkeit, Intimität und Kontinuität von Konsultationsbeziehungen erzeugt zunehmend eine immer bessere Integration der Ratgeber in das System, das sie beraten sollen – was irgendwann dazu führt, daß die Berater über dieses System nur mehr genausoviel wissen wie ihre ratsuchenden Herren selbst. Sie verlieren das Gefühl für die »blinden Flecken«, für den »sechsten Sinn«, der jene Außenseiter charakterisiert, die aus einer ungewohnten, fremdartigen Perspektive auf einen bestimmten Kontext blicken; plötzlich sind sie ebenso beratungsbedürftig wie ihre Auftraggeber – und müssen ihrerseits »Berater der Beratung« engagieren. Umgekehrt kann ein Berater, der sich aus den eben geschilderten Gründen der Integration in das System seines Klienten verweigert, allzuleicht seinerseits zum Repräsentanten einer (ohnehin stets latent feindseligen) »Außenwelt« promoviert werden. Der *consigliore* Tom Haigen in Mario Puzos Roman »Der Pate« investiert seine Kompetenz und seine Karriere in die Beziehung zur Familie Don Corleones – aber irgendwann wird er ausgegrenzt, weil er kein »echtes« Mitglied dieser Familie ist. Spätestens ab diesem Moment droht die enge Beziehung der Beratung umzuschlagen, als würde ein zu hohes Maß an Intimität und Vertrautheit geradezu von selbst korrumpieren. Karl IX., der Vater Gustav Adolphs, soll gerne behauptet haben, ein Berater, der ihm sechs Jahre auf einem Kammerposten gedient habe, könne »ohne weitere Untersuchung, ohne alle Verletzung der Gerechtigkeit« umstandslos aufgehängt werden.[12] Die Liste der gescheiterten, gelegentlich mit dem Tode bedrohten oder hingerichteten Berater ist lang: sie reicht von Platon bis Francis Bacon, von Seneca bis Thomas Morus, von Machiavelli bis Leo Trotzki; aber diese Liste referiert keine Genealogie des Verrats oder der Paranoia, sondern ein systemimmanentes Problem der Dynamik von Beratungsbeziehungen.

Dieses systemimmanente Problem – nennen wir es schlicht den Widerspruch zwischen Vertrauen und Kompetenz – hat die Professionalisierungsgeschichte der Beratung dauerhaft begleitet: einerseits durch die Förderung von Regulierungen, Strukturen und Organisationsformen, die überhaupt erst die Entstehung von Berufspolitik (im Sinne Max Webers), Rechts- und Verwaltungsordnungen ermöglichte, andererseits durch die immer wieder neu erzeugte Begeisterung für den radikal externen, gleichsam »systemfreien Guru« als Berater. Bis zum heutigen Tag können Berater mit Argumenten reüssieren, die ihre Qualitäten als Experten von innen (als »Insider«) hervorheben; aber sie können ebensogut mit Argumenten reüssieren, die ihre Position als »Außenseiter«, ihre geradezu »ethnologische« Wahrnehmungsdistanz unterstreichen. In zahlreichen Kulturen wurde betont, daß der beste Rat oft aus der fernsten Position erteilt wird. So hieß es im pharaonischen Ägypten: »Sei nicht stolz auf dein Wissen, und vertraue nicht darauf, daß du ein Gelehrter seiest. Hole dir Rat bei dem Unwissenden

---

12 Vgl. Willi Pumin (Hrsg.): *Anekdotenlexikon*. Frankfurt/Main: Insel 1984. Seite 81.

wie bei dem Wissenden; denn es gibt keine Grenze für die Kunst, und kein Künstler besitzt Vollkommenheit. Eine gute Rede ist versteckter als der grüne Edelstein, und doch findet man sie bei den Sklavinnen über den Mühlsteinen.«[13] In einer indischen Fabelkollektion zur Prinzenerziehung (aus dem dritten nachchristlichen Jahrhundert) wurde gelehrt: »Edle Tat und klugen Rat soll man achten, auch wenn sie bei Unachtbaren gefunden werden; denn oft bringt Verachtetes Nutzen, wie man aus weggeworfenen Därmen eines toten Tieres Saiten macht, damit dem König zur Kurzweil darauf gespielt werde, oder die Sehne eines Bogens, daß er sich im Streit damit schütze.«[14] – Gerade hinter Mühlsteinen oder Därmen können sich wichtige Einsichten verbergen; und just die prominenten »Narren« wie Diogenes von Sinope, der heilige Symeon Stylites oder der Ritter von La Mancha werden bis heute gern als die »wahren Ratgeber« gepriesen.

6.

Im Mittelalter pflegte die Unterscheidung zwischen charismatischen und pragmatischen, internen und externen Beratungen in Gestalt der Differenz zwischen unbedingten (göttlichen) und bedingten (menschlichen) Ratschlüssen aufzutreten. Gott durfte nicht als beliebiger »Ratgeber« gedacht werden: Seine Empfehlungen für ein gutes und gerechtes Leben galten als »Gebote«, nicht als Regeln oder Tips; sie wurden als »praecepta« von den »consilia«, den Ratschlägen zur Seligkeit, abgegrenzt. In diesem Sinne schrieb Augustinus (im »Enchiridion«) von der sexuellen Enthaltsamkeit, sie sei nicht strikt befohlen (wie das Verbot des Ehebruchs), sondern »nur als geistlicher Rat ans Herz«[15] gelegt. Als die wichtigsten *consilia* sollten sich im Laufe der Jahrhunderte die drei »evangelischen Ratschläge« der monastischen Lebensformen herausstellen: die Wahl der lebenslangen Armut, Keuschheit und der gehorsamen Unterwerfung unter ein geistliches Oberhaupt.

Während die Kirche im Mittelalter von der Differenz zwischen *pra-*

---

13 *Ptahhotep.* Zitiert nach Adolf Erman: *Die Literatur der Ägypter.* Leipzig: J.C. Hinrichs 1923. Seite 88.

14 Pantschatantra: *Die Fabel von dem Löwen und dem weißen Stier.* In: *Bidpai: Das Buch der Beispiele alter Weisen.* Berlin: Wegweiser-Verlag 1926. Seite 39.

15 Aurelius Augustinus: *Enchiridion.* In: *Bibliothek der Kirchenväter.* Band 49. München: Kösel / Pustet 1925. Seite 501.

ecepta und *consilia* ausging, wurde das profane Verständnis der Beratung in der Doppelformel *consilium et auxilium*, Rat und Hilfe (oder auch »Schutz und Schirm«), zum Ausdruck gebracht. Mit dieser Formel wurden jene reziproken Beziehungen und Verpflichtungen zwischen Herrschern und Untertanen artikuliert, die beispielsweise im Falle von Beglaubigungen und Beurkundungen aktualisiert werden konnten. Wer häufiger zur Bezeugung fürstlicher Maßnahmen berufen wurde, mochte sich – vom Ende des 12. Jahrhunderts an – den Titel eines *consuls*, eines *consiliarius*, eines *Rats* erwerben. In solcher Ernennung drückte sich freilich noch keine Amtseigenschaft, sondern lediglich eine persönliche Beziehung zum Lehnsherrn aus (die übrigens nicht in der Familienzugehörigkeit bestehen mußte). Erst ab der Mitte des 14. Jahrhunderts verfügten die Landesfürsten nicht bloß über gelegentliche, sondern auch über »tägliche« Räte, die alle höfischen Geschäfte und die landesherrliche Politik mitbestimmten; und neben die »geschworenen« Räte traten die »geheimen« Räte, die »secretarii«. In der zweiten Hälfte des 15. Jahrhunderts kam es zu weitreichenden Institutionalisierungsprozessen, als Ernennungsprozeduren, Zuständigkeitsbereiche und Loyalitätszwänge langsam formalisiert und normiert wurden. Der »Rat« transformierte sich allmählich zur kollegialen Behörde; zugleich gewannen die »gelehrten« Räte (insbesondere die Kleriker-Juristen) einen gewissen Einfluß gegenüber dem Stand der adeligen Räte.

Unter den Bedingungen solcher Professionalisierung konnten die möglichen Stile und Etiketten der Beratung differenzierter wahrgenommen und diskutiert werden; Schmeichler und Hochstapler mußten ebenso kritisierbar gemacht werden wie selbstherrliche und arrogante Fürsten. Bei aller Distanz gegenüber den schlechten Ratgebern – die Dante bekanntlich in den achten Höllenkreis verbannte – wurde nicht darauf vergessen, auch die Fürsten zu ermahnen: Es schade nicht, guten Rat zu suchen und anzunehmen, es bezeuge Größe (und keine Schwäche), nicht alles besser wissen zu wollen. Montesquieu resümierte die *consilia* der neuzeitlichen Macht – die Klugheitsregeln, die von den *praecepta* der moralischen Pflichten unterschieden werden mußten – als »allgemeine Grundsätze der Politik«; und er vergaß nicht, die Fürsten vor den Schmeichlern zu warnen, – aber auch vor der Einsamkeit. »Der Fürst soll sich seinen Höflingen mitteilen, nicht so

weit, daß er seiner Würde etwas vergibt, aber so weit, um zu empfin-
den, daß er mit Menschen zusammen lebt. [...] Die guten römischen
Kaiser hielten die Rechte der Freundschaft nicht für unvereinbar mit
jenen der höchsten Macht.«[16]

7.

Seit dem Tod des Grafen Montesquieu (am 10. Februar 1755) sind nahezu zweihundertfünfzig Jahre vergangen. In dieser Zeitspanne hat
nicht die fürstliche oder zivil-bürokratische Skepsis gegenüber den
Licht- und Schattenseiten der Beratung triumphiert, sondern vielmehr
eine geradezu beispiellose Verbreitung und Ausdifferenzierung der in-
stitutionalisierten *eùboulia*. Beratung kann zu Recht als eine elementare
Signatur der Moderne betrachtet werden: Kaum ein System der gegenwärtigen Welt, das *nicht* seine eigenen Beratungsinstitute unterhält
– von der Steuerberatung bis zur Studienberatung, von der Unternehmensberatung bis zur Heiratsberatung, von der Lebensberatung bis zur
Berufsberatung, von der EDV-Beratung bis zur Mieterberatung, von
der Familienberatung bis zur Konsumentenberatung, von der Frau-
enberatung bis zur Rechtsberatung, von der Trendberatung bis zur
medizinischen Beratung, von der Militärberatung bis zur Drogenbe-
ratung oder zur philosophischen Beratung. Die Liste ließe sich mühelos verlängern. Wir leben in einem Zeitalter der Beratung, in einer
Epoche der metastasierenden Konsultationsbedürfnisse und -ange-
bote.

Die gegenwärtigen Gesellschaften sind gleicham mit einer »neosophistischen Lage« konfrontiert: Daraus läßt sich wohl ableiten, was Jürgen Habermas vor mehreren Jahren als »neue Unübersichtlichkeit« zu
beschreiben versuchte. Steigende Komplexität erzeugt steigenden
Beratungsbedarf, der wiederum (und nicht zuletzt, um sich selbst
alimentieren und legitimieren zu können) zu neuerlichen Komple-
xitätssteigerungen beiträgt. Die wechselseitige Potenzierung von
Orientierungsverlust und Orientierungsangebot erzeugt einen Strudel
der Möglichkeiten und alternativen Optionen, der nicht erst seit gestern Beratungen über Beratungen, Gebrauchsanweisungen für Ge-

16 Montesquieu: *Vom glücklichen und weisen Leben.* Zürich: Diogenes 1990. Seite
   90-92, 99 und 101-102.

brauchsanweisungen erzwingt: eine Vielfalt von Selbstvergewisse-
rungschancen, die einander wechselseitig relativieren und aufzuheben
drohen. Offen bleibt nämlich, wie die kursierenden Ratschläge inein-
ander übersetzt und integriert werden könnten: Politiker und Unternehmer klagen häufig über Experten, die alle denkbaren Handlungs-
optionen begründen. Die Empfindung einer hochkulturellen *overpro-
tection* beginnt sich durchzusetzen; sie ermöglicht freilich auch eine
Rückkehr zur Philosophie (als generalistischer, antisophistischer Dis-
ziplin). In diesem Sinne hat Peter Heintel jüngst erst ein Denken
postuliert, das sich nicht auf die Alternative zwischen »hierarchischer
Wahrheitsautorität« und »Globalisierung der Betroffenheit« festlegen
läßt. Sein Konzept philosophischer Beratung erhebt den Anspruch, die
Frage nach Organisation und Beratung selbst ins Zentrum der Reflexionen zu rücken: als eine »Selbstaufklärung der Institutionen«.[17]

Jede Ideengeschichte der Beratung muß davon ausgehen, daß sie
von einer Vielfalt möglicher Haltungen, Stile und Erfahrungen spricht,
die schlechthin keine Generalisierung, keine einfache Antwort mehr
zuläßt. Beratungen sind – mit Kant gesprochen – Prozesse reflektieren-
der Urteilskraft, die sich offenbar nur begrenzt von den konkreten Situationen und Fallgeschichten ablösen lassen. Darum mag es kein Zufall sein, daß eine Kultur- und Ideengeschichte der Beratung, gerade
im Zeitalter der Neosophistik *par excellence*, noch nicht verfaßt wurde.
Vielleicht entziehen sich die »Geschichten von Rat und Tat« der raschen Universalisierung, der systematischen Subsumption unter eine
generelle, einheitliche Rationalität. Beratungen sind vielgestaltig, abhängig von konkreten Situationen; im Wechselspiel von Vertrauen und
Skepsis, geheimen und öffentlichen Gesprächen, charismatischen oder
pragmatischen Lösungsversuchen, entfalten sie eine Buntheit, die sich
nicht leicht in Regeln und Maßstäbe fassen läßt. In gewisser Hinsicht
ähneln die Beratungsprozesse einem Spiel, dessen Regeln noch nicht
ganz definiert werden konnten; sie gleichen den »Sprachspielen«, die
Wittgenstein gerne mit Wanderungen durch Städte oder Wälder –
aber mit ungenauen Karten – verglichen hat. Zum Ende erreichen
nicht wenige Ratschläge, gleichgültig ob in der Wirtschaft oder in ei-

---

17 Peter Heintel / Wilhelm Berger: *Die Organisation der Philosophen*. Frankfurt/
Main: Suhrkamp 1998. Seite 21 und 19.

ner therapeutischen »talking cure«, den Ort, an dem der Rat wieder zum Rätsel konvertiert. »Es ist als hätte ich mich verirrt und fragte ich jemand nun den Weg nach Hause. Er sagt, er wird mich ihn führen und geht mit mir einen schönen ebenen Weg. Der kommt plötzlich zu einem Ende. Und nun sagt mein Freund: ›Alles, was Du zu tun hast, ist jetzt noch von hier an den Weg nach Hause finden‹.«[18]

18 Ludwig Wittgenstein: *Vermischte Bemerkungen.* In: *Werkausgabe* Band VIII. Frankfurt/Main: Suhrkamp 1984. Seite 515.

Herr, mein Vertrauen zu Dir ist grenzenlos. Darum sag' ich auch meistens »Herr Doktor« zu Dir.

(Sempé: Unergründliche Geheimnisse)

I.

RATSCHLÄGE DER GÖTTER

Einleitung

Der erste Rat wird von oben erteilt. Um begründen zu können, warum es nötig ist, den Göttern zu gehorchen, werden Geschichten erzählt von Ratschlägen und Taten der Götter. Nicht selten sind es Geschichten von gutem Rat, der zum Verhängnis der Menschen – wie in der Erzählung vom Sündenfall im Buch Genesis – nicht befolgt oder verworfen wird. Freilich muß auch die verführerische Intervention der Schlange in Rechnung gestellt werden – desselben Tiers, das den Heros Gilgamesch um das Unsterblichkeitskraut betrügt [1].★

Daß die Götter den Menschen Rat erteilen können, verdanken sie, zumindest in der griechisch-römischen Mythologie, ihrer Gewohnheit, selbst Beratungsversammlungen abzuhalten, auf denen – wie im Fall des Odysseus – Unterstützung (durch Athene) oder Obstruktion (durch Poseidon) diskutiert wird [2]. Von selbst versteht sich, daß diese Sitzungen nicht ohne Konkurrenz und Streit absolviert werden [3]; dabei können die Menschen durch den Zwist der Götter geschädigt werden: wie der Seher Tiresias, der für seine Auskunft über den Status der Geschlechter [4] bestraft (durch Blindheit), doch auch belohnt wird (durch die Befähigung zu prophetischer Vision). Manche Strafe wird durch göttlichen Rat kompensiert. Die Sintflut führt zu einer Reihe von Empfehlungen an Noah, vom Bau der Arche bis zur Versorgung der Tiere [5]; und erst die Unterwerfung Israels durch Midian ermöglicht die Berufung Gideons zum siegreichen Heerführer [6].

Moderne Götter raten nicht mehr direkt; ihre Botschaften werden in Kanzelpredigten oder in die »inneren Stimmen« des Gewissens konvertiert. In byzantinischer Tradition verwenden sie Heiligenbilder als Medien ihres Urteils [7]; und mitunter brauchen sie gar technische Geräte wie Boote oder Hubschrauber [8], um den Menschen raten und nutzen zu können.

1. *Gilgamesch-Epos:* Vom Kraut der Unsterblichkeit

Utnapischtim sprach zu ihm, zu Gilgamesch:
»Du, Gilgamesch, kamst, hast dich abgemüht, abgeschleppt –
Was geb ich dir, daß du kehrst in die Heimat?

Ein Verborgenes, Gilgamesch, will ich dir enthüllen,
Und ein Unbekanntes will ich dir sagen:
Es ist ein Gewächs, dem Stechdorn ähnlich,
Wie die Rose sticht dich sein Dorn in die Hand.
Wenn dies Gewächs deine Hände erlangen,
Wirst das Leben du finden!«

Kaum hatte Gilgamesch dieses gehört …,
Da band er schwere Steine an die Füße,
Und als zum Apsû sie ihn niederzogen,
Da nahm er's Gewächs, ob's auch stach in die Hand,
Schnitt ab von den Füßen die schweren Steine,
Daß ihn die Flut ans Ufer warf.

Gilgamesch sprach zu ihm, zum Schiffer Urschanabi:
»Urschanabi, dies Gewächs ist das Gewächs gegen die Unruhe,
Durch welches der Mensch sein Leben erlangt!
Ich will's bringen nach Uruk-Gart, es dort zu essen geben und
    dadurch das Gewächs erproben!
Sein Name ist ›Jung wird der Mensch als Greis‹;
Ich will davon essen, daß mir wiederkehre die Jugend.« –
Nach zwanzig Doppelstunden nahmen sie einen Imbiß ein,
Nach dreißig Doppelstunden schickten sie sich zur Abendrast.

Da Gilgamesch einen Brunnen sah, dessen Wasser kalt war,
Stieg er hinunter, sich mit dem Wasser zu waschen.
Eine Schlange roch den Duft des Gewächses.
Verstohlen kam sie herauf und nahm das Gewächs;
Bei ihrer Rückkehr warf sie die Haut ab!
Zu der Frist setzte Gilgamesch weinend sich nieder,

22 Montesquieu: *Vom glücklichen und weisen Leben.* Zürich: Diogenes 1990. Seite 90–92, 99 und 101–102.

Über sein Antlitz flossen die Tränen,
Er sprach zum Schiffer Urschanabi:

»Für wen, Urschanabi, mühten sich meine Arme?
Für wen verströmt mein Herzblut?
Nicht schafft' ich Gutes mir selbst –
Für den Erdlöwen wirkte ich Gutes!
Jetzt steigt zwanzig Doppelstunden weit die Flut,
Und ich ließ, als ein Kanälchen ich grub, das Werkzeug fallen!
Welches könnte ich finden, das an meine Seite ich legte?
Wäre ich doch zurückgewichen und hätte das Schiff am Ufer
    gelassen!«

2. *Homer:* Ratsversammlung der Götter

Die Götter erbarmten sich alle
Außer Poseidon, welcher dem göttergleichen Odysseus
Ohne Unterlaß zürnte, bis er in sein Vaterland heimkam.
Der aber war nun fort zu den fernen Äthiopen gegangen,
Zu den Äthiopen, den Menschen am äußersten Rand, die geteilt sind
Zwiefach nach der auf- und der untergehenden Sonne –,
Um zu empfangen ein Opfer von hundert Stieren und Widdern.
Dort nun saß er, am Mahl sich ergötzend; aber die andern
Waren alle in Zeus', des Olympiers, Halle versammelt.
Unter ihnen begann der Vater der Menschen und Götter;
Denn er gedachte im Geist des tadellosen Ägisthos,
Den Agamemnons Sohn, der berühmte Orestes, getötet.
Dessen gedachte er nun und sprach zu den Göttern die Worte:
»Ach, wie sehr nur schieben die Menschen den Göttern die Schuld zu,
Sagen von uns her kämen die Übel, aber sie selber
Schaffen sich – über das Los – noch Leiden durch eigene Frevel.

---

23 Nizâm ul-Mulk: *Siyâsatnâma.* Gedanken und Geschichten. Freiburg/Brsg. /
    München: Alber 1960. Seite 193.
24 Torquato Tasso: *Das befreite Jerusalem.* Berlin: Deutsche Bibliothek 1914. Zitiert
    nach: Alfred Grunow (Hrsg.): *Weisheiten der Welt.* Zweiter Band: Europa und
    Neue Welt. Gütersloh: Bertelsmann o.J. Seite 40.

So auch nahm jetzt Ägisthos – über das Los – die Gemahlin
des Atriden zum Weib und tötete ihn bei der Heimkehr,
Wissend sein jähes Verderben; wir hatten zuvor ja den Hermes,
Ihn zu warnen, gesandt, den spähenden Töter des Argos,
Weder jenen zu töten noch auch zu umwerben die Gattin.
Denn aus Orest, dem Atriden, werde die Rache erwachsen,
Wenn er als Jüngling einst sich sehne nach eigener Erde.
So sprach Hermes in guter Gesinnung, stimmte jedoch den
Sinn des Ägisth nicht um; der büßte nun alles auf einmal.«

Ihm erwidert' die Göttin mit strahlenden Augen, Athene:
»O du Vater von uns, Kronide, höchster der Herrscher
Nur zu Recht liegt jener im Elend, das er verdient hat.
Auch ein andrer, der solches verübte, gehe zugrunde.
Mir zerreißt es jedoch das Herz um Odysseus, den Klugen,
Unglückseligen, welcher nun lang schon fern von den Seinen
Leidet auf rings umflossener Insel, dem Nabel des Meeres;
Baumreich ist die Insel; da wohnt in Gemächern die Göttin,
Atlas' Tochter, des Schaden ersinnenden, welcher des Meeres
Sämtliche Tiefen kennt; er hält die Säulen, die hohen,
Welche die Erde und auch den Himmel beiderseits halten.
Dessen Tochter behält den Armen, Jammernden bei sich,
Immer ihn wieder betörend mit weichen, schmeichelnden Worten,
Daß er Ithaka ganz vergesse; aber Odysseus
Möchte den Rauch noch sehn, wie er von der heimischen Erde
Aufsteigt, und dann möchte er sterben; rührt denn das wirklich
Nicht dein eigenes Herz, Olympier? Hat dich Odysseus
Bei der Argeier Schiffen im weiten Gefilde von Troja
Nicht mit Opfern erfreut? Was zürnst du ihm denn so sehr, Zeus?«

Ihr erwiderte Zeus, der Wolkenversammler, und sagte:
»Welch ein Wort, mein Kind, entfloh dem Zaun deiner Zähne;
Könnte ich je vergessen den göttergleichen Odysseus?
Sterblichen ist an Verstand er voraus, und er brachte vor allen

25 Peter Heintel / Wilhelm Berger: *Die Organisation der Philosophen.* Frankfurt/
Main: Suhrkamp 1998. Seite 21 und 19.
26 Ludwig Wittgenstein: *Vermischte Bemerkungen.* In: *Werkausgabe* Band VIII.
Frankfurt/Main: Suhrkamp 1984. Seite 515.

Opfern den Göttern dar, die den weiten Himmel bewohnen.
Aber Poseidon, der Erdenerschütterer, zürnt ihm noch immer
Zäh des Kyklopen wegen, den er des Auges beraubte,
Nämlich den göttlichen Sproß Polyphem, der die stärkste Gewalt hat
Unter allen Kyklopen; die Nymphe Thoósa gebar ihn,
Phorkys' Tochter, des Wächters über das wogende Salzmeer,
Die mit Poseidon sich in gewölbter Grotte vereinte.
Daher bringt den Odysseus der Erdenerschüttrer Poseidon
Zwar nicht um, sondern treibt ihn in Irrfahrten fort von der Heimat.
Aber wohlan, so laßt uns alle die Heimkehr bedenken,
Daß er nach Hause komme; Poseidon wird seinen Zorn dann
Fahrenlassen; denn wider all die Unsterblichen wird er
Nicht als einziger – gegen die Götter – zu streiten vermögen.«

Ihm erwidert' die Göttin mit strahlenden Augen, Athene:
»O du Vater von uns, Kronide, höchster der Herrscher,
Wenn dies wirklich jetzt den seligen Göttern genehm ist,
Daß nun kehre nach Haus der erfindungsreiche Odysseus,
Laßt uns Hermes dann, den Geleiter, den Töter des Argos,
Hin zur Insel Ogygia senden, daß er aufs schnellste
Sage der lockigen Nymphe den unverbrüchlichen Ratschluß
Von des Dulders Odysseus Heimkehr, daß er nach Haus kommt.
Doch ich werde nach Ithaka hingehn, daß ich dem Sohne
Ansporn gebe und mutigen Drang in die Sinne lege,
Daß er zum Marktplatz ruft die Achäer im Schmucke des Haupthaars,
Aufzukündigen allen den Freiern; die immer ihm schlachten
Die sich drängenden Schafe und einwärts tretenden Rinder
Werde nach Sparta ihn und ins sandige Pylos entsenden,
ob er vielleicht von des Vaters Heimkehr etwas erfahre
Und damit edler Ruhm ihn unter den Menschen erhebe.«

3. *Lukian:* Rangstreitigkeiten auf dem Olymp

Zeus: So hört doch einmal auf, Asklepios und Herakles, euch zu zanken, als ob ihr noch Menschen wärt. Das schickt sich ja gar nicht für Götter und am allerwenigsten bei Tafel.

Herakles: Du willst also, Zeus, daß der Giftmischer da über mir sitzt?

Asklepios: Jawohl, beim Zeus; ich bin ja auch von höherem Rang als er!

Herakles: Warum, du donnerschlächtiger Kerl? Etwa weil dich Zeus mit einem Wetterstrahl erschlug, da du tatest, was nicht erlaubt war, und weil du nun, aus Barmherzigkeit, unter die Unsterblichen aufgenommen worden bist?

Asklepios: Du hast also vergessen, Herakles, daß du auf dem Berge Oeta verbranntest, weil du mir das Feuer vorrückst?

Herakles: Es war ein großer Unterschied zwischen meinem Leben und deinem Leben. Ich bin ein Sohn des Zeus, und mein ganzer Lebenslauf war ein beständiger Kampf mit den Feinden der Menschheit, von denen ich den Erdboden reinigte – mit Ungeheuern, die ich bezwang, und gewalttätigen Frevlern, die ich zur Strafe zog. Du hingegen bist ein Kräutermännlein und ein Scharlatan! Kranken Leuten Arzneien einzugeben, dazu magst du allenfalls gut sein; aber eine mannhafte Tat kannst du in deinem ganzen Leben nicht aufweisen.

Asklepios: Freilich war es keine, daß ich die Brandwunden heilte, womit du bedeckt warst, als du neulich halbgebraten, und von beidem, vom vergifteten Hemde der Deianeira und vom Feuer so übel am ganzen Leibe zugerichtet, in den Himmel heraufkamst! Übrigens, wenn ich auch sonst nichts zu meinem Vorteil sagen könnte, bin ich doch nie ein Knecht gewesen und habe keine Wolle in Lydien gekämmt und keinen purpurnen Weiberrock getragen und bin nie von einer Omphale mit einem goldnen Pantoffel um die Ohren geschlagen worden; auch hab ich nie in einem Anfall von Schwermut mein Weib und meine Kinder umgebracht.

Herakles: Wenn du nicht gleich zu schmähen aufhörst, sollst du auf der Stelle erfahren, daß dir deine Unsterblichkeit wenig helfen wird; ich kriege dich zu packen und schmeiße dich kopfüber zum Himmel hinaus, daß Paieon selbst deinen zertrümmerten Schädel nicht wieder soll zusammenflicken können!

Zeus: Jetzt macht aber einmal Schluß, sag ich, und stört das Vergnügen der Gesellschaft nicht länger, oder ich schick euch beide von der Tafel fort! – Übrigens, Herakles, ist es nicht mehr als billig, daß Asklepios über dir sitze, wär es auch aus keinem andern Grunde, als weil er zuerst gestorben ist.

4. *Ovid:* Mann oder Frau?

Einst soll Jupiter, vom Nektar erfreut, die schweren Sorgen verbannt, mit der heiteren Juno unbeschwert gescherzt und folgendes gesagt haben: »Größer ist doch in der Tat bei der Liebe euer Vergnügen, als es den Männern zuteil wird.« Die Göttin verneint, und man beschließt zu erkunden, was die Meinung des weisen Tiresias sei. Dieser kannte die Liebe in beiden Gestalten, denn einst, als zwei große Schlangen im grünen Walde sich paarten, hatte er sie mit einem Stockhieb verletzt und war – welch ein Wunder – aus einem Mann zur Frau geworden. So hatte er sieben Herbste verlebt. Im achten sah er dasselbe Paar wieder und sprach: »Vermag ein Schlag auf euch so viel, den Täter ins andre Geschlecht zu verwandeln, so schlage ich euch auch nun!« Kaum hatte er die Schlangen getroffen, da kam sein früheres Aussehen wieder, und die angeborene Gestalt kehrte zurück. Dieser also, zum Schlichter bestimmt in dem lustigen Streitfall, bestätigte Jupiters Rede. Mehr als billig und als es die Sache verdiente, sagt man, habe das Juno verdrossen, und sie verdammte die Augen ihres Richters zu ewigem Dunkel. Doch der allmächtige Vater – denn nicht ungeschehen darf, was ein Gott gemacht hat, ein andrer Gott machen – gab ihm statt des geraubten Augenlichts die Kunde der Zukunft und linderte so die Strafe durch ehrende Gabe.

5. In Noahs Arche

Ein großes Geheimnis offenbarte der Herr Noah, indem er ihn wissen ließ um die Nahrung, die jedem Tier zukommt; kein Lebendes wäre von selber darauf gekommen. Aber nicht das allein, sondern er ließ ihn auch wissen, wieviel jedes Tier tagsüber verzehrt, wieviel jeder Vogel tagsüber bedarf sowie zu welcher Stunde sie gefüttert werden müssen.

Und wieder heißt es:

Die zwölf Monde hindurch, die Noah in dem Kasten war, kannten seine Augen nicht den Schlaf, weder tags noch nachts; weder schlief er noch seine Söhne, denn sie mußten die Tiere, das Vieh und die Vögel speisen. Einmal vergaß es Noah, dem Löwen seinen Fraß zu geben, da biß ihn der Löwe in den Fuß, daß er lahm wurde.

Noah pflegte die Tiere zu füttern, Sem das Vieh, Ham die Vögel, Japhet das Gewürm.

All die zwölf Monde, die Noah mit den Seinen in dem Kasten war, traten sie auf Schlangen, und die taten ihnen nichts zuleide, wie es auch heißt:»Auf Schlangen und Ottern wirst du treten.«

Noch in späteren Zeiten erzählte Sem, der Sohn Noahs, Elieser, dem Knechte Abrahams, von dem Leben in der Arche.

Schweren Dienst, so sprach Sem, hatten wir in der Arche; welche Tiere am Tage ihre Speise einnehmen, die mußten wir am Tage speisen; welche aber des Nachts fressen, mußten wir des Nachts füttern.

Von den Zikaden wußte mein Vater anfangs nicht, wie er sie ernähren sollte; da begab es sich eines Tages, daß er einen Granatapfel zerschnitt, und ein Wurm fiel daraus auf die Erde; alsbald fraß die Zikade ihn auf. Von nun an pflegte mein Vater für sie Kleie einzuweichen, und wie darin Würmer wuchsen, gab er sie ihr zu fressen.

Den Vogel Awraschna, den fand mein Vater einst in der Kammer liegen. Da fragte er ihn: Verlangt es dich nicht nach Speise? Der Vogel erwiderte: Ich sah wie du dich mühtest mit den Tieren, da sagte ich zu mir, ich will dich nicht plagen. Nun sprach mein Vater zu dem Vogel: Es sei der Wille des Herrn, du sollst nimmer sterben.

6. Gideons Berufung

Der Engel des Herrn kam und setzte sich unter die Eiche bei Ofra, die dem Abiësriter Joasch gehörte. Sein Sohn Gideon war gerade dabei, in der Kelter Weizen zu dreschen, um ihn vor Midian in Sicherheit zu bringen. Da erschien ihm der Engel des Herrn und sagte zu ihm: Der Herr sei mit dir, starker Held. Doch Gideon sagte zu ihm: Ach, mein Herr, ist der Herr wirklich mit uns? Warum hat uns dann das alles getroffen? Wo sind alle seine wunderbaren Taten, von denen uns unsere Väter erzählt haben? Sie sagten doch: Wirklich, der Herr hat uns aus Ägypten heraufgeführt. Jetzt aber hat uns der Herr verstoßen und uns der Faust Midians preisgegeben. Da wandte sich der Herr ihm zu und sagte: Geh und befrei mit der Kraft, die du hast, Israel aus der Faust Midians! Ja, ich sende dich. Er entgegnete ihm: Ach, mein Herr, womit soll ich Israel befreien? Sieh doch, meine Sippe ist die schwächste in

Manasse, und ich bin der Jüngste im Haus meines Vaters. Doch der Herr sagte zu ihm: Weil ich mit dir bin, wirst du Midian schlagen, als wäre es nur ein Mann. Gideon erwiderte ihm: Wenn ich dein Wohlwollen gefunden habe, dann gib mir ein Zeichen dafür, daß du selbst es bist, der mit mir redet. Entfern dich doch nicht von hier, bis ich zu dir zurückkomme; ich will eine Gabe für dich holen und sie vor dich hinlegen. Er sagte: Ich werde bleiben, bis du zurückkommst. Gideon ging (ins Haus) hinein und bereitete ein Ziegenböckchen zu sowie ungesäuerte Brote von einem Efa Mehl. Er legte das Fleisch in einen Korb, tat die Brühe in einen Topf, brachte beides zu ihm hinaus unter die Eiche und setzte es ihm vor. Da sagte der Engel Gottes zu ihm: Nimm das Fleisch und die Brote, und leg sie hier auf den Felsen, die Brühe aber gieß weg! Gideon tat es. Der Engel des Herrn streckte den Stab aus, den er in der Hand hatte, und berührte mit seiner Spitze das Fleisch und die Brote. Da stieg Feuer von dem Felsblock auf und verzehrte das Fleisch und die Brote. Der Engel des Herrn aber war Gideons Augen entschwunden. Als nun Gideon sah, daß es der Engel des Herrn gewesen war, sagte er: Weh mir, Herr und Gott, ich habe den Engel des Herrn von Angesicht zu Angesicht gesehen. Der Herr erwiderte ihm: Friede sei mit dir! Fürchte dich nicht, du wirst nicht sterben. Gideon errichtete an jener Stelle einen Altar für den Herrn und nannte ihn: Der Herr ist Friede. Der Altar steht bis zum heutigen Tag in Ofra, (der Stadt) der Abiësriter.

7. *Alexej Michailowitsch Remisow:* Gottesurteil

Einmal geschah es, daß der Kiewer Metropolit nach Moskau kam; er besuchte auch das Kloster des P. Ilarion, verbrachte darin einige Zeit und verließ es, ganz gerührt und mit dem strengen Statut und der musterhaften Ordnung über die Maßen zufrieden. Es wurde beschlossen, dem Metropoliten zum Dank für diese Aufmerksamkeit ein Geschenk zu machen. Da der Metropolit als besonders eifrig im Gebete galt, wählte man aus den Schätzen des Klosters die wundertätige und seit Jahrhunderten verehrte Ikone der Muttergottes mit dem Zunamen »die Wehmütige«. [...]

P. Ilarion bekam den Auftrag, das wertvolle Heiligenbild nach Kiew zu bringen.

Die Reise ließ sich nicht gut an.

Im Abteil der zweiten Klasse, in dem P. Ilarion Platz genommen hatte, saßen noch drei andere Fahrgäste. Das wäre ja noch nicht so schlimm gewesen, bald stellte sich aber heraus, daß diese sonst so angenehmen und höflichen Reisegenossen leidenschaftliche Raucher waren und ganz fürchterlich qualmten. Das paßte P. Ilarion gar nicht: er hatte ganze vierundzwanzig Stunden in diesem Abteil zu sitzen, und Tabakrauch rief bei ihm immer Kopfschwindel und Herzklopfen hervor. Was sollte er nun anfangen? Er konnte doch nicht die Herren bitten, seinetwegen nicht zu rauchen; er konnte aber auch nicht in ein anderes Abteil gehen, denn alle Plätze im Wagen waren besetzt. Um sich vor dem Tabakrauch zu retten und auch um den Reisegenossen nicht zur Last zu fallen, ging P. Ilarion, sobald die Kontrolle dagewesen war, auf die Plattform hinaus, in der Absicht, während der ganzen Reise bis nach Kiew draußen zu bleiben. […]

Der letzte Abendschein war erloschen. Die Nacht brach an. Alles war still; P. Ilarion hörte nur das Pochen seines Herzens.

»Hochwürden!« sagte der Unbekannte.

P. Ilarion wandte sich zu ihm und neigte demütig den Kopf, als wollte er sagen, daß er bereit sei, auf jede Frage Antwort zu geben.

»Ich schaue Sie immer an«, fuhr der Unbekannte fort, »und kann unmöglich begreifen, warum Sie immer da stehen. Sagen Sie, bitte: warum standen Sie den ganzen Tag da, und warum sind Sie auch jetzt wieder hergekommen?«

»In meinem Abteil wird geraucht, und ich kann den Rauch nicht vertragen: ich bekomme davon Kopfschmerzen und Herzklopfen. Darum ziehe ich es vor, hier zu stehn.«

»Haben Sie noch weit zu fahren?« fragt der Fremde.

»Ich reise nach Kiew in einem Auftrage des Priors«, antwortete P. Ilarion.

»Wissen Sie was, Hochwürden: kommen Sie doch zu mir herüber! Bei mir ist genügend Platz, ich habe ein eigenes Abteil und bin der einzige Passagier im Wagen. Ich möchte Sie gerne bei mir unterbringen, denn ich langweile mich allein.« […]

Der junge Mann erwartete ihn auf der Plattform und half ihm, in den anderen Wagen hinüberzukommen. Er brachte ihn in sein Abteil und schloß die Tür. So saßen sie im leeren Wagen einander gegenüber. Der junge Mann ließ übrigens nicht lange auf sich warten.

»Ich quäle mich so furchtbar«, begann er aufgeregt, »daß ich gar nicht weiß, was ich anfangen soll. Ich versuchte zu lesen, es ging aber einfach nicht! Ich kann auch nicht einschlafen. Darum bin ich auf die Plattform hinausgegangen. Wenn ich allein bin, ist mir so unheimlich zumute … Als ich Sie draußen stehen sah, begann ich Sie zu beobachten. Und je länger ich Sie ansah, um so mehr gefielen Sie mir. Nun habe ich mich entschlossen, Sie um Rat zu fragen; was Sie mir auch sagen, das werde ich tun.«

»Sprechen Sie«, sagte P. Ilarion leise. »Wenn es nur in meiner Macht liegt, will ich Ihnen gerne helfen.« Er machte sich bereit, alles anzuhören, was ihm dieser Mensch auch eröffnen würde: von einem ersten Vergehen bis zu einer letzten Missetat.

»Ich bin der einzige Sohn meiner Eltern«, begann der Reisegenosse. »Mein Vater ist ein reicher Kaufmann und wohnt in Kiew. Als ich noch auf dem Gymnasium war, wählten mir meine Eltern eine Braut und sagten, daß ich sie heiraten sollte, sobald ich die Universität absolviert haben würde. Das junge Mädchen ist ebenso alt wie ich; solange wir Kinder waren, spielten wir oft zusammen; später lasen wir Bücher und bauten Luftschlösser. Unsere Beziehungen waren die denkbar besten: ich behandelte sie wie eine Schwester und sie mich wie einen Bruder. Nachdem ich das Gymnasium absolviert hatte, kam ich nach Moskau auf die Universität. In der ersten Zeit langweilte ich mich allein, und wir standen in lebhaftem Briefverkehr. Aber später, – nun sind es schon zwei Jahre her, – lernte ich in Moskau ein anderes Mädchen kennen … Ich gewann sie lieb, wir traten in ein intimes Verhältnis, und sie bekam von mir ein Kind. Meinen Eltern schrieb ich kein Wort davon, um sie nicht zu betrüben: es wäre für sie ein wirklich großer Kummer. Die Gespielin meiner Jugend verlor ich aber aus dem Gesicht und dachte nicht mehr daran, daß ich bereits eine Braut hatte, die zu heiraten ich verpflichtet war. Während der letzten Jahre vermied ich es unter allen möglichen Vorwänden, nach Kiew zu kommen. Endlich hatte ich die Universität absolviert und trug mich mit der Absicht, meine Geliebte zu heiraten, als plötzlich von meinem Vater ein Telegramm kam, in dem er mich aufforderte, sofort nach Kiew zu kommen, und mir auch den für meine Hochzeit festgelegten Tag mitteilte. Im ersten Augenblick wollte ich nicht hinfahren; die Zumutung meines Vaters erschien mir als ganz unmöglich und sinnlos. Aber dann begann ich zu schwanken und reiste plötzlich, ohne meiner Freundin den wahren Grund anzugeben, ab. Kaum saß ich im Zug, als mir wieder Zweifel kamen; nun weiß ich gar nicht mehr, was ich eigentlich will, mir ist ganz wirr im Kopf ... Darum entschloß ich mich, Sie um Rat zu bitten. Was Sie mir auch sagen, ich werde Ihrem Rat folgen: soll ich nun nach Kiew weiterfahren oder nach Moskau zurückkehren?«

»Unsinn!« sagte P. Ilarion. »Selbstverständlich müssen Sie nach Moskau zurückkehren.«

»Zurückkehren?« Der Reisegenosse fuhr so erfreut auf, daß er beinahe zum Fenster hinaussprang.

»Selbstverständlich müssen Sie nach Moskau zurückkehren: wenn Sie sie wirklich lieben, so müssen Sie doch bei der bleiben, die Sie lieben.«

Als P. Ilarion dies gesagt hatte, war es ihm, als ob ihm eine schwere Last vom Herzen gefallen wäre. Er lehnte sich bequem zurück, fühlte sich gänzlich beruhigt und konnte gar nicht begreifen, warum er vorhin vor diesem charakterlosen Menschen, der doch aus freiem Willen in diese schwierige Situation geraten, und dessen ganze Geschichte, wie übrigens die meisten Geschichten, die P. Ilarion zu hören bekam, kein ausgeblasenes Ei wert war, solche Angst empfunden hatte. Der charakterlose Mensch fragte sich indessen, wie er nur so unüberlegt hatte handeln können; er war ja schon im Begriff gewesen, einer Laune seiner Eltern zuliebe nach Kiew zu reisen, um sein Leben an das Leben eines Menschen, den er gar nicht liebte, zu binden und die Frau und das Kind, die er über alles liebte, zu verlassen. Mit diesem unüberlegten Schritt hätte er ja sein ganzes Leben zerstören können; und nicht nur sein Leben: er hatte ihr nicht gesagt, zu welchem Zweck er nach Kiew reiste; wenn sie den wahren Grund erführe, so hätte sie es vielleicht gar nicht überlebt.

Er erwachte gleichsam aus einer tiefen Ohnmacht, in der er sich während der ganzen Zeit befunden hatte, und begann hastig seine Sachen zu packen, um gleich auf der nächsten Station in einen anderen Zug umzusteigen und nach Moskau zurückzukehren.

In Erwartung dieser nächsten Station schwatzte er unaufhörlich und erzählte P. Ilarion viel Interessantes von seinem kleinen Söhnchen, von seinen Zukunftsplänen; wie er sich das Wiedersehen mit der Geliebten vorstelle, und wie ihr gemeinsames Leben dahinfließen würde; wie sie lachen würde, wenn er ihr später einmal diese ganze Geschichte erzählte; wohin sie im nächsten Jahre reisen würden und was für Spielsachen er seinem Söhnchen kaufen wollte. Dann begann er irgendeinen Witz zu erzählen und brach, noch ehe er zur Pointe gekommen war, in schallendes Gelächter aus. Mit einem Wort – er war wie neugeboren und kaum wiederzuerkennen.

Der Zug näherte sich der Station, wo er aussteigen mußte; es blieben nur noch zwei oder drei Minuten, als P. Ilarion sich plötzlich von einer Angst, die viel größer war als alle seine früheren Ängste, ergriffen fühlte.

»Warten Sie«, sagte er zu seinem glücklichen Reisegenossen, der bereits mit einem Fuße auf der Schwelle stand. »Warten Sie noch eine Weile … Ich habe Ihnen vorhin gesagt, daß Sie nach Moskau zurückkehren müssen; es ist auch meine feste Überzeugung, daß Sie gar nichts anderes tun können. Aber ich bin nur ein Mensch, und ein Mensch kann irren. Ich muß gestehen, daß mir, als wir heute draußen standen, einige Male der Gedanke kam, Sie könnten etwas Böses im Schilde führen, Sie wollten mich vielleicht ermorden; es stellte sich aber heraus, daß ich es mit einem einfachen und guten Menschen zu tun habe, der gar keine bösen Absichten hat. Ich hatte mich also geirrt. Nun will ich Ihnen folgendes vorschlagen: machen wir es so, wie wir es im Kloster zu machen pflegen. Wenn wir vor einer schwierigen Frage stehen, bei der mehrere Entscheidungen möglich sind, so schreiben wir diese Entscheidungen auf Zettel und legen sie zusammengefaltet vor die Heiligenbilder. Dann verweilen wir eine Zeitlang im Gebet und entfalten einen der Zettel: was auf dem Zettel steht, ist auch die richtige Lösung. Es ist mir in meinem Leben noch kein einziges Mal passiert, daß die auf diese Weise gewonnene Entscheidung zu etwas Bösem geführt hätte. Denn es ist ein Gottesurteil, und ein Gottesurteil ist unfehlbar. Sind Sie einverstanden, daß wir es auch in diesem Falle so machen?«

»Ja, ich bin einverstanden.«

»Und wie die Entscheidung auch ausfallen mag, Sie werden sich ihr fügen«, wiederholte P. Ilarion.

»Wenn Sie es sagen, Hochwürden, so bin ich einverstanden.«

In diesem Augenblick hielt der Zug, und als er sich wieder in Bewegung setzte, wurde der junge Mann zusehends traurig. Allmählich kam er wieder zu sich und wurde sogar wieder lustig, aber er lachte nicht mehr. Während er P. Ilarion behilflich war, den Koffer aufzuschnallen, war er fest überzeugt, daß das Gottesurteil, welches gleich gefällt werden sollte, mit dem gesunden Menschenverstand und der Ansicht des Mönches unmöglich in Widerspruch stehen könne. Sie packten das Heiligenbild aus, stellten es auf, schrieben zwei Zettel, legten diese zusammengerollt vor das Bild und knieten nieder. Sie beteten mit großer Inbrunst und Selbstvergessenheit und hörten gar nicht, wie der Zug auf Stationen hielt und weiterfuhr. Sie merkten auch nicht, wie die Nacht verging und der neue Tag anbrach.

Erst als die Sonne aufgegangen war, machte P. Ilarion die letzten drei Verbeugungen vor dem Heiligenbilde und entfaltete einen der Zettel. Er las ihn schweigend und gab ihn schweigend weiter. Und als sie beide das Gottesurteil erfahren hatten, sagte er mit verzagtem Herzen, doch mit fester Stimme:

»Es ist Gottes Wille.«

»Gottes Wille ...«, wiederholte mit trockenen Lippen sein vom Kummer erdrückter Reisegenosse.

Und sie sprachen kein Wort mehr.

Im Wagen war es dumpf und ungemütlich. Das Fenster blieb geschlossen. Draußen blühte und jauchzte aber die zugleich mit der Sonne erwachte Steppe: bis zum Meere zog sie sich hin.

Kurz vor Kiew, als man ihnen schon die Fahrkarten abgenommen hatte, stand P. Ilarion auf, um in seinen Wagen zurückzukehren. Der junge Mann bat ihn beim Abschied, er möchte ihm versprechen, zu seiner Hochzeit zu kommen. »Das ist meine letzte Bitte, Hochwürden«, sagte er. »Kommen Sie, bitte, bestimmt.« Und er gab ihm Tag, Stunde und den Namen der Kirche an, wo die Trauung stattfinden sollte.

Es stellte sich glücklicherweise heraus, daß P. Ilarion an diesem Tage noch in Kiew sein werde. Er versprach dem jungen Mann, die Bitte zu erfüllen, und sie schieden.

Aus dem Fenster konnte man schon die Hügel mit den alten Kirchen sehen. Der Zug hatte die Brücke über dem Dnepr passiert und näherte sich dem Bahnhof. P. Ilarion verabschiedete sich auch von den

drei Herren in seinem Abteil und ging mit dem Gepäck auf die Plattform hinaus. Unter den Leuten, die auf dem Perron standen, fielen ihm
ein alter Mann, eine ältere Dame und ein junges Mädchen auf, die auf
den Wagen der ersten Klasse zugingen. Er erriet sofort, daß es die Eltern und die Braut seines unglücklichen Reisegenossen waren. Das
junge Mädchen mißfiel ihm auf den ersten Blick ...
    Und wieder verzagte sein Herz.
    »Es ist Gottes Wille.«

8. *John P. Imlay / Dennis Hamilton:* Der Mann auf dem Dach

Es gibt eine Geschichte, die zeigt, wie wichtig es ist, Chancen zu nützen. Ein tiefreligiöser Mann wurde eines Tages von Regenfällen überrascht, die tagelang anhielten und alles überschwemmten. Als das Wasser immer höher stieg, kletterte er auf das Dach seines Hauses. Nach
einer Weile kam ein Mann in einem Boot vorbei. »Spring ins Boot«,
sagte er. »Nein«, antwortete der Mann auf dem Dach, »Gott wird mich
beschützen.« Das Wasser stieg weiter und stand schon fast bis zum
Dach. Wieder kam ein Mann in einem Boot vorbei. »Spring ins Boot«,
sagte auch dieser Mann. »Nein«, sagte der Mann auf dem Dach, »Gott
wird mich beschützen.« Das Wasser stieg weiter und reichte ihm schon
bis zu den Füßen. Plötzlich flog ein Hubschrauber vorbei, und der Pilot warf dem Mann ein Seil zu. »Halte dich fest«, sagte er, »ich ziehe
dich hoch.« »Nein«, antwortete der Mann auf dem Dach wieder, »Gott
wird mich beschützen.« Das Wasser stieg weiter, schwemmte den
Mann vom Dach, und er ertrank. Als er in den Himmel kam, fragte er
Gott, warum er ihn nicht beschützt hatte. Gott antwortete: »Ich habe
dir zwei Boote und einen Hubschrauber geschickt, was willst du *noch*?«

Antoine de Saint-Exupéry: Der kleine Prinz

II.

Vom Rat der Kinder und Narren

Einleitung

Die ersten Ratgeber waren nicht selten jene Menschen, die aufgrund ihrer Außenseiterstellung einen Blick auf eine Sachlage werfen konnten, der sich von den gewohnten Blicken deutlich unterschied. Wer außerhalb steht, sieht nämlich oft, was die »Insider« nicht mehr sehen können: Auch darum konkurrierten die Herrscher des Mittelalters gern um die frechsten, häßlichsten und klügsten Hofnarren.

Bis heute wird darum von Diogenes erzählt, wie er die Politiker und die Mächtigen – beispielsweise Alexander den Großen, aber auch Platon – über ihre Ohnmacht und Unfreiheit, gleichsam über die andere Seite ihrer Herrschaftsposition, belehrt habe [1]; bis heute wird – ob in der Türkei oder in Westeuropa – von den Schalksnarren und Eulenspiegeln [3] erzählt, die durch Einfallsreichtum, Impertinenz und weise Ratschläge ihr Publikum zu beeindrucken vermochten. Nasreddin Hodschas Urteil bildet, nebenbei bemerkt, auch einen bedenkenswerten Ratschlag zum Geschäft der Beratung: Wer nur durch gute Tips glänzen, aber nicht zupacken und umsetzen will, verdient manchmal keinen anderen Lohn als den bloßen Klang der Goldmünzen [2].

Große Narrengestalten bevölkern auch die Epen und Romane Europas: von Gargantua bis zu Don Quijote, von Charles de Costers Uylenspiegel bis zu Victor Hugos Quasimodo. Daß diese Narren die Ungerechtigkeiten ihrer Zeit oft viel genauer wahrnahmen als manche Chronisten und Hofberichterstatter, versteht sich von selbst. Nicht umsonst bleibt mancher Witz im Halse stecken: vom Vorschlag zur Schleifung Magdeburgs im Dreißigjährigen Krieg [5] bis zu Don Quijotes Mahnung, die eigene Herkunft niemals zu vergessen [4].

Hofnarren waren nicht selten kleinwüchsige Menschen. Darin erinnern sie an eine andere Klasse von Außenseitern, deren Kommentar gelegentlich besonders treffsicher ausfallen konnte: nämlich an die Kinder. In Andersens Märchen von des Kaisers neuen Kleidern ist es

49

bekanntlich ein Kind, das die Wahrheit ausspricht; in Dschuang Dsis taoistischer Legende ist es ein Pferdejunge, der den Regenten mit seinem einfachen Rat beschämt [6]. Manchmal sind es ihrerseits kindliche Könige – wie Janusz Korczaks König Hänschen I. [7] oder Antoine de Saint-Exupérys »kleiner Prinz« [9] –, die durch ungewöhnliche Maximen und Ansichten auffallen. Von Kindern läßt sich lernen und mancher Rat empfangen, wie auch in der kürzesten (aber vielleicht schönsten) Geschichte dieses Abschnitts, in der ein dreijähriges Kind dem Begründer der Psychoanalyse das Geheimnis seiner talking cure verrät, und zwar mit dem schlichten Satz: »Wenn jemand spricht, wird es hell.« [8]

1. Geschichten von Diogenes

Als Krateros ihn zu einem Besuch bei sich aufforderte, erwiderte er: »Nein, lieber will ich in Athen Salz lecken, als beim Krateros an der prunkvollsten Tafel sitzen.« An den dickbäuchigen Rhetor Anaximenes herantretend, sagte er: »Laß auch uns Bettlern etwas von deinem Bauche ab; dies wird dir selbst Erleichterung und uns Nutzen schaffen.« Als dieser Rhetor einmal eine Disputation abhielt, machte sich Diogenes durch einen emporgehaltenen Salzfisch bemerklich, wodurch er die Aufmerksamkeit der Hörer auf sich ablenkte, und als jener darüber ungehalten war, sagte er: »Ein elender Salzfisch für einen Obolos hat genügt, der Disputation des Anaximenes ein Ende zu machen.« Als man ihm vorrückte, daß er auf dem Markte gegessen habe, sagte er: »Habe ich doch auf dem Markte auch gehungert.« Einige beziehen auch folgendes Geschichtchen auf ihn: Platon beobachtete ihn, wie er seinen Kohl abspülte; er trat an ihn heran und sagte leise zu ihm: »Hättest du dich dem Dionysios fügsam erwiesen, so brauchtest du keinen Kohl zu waschen.« Dieser aber habe ebenso leise geantwortet: »Und hättest du dich zum Kohlabspülen herabgelassen, so hättest du dich nicht dem Dionysios dienstbar gemacht.« [...]

Auf der Fahrt nach Ägina fiel er Seeräubern in die Hände, an deren Spitze Skirpalos stand; von ihnen wurde er nach Kreta gebracht und zum Verkauf ausgeboten. Als der Herold ihn fragte, auf welches Geschäft er sich verstünde, antwortete er: »Menschen zu beherrschen.«

Dabei wies er auf einen vornehm gekleideten Korinther, den schon genannten Xeniades, hin mit den Worten: »Diesem verkaufe mich; er bedarf eines Herrn.« So kaufte ihn denn Xeniades, nahm ihn mit nach Korinth, gab ihn seinen Söhnen zum Lehrmeister und überließ ihm die Leitung des gesamten Hauswesens. Er aber bewährte sich in dieser Stellung dermaßen, daß Xeniades bei einem Rundgang durch das Haus sagte: »Ein guter Geist (Dämon) ist in mein Haus eingezogen.«

2. *Nasreddin Hodscha:* Vom Klang der Münzen

Als der neue Kadi ernannt worden war, hatte Nasreddin soeben sein Diplom erhalten und stand im Begriff, die Medresse zu verlassen. Als Zeichen der Dankbarkeit dafür, daß er ihnen geholfen hatte, einen pflichtvergessenen Richter abzusetzen, wünschten sich seine Freunde, daß er für einige Zeit Gehilfe des Nachfolgers werden sollte. Dieser war übrigens Nasreddin sehr gewogen, weil er ihm seine Stelle verdankte. Aber unglücklicherweise war gerade kein Platz für ihn frei.

»Herr Richter«, schlug Nasreddin ihm vor, »wenn man auch in China sagt, daß ein wohlerzogener Mensch nicht auf den Schatten seines Nachbarn treten darf, so besteht doch hierzulande kein Hindernis dafür, daß ich nicht Kadi in Eurem Schatten sein sollte, wenn Ihr damit einverstanden seid. Ich verlange kein Entgelt dafür und werde keine Bittsteller empfangen, sondern Ihr sollt mir nur solche Fälle anvertrauen, die Euch lästig sind.«

»Einverstanden«, sagte der Kadi. »Du kannst dich in dem Raum, der dem meinen gegenüberliegt, niederlassen, und ich werde dich bei Gelegenheit zu Rate ziehen.«

Eines Tages kam ein Mann zum Kadi, der einen anderen am Kragen hinter sich herschleifte.

»Er verweigert das, was mir zusteht«, sagte der Kläger. »Während er Holz hackte, das dem Siradscheddin Effendi gehört, saß ich an seiner Seite und ermunterte ihn mit meinen Worten und Gesten. Jedesmal, wenn er mit dem Beil ausholte, habe ich »ho ruck« gerufen. Ohne Zweifel habe ich ihm damit bei seiner Arbeit geholfen, und jetzt leugnet er, daß ich Anrecht auf einen Teil seines Lohnes habe.«

Der Kadi wußte nicht, was er tun sollte, und gab den Fall an Nasreddin weiter, der die Leute ausfragte. Dann sagte er zum Kläger: »Du hast recht«, und zum anderen: »Gib das Geld her, das du bekommen hast!«

Nasreddin zählte die Goldstücke ab, eins nach dem andern, warf sie auf den Boden und ließ sie so laut klingen, wie es nur ging, und fragte den Kläger:

»Hast du gut gehört, wie das Geld klang?«

»Ja«, antwortete dieser.

»Recht so, dann hast du erhalten, was dir zusteht, denn dieses Klingen haben sie deiner Mitarbeit zu verdanken.«

Und zum Holzknecht sagte er: »Nimm dein Geld zurück.«

3. Till Eulenspiegels Flugversuch

Bald nach dieser Zeit, als Eulenspiegel ein Sigrist war gewesen, da kam er in die Stadt gen Magdeburg und trieb viel Anschläg, und sein Nam ward da von Anfang bekannt, daß man von Eulenspiegeln wußt zu sagen. Da ward er angefochten von den besten der Bürger von der Stadt, daß er sollt etwas Abenteuer und Gauklerei treiben. Da sagt er, das wollt er tun und wollt auf das Rathaus und von der Lauben fliegen.

Da ward ein Geschrei über die ganze Stadt, daß sich jung und alt sammelten auf dem Markt und wollten es sehen, wie der fliegen wollt. Also stund Eulenspiegel auf der Lauben vor dem Rathaus und bewegt sich mit den Armen und gebärdet eben, als ob er fliegen wollt. Die Leut stunden und täten Augen und Mäuler auf und meinten nit anders, denn daß er fliegen wollt.

Da lacht Eulenspiegel und sprach: »Ich meint, es wär kein Tor oder Narr mehr in der Welt denn ich. So seh ich wohl, daß hie schier die ganze Stadt voll Toren ist. Und wenn ihr mir allsammen sagt, daß ihr fliegen wollt, ich hätt es nit geglaubt, und ihr glaubet mir als einem Toren. Wie sollt ich fliegen können, ich bin doch weder Gans noch Vogel; so hab ich kein Fittich, und ohn Fittich oder Federn kann niemand fliegen. Nun seh ich offenbar, daß es erlogen ist.« Und kehrt sich um und lief von der Lauben und ließ das Volk voneinandergehn, eins

Teils Fluchende, das andere Teil Lachende, und sprachen: »Das ist ein Schalksnarr, dennoch so hat er wahr gesagt.«

4. *Miguel de Cervantes:* Don Quijotes Ratschläge

»Zum ersten, o mein Sohn, mußt du Gott fürchten, denn in Gottesfurcht besteht alle Weisheit, und bist du weise, so kannst du in nichts fehlgehen.

Zum zweiten mußt du im Auge behalten, wer du bist, und solchergestalt bestrebt sein, dich selbst zu erkennen, was die schwerste Kenntnis ist, die sich denken läßt. Aus der Kenntnis deiner selbst folgt sofort, daß du dich nicht aufblasen sollst wie der Frosch, der dem Ochsen an Größe gleich sein wollte; denn tätest du das, so würde die Erinnerung, daß du daheim die Schweine gehütet hast, dir das häßliche Füßepaar sein zum Pfauenrad deiner Torheit.«

»Das ist wahr«, entgegnete Sancho; »aber da war ich noch ein Junge; nachher, als ich beinah schon ein Männlein geworden, hab ich Gänse gehütet, nicht Schweine. Aber ich glaube, das gehört nicht hierher, denn nicht alle, die regieren oder statthaltern, kommen aus königlichem Geschlecht.«

»Ganz richtig«, versetzte Don Quijote; »deshalb müssen Leute von nicht edlem Ursprung zu der ernsten Würde des Amtes, das sie ausüben, eine milde Freundlichkeit gesellen, damit diese, von Klugheit geleitet, die hämische Nachrede von ihnen fernhalte, welcher kein Stand leicht entgeht.

Zeige dich stolz, Sancho, auf deine niedere Herkunft und halte es nicht für unter deiner Würde, zu sagen, daß du von Bauern stammst; wenn man sieht, daß du dich dessen nicht schämst, wird es keinem einfallen, dich damit beschämen zu wollen, und sei lieber als Niedriggeborener ein braver Mann denn in Hochmut ein Sünder. Zahllos sind die Männer von einfacher Herkunft, die zur höchsten, der päpstlichen oder kaiserlichen Würde emporgestiegen sind, und von dieser allbekannten Tatsache könnte ich dir so viele Beispiele anführen, daß sie dich ermüden würden. […]

Nie leite dich das Gesetz der eigenen Willkür, welchem gewöhnlich die Dummen folgen, die sich für gescheit halten.

Die Tränen des Armen sollen bei dir mehr Mitleid, aber nicht mehr Gerechtigkeit finden als die Beweisgründe des Reichen.

Suche die Wahrheit unter den Versprechungen und Geschenken des Reichen herauszufinden, ebenso wie unter dem Schluchzen und dem aufdringlichen Bitten des Armen.

Wo die Billigkeit walten kann und darf, da belaste den Verbrecher nicht mit der ganzen Strenge des Gesetzes; der Ruf des strengen Richters ist keineswegs besser als der des mitleidigen.

Solltest du jemals den Stab der Gerechtigkeit beugen, so beuge ihn nicht unter dem Gewicht eines Geschenkes, sondern unter dem der Barmherzigkeit.

Solltest du einmal in der Rechtssache eines Feindes von dir ein Urteil fällen müssen, so halte deine Gedanken fern von dem dir zugefügten Unrecht und richte sie einzig und allein auf die wahren Umstände des Falls.

Nie soll dich deine eigene Leidenschaft blind machen in einer fremden Sache; für die Fehler, die du in ihr begehen würdest, gibt es keine Abhilfe, und wenn es eine solche gäbe, so doch nur auf Kosten deines Ansehens und sogar deines Geldbeutels.«

5. *Hans Jakob Christoffel von Grimmelshausen:* Vom Handwerk des Narren

Mein Hofmeister wurde mir je länger je holder und ich ihm hingegen wiederum; doch hielten wir unsere Verträulichkeit sehr geheim. Ich agierte zwar einen Narrn, brachte aber keine grobe Zoten noch Büffelspossen vor, so daß meine Gaben und Aufzüg zwar einfältig genug, aber jedoch mehr sinnreich als närrisch fielen. Mein Obrister, der ein trefflichen Lust zum Weidwerk trug, nahme mich einstmals mit, als er ausspazierte, Feldhühner zu fangen mit dem Tyras, welche Invention mir trefflich wohlgefiele. Dieweil aber der vorstehende Hund so hitzig war, daß er einzufallen pflegte, ehe man tyrassieren konnte, deswegen wir dann wenig fangen konnten, da gab ich dem Obristen den Rat, er sollte die Hündin mit einem Falken oder Steinadler belegen lassen, wie man mit Pferden und Eseln zu tun pflegte, wann man gerne Maultiere hätte, damit die jungen Hunde Flügel bekämen, so könnte man alsdann mit denselbigen die Hühner in der Luft fangen. Auch gab ich den Vorschlag, weil es mit Eroberung der Stadt Magdeburg, die wir belägert hielten, so schläferig hergieng, man sollte ein mächtig langes Seil, so dick als ein halbfüderiges Faß, verfertigen, solches um die Stadt ziehen und alle Menschen samt dem Vieh in beiden Lägern daran spannen und dergestalt die Stadt in einem Tag übern Haufen schleifen lassen. Solcher närrischen Tauben und Grillen ersanne ich täglich einen Überfluß, weil es meines Handwerks war, so daß man meine Werkstatt nie leer fand. So gab mir auch meines Herrn Schreiber, der ein arger Gast und durchtriebener Schalk war, viel Materi an die Hand, dadurch ich auf dem Weg unterhalten wurde, den die Narren zu wandern pflegten; dann was mich dieser Speivogel überredte, das glaubte ich nicht allein vor mich selbsten, sondern teilte es auch andern mit, wann ich etwan diskurierte und sich die Sach dahin schickte.

6. *Dschuang Dsi:* Herrscher und Pferdejunge

Der Herr der gelben Erde ging aus, um den großen Erhabenen zu suchen auf dem Berg der Vollkommenheit. Gesicht war sein Wagenlenker, Gehör war der dritte im Wagen, Geruch und Geschmack waren die Vorreiter, Gefühl und Verstand bildeten die Nachhut. Als sie an die Steppen am Ende der Welt kamen, da verirrten sie sich und wußten nicht, wen sie nach dem Weg fragen sollten. Zufällig begegneten sie einem Knaben, der Pferde hütete. Sie fragten ihn nach dem Weg und sprachen: »Kennst du den Berg der Vollkommenheit?«

Er sagte: »Ja.«

»Kennst du den Aufenthalt des großen Erhabenen?«

Er sagte: »Ja.«

Der Herr der gelben Erde sprach: »Seltsamer Knabe! Du kennst nicht nur den Berg der Vollkommenheit, sondern kennst auch noch den Aufenthaltsort des großen Erhabenen. Darf ich fragen, wie man die Welt regiert?«

Der kleine Knabe sprach: »Die die Welt regieren, machen's ebenso wie ich. Was ist da weiter dabei? Als ich noch jünger war, da trieb ich mich umher in der Welt des Raumes. Da erkrankte ich an Schwachsichtigkeit. Da lehrte mich ein Älterer und sprach: ›Du mußt den

Wagen der Sonne besteigen und dich umhertreiben in den Steppen am Ende der Welt.‹ Nun ist meine Krankheit wieder ein wenig besser, und ich wandle wieder wie ehedem jenseits der Welt des Raumes. Die Welt regieren ist genau das gleiche. Doch was habe ich damit zu schaffen!«

Der Herr der gelben Erde sprach: »Die Regierung der Welt ist allerdings nicht dein Geschäft, mein Sohn, und dennoch möchte ich dich fragen, wie man die Welt regiert.«

Der kleine Knabe lehnte die Antwort ab.

Als der Herr der gelben Erde abermals fragte, da sprach der kleine Knabe: »Die Regierung der Welt unterscheidet sich in nichts vom Pferdehüten. Man muß einfach fernhalten, was den Pferden schaden kann. Nichts weiter.«

Da verneigte sich der Herr der gelben Erde zweimal bis zum Boden, nannte ihn seinen himmlischen Meister und zog sich zurück.

7. *Janusz Korczak:* Im Parlament der Kinder

Als Hänschen sah, daß hier die Kinder aus dem ganzen Staat zusammengekommen waren, um zu beraten, wie regiert werden soll, damit alle es gut hätten und fröhlich wären, als er an der Kleidung die Dorfkinder erkannte, mit denen er vor ganz kurzer Zeit noch gespielt hatte, da spürte er plötzlich neue Kraft, und er hielt eine sehr hübsche Rede.

»Ihr seid Abgeordnete«, sagte Hänschen. »Bis jetzt bin ich allein gewesen. Ich wollte so regieren, daß es euch gutgeht. Aber für einen allein ist es schwer, wenn er erraten soll, was jeder braucht. Ihr habt es leichter. Die einen wissen, was den Kindern in den Städten, die anderen, was ihnen auf dem Lande fehlt. Die jüngeren wissen, was die kleinen, andere, was die älteren Kinder brauchen. Ich glaube, eines Tages werden die Kinder der ganzen Welt genauso zusammenkommen wie vor kurzem die Könige, und dann werden die weißen, die schwarzen und die gelben Kinder sagen, was jedes von ihnen haben will. Zum Beispiel brauchen die schwarzen Kinder keine Schlittschuhe, denn bei ihnen gibt es keine Eisbahn. Die Arbeiter«, sagte Hänschen, »haben schon ihre rote Fahne. Vielleicht werden die Kinder sich dann eine grüne Fahne aussuchen, denn die Kinder lieben den Wald, und der Wald ist grün …«

Und so sprach Hänschen noch lange, und die Abgeordneten hörten zu. Dann stand der Journalist auf und sagte, jeden Tag erscheine die Kinderzeitung, damit sie interessante Neuigkeiten lesen könnten, und wenn jemand Lust habe, dann solle er doch schreiben. Und er fragte, ob es ihnen auf dem Lande gut gegangen sei.

Da erhob sich ein solcher Lärm, daß man nicht mehr unterscheiden konnte, was jeder Einzelne sagte. Fritz rief die Polizei, und die kam in den Saal. Es wurde ein bißchen ruhiger.

Fritz sagte, wenn jemand laut sei, dann müßte man ihn hinauswerfen, und alle sollten der Reihe nach sprechen.

Als erster sprach ein barfüßiger Junge in einer abgetragenen Jacke.

»Ich bin Abgeordneter, und ich kann nur sagen, es ist uns ganz und gar nicht gut gegangen. Spiele gab es nicht, das Essen war schlecht, und wenn es regnete, dann tropfte uns das Wasser auf den Kopf, weil im Dach Löcher waren.«

»Und die Wäsche wurde auch nicht gewechselt«, schrie jemand.

»Abwaschwasser haben wir zum Mittagessen bekommen.«

»Wie die Schweine.«

»Ordnung gab es auch nicht.«

»Und für jede Kleinigkeit haben sie uns verhauen oder eingesperrt.«

Und nun fingen sie wieder so an zu schreien, daß die Sitzung für zehn Minuten unterbrochen werden mußte.

8. *Sigmund Freud:* Wenn jemand spricht …

Die Aufklärung über die Herkunft der kindlichen Angst verdanke ich einem dreijährigen Knaben, den ich einmal aus einem dunklen Zimmer bitten hörte: »Tante, sprich mit mir; ich fürchte mich, weil es so dunkel ist.« Die Tante rief ihn an: »Was hast du denn davon? Du siehst mich ja nicht.« »Das macht nichts«, antwortete das Kind, »wenn jemand spricht, wird es hell.«

9. *Antoine de Saint-Exupéry:* Die Pillen
des kleinen Prinzen

»Guten Tag«, sagte der kleine Prinz.

»Guten Tag«, sagte der Händler.

Er handelte mit höchst wirksamen, durststillenden Pillen. Man schluckt jede Woche eine und spürt überhaupt kein Bedürfnis mehr, zu trinken.

»Warum verkaufst du das?« sagte der kleine Prinz.

»Das ist eine große Zeitersparnis«, sagte der Händler. »Die Sachverständigen haben Berechnungen angestellt. Man erspart dreiundfünfzig Minuten in der Woche.«

»Und was macht man mit diesen dreiundfünfzig Minuten?«

»Man macht damit, was man will…«

»Wenn ich dreiundfünfzig Minuten übrig hätte«, sagte der kleine Prinz, »würde ich ganz gemächlich zu einem Brunnen laufen…«

Uderzo/Goscinny: Der Seher

III.

ORAKEL

Einleitung

Zu den besonders gebräuchlichen Praktiken der Entscheidung und Beratung zählte in vielen Kulturen die Befragung eines Orakels. Solche Befragungen konnten nach verschiedenen Methoden durchgeführt werden: vom Werfen der Schafgarben oder Münzen im chinesischen I-Ging bis zum Giftorakel der nordafrikanischen Zande [1]. In der griechisch-römischen Antike wurden die Eingeweide von Opfertieren studiert, der Vogelflug beobachtet, ein Seher oder eine Seherin befragt – wie die delphische Pythia oder die berühmte Sibylle von *Cumae*, die schon dem Aeneas weissagte [4] und nach alter römischer Sage dem König Tarquinius Priscus drei Schriftrollen mit Orakelsprüchen überbrachte [5].

Im Grunde reagierte die Befragung von Orakeln auf ein rationales Problem jeder Beratungspraxis, das sich vergleichbar auch der modernen Trendforschung oder Folgenabschätzung stellt. In solchem Sinne sagte Xenophon von Sokrates, auch seine »innere Stimme« habe ihn wie ein Orakel geleitet, und zwar dort, wo der richtige Ausgang einer Sache sich prinzipiell nicht vorhersehen läßt [3]. Darum konnte das Orakel auch »überlistet« werden [2]; als Modell einer intuitiven Beschäftigung mit der Zukunft läßt es sich heute noch rechtfertigen [8], wie es umgekehrt als Technik des Betrugs verworfen werden muß, sobald es – wie im Falle des Advokats Reitgans aus dem Roman »Gargantua und Pantagruel« von François Rabelais [9] – der vernünftigen Beurteilung vorgezogen wird. Im Zweifelsfall kommt es natürlich darauf an, *wer* dem Orakel seine Zunge und die Intelligenz seines Rats zu verleihen versteht [10].

Folgenreich war die Orakelkritik in der römischen Antike. Sie wurde von ehemaligen Orakelpriestern wie Plutarch vorgetragen [6], aber auch von den Würdenträgern der siegreichen christlichen Religion, die sich beispielsweise auf die paulinische Skepsis gegenüber dem ekstatischen Zungenreden in der Gemeinde stützen konnten [7]. In

der Spätantike kam es (ab dem 3. nachchristlichen Jahrhundert) zu
Gesetzesverboten des Orakels und der Wahrsagerei.

1. *Edward Evans-Pritchard:* Das Hühnerorakel der Zande

Das Verfahren, Verborgenes dadurch aufzudecken, daß man Hühnern
Gift verabreicht, ist in Afrika weit verbreitet. Aber geradeso, wie die
Zande das nordöstlichste Volk sind, das sich Hexerkraft als eine mate-
rielle Substanz im Bauch vorstellt, so bildet auch ihre Kultur die nordöstlichste Grenze der Verbreitung dieses Orakeltypus. Sie sind das
einzige Volk im Anglo-Ägyptischen Sudan, das ihn anwendet.

Das Gift, das verwendet wird, ist ein rotes Pulver, das aus einer Wald-
schlingpflanze gewonnen und mit Wasser zu einem Brei vermischt
wird. Die Flüssigkeit wird aus dem Brei in den Schnabel kleiner Haus-
hühner ausgedrückt, die gezwungen werden, sie zu schlucken. Meistens sind heftige Krämpfe die Folge. Manchmal erweist sich die Dosis
als tödlich, aber genauso häufig erholen sich die Hühner wieder. Bisweilen sind sie sogar unempfindlich gegen das Gift. Das Verhalten der
Hühner unter diesem Ordal, besonders ihr Tod oder Überleben, gibt
den Zande Antwort auf die Fragen, die sie dem Orakel vorlegen. [...]

Das Giftorakel, benge, ist das bei weitem bedeutendste Orakel der
Zande. Die Zande verlassen sich vollständig auf seine Entscheidungen,
denen – wenn sie auf Anordnung eines Prinzen eingeholt wurden –
Gesetzeskraft zukommt. Ein Besucher im Zandeland hört ebensooft
vom Giftorakel wie von Hexerei, denn wann immer Zweifel am Tat-
bestand eines Falles oder an irgendjemandes Wohlergehen aufkommt,
trachten sie danach, darüber sogleich die Meinung des Giftorakels zu
erfahren. In vielen Situationen, wo wir bestrebt sind, einen Urteilsspruch auf Beweismittel zu stützen, oder versuchen, unser Verhalten durch Abwägen der Wahrscheinlichkeiten zu regeln, befragt der
Zande ohne Zögern das Giftorakel und befolgt dessen Weisungen mit
unbedingtem Vertrauen.

Kein wichtiges Unternehmen wird ohne die Billigung des Giftorakels begonnen. Bei wichtigen gemeinsamen Unternehmungen,
bei allen entscheidenden Punkten im Leben, bei allen gewichtigen

Rechtsstreitigkeiten, bei allen Angelegenheiten, die das individuelle Wohlergehen direkt betreffen, kurz, bei allen Gelegenheiten, die von den Zande als gefährlich oder gesellschaftlich wichtig angesehen werden, geht eine Befragung des Giftorakels der Tätigkeit voraus.

2. *Herodot:* Das überlistete Orakel

II.133. Nach dem Tode der Tochter widerfuhr diesem König [dem König Mykerinos von Ägypten, dem Sohn des Cheops], wie sie sagen, noch ein anderes Leid. Vom Orakel in Buto wurde ihm verkündigt, nur noch sechs Jahre würde er leben und im siebenten sterben. Darüber entrüstete er sich, sandte hin und strafte die Gottheit und führte klage wider sie: sein Vater und sein Oheim, obgleich sie die Tempel verschlossen und die Götter vergessen, ja auch das Volk elend gemacht hätten, hätten doch lange Zeit gelebt, er aber, ein gottesfürchtiger Mann, solle so bald sterben. Da antwortete ihm das Orakel in einem zweiten Spruch, daß er eben dadurch sein Leben verkürze, weil er nicht getan habe, was ihm beschieden gewesen sei, zu tun. Denn hundertfünfzig Jahre lang sollte Ägypten heimgesucht werden; so sei es beschieden gewesen. Das hätten die beiden Könige vor ihm gewußt, er aber hätte es nicht gewußt. Auf diese Antwort begab sich Mykerinos in sein Schicksal. Er ließ aber viele Lichter machen und sie anzünden, sobald die Nacht kam. Dann trank er und ließ es sich wohl sein, ohne aufzuhören, bei Tag und bei Nacht, bald hier, bald dort, an den Seen und in den Hainen, überall, wo er sich am meisten zu vergnügen hoffte. Dies tat er aber darum, um das Orakel Lügen zu strafen, wenn er die Nächte in Tage verwandelte und also zwölf Jahre würden statt der sechs.

3. *Xenophon:* Die sokratische Empfehlung des Orakels

Es war allgemein bekannt, daß Sokrates behauptete, von einer »geistigen Kraft« beraten zu werden, und das war vermutlich der Hauptgrund für die Anklage, daß er neue Gottheiten einführe. Aber was er einführte, war nicht neuartiger als der Glaube anderer Menschen an

Vogelzeichen, prophetische Stimmen, geheime Zeichen und Opfer. Sie glauben ja nicht, daß die Vögel oder die Leute, denen sie zufällig begegnen, wirklich etwas wissen, das dem Wahrsager nützen könnte; sie glauben, daß die Götter uns auf diese Weise Hinweise geben, und Sokrates glaubte das auch. Aber während die meisten sagen, sie seien durch Vögel oder Menschen, denen sie zufällig begegneten, gewarnt oder ermutigt worden, sagte Sokrates genau das, was er dachte: er sagte, daß die »geistige Kraft« ihm Hinweise gebe. Manche seiner Freunde wurden von ihm beraten, dies zu tun und jenes zu lassen, so wie die »geistige Kraft« ihn leitete. Diejenigen, die seinem Rat folgten, waren erfolgreich, aber jene, die das nicht taten, hatten alle Ursache, es zu bereuen... Es ist klar, daß Sokrates diese Ratschläge nicht erteilt hätte, wäre er nicht überzeugt gewesen, daß alles sich so ereignen würde, wie er es voraussagte. Und wer sonst als ein Gott hätte ihm diese Überzeugung gegeben? Und da er ein solches Vertrauen in die Götter hatte, wie hätte er nicht an sie glauben können?

Er hatte noch eine andere Art, mit seinen Freunden zu verkehren: Er riet ihnen, das, was sie tun mußten, so gut zu tun, wie sie konnten. Doch wenn der Ausgang einer Sache zweifelhaft schien, schickte er seine Freunde zum Orakel, so daß sie erfragen konnten, was zu tun oder nicht zu tun sei. Diejenigen, die sich um ihr Haus oder um den Staat kümmern wollten, benötigten zusätzlich die Gabe der Weissagung, sagte er. Denn das Handwerk des Zimmermanns, des Schmieds, des Bauern oder des Staatsmanns oder die Kenntnis von Dialektik, Logik, Volkswirtschaft oder Kriegskunst... alle diese Fächer, so meinte er, könnten vom menschlichen Verstand bewältigt werden, aber den wichtigsten Teil dieser Wissenschaften hätten die Götter sich selbst vorbehalten; er sei den Menschen nicht zugänglich. Man kann einen Acker gut anpflanzen, aber man weiß nicht, wer ernten wird; man kann ein Haus nach allen Regeln der Kunst bauen, aber man weiß nicht, wer darin wohnen wird; es kann einer ein guter Kommandant sein, aber er weiß nicht, ob er sein Kommando erfolgreich ausüben wird; es kann einer ein guter Politiker sein, aber niemand weiß, ob seine Politik dem Staate nützen wird; es kann einer eine schöne Frau heiraten, aber wer weiß, ob sie ihm Leid bringt; man gewinnt durch eine Ehe einflußreiche Verbindungen im Staat, aber wer weiß, ob man gerade deswegen in die Verbannung gehen muß.

4. *Vergil:* Die Befragung der Seherin von Cumae

»Und du, o heilige Seherin, die du Künftiges vorherweißt, gib, daß –
ich fordere kein Recht, das mein Schicksal mir nicht schuldig wäre –
gib, daß die Teukrer in Latium sich niederlassen und die umherirren-
den und umgetriebenen Gottheiten Trojas. Dann will ich Phoebus
und Trivia aus reinem Marmor einen Tempel errichten und Feiertage
zu Ehren des Phoebus bestimmen. Auch dir werden in unserem Reich
große Heiligtümer beschieden sein. Denn hier will ich deine Schick-
salssprüche und deine geheimen Vorhersagen für mein Volk aufbewah-
ren und auserwählte Männer dir, Erhabene, weihen. Nun lege deine
Sprüche nicht nieder auf Blätter, auf daß sie nicht durcheinanderflat-
tern als Spiel des sausenden Windes. Sondern nur mit eigenem Mund
gib sie von dir.« Also endete er seine Rede.

Aber die Seherin, die noch nicht unter Phoebus' Gewalt sich beugt,
tanzt wild durch die Höhle, ob sie den mächtigen Gott vielleicht von
ihrer Brust abschütteln könne. Nur um so mehr aber quält sie ihren
rasenden Mund, und er zähmt und bezwingt ihr wildes Herz, indem er
es zügelt. Und schon taten die hundert gewaltigen Öffnungen des Ge-
wölbes von selbst sich auf und trugen die Sprüche der Seherin hinaus
in die Lüfte.

»O du, der du endlich die schweren Gefahren des Meeres überstanden hast! Zu Lande aber stehen dir schwerere noch bevor. Die Dardaner werden ins Reich von Lavinium kommen, diese Sorge entlasse aus
deiner Brust! Aber ihr Wunsch wird einmal sein, daß sie niemals gekommen wären. Kriege, schreckliche Kriege sehe ich und den Tybris
schäumen von vielem Blut. Weder den Simoïs noch den Xanthus,
noch das Lager der Dorer wirst du vermissen. Ein zweiter Achilles ist
schon in Latium geboren, auch er Sohn einer Göttin, und die Teukrer
wird nirgends Juno, die schlimme Begleiterin, in Ruhe lassen, solange
du nicht demütig in bitterer Lage so manches italische Volk angefleht
hast und so manche Stadt. Ursache für so schweres Unglück wird wiederum ein fremdes Eheweib sein bei den Teukrern und wieder das
Brautbett in fremdem Land. Du aber weiche vor dem Unheil nicht
zurück, sondern schreite ihm tapferer entgegen, als es dein Glück ge-
stattet. Der erste Weg zur Rettung wird dir, dies magst du am wenigsten erwarten, von einer griechischen Stadt gebahnt werden.«

Mit solcherlei Rede ruft aus ihrem heiligen Sitz die Sibylle von Cumae schaurig mehrdeutige Sprüche und brüllt durch die Höhle, Wahres mit Dunklem verhüllend. Apollo strafft der Rasenden die Zügel und gräbt seine Sporen ihr tief in die Brust.

5. Die Erwerbung der »Sibyllinischen Bücher«

Als sechster König regierte in Rom Tarquinius Priskus, »der Alte«. Er hat nicht nur durch glückliche Kriege die Stellung Roms weiter befestigt, sondern ist auch durch seine Friedenswerke, die Trockenlegung der Pontinischen Sümpfe, die Anlage von Kanälen und Errichtung großer Bauwerke zu hohem Rang gelangt.

Im letzten Jahr seiner Regierung erschien eines Tages eine uralte Frau im Palast, die niemand je vorher gesehen hatte. Sie bot neun Bücherrollen für einen überaus hohen Preis zum Verkauf an.

»Das Buch muß erst geschrieben werden«, lachte der König, »für das ich hunderttausend As auszugeben gedenke«, und wies das Angebot ab. Die alte Frau trat an den Altar der Hausgötter und verbrannte im Opferfeuer drei Bücherrollen von den neun.

»Sage uns nun den neuen Preis«, scherzte der König, »vielleicht werden wir doch noch handelseins!«

»Die sechs kosten so viel wie die neun«, kicherte die Alte. »Bezahle nur, o König, hunderttausend As.«

»Welche Närrin«, rief der König, der über diesen scheinbaren Unverstand in Zorn geriet. Die Alte ließ sich nicht irremachen und warf noch einmal drei Bücherrollen ins Feuer.

»Nenne den neuen Preis«, sagte der König, verwirrt durch das seltsame Gebaren der alten Frau. Die Greisin richtete sich hoch auf und sprach mit ruhiger, fester Stimme:

»Du wirst mir, Tarquinius, hunderttausend As zahlen für die drei letzten Bücher, oder die Flamme wird auch diese verzehren.«

Nunmehr wurde Tarquinius von leidenschaftlicher Neugier ergriffen und wollte wissen, was es mit den Bücherrollen auf sich habe, von denen drei so viel kosten sollten wie neun. Er ließ seine weisen Ratgeber, die Auguren, kommen, die aus dem Vogelflug und aus den Eingeweiden der Opfertiere die Zukunft zu deuten wußten. Diese prüften die Bücher und erkannten sie als Weissagungen der Sibylle von Kumä, einer der größten Wahrsagerinnen der alten Zeit. Deshalb zögerte der König nicht länger, die verlangte hohe Summe zu zahlen. Das alte Weib aber wurde nie mehr gesehen.

Die Sibyllinischen Bücher wurden im Jupitertempel auf dem Kapitol aufbewahrt und sorgsam gehütet, und ihre Orakelsprüche haben den Römern in späteren Zeiten schwerer Bedrängnis oft guten Rat gespendet.

6. *Plutarch:* Über die Orakel der Pythia

Gibt es irgendein Ereignis, das die Zeit der Natur nicht schuldet? Gibt es etwas so Seltsames, so Unglaubliches zu Lande, zur See, in den Städten, im menschlichen Bereich, daß es nicht vorhergesagt werden kann, bevor es tatsächlich eintritt? Und das kann man kaum »weissagen« nennen, nur »sagen«, oder noch besser: Worte, die jeder Grundlage entbehren, in den unendlichen Raum werfen und ausstreuen. Gelegentlich begegnet ihnen auf ihrer Wanderschaft der Zufall und stimmt freiwillig mit ihnen überein. Es besteht ein Unterschied, meine ich, zwischen einem Ereignis, das eintritt, nachdem es vorausgesagt wurde, und der Voraussage eines Ereignisses, das eintreten wird. Denn ein Bericht über Dinge, die noch nicht Wirklichkeit sind, birgt in sich ein Element des Irrtums, und es ist nicht recht, daß man auf eine Bestätigung, die sich zufällig ergibt, warten muß; auch darf man die Tatsache, daß das Ereignis eintrat, nachdem es vorausgesagt wurde, nicht als schlüssigen Beweis dafür verwenden, daß man es auf Grund eigenen Wissens voraussagte; alles bringt das Unendliche zustande. Nein, der treffsichere Mutmaßer, der nach dem Sprichwort der beste Seher ist, gleicht einem Mann, der am Boden nach Indizien sucht und die Zukunft durch vernunftmäßige Vorhersagen ergründet. Propheten wie die Sibylle oder Bakis haben ihre Voraussagen wahllos in den Ozean der Zeit geworfen und gestreut – Worte und Sätze, die sich auf Erfahrungen und Ereignisse aller Art beziehen, und obgleich sich einige davon tatsächlich durch Zufall verwirklichen, ist das, was jetzt ausgesprochen wird, trotzdem eine Lüge, sogar wenn die Prophezeiung sich als wahr herausstellt, sollte das Ereignis eintreten.

7. *Paulus:* Reden in der Gemeinde

Jagt der Liebe nach! Strebt aber auch nach den Geistesgaben, vor allem nach der prophetischen Rede! Denn wer in Zungen redet, redet nicht zu Menschen, sondern zu Gott; keiner versteht ihn: Im Geist redet er geheimnisvolle Dinge. Wer aber prophetisch redet, redet zu Menschen: Er baut auf, ermutigt, spendet Trost. Wer in Zungen redet, erbaut sich selbst; wer aber prophetisch redet, baut die Gemeinde auf. Ich wünschte, ihr alle würdet in Zungen reden, weit mehr aber, ihr würdet prophetisch reden. Der Prophet steht höher als der, der in Zungen redet, es sei denn, dieser legt sein Reden aus; dann baut auch er die Gemeinde auf.

Was nützt es euch, Brüder, wenn ich komme und in Zungen vor euch rede, euch aber keine Offenbarung, keine Erkenntnis, keine Weissagung bringe? Wenn leblose Musikinstrumente, eine Flöte oder eine Harfe, nicht deutlich unterschiedene Töne hervorbringen, wie soll man dann erkennen, was auf der Flöte oder auf der Harfe gespielt wird? Und wenn die Trompete unklare Töne hervorbringt, wer wird dann zu den Waffen greifen? So ist es auch mit euch, wenn ihr in Zungen redet, aber kein verständliches Wort hervorbringt. Wer soll dann das Gesprochene verstehen? Ihr redet nur in den Wind.

Es gibt wer weiß wie viele Sprachen in der Welt, und nichts ist ohne Sprache. Wenn ich nun den Sinn der Laute nicht kenne, bin ich für den Sprecher ein Fremder, wie der Sprecher für mich. So ist es auch mit euch. Da ihr nach Geistesgaben strebt, gebt euch Mühe, daß ihr damit vor allem zum Aufbau der Gemeinde beitragt. Deswegen soll einer, der in Zungen redet, darum beten, daß er es auch auslegen kann. Denn wenn ich nur in Zungen bete, betet zwar mein Geist, aber mein Verstand bleibt unfruchtbar. Was folgt daraus? Ich will nicht nur im Geist beten, sondern auch mit dem Verstand. Ich will nicht nur im Geist Gott preisen, sondern auch mit dem Verstand. Wenn du nur im Geist den Lobpreis sprichst und ein Unkundiger anwesend ist, so kann er zu deinem Dankgebet das Amen nicht sagen; denn er versteht nicht, was du sagst. Dein Dankgebet mag noch so gut sein, der andere hat keinen Nutzen davon. Ich danke Gott, daß ich mehr als ihr alle in Zungen rede. Doch vor der Gemeinde will ich lieber fünf Worte mit Verstand reden, um auch andere zu unterweisen, als zehntausend Worte in Zungen stammeln.

8. *Chinesische Volkssage:* Kann sein

Die Geschichte von einem Bauern, dessen Pferd davonlief.
Am Abend versammelten sich die Nachbarn und bemitleideten ihn, weil er solches Pech hatte. Der Bauer sagt: »Kann sein.« Am nächsten Tag kam das Pferd zurück und brachte noch sechs Wildpferde mit, und die Nachbarn kamen und riefen, welches Glück er hatte. Er sagte: »Kann sein.« Und am folgenden Tag versuchte sein Sohn, eines der wilden Pferde zu satteln und zu reiten, er wurde abgeworfen und brach sich ein Bein. Wieder kamen die Nachbarn und bekundeten ihr Mitleid wegen seines Unglücks. Er sagte: »Kann sein.« Am anderen Tag kamen Offiziere ins Dorf und zogen junge Männer als Rekruten für die Armee ein, aber der Sohn des Bauern wurde wegen seines gebrochenen Beins zurückgestellt. Als die Nachbarn hereinkamen und ihm sagen wollten, wie glücklich sich alles gewendet hatte, sagte er: »Kann sein.«

9. *François Rabelais:* »Dann greife ich zu meinen Würfeln«

Darum mach' ich's wie ihr, liebe Herren, und warte die Zeit ab, bis ein Prozeß reif ist und bis er alle seine Glieder, das heißt Schriftstücke und Aktenstöße, vollkommen ausgebildet hat. *Arg. in l. si major. C. commun. divid. et de cons. di 1,c. Solennitates, et ibi gloss.* Ein Prozeß wenn er zur Welt kommt, scheint mir, ganz wie euch, liebe Herren, auch, unförmlich und unvollkommen, einem jungen, neugebornen Bären gleich, der weder Beine, Tatzen, Fell, Haare noch Kopf hat, sondern nichts ist als ein Stück rohes, ungeformtes Fleisch. Das alles muß die Bärenmutter erst aus ihm herauslecken, *ut not. Doc. ff. ad 1. Aquil. l.2 infin.* Geradeso ungegliedert und ungestaltet sehe ich, auch ihr, liebe Herren, die Prozesse zur Welt kommen. Ein Glied, höchstens zwei ist alles, was sie haben, da sind sie noch recht häßlich; aber wenn es sich erst sammelt, sich anhäuft und überläuft, dann kann man wohl sagen, es formt sich, es gliedert sich; denn *forma dat esse rei, l. si qui. ff. ad l. Falcid. in c. cum dilecta. extra. de rescript. Barbatia cons. 12 lib. 2,* und vor ihm *Bald. in c. ult. extra de consuet. et l. Julianus. ff. ad exhib. et l. quaesitum. ff. de leg. 3.*

Die Art, wie das geschieht, ist angegeben *in gloss. pen. qu. 1. c. Paulus: Debile principium melior fortuna sequetur.* Wie ihr, liebe Herren, auch, so verschaffen die Gerichtsdiener, Schergen, Büttel, Schreiber, Prokuratoren, Kommissare, Advokaten, Untersuchungsrichter, Registratoren, Notare, Aktuare, Assessoren, *de quibus tit. est l. 3. Cod.,* den Prozessen durch starkes und immerwährendes Saugen an den Geldbeuteln der Parteien Kopf, Füße, Tatzen, Schnabel, Zähne, Venen, Arterien, Muskeln und Lebensgeister, das heißt Aktenstöße, *gloss. de cons. d. 4. c. accepisti: Qualis vestis erit talia corda gerit.* [...] Denn ein Pro-zeß nach den Regeln der Kunst ist stets ein Ex-zeß im Anhäufen der Akten. [...] Aus diesem Akt entwickelt sich dann ein anderes Glied und aus diesem wieder eins, wie man Ring an Ring zu einem Kettenhemd zusammenschmiedet. Endlich seh' ich, daß der Prozeß durch Nachforschungen aller Art gehörig geformt und an allen Gliedern vollkommen ist. Dann greife ich zu meinen Würfeln. Und nicht etwa ohne vernünftigen Grund ziehe ich die Sache in die Länge, sondern habe dazu die Erfahrung für mich.

10. *Iwan Krylow:* Das Orakel

Es stand in einem Tempel
Ein Götzenbild aus Holz.
Es war des Landes Kleinod,
Sein Reichtum und sein Stolz.

Der Götze war vergoldet,
Von Weihrauch eingehüllt;
Die Opferschalen waren
Mit Gaben angefüllt.

Es konnte weise reden
Der Götze im Brokat.
Und wer in Sorgen schwebte,
Bekam den besten Rat.

Es glaubten blind dem Seher
Die Menschen fern und nah,
Weil, was er prophezeite,
Genau aufs Wort geschah.

Doch plötzlich – welche Schande! –
Da brach der Zauberbann:
Es fing der Hochverehrte
Falsch zu orakeln an.

Der Götze schwatzte Dinge
Gar dumm und sonderbar;
Man lachte, und man höhnte,
Weil alles Unsinn war.

Man schüttelte die Köpfe,
Was war mit dem Idol?
Die Lösung war ganz einfach:
Das Götzenbild war hohl.

Es steckte, gut verborgen,
Ein frommer Priester drin.
Er machte das Orakel
Und gab den Zeichen Sinn.

Das war stets gut gegangen,
Solang' in dem Gelaß
Ein kluger, weiser Priester
geschickt orakelnd saß.

Das wurde aber anders,
Als jener Schlaue starb.
Es kam ein neuer Priester,
Der alles rasch verdarb.

War keiner von den Klugen
Und schwatzte her und hin.
Drum fehlte dem Orakel
Von nun an jeder Sinn.

Ich kenn' mich aus im Leben:
Der Richter hat's nicht schwer,
Wenn ihm ist beigegeben
Ein kluger Sekretär.

Verläßt ihn der Gescheite,
Wird leider oft entdeckt,
Daß hinter Samt und Seide
Ein hohler Götze steckt.

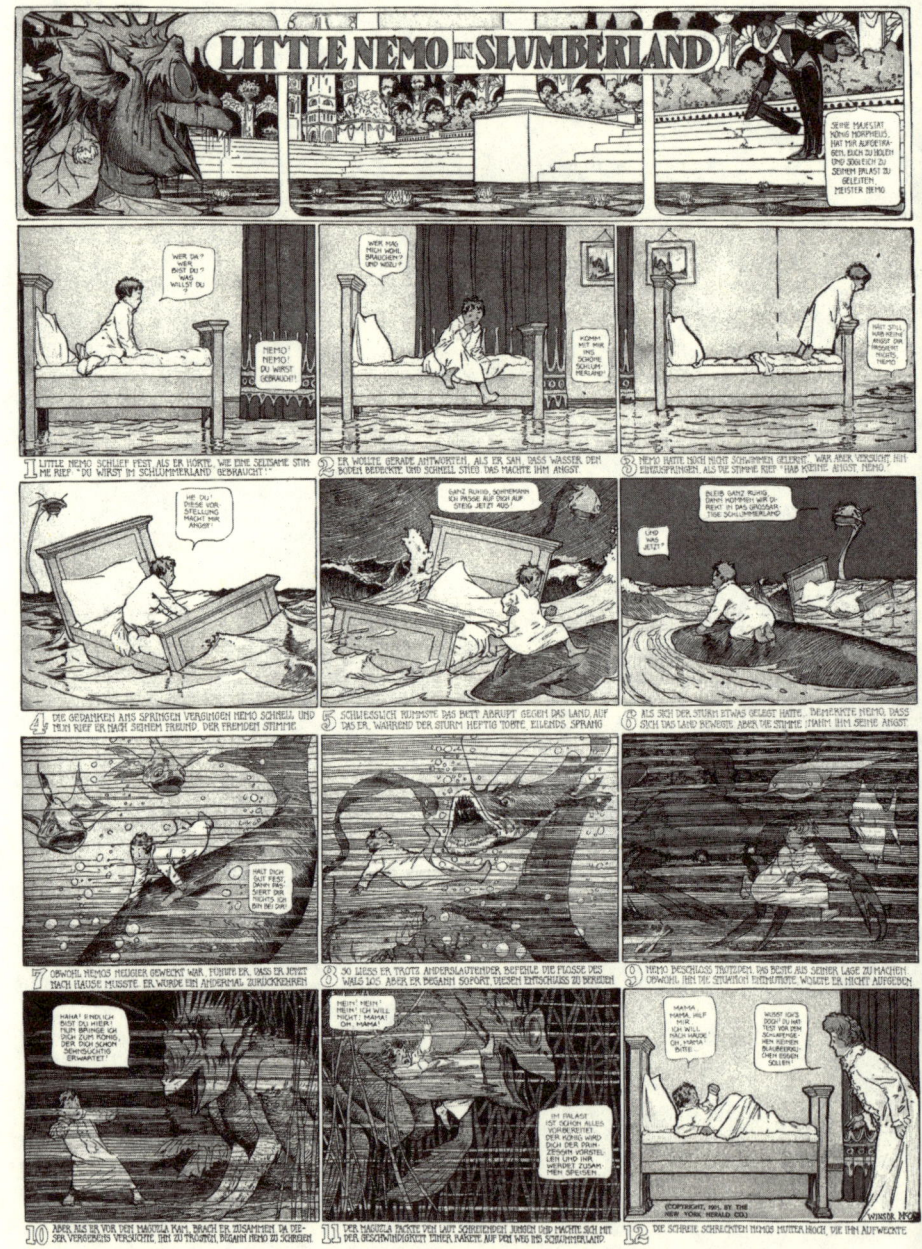

Winsor McCay: Little Nemo in Slumberland

IV.
RAT IM TRAUM

Einleitung

Manche Ratschläge wurden nicht bei klarem Kopf erteilt. Schon die Prozeduren um das Orakel, die Verbrennung von Kräutermixturen, der Genuß von Rauschtränken, die Atmosphäre des Mysteriums, der Trance und der Ekstase, vermochten das Bewußtsein empfänglicher zu machen für »innere« Stimmen oder hilfreiche Offenbarungen. Wichtiger noch erschienen den Alten indes die Ratschläge, die sie im Traum erhielten; der Berufsstand der Traumdeuter wurde entsprechend ernst genommen.

Die Traumbücher verschiedenster kultureller Traditionen handelten nicht nur von glücklichen Traumdeutungen und allgemeingültigen Traumsymbolen, sondern auch von den erforderlichen Kompetenzen und Techniken des Traumdeuters. Die Interpretation der Träume konnte – wie in der Protosemiotik des Traumbuchs von Ibn Sirin [3] – an mehreren Bezugssystemen orientiert werden; beachtet werden sollte aber auch die gesellschaftliche Stellung und Gemütsverfassung der Klienten [1].

Träume spielten in der griechischen, römischen, islamischen, jüdischen oder christlichen Kulturgeschichte eine herausragende Rolle. Eine der berühmtesten Traumdeutungen überhaupt, nämlich Josephs Interpretation der Träume des Pharaos [2], führte nicht nur zu einer der bemerkenswertesten Karrieren eines Beraters im Altertum, sondern auch zu zahlreichen Zitaten und literarischen Bearbeitungen – von Sigmund Freuds »Traumdeutung« bis zu Thomas Manns Josephsroman. Die Psychoanalyse trug – nach der Romantik – zu einer beispiellosen Aufwertung des Träumens in der Moderne bei, freilich nicht ohne den Traum vor allem als Symptom vergangener Problemstellungen wahrzunehmen [4]. Gegen diese latente Abwertung der Träume wehrte sich Ernst Bloch, der den Tagtraum in sein Konzert der Utopien einordnen wollte [5], aber auch der französische

Essayist Alain: mit einem Plädoyer für den »schlummernden Teil« der Menschen [6].

1. *Artemidor:* Vom Traumdeuter

Es ist für den Träumenden und für den Ausleger nützlich, und nicht nur nützlich, sondern geradezu notwendig, daß der Traumdeuter genau weiß, wer der Träumende ist, daß er über dessen Beruf, seine Herkunft, seine Vermögensverhältnisse, seinen Gesundheitszustand und über sein Alter unterrichtet ist. Sodann hat er das Traumgesicht seinem Inhalt nach genau zu untersuchen. […]

Der Traumdeuter muß die Traumgesichte in der Weise auslegen, daß er sein Augenmerk einmal vom Anfang auf das Ende, das andere Mal vom Ende auf den Anfang lenkt; denn mitunter erhellt der Anfang das dunkle und schwer zu deutende Ende, bisweilen ist es umgekehrt. Bei den Traumgesichten, die verstümmelt sind und die man sozusagen nicht in den Griff bekommt, ist eine gewisse Kombinationsgabe vonnöten, ganz besonders bei denen, in welchen etwas Geschriebenes geschaut wird, das keinen selbständigen Gedanken enthält, oder nur ein sinnloses Wort; hier kann durch Umstellung, Änderung oder Zugabe von Buchstaben oder Silben, zuweilen auch durch Auffinden eines gleichwertigen Wortes der Zusammenhang geklärt werden.

Deshalb muß der Traumdeuter, so behaupte ich, von Haus aus eine gute Anlage mitbringen, er muß gesunden Menschenverstand und nicht nur ein Buchwissen haben; denn glaubt jemand, er könne nur mit Kunstgriffen, ohne natürliche Begabung ein Meister in diesem Fach werden, so wird er stets ein ausgemachter Stümper bleiben, und umso mehr, je festgelegter er in seiner Art ist. Denn hat man schon von Anfang an die falsche Richtung eingeschlagen, dann führt der Weg immer mehr in die Irre. Ferner halte man solche Traumgesichte für undeutbar, welche nicht vollständig wiedergegeben werden, sei es, daß dem Träumenden die Mitte oder das Ende entfallen ist. Denn der Ausgang jeder Traumwahrnehmung ist auf einen heilen Zusammenhang hin zu untersuchen, einzig das lückenlos wiedergegebene aber erschließt sich dem Verständnis. So wie die Opferpriester in den Fällen, in denen die Zeichen zweideutig sind, nicht behaupten, dieselben wären unwahr, sondern erklären, sie könnten sie aus den Opfern nicht beurteilen, so darf auch der Traumdeuter sich nicht über Traumgesichte äußern, über die er sich kein klares Urteil zu bilden vermag, noch sie aus dem Stegreif deuten, weil er selbst dadurch um seinen guten Namen kommen, der Träumende aber Schaden erleiden wird. Folgendes ist noch zu beachten: Alle Traumgesichte, die etwas Unheilvolles bedeuten, haben für den Träumenden weniger unheilvolle oder vielleicht gar keine Folgen, wenn seine seelische Stimmung dabei gehoben ist. Umgekehrt gehen alle Traumgesichte, welche etwas Gutes bedeuten, nicht in Erfüllung oder jedenfalls in geringerem Maß, wenn seine seelische Stimmung gedrückt ist. Deswegen soll man jeden einzelnen danach befragen, ob er in guter oder schlechter Gemütsverfassung geträumt hat.

2. Pharaos Traum

Zwei Jahre später hatte der Pharao einen Traum: Er stand am Nil. Aus dem Nil stiegen sieben gut aussehende, wohlgenährte Kühe und weideten im Riedgras. Nach ihnen stiegen sieben andere Kühe aus dem Nil; sie sahen häßlich aus und waren mager. Sie stellten sich neben die schon am Nilufer stehenden Kühe, und die häßlichen, mageren Kühe fraßen die sieben gut aussehenden und wohlgenährten Kühe auf. Dann erwachte der Pharao. Er schlief aber wieder ein und träumte ein zweites Mal: An einem einzigen Halm wuchsen sieben Ähren, prall und schön. Nach ihnen wuchsen sieben kümmerliche, vom Ostwind ausgedörrte Ähren. Die kümmerlichen Ähren verschlangen die sieben prallen, vollen Ähren. Der Pharao wachte auf: Es war ein Traum.

Am Morgen fühlte er sich beunruhigt; er schickte hin und ließ alle Wahrsager und Weisen Ägyptens rufen. Der Pharao erzählte ihnen seine Träume, doch keiner war da, der sie ihm hätte deuten können. Da sagte der Obermundschenk zum Pharao: Heute muß ich an meine Verfehlung erinnern: Als der Pharao über seine Diener aufgebracht war, gab er mich ins Haus des Obersten der Leibwache in Haft, mich und den Oberbäcker. Da hatten wir, ich und er, in derselben Nacht einen Traum, der für jeden eine besondere Bedeutung haben sollte. Dort war mit uns zusammen ein junger Hebräer, ein Sklave des Obersten der Leibwache. Wir erzählten ihm unsere Träume, und er legte sie uns aus. Jedem gab er die zutreffende Deutung. Wie er es uns gedeutet hatte, so geschah es: Mich setzte man wieder in mein Amt ein, den andern hängte man auf.

Da schickte der Pharao hin und ließ Josef rufen. Man holte ihn schnell aus dem Gefängnis, schor ihm die Haare, er zog andere Kleider an und kam zum Pharao. Der Pharao sagte zu Josef: Ich hatte einen Traum, doch keiner kann ihn deuten. Von dir habe ich aber gehört, du brauchst einen Traum nur zu hören, dann kannst du ihn deuten. Josef antwortete dem Pharao: Nicht ich, sondern Gott wird zum Wohl des Pharao eine Antwort geben.

Da sagte der Pharao zu Josef: In meinem Traum stand ich am Niluufer. Aus dem Nil stiegen sieben wohlgenährte, stattliche Kühe und weideten im Riedgras. Nach ihnen stiegen sieben andere Kühe herauf, elend, sehr häßlich und mager. Nie habe ich in ganz Ägypten so häßliche Kühe gesehen. Die mageren und häßlichen Kühe fraßen die sieben ersten, fetten auf. Sie verschwanden in ihrem Bauch, aber man merkte nicht, daß sie darin waren; sie sahen genauso elend aus wie vorher. Dann wachte ich auf. Weiter sah ich in meinem Traum: Auf einem einzigen Halm gingen sieben volle, schöne Ähren auf. Nach ihnen wuchsen sieben taube, kümmerliche, vom Ostwind ausgedörrte Ähren. Die kümmerlichen Ähren verschlangen die sieben schönen Ähren. Ich habe das den Wahrsagern erzählt, aber keiner konnte mir die Deutung sagen.

Darauf sagte Josef zum Pharao: Der Traum des Pharao ist ein und derselbe. Gott sagt dem Pharao an, was er vorhat: Die sieben schönen Kühe sind sieben Jahre, und die sieben schönen Ähren sind sieben Jahre. Es ist ein und derselbe Traum. Die sieben mageren und häßlichen Kühe, die nachher heraufkamen, sind sieben Jahre Überfluß, und die sieben leeren, vom Ostwind ausgedörrten Ähren sind sieben Jahre Hungersnot. Das ist es, was ich meinte, als ich zum Pharao sagte: Gott ließ den Pharao sehen, was er vorhat: Sieben Jahre kommen, da wird großer Überfluß in ganz Ägypten sein. Nach ihnen aber werden sieben Jahre Hungersnot heraufziehen: Da wird der ganze Überfluß vergessen sein, und Hunger wird das Land auszehren. Dann wird man nichts mehr vom Überfluß im Land merken wegen des Hungers, der danach kommt; denn er wird sehr drückend sein. Daß aber der Pharao gleich zweimal träumte, bedeutet: Die Sache steht bei Gott fest, und Gott wird sie bald ausführen. Nun sehe sich der Pharao nach einem klugen, weisen Mann um und setze ihn über Ägypten. Der Pharao möge handeln: Er bestelle Bevollmächtigte über das Land und besteuere Ägypten mit einem Fünftel in den sieben Jahren des Überschusses. Die Bevollmächtigten sollen alles Brotgetreide der kommenden guten Jahre sammeln und auf Weisung des Pharao Korn aufspeichern; das Brotgetreide sollen sie in den Städten sicherstellen. Das Brotgetreide soll dem Land als Rücklage dienen für die sieben Jahre der Hungersnot, die über Ägypten kommen werden. Dann wird das Land nicht an Hunger zugrunde gehen. Die Rede gefiel dem Pharao und seinen Hofleuten. Der Pharao sagte: Finden wir einen Mann wie diesen hier, einen, in dem der Geist Gottes wohnt?

3. *Ibn Sirin:* Wie der Traumdeuter vorzugehen hat

Für die Traumschau gelten sechsundvierzig Kennzeichnungen, wie sie u.a. vom Propheten selbst definiert wurden: Der Deuter muß das Gottesbuch kennen, die Prophetentradition beherrschen, Fachmann auf dem Gebiet arabischer sprichwörtlicher Gleichnisse sein; er muß mit dem Begriffs- und Ausdrucksvermögen unterschiedlicher menschlicher Gruppierungen, deren Wesensarten und Lebensumständen vertraut sein; er hat die Grundlagen der Interpretation zu beachten; er muß ein redliches Gemüt und einen reinen Charakter besitzen und mit aufrichtiger Zunge sprechen, auf daß Gott ihn zum Rechten führe und den Weg der Geradheit leite.

So wisse, daß das Traumsehen entsprechend den Beurteilungskriterien ganz verschieden auszudeuten ist, verschieden je nach Zeiten, Zeitpunkten und Situationen der Menschen – sowie einmal nach dem Gottesbuch, ein andermal nach der Prophetentradition, ein drittes Mal nach allgemein bekanntem Gleichnis. Vielleicht wird vom Betrachter eine Kongruenz, eine Wortähnlichkeit, der Gleichklang eines Begriffs oder eine Sinninterpretation herangezogen. Dann und wann mag es mit Hilfe seines Gegenteils oder einer Ableitung, schließlich auch durch Ergänzung oder Auslassung gedeutet werden.

Zur Deutung vom Koran her:

Eier sind mit Frauen zu interpretieren nach Gottes Wort: »...(un-berührte Huris), als ob sie wohlverwahrte Eier wären«;

Steine mit Unbarmherzigkeit nach Gottes Wort: »...(Herzen), so daß sie wie Steine waren oder noch härter«;

Menschenfleisch mit Verleumdung nach Gottes Wort: »Möchte einer von euch das Fleisch seines toten Bruders verzehren? Das wäre euch doch zuwider!«

Junger Mann, der Schlüssel bekommt, mit Vermögenserwerb nach Gottes Wort über Koran: »Und wir gaben ihm so viel Schätze, daß die Schlüssel dazu von einer ganzen Schar kaum getragen werden konnten« – so wird sein Vermögen anschwellen, denn an Schätze kommt man ja nur mit Schlüsseln heran;

Schiff mit Rettung nach Gottes Wort: »Aber Wir erretteten ihn und die, die mit ihm auf dem Schiff waren«;

König, der sich ungewöhnlicherweise Haus, Dorf oder Örtlichkeit be-treten sieht, mit Eintritt eines Unglücks, zugefügt den Leuten jenes Ortes nach Gottes Wort: »Wenn Könige in eine fremde Gemeinde einziehen, geben sie sie dem Verderben preis und machen deren mächtigste Einwohner zu Unterworfenen«;

Kleidung mit Frauen nach Gottes Wort: »Sie sind für euch und ihr seid für sie wie Bekleidung.«

Hierzu kann man vielfach analog vorgehen.

Zur Deutung von der Prophetentradition her:

Rabe ist mit Frevler zu interpretieren, denn der Prophet nannte ihn so;

Maus mit Ehebrecherin, denn der Prophet gab ihr den Namen Sün-derlein;

Rippe mit Frau, denn der Prophet sagte: Die Frau wurde aus einer krummen Rippe erschaffen;

Türschwelle mit Frau, denn der Prophet gab eine Erzählung über Abra-ham wieder, der zu seinem Sohn Ismael gesagt hatte: Wechsle deine Türschwelle aus, d.i. deine Gattin.

Auch hierzu gibt es viele Analogien.

Zur Deutung von allgemein bekannten Sprichwörtern her:

Langes in der Hand bedeutet Großmut, Güte, Edelmut, wie man sagt:
Lange Hand gibt gern, d.h. macht viele Geschenke;

Kranke sind Kosten wie man sagt: Wer sein Wort nicht hält, ist krank an
Wort und Rede;

Ebenbild ist Junge wie man sagt: Wer seinem Vater gleicht, ist das Ebenbild des Löwen;

Pfeile, Nüsse, Steine auf Leute schleudern ist Verleumdung wie man sagt:
N.N. bewirft, verleumdet andere;

sich die Hände mit *Pottasche* waschen ist an etwas verzweifeln wie man
sagt: Ich wasche meine Hand an dir mit Pottasche, d.h. ich verzweifle
an deinem guten Kern;

Hammel ist Angesehener, Mächtiger wie man sagt: N.N. ist der Leithammel; und vieles andere mehr. [...]

Die Deutung durch Antithese, durch Allegorie:

Mit Freude wird zunächst das Nichtsein von Schreien, Klagen, Lautgeben, Herzenskummer gedeutet, aber

Freude, Tanz und *Lachen* sind auch Trauer und Sorge, – wie zwei nämlich, die einander bekämpfen und miteinander ringen, und am Ende
ist der Niedergeworfene doch der Dominierende;

sich schröpfen lassen bedeutet aufgeschnitten werden;

ein Grab betreten ist ins Gefängnis kommen;

eingesperrt werden, noch dazu an anderen Leuten unbekanntem Orte,
und nicht herauskommen ist begraben werden;

Krieg ist Pest; *Pest* ist Krieg;

Flut ist angreifender Feind;

Heuschrecke ist Armee;

Armee ist Heuschrecke.

Zur Deutung durch Ergänzung und Auslassung:

Weinen ist Freude; doch wenn dazu Schreien, Tränenfluß, Herzenskummer oder Klagen kommen, bedeutet es Unglück;

Schlagen ist hoher Rang; doch ist der Geschlagene gefesselt, bedeutet es
üble Nachrede, gegen die man sich nicht zu wehren vermag;

hat einer *Federn* und *Flügel*, bedeutet das Reichtum; freut er sich
jedoch darüber, bedeutet es Unterordnung;

abgetrennte Hand, die man noch bei sich führt, ist Bruder oder Sohn; ist
man dazu noch krank, bedeutet dies Unglück, das einen im Bruder
oder im Sohn trifft;

Kranker, der einen nicht sprechenden Gesunden von sich und seinem
Haus weggehen sieht, wird sterben; spricht derjenige aber, wird er
genesen;

Mäuse sind unanständige Frauen, solange deren Farben nicht weiß
oder schwarz sind; sonst nämlich bedeuten sie Tage und Nächte;

Fische in einer bekannten Anzahl sind Vermögen oder auch Gewinn usw.

Zur Deutung von widersprüchlichen Situationen und Menschengruppen:

Wenn nun das Traumsehen widersprüchlich ist wie bei einem, der sich
an Händen und Füßen gefesselt sieht, und wenn dessen Wesen gläubig
und wohltätig ist, so gilt für ihn Rechtschaffenheit, und Laster und Ver-
derbtheit haben das Nachsehen; ist er aber ein verderbter Mensch,
dann wartet seiner die Hölle.

Zur Deutung widersprüchlicher Zeiten:

Elefantenreiter bei der Nacht bedeutet Erwerb umfangreicher Dinge ohne
großen Nutzen; dasselbe bei Tag dagegen bedeutet Scheidung von
der Frau.

4. *Sigmund Freud:* Bemerkungen zu Theorie und Praxis der Traumdeutung

Bei der Deutung eines Traumes in der Analyse hat man die Wahl
zwischen verschiedenen technischen Verfahren.

Man kann *(a)* chronologisch vorgehen und den Träumer seine Einfälle zu den Traumelementen in der Reihenfolge vorbringen lassen,
welche diese Elemente in der Erzählung des Traumes einhalten. Dies
ist das ursprüngliche, klassische Verhalten, welches ich noch immer für
das beste halte, wenn man seine eigenen Träume analysiert.

Oder man kann *(b)* die Deutungsarbeit an einem einzelnen, ausgezeichneten Element des Traumes ansetzen lassen, das man mitten aus dem Traum herausgreift, z.B. an dem auffälligsten Stück desselben oder an dem, welches die größte Deutlichkeit oder sinnliche Intensität besitzt, oder etwa an eine im Traum enthaltene Rede anknüpfen, von der man erwartet, daß sie zur Erinnerung an eine Rede aus dem Wachleben führen wird.

Man kann *(c)* überhaupt zunächst vom manifesten Inhalt absehen und dafür an den Träumer die Frage stellen, welche Ereignisse des letzten Tages sich in seiner Assoziation zum erzählten Traum gesellen.

Endlich kann man *(d)*, wenn der Träumer bereits mit der Technik der Deutung vertraut ist, auf jede Vorschrift verzichten und es ihm anheimstellen, mit welchen Einfällen zum Traum er beginnen will. Ich kann nicht behaupten, daß die eine oder die andere dieser Techniken die vorzüglichere ist und allgemein bessere Ergebnisse liefert. [...]

Man kann Träume *von oben* und Träume *von unten* unterscheiden, wenn man diesen Unterschied nicht zu scharf fassen will. Träume von unten sind solche, die durch die Stärke eines unbewußten (verdrängten) Wunsches angeregt werden, der sich eine Vertretung in irgendwelchen Tagesresten verschafft hat. Sie entsprechen Einbrüchen des Verdrängten in das Wachleben. Träume von oben sind Tagesgedanken oder Tagesabsichten gleichzustellen, denen es gelungen ist, sich nächtlicherweile eine Verstärkung aus dem vom Ich abgesprengten Verdrängten zu holen. Die Analyse sieht dann in der Regel von diesem unbewußten Helfer ab und vollzieht die Einreihung der latenten Traumgedanken in das Gefüge des Wachdenkens.

5. *Ernst Bloch:* Die Menschen träumen nicht nur nachts

Doch eben, die Menschen träumen nicht nur nachts, durchaus nicht. Auch der Tag hat dämmernde Ränder, auch dort sättigen sich Wünsche. Anders als der nächtliche Traum zeichnet der des Tages frei wählbare und wiederholbare Gestalten in die Luft, er kann schwärmen und faseln, aber auch sinnen und planen. Er hängt auf müßige Weise (sie kann jedoch der Muse und der Minerva nahe verwandt werden)

Gedanken nach, politischen, künstlerischen und wissenschaftlichen. Der Tagtraum kann Einfälle liefern, die nicht nach Deutung, sondern nach Verarbeitung verlangen, er baut Luftschlösser auch als Planbilder und nicht immer nur fiktive. Sogar noch in der Karikatur hat der Träumerische ein anderes Gesicht als der Träumende: er ist dann Hans-guck-in-die-Luft, also keineswegs der Nachtschläfer mit geschlossenen Augen. Einsame Spaziergänge oder schwärmerisches Jugendgespräch mit einem Freund oder die sogenannte blaue Stunde zwischen Tag und Dunkel sind für die Wachträumerei besonders geeignet. [...] Wurde doch, erstaunlicherweise, die Tagphantasie bisher kaum als originärer Zustand psychologisch ausgezeichnet, auch nicht als eigene Art Wunscherfüllung, mit viel bloßem wishful thinking, doch nicht ausgeschlossener Schärfe, ja Verantwortlichkeit gerade des thinking. [...] Denn Nachträume speisen sich allermeist aus zurückliegendem Triebleben, aus vergangenem, wo nicht archaischem Bildermaterial, und es geschieht nichts Neues unter ihrem bloßen Mond. Also wäre es absurd, Tagträume: als jene Vorgriffe der Einbildungskraft, die man seit alters zwar gleichfalls Träume, doch ebenso Vorauseilungen, Antizipationen nennt, unter den Nachttraum zu subsumieren oder ihm gar nachzusetzen. *Das Luftschloß ist keine Vorstufe zum nächtlichen Labyrinth, eher liegen noch die nächtlichen Labyrinthe als Keller unter dem täglichen Luftschloß.*

6. *Alain:* Der Kern des Glücks

Die Kunst, aufmerksam zu sein, die die große Kunst ist, setzt voraus die Kunst, nicht aufmerksam zu sein, die die königliche Kunst ist. Schlafen können, sich auszuruhen wissen, sich darauf verstehen zu übersehen, vergessen können, das findet man bei Vorgesetzten zu selten. Der Mensch ist seltsam belagert; Farben, Düfte, Geräusche, Berührungen stürzen sich fortwährend durch die Türen des Menschen; gewährt er allen Zutritt, ist er verloren. Der Entschluß zu schlafen ist wunderbar; er ist eine Absage an die Aufmerksamkeit. Es bedarf dazu eines ruhigen Mutes und einer Gleichgültigkeit gegenüber den Grenzen; die Oberfläche des Körpers sträubt sich nicht mehr, sie schenkt allem Vertrauen; diese Versöhnung ist der Kern des Glücks. Wer sich des Schlafens beraubt, beraubt sich des Erwachens; wer nicht genügend schläft, ist buchstäblich vergiftet von der eigenen Erregung; wer geschlafen hat, ist reingewaschen.

Diese ständige Wiederkehr der Nächte ist ein großer Ratgeber. Aber auch nur ein einziger Tag voller Gedanken übersteigt ganz und gar unsere Mittel. Ein Mann von gutem Urteil weiß überall zu schlafen. Er schenkt allem Gehör, dann schläft er. Beim kurzen Erwachen, wenn es darauf ankommt, ein Urteil zu fällen, hat er zwar den Nachteil, daß er nicht zugehört hat, aber er verfügt über die Kraft, frisch und ausgeruht zu sein. Was für einen Vorteil hätte denn der, der alles gelesen hat und alles weiß, wenn er ermüdet ist in dem Augenblick, da das Geschehen eine Antwort erfordert? Man erzählt sich Wunderdinge von der unbewußten Tätigkeit des Geistes. Einige glauben, es vollziehe sich während des Schlafes ein Ordnen und so etwas wie ein Verdauen der Ideen. Ich möchte lieber annehmen, daß sie, wenn sie lange geschlafen haben, ganz neu erwachen und im Nu Schwierigkeiten entwirren, die am Abend zuvor durch die Wirkung der Ermüdung unüberwindlich waren. Die ganze Kunst besteht darin, nicht in dem Augenblick der Idee nachzulaufen, da sie entflieht. Auf eine Statue oder ein Bauwerk wirft man besser zwei oder drei Blitze der Aufmerksamkeit, statt den Blick starr darauf zu heften. Ich habe solch starre Blicke gesehen, die das Wissen erbetteln; sie sehen nicht, weil sie zu sehr hinschauen.

Wer beharrlich auf die leisesten Töne gehorcht hat, hat etwas entdeckt, was er nicht suchte. Einen sehr schwachen, aber beständigen Ton hört man dann gleichsam ununterbrochen; die Aufmerksamkeit schlägt wie der Puls; sie gönnt sich kurze Schlummer; sie nimmt nichts an, und dann packt sie zu. Das ist lebenswichtig; das bringt nur die Forderung des Körpers zum Ausdruck, und zwar dieselbe, die dem Ruder oder der Axt oder dem Hammer den Rhythmus gibt. Wer da Nachdruck ausübt, dem kommt er nicht zugute. Wirklicher Sportler ist der, der mitten im Spiel ausruht und die Faust nur dann ballt, wenn es nötig ist.

Was mich am Menschen interessiert, ist dieser schlummernde Teil; was ich verachte, ist Erregung, wenn sie sich zur Methode des Denkens machen möchte; das heißt, hundert mal daneben schlagen in der Hoffnung auf einen einzigen Treffer; aber der richtige Schlag ist immer der erste; da muß man keine Versuche anstellen. Darum ist die Methode, gemeinsam zu denken und gemeinsam zu entscheiden, schlecht; sie erschöpft jeden und führt zu Entschlüssen aus Übermüdung. Es ist nicht schwer zu erraten, was ein Beschluß aus Müdigkeit ist; das ist bloße Hinnahme und Resignation; und das aus falscher Nachsicht, was das Übel noch schlimmer macht. Schlechte Laune ist die Frucht unmäßiger Aufmerksamkeit. Ich habe mir diese Versammlungen, die heutzutage so im Schwange sind und die nichts hervorbringen, eine Lehre sein lassen. In ihnen ist die Aufmerksamkeit lebhaft zu Beginn, wenn die Fragen gestellt werden, und matt gegen Ende, wenn es darauf ankommt, den Entschluß zu fassen.

Binet: Ohne Titel

V.

Vom Rat der Weisen und Heiligen

Einleitung

Der Rat der Weisen und Heiligen ist vieldeutig. Er bezweckt Radikalisierungen: die Aufgabe naheliegender Ziele und Zwecke zugunsten spiritueller Einheitserfahrungen und mystischer Ekstasen, jenseits von Leidenschaften und konkreten, sinnlichen Erfahrungen. Davon handeln die Erzählungen vom Rat des Fakirs [1] oder von der Bestrafung eines unschuldigen Mönchs [3]. Aber die Radikalisierung darf kein Selbstzweck werden. Im Zweifelsfall ist es notwendig, die Adepten daran zu erinnern, daß sie durch bloßes Sitzen in der Versenkung nicht erleuchtet werden [7] und daß nicht ausgemacht ist, welche Fertigkeiten und Gebete gerade im Himmel gebraucht werden [6]. Auch darf der strengste Asket – wie Dhu'n-Nun, der Sufi-Meister aus Ägypten – nicht vergessen, gelegentlich Frieden zu schließen mit seinem bedürftigen Leib [8].

Denn einerseits gilt, daß der Bogen so konzentriert gespannt und abgeschossen werden muß, daß kein zweiter Pfeil eingelegt zu werden braucht [5]; andererseits jedoch darf der Bogen niemals überspannt werden [4]. Die Ratschläge der Weisen und Heiligen zielen manchmal in die Ferne; häufiger noch betreffen sie den Alltag, die Nähe und die Gegenwart. Selbst Himmel und Hölle werden unverhofft erfahren; ihre Adresse kann an der nächsten Ecke aufgesucht werden [2].

So verschieden die Religionen und Weltanschauungen, ihre Ratschläge und Empfehlungen, Warnungen und Absagen, auch klingen mögen, so wenig darf vergessen werden, daß spätestens seit der Hochzeit der Mystik im 12. und 13. Jahrhundert der Impuls zur Aussöhnung, zur Einheitserfahrung auch in politisch-religiöser (und nicht allein ekstatischer) Hinsicht, nicht mehr erloschen ist. Mit dem Bekenntnis zur *unio mystica*, wie es Dschalâl-ed-dîn Rumî in poetische Sprache gegossen hat [9], korrespondiert darum die nüchtern-kluge Parabel von den drei Ringen, die Nathan der Weise dem Sultan Saladin vorträgt [10].

1. Aus einem Gespräch des Fürsten Dara Shekoh mit dem Asketen Bâba Lâl

Der Fürst: Wodurch unterscheiden sich die oberste Seele und die lebende Seele?

Der Asket: Sie unterscheiden sich nicht, und Lust und Leid, die der lebenden Seele zugeschrieben werden, kommen von ihrer Gefangenschaft im Körper. Das Wasser des Ganges ist das gleiche, ob es im Strombette fließt, ob es in eine Kanne geschüttet wird.

Der Fürst: Welchen Unterschied mag dies erzeugen?

Der Asket: Einen großen. Ein Weintropfen, zum Wasser in der Kanne gefügt, wird dem Ganzen seinen Geschmack mitteilen; im Strome wäre er verloren. Die oberste Seele ist daher ohne Zufall, aber die lebende ist von Sinn und Leidenschaft heimgesucht. Wasser offen über ein Feuer gegossen wird das Feuer löschen; setze dieses Wasser in einem Topfe aufs Feuer, und das Feuer wird das Wasser verdunsten. So ist der Körper das eingrenzende Gefäß, Leidenschaft das Feuer, und die Seele, das Wasser, ist weit umher zerstreut. Die eine große oberste Seele ist dieser Eigenschaften unfähig. Glückseligkeit kann demnach nur in der Vereinigung mit ihr erlangt werden, wenn die zerstreuten und gesonderten Teile sich wieder mit ihr verbinden wie die Wassertropfen mit dem väterlichen Strom. Daher soll, wiewohl Gott dieses Dienstes seines Sklaven nicht bedarf, dieser gedenken, daß er durch den Körper allein von Gott getrennt ist, und mag beständig ausrufen: Gesegnet sei der Augenblick, da ich den Schleier von diesem Angesicht heben werde. Der Schleier vor dem Angesicht meines Geliebten ist der Staub meines Leibes.

Der Fürst: Welches sind die Gefühle eines vollkommenen Fakirs?

Der Asket: Sie sind nicht beschrieben worden, sie sollen es nicht, wie gesagt ist. Jemand fragte mich, welches die Empfindungen eines Liebenden seien. Ich antwortete: »Wenn du ein Liebender bist, wirst du es wissen.«

2. *Meister Hakuin:* Himmel und Hölle

Ein Krieger besuchte Meister Hakuin und fragte: »Gibt es wirklich einen Himmel und eine Hölle?«

»Wer bist du?« fragte der Meister.

»Ein Soldat der kaiserlichen Garde«, erwiderte der Krieger stolz.

»Das glaube ich nicht«, meinte Hakuin, »dafür siehst du viel zu jämmerlich aus. So einen Krieger stellt der Kaiser nicht in die Garde ein!«

Aufbrausend griff der Krieger zum Schwert, doch Hakuin blieb ganz ruhig und sagte nur: »Na los! Wirst du es wirklich schaffen, mir den Kopf abzuschlagen?«

Der Krieger konnte sich nicht mehr zurückhalten und stürzte wütend mit gezogenem Schwert auf den Meister ein.

Der lächelte nur und sagte: »Jetzt kennst du die erste Hälfte der Antwort: Eben hast du die Tore der Hölle geöffnet.«

Wie vom Blitz gerührt blieb der Krieger stehen, dann steckte er sein Schwert in die Scheide und verneigte sich vor Hakuin.

»Jetzt kennst du die zweite Hälfte der Antwort«, sprach der Meister, »eben hast du die Tore des Himmels geöffnet.«

3. *Hugo Ball:* Eine Anekdote aus dem Leben des Joannes Klimax

Der Abt läßt einen völlig Unschuldigen aus der Kirche werfen. Joannes bringt einen Einwand vor.

Der Abt lächelt: »Ich weiß wohl, daß er unschuldig ist. Aber wie man einem Kinde nicht das Essen vom Munde wegnehmen darf, so schadet der Präfekt sowohl sich selbst, wie seiner Herde, wenn er diesem oder jenem zur Mehrung seiner Verdienste − soweit einer Verdienste ertragen kann −, nicht ab und zu einen Schimpf, eine Schande bietet. Weshalb? Einmal, weil er ihm sonst das Verdienst vorenthielte, sich auszuzeichnen. Sodann weil der Präfekt die Gelegenheit nutzen muß, den andern ein Beispiel zu zeigen. Zuletzt aber, und dies ist das Wichtigste: weil die Erfahrung lehrt, daß Mönche, die einen Unglimpf früher geduldig ertrugen, ihre Milde und Gelassenheit wieder verloren, nur weil die Übung fehlte und weil sie bei aller Vollendung nicht hier und da wieder Rüge und Reiz erfuhren.«

4. *Jacobus de Voragine (Legenda aurea):* Den Bogen nicht überspannen!

Einmal sah ein Bogenschütze, wie der heilige Antonius mit seinen Brüdern fröhlich zusammensaß. Das mißfiel ihm. Da sagte Antonius zu ihm:»Lege einen Pfeil auf deinen Bogen und spanne die Sehne.« Der Bogenschütze tat das, und als Antonius ihn ein zweites und ein drittes Mal dazu aufgefordert hatte, sagte der Bogenschütze:»Ich werde meinen Bogen nur so lange spannen können, bis ich zu beklagen habe, daß er zerbrochen ist.« Darauf Antonius:»So ist es auch mit dem Dienst an Gott. Wenn wir uns über das rechte Maß hinaus anstrengen wollten, dann würden wir ziemlich schnell zerbrechen. Es ist also angebracht, die Anspannung dann und wann zu lockern.« Als der Bogenschütze das hörte, ging er innerlich erbaut davon.

5. *Yoshida Kenkô:* Kein zweiter Pfeil

Ein Mann, der das Bogenschießen lernte, stellte sich einmal mit zwei Pfeilen der Zielscheibe gegenüber auf. Darauf wies ihn sein Lehrer zurecht:»Anfänger dürfen nie über zwei Pfeile auf einmal verfügen; sie verlassen sich sonst auf den zweiten und gehen sorglos mit dem ersten um. Sie sollten besser alle Berechnungen beiseite lassen und lieber davon überzeugt sein, daß die ganze Entscheidung von dem einen Pfeil abhängt, den sie gerade aufgelegt haben.« Es ist freilich kaum anzunehmen, daß einer, der mit zwei Pfeilen neben seinem Lehrer steht, unachtsam damit verfährt, doch ist sich der Schüler seiner Nachlässigkeit zumeist nicht bewußt, während sie dem Lehrer nie entgeht.

Diese Warnung sollte man auch bei tausend anderen Gelegenheiten beherzigen. Wie viele, die eine Kunst oder Wissenschaft erlernen, denken am Abend träge, es komme ja auch noch ein Morgen, und am Morgen, der ganze Abend stehe für die Arbeit zur Verfügung, und so bleibt es stets bei dem bloßen Willen zum Lernen. Sie werden es noch viel weniger merken, wenn sie nur einen Augenblick mit Nichtstun versäumen. Warum es wohl so furchtbar schwerfällt, einen Entschluß auf der Stelle auch auszuführen?

6. *Bi-Yän-Lu:* Ziegel und Spiegel

Als Mönch war der hochgewachsene Ma im Jahre 734 dem Meister Nan-yüa dadurch aufgefallen, daß er unablässig auf einer Felsplatte sitzend meditierte – als wäre er aus Stein gehauen. Einmal fragte der Meister beiläufig:»Was hat es eigentlich damit auf sich, daß du immer in tiefem Schweigen aufrecht dasitzt?« Ma sagte:»Nichts weiter als Meditieren.«

»Und was willst du damit erreichen?« – »Durch konsequentes Sitzen in Versenkung möchte ich zum Buddha werden.«

Der Meister sagte dazu nur:»Ah, so«, und ging weiter. Später hob er im Hof ein Stück Dachziegel auf und fing nicht allzuweit von Ma entfernt an, es ständig auf einem Steinblock hin- und herzureiben. Nach einiger Zeit fragte Ma verwundert:»Ehrwürdiger, was macht Ihr eigentlich?« – »Ich reibe diesen Ziegel hier, wie du siehst.« – »Was wollt Ihr denn damit erreichen?« – »Ich möchte durch das Hinundher-Fummeln einen Spiegel daraus schleifen.« Ma lachte und rief:»Wie soll aus einem Ziegelstein je ein Spiegel werden?« Da lachte auch der Meister, warf den Ziegel weg und sprach:

Aus einem Ziegelstein wird allerdings auch durch noch so vieles Polieren nie ein Spiegel. Und niemand wird auch durch noch so vieles Sitzen in Versenkung je zum Buddha.

7. *Martin Buber:* Der törichte Beter

Am Ende des Versöhnungstags sagte der Berditschewer zu einem von seinen Chassidim:»Ich weiß, um was du an diesem Tage gebetet hast. Am Vorabend batest du, Gott möge dir die tausend Rubel, die du im Jahr brauchst und im Lauf des Jahres verdienst, auf einmal zu Anfang des Jahres geben, damit dich die Mühen und Sorgen des Geschäfts nicht vom Lernen und Beten ablenken. Aber am Morgen hast du dich bedacht, du würdest gewiß, wenn du tausend Rubel beisammen hättest, ein neues großes Geschäft damit unternehmen, und wärest nun erst recht davon beansprucht; so batest du, je die Hälfte des Geldes zweimal im Jahr zu bekommen. Und vorm Schlußgebet schien dir auch das bedenklich, und du zogst vierteljährliche Zahlung vor, um nur ja ungestört lernen und beten zu können. Aber warum meinst du, daß man im Himmel dein Lernen und Beten braucht? Vielleicht braucht man grade dein Mühn und Kopfverdrehn!«

8. Dhu'n-Nun und die Fleischgrütze

Zehn Jahre lang hatte Dhu'n-Nun Appetit auf Fleischgrütze, doch gab er seiner Triebseele nicht nach. Die Nacht des Opfer-Festes kam, und seine Triebseele sagte zu ihm: »Wie wärs, wenn du mir morgen zum Fest einen Bissen Fleischgrütze gäbst?« Er sagte: »Triebseele, wenn du das willst, werde ich es tun, falls du diese Nacht mit mir übereinstimmst, daß ich den gesamten Koran in zwei rak'a rezitiere!« Die Triebseele stimmte dem zu, und am nächsten Tag machte er Fleischgrütze und stellte sie vor sich. Er reinigte sich die Finger und stellte sich hin zum Gebet. Sie fragten: »Was ist los?« Er sagte: »In diesem Moment hat meine Triebseele gesagt: ›Jetzt kriege ich endlich, was ich seit zehn Jahren haben will‹, und da habe ich gesagt: ›Bei Gott, du kriegst es nicht!‹« Dhu'n-Nun sagte das gerade, als ein Mann eintrat mit einem Topf Fleischgrütze, den er vor ihn stellte und sagte: »O Meister, ich bin nicht von selbst gekommen; ich bin geschickt worden. Wisse, ich bin ein Lastträger und habe Kinder, die seit langem Fleischgrütze haben wollten. Nun hatte ich Geld gespart und gestern habe ich diese Grütze für das Fest gekocht. Heute nacht, als ich eingeschlafen war, sah ich im Traum die weltenschmückende Schönheit des Gesandten Gottes – Gott segne ihn und gebe ihm Heil! – der zu mir sagte: ›Wenn du mich morgen sehen willst, dann geh zu Dhu'n-Nun und sage ihm: Muhammad der Sohn 'Abdallahs des Sohnes 'Abd al-Muttalibs setzt sich dafür ein, daß du einen Augenblick mit deiner Triebseele Frieden schließt und ein paar Bissen essest!‹« Dhu'n-Nun weinte und sagte: »Ich gehorche dem Befehl.«

9. *Dschalâl-ed-dîn Rumî:* Aus dem Diwan

Was ist zu tun, o Moslems? Denn ich erkenne mich selber nicht. Ich
bin nicht Christ, nicht Jude, nicht Parse, nicht Muselmann. Ich bin
nicht vom Osten, nicht vom Westen, nicht vom Land, nicht von der
See. Ich bin nicht von der Werkstatt der Natur, nicht von den kreisen-
den Himmeln. Ich bin nicht von Erde, nicht von Wasser, nicht von
Luft, nicht von Feuer. Ich bin nicht von der Gottesstadt, nicht von dem
Staube, nicht von Sein und nicht von Wesen… Ich bin nicht von dieser
Welt, nicht von der andern, nicht vom Paradies, nicht von der Hölle.
Ich bin nicht von Adam, nicht von Eva, nicht von Eden und Edens
Engel. Mein Ort ist das Ortlose, meine Spur ist das Spurlose; es ist
weder Leib noch Seele, denn ich gehöre der Seele des Geliebten. Ich
habe Zweiheit abgetan, ich habe geschaut, daß die zwei Welten eine
sind. Einen suche ich, Einen kenne ich, Einen schaue ich, Einen rufe
ich. Er ist der Erste, Er ist der Letzte, Er ist der Äußerste, Er ist der
Innerste. Ich weiß nichts andres als »O Er« und »O Er der ist«. Ich bin
vom Becher der Liebe berauscht, die Welten sind aus meinem Blick
geschwunden; ich habe kein Geschäft, als Geistes Gelage und wilde
Zecherei. Habe ich einmal in meinem Leben einen Augenblick ohne
dich verbracht, von dieser Zeit und von dieser Stunde will ich mein
Leben bereuen. Werde ich einmal in dieser Welt einen Augenblick mit
dir gewinnen, will ich beide Welten niedertreten, will im Triumphe
tanzen in Ewigkeit.

10. *Gotthold Ephraim Lessing:* Ringparabel

NATHAN: Vor grauen Jahren lebt' ein Mann im Osten
Der einen Ring von unschätzbarem Wert
Aus lieber Hand besaß. Der Stein war ein
Opal, der hundert schöne Farben spielte,
Und hatte die geheime Kraft, vor Gott
Und Menschen angenehm zu machen, wer
In dieser Zuversicht ihn trug. Was Wunder,
Daß ihn der Mann im Osten darum nie
Vom Finger ließ und die Verfügung traf,

Auf ewig ihn bei seinem Hause zu
Erhalten? Nämlich so. Er ließ den Ring
Von seinen Söhnen dem geliebtesten
Und setzte fest, daß dieser wiederum
Den Ring von seinen Söhnen dem vermache,
Der ihm der liebste sei, und stets der liebste,
Ohn' Ansehn der Geburt, in Kraft allein
Des Rings, das Haupt, der Fürst des Hauses werde. –
Versteh mich, Sultan.
SALADIN: Ich versteh' dich. Weiter!
NATHAN: So kam nun dieser Ring, von Sohn zu Sohn,
Auf einen Vater endlich von drei Söhnen,
Die alle drei ihm gleich gehorsam waren,
Die alle drei er folglich gleich zu lieben
Sich nicht entbrechen konnte. Nur von Zeit
Zu Zeit schien ihm bald der, bald dieser, bald
Der dritte – so wie jeder sich mit ihm
Allein befand, und sein ergießend Herz
Die andern zwei nicht teilten – würdiger
Des Ringes, den er denn auch einem jeden
Die fromme Schwachheit hatte zu versprechen.
Das ging nun so, solang es ging. – Allein
Es kam zum Sterben, und der gute Vater
Kommt in Verlegenheit. Es schmerzt ihn, zwei
Von seinen Söhnen, die sich auf sein Wort
Verlassen, so zu kränken. – Was zu tun? –
Er sendet in geheim zu einem Künstler,
Bei dem er nach dem Muster seines Ringes
Zwei andere bestellt und weder Kosten
Noch Mühe sparen heißt, sie jenem gleich,
Vollkommen gleich zu machen. Das gelingt
Dem Künstler. Da er ihm die Ringe bringt,
Kann selbst der Vater seinen Musterring
Nicht unterscheiden. Froh und freudig ruft
Er seine Söhne, jeden insbesondre,
Gibt jedem insbesondre seinen Segen –
Und seinen Ring – Und stirbt. – Du hörst doch, Sultan?

93

SALADIN *der sich betroffen von ihm abwendet:*
Ich hör', ich höre! – Komm mit deinem Märchen
Nur bald zu Ende. – Wird's?
NATHAN: Ich bin zu Ende;
Denn was noch folgt, versteht sich ja von selbst. –
Kaum war der Vater tot, so kommt ein jeder
Mit seinem Ring, und jeder will der Fürst
Des Hauses sein. Man untersucht, man zankt,
Man klagt. Umsonst: der rechte Ring war nicht
Erweislich. – *Nach einer Pause, in welcher er des Sultans
Antwort erwartet.* Fast so unerweislich als
Uns jetzt – der rechte Glaube.
SALADIN: Wie? Das soll
Die Antwort sein auf meine Frage?
NATHAN: Soll
Mich bloß entschuldigen, wenn ich die Ringe
Mir nicht getrau' zu unterscheiden, die
Der Vater in der Absicht machen ließ,
Damit sie nicht zu unterscheiden wären.
SALADIN: Die Ringe! – Spiele nicht mit mir! –
Ich dächte,
Daß die Religionen, die ich dir
Genannt, doch wohl zu unterscheiden wären.
Bis auf die Kleidung, bis auf die Speis' und Trank!
NATHAN: Und nur von seiten ihrer Gründe nicht. –
Denn gründen alle sich nicht auf Geschichte?
Geschrieben oder überliefert! – Und
Geschichte muß doch wohl allein auf Treu
Und Glauben angenommen werden? – Nicht? –
Nun wessen Treu und Glauben zieht man denn
Am wenigsten in Zweifel? Doch die Seinen?
Doch deren Blut wir sind? Doch deren, die
Von Kindheit an uns Proben ihrer Liebe
Gegeben? die uns nie getäuscht, als wo
Getäuscht zu werden uns heilsamer wäre? –
Wie kann ich meinen Vätern weniger
Als du den deinen glauben? Oder umgekehrt: –

Kann ich von dir verlangen, daß du deine
Vorfahren Lügen strafst, um meinen nicht
Zu widersprechen? Oder umgekehrt.
Das nämliche gilt von den Christen. Nicht?
SALADIN: (Bei den Lebendigen! Der Mann hat recht.
Ich muß verstummen.)
NATHAN: Laß auf unsre Ring'
Uns wieder kommen. Wie gesagt: die Söhne
Verklagten sich, und jeder schwur dem Richter,
Unmittelbar aus seines Vaters Hand
Den Ring zu haben – wie auch wahr! – Der Vater,
Beteu'rte jeder, könne gegen ihn
Nicht falsch gewesen sein, und eh seine Brüder,
So gern er sonst von ihnen nur das Beste
Bereit zu glauben sei, des falschen Spiels
Bezeihen, und er wolle die Verräter
Schon auszufinden wissen, sich schon rächen.
SALADIN: Und nun, der Richter? –
    Mich verlangt zu hören,
Was du den Richter sagen lässest. Sprich!
NATHAN: Der Richter sprach: »Wenn ihr mir
    nun den Vater
Nicht bald zur Stelle schafft, so weis' ich euch
Von meinem Stuhle. Denkt ihr, daß ich Rätsel
Zu lösen da bin? Oder harret ihr,
Bis daß der rechte Ring den Mund eröffne? -
Doch, halt! Ich höre ja, der rechte Ring
Besitzt die Wunderkraft, beliebt zu machen,
Vor Gott und Menschen angenehm. Das muß
Entscheiden! Denn die falschen Ringe werden
Doch das nicht können! – Nun, wen lieben zwei
Von euch am meisten? Macht, sagt an! Ihr schweigt?
Die Ringe wirken nur zurück? Und nicht
Nach außen? Jeder liebt sich selber nur
Am meisten? – Oh, so seid ihr alle drei
Betrogene Betrüger! Eure Ringe
Sind alle drei nicht echt. Der echte Ring

Vermutlich ging verloren. Den Verlust
Zu bergen, zu ersetzen, ließ der Vater
Die drei für einen machen.«
SALADIN: Herrlich! Herrlich!
NATHAN: »Und also«, fuhr der Richter fort, »wenn ihr
Nicht meinen Rat statt meines Spruches wollt:
Geht nur! – Mein Rat ist aber der: ihr nehmt
Die Sache völlig, wie sie liegt. Hat von
Euch jeder seinen Ring von seinem Vater:
So glaube jeder sich seinen Ring
Den echten. – Möglich, daß der Vater nun
Die Tyrannei des einen Rings nicht länger
In seinem Hause dulden wollen! – Und gewiß,
Daß er euch alle drei geliebt und gleich
Geliebt: indem er zwei nicht drücken mögen,
Um einen zu begünstigen. – Wohlan!
Es eifre jeder seiner unbestochen,
Von Vorurteilen freien Liebe nach!
Es strebe von euch jeder um die Wette,
Die Kraft des Steins in seinem Ring an Tag
Zu legen! Komme dieser Kraft mit Sanftmut,
Mit herzlicher Verträglichkeit, mit Wohltun,
Mit innigster Ergebenheit in Gott.
Zu Hilf'! und wenn sich dann der Steine Kräfte
Bei euern Kindes-Kindeskindern äußern:
So lad' ich über tausend tausend Jahre
Sie wiederum vor diesen Stuhl. Da wird
Ein weisrer Mann auf diesem Stuhle sitzen
Als ich und sprechen. Geht!« – so sagte der
Bescheidne Richter.

DER WEISE SCHUHU

Der Schuhu hörte stets mit Ruh,
wenn zwei sich disputierten, zu. –
Mal stritten sich der Storch und Rabe,
was Gott der Herr zuerst erschaffen habe,
ob erst den Vogel oder erst das Ei.
„Den Vogel!" – schrie der Storch –
„das ist so klar wie Brei!"

Der Rabe krächzt: „Das Ei, wobei ich bleibe;
wer's nicht begreift, hat kein Gehirn im Leibe!"
Da fingen an zu quaken
zwei Frösch in grünen Jacken.
Der eine quakt: „Der Storch hat recht!"
Der zweite quakt: „Der Rab hat recht!"

„Was?" – schrien die beiden Disputaxe –
„was ist das da für ein Gequakse??" –
Der Streit erlosch. –
Ein jeder nimmt sich einen Frosch,
der schmeckt ihm gar nicht schlecht.

Ja – denkt der Schuhu – so bin ich!
Der Weise schweigt und räuspert sich!

Wilhelm Busch: Der weise Schuhu

VI.

FABELN UND ANEKDOTEN

Einleitung

Fabeln sind häufig Lehrstücke von Rat und Tat; freilich besteht die Lehre nicht selten in der Darstellung gescheiterter Beratung. Unterschiedliche Ursachen sind für die Mißerfolge verantwortlich: einmal ist es die Fülle der Vorschläge, die eine gelungene Entscheidung für einen neuen Namen verhindert [1]; ein anderes Mal sind es Umsetzungsschwierigkeiten, die den glücklichen Rat im nachhinein blamieren [2]. Manchmal werden Ratschläge eingetauscht, die bei näherer Betrachtung wertlos erscheinen [5]; dann wieder sind es unerkannte, wechselseitige Abhängigkeiten, die den ursprünglich gefaßten Plan vereiteln [4]. Mancher Rat steht sich schließlich selbst im Wege: durch allzu weit in die Zukunft verlängerte Phantasien [3].

Zahlreiche Fabeln handeln von Tieren. Dabei wird die Rolle des Ratgebers häufig den Füchsen anvertraut. Füchse sind schlau; sie verdienen durchaus das Vertrauen ihrer Herren, auch wenn sie bei ihren Ratschlägen den eigenen Vorteil beachten [11]. Mancher Fuchs wirtschaftet direkt in den eigenen Bauch [10], nicht ohne die Frage nach dem richtigen Zeitpunkt zu bedenken, an dem die Anschläge geplant werden müssen [8]. Keine Frage, der Fuchs ist ein guter, wenngleich nur begrenzt loyaler Ratgeber; weder Fliege [7] noch Schaf [12] oder Hund [9] können mit seinen diplomatischen Fähigkeiten mithalten.

Mancher Ratschlag kann eine Niederlage in eine Lehre verwandeln: wie im Falle des weinenden Jungen, der seine Ohnmacht zum eigenen Nachteil übertrieb [13]; auf der anderen Seite können auch manche Niederlagen in einen guten Rat verwandelt werden: wie im Falle des klugen Amtmanns, der seine Bauern um den besten Schuß würfeln ließ, nachdem sie ihre Gewehre abgegeben hatten [6].

1. *Altchinesische Fabel:* Katze bleibt Katze

Dschi-Yen hatte eine prachtvoll schöne Katze zum Geschenk bekommen und wollte dem Tiere einen ganz besonderen Namen geben.

»Ich möchte sie ›Tiger‹ nennen«, sagte er zu einem Freunde.

»Ein Tiger«, meinte dieser, »ist zwar ein mächtiges Tier, aber doch nicht so gewaltig wie ein Drache. Nennen wir sie ›Drache‹!«

»Gewiß, der Drache ist mächtiger als der Tiger«, sagte ein anderer, »doch ein Drache kann nicht bestehen ohne Wolken. Du mußt das Tier ›Wolke‹ nennen!«

»Die Wolken können den Himmel bedecken«, erklärte ein dritter, »bedenke aber, ein plötzlich anbrechender Sturm vermag sie wieder zu verteilen. Nenne sie ›Sturm‹!«

»Eine Mauer«, fiel ihm ein vierter ins Wort, »ist stark genug, um auch dem ärgsten Sturm zu trotzen. Nenne sie doch ›Mauer‹!«

»Hört!« rief ein anderer. »Zugegeben, eine Mauer ist stark! Ihr habt aber die Mäuse vergessen, die sie unterhöhlen und sie zusammenstürzen machen! Nein, mein Freund, du mußt die Katze ›Maus‹ nennen!«

Da begann der Hausherr herzlich zu lachen. »Die Maus«, rief er aus, »wird doch von der Katze gefressen! Da kann ich ihr ja gleich den Namen ›Katze‹ lassen!«

2. Die Mäuse beraten gegen die Katze

Lange berieten sich heftig erregt die Mäuse, den großen
Grund zur Klage bot stets ihnen die reißende Katz.
»Oft fängt der Mäusehascher uns ein und verschlingt die
Gefangnen:
wir und unsere Brut dienen der Katze zum Fraß.«
Alles stimmt zu: »Man häng' um den Hals dem Dieb eine Schelle,
daß ohne Warnung uns nicht Untergang jählings ereilt.«
Diesen löblichen Rat nimmt an die ganze Versammlung,
aber getan wird nichts: schwatzend zerstreut sich das Volk.
Ihnen entgegen hinkt eine schlaue Genossin:
schlecht nur war sie zu Fuß, konnte drum schneller nicht gehn.
»Sagt, ihr Glücklichen, mir: was habt ihr einträchtig beschlossen?«

und aufs genauste vernimmt sie, was beschlossen man hat.
Sie widerlegt die gesprächige Alte: »Wer wird denn besagtes
Glöcklein mit emsigem Fleiß hängen der Katz' um den Hals?«
Stets noch denken sie nach, wie das kunstvoll Erdachte zu tun sei,
keine jedoch ist so schlau, was sie ersonnen, zu tun.

Moral
Einem Vernünftigen frommt es nicht, zu erlassen Gesetze,
die mit beständigem Sinn er nicht zu schützen vermag.
Berge kreißen, so heißt's, und gebären ein lächerlich Mäuslein:
nichts nützt Großsprecherei, geht sie am Wicht'gen vorbei.

3. *Altindische Fabel:* Der Reisbrei

Ein Brahmane namens Svabhavakripana, »der geborene Unglücks-
vogel«, hatte sich mit dem Reisbrei, der ihm von seiner erbettelten
Mahlzeit noch übriggeblieben war, einen Topf gefüllt und ihn an einen
Nagel in der Wand über seiner Bettstatt gehängt. Auch in der Nacht
konnte er den Blick nicht von ihm wenden und betrachtete ihn ohne
Unterlaß. »Dieser Topf«, sprach er bei sich, »über und über ist er mir
voll Reisbrei! Wenn nun eine Hungersnot ausbricht, dann ist er seine
hundert Silberstücke allemal wert. Dafür werde ich mir sodann ein
paar Ziegen kaufen; und da sie alle halbe Jahre Zicklein werfen, so wird
daraus eine ganze Herde von Ziegen entstehen. Dann werde ich für
die Ziegen ein paar Rinder einhandeln, und sobald die Kühe gekalbt
haben, verkaufe ich die Kälber. Dann für die Rinder Büffel, und für die
Büffel wiederum Stuten! Haben die Stuten erst einmal ordentlich ge-
fohlt, so sollte ich wohl allerhand Pferde mein eigen nennen. Die werden wiederum verkauft, dafür gibt es viel Gold. Für dieses Gold bekomme ich ein Haus; vier Häuser bekomme ich dafür, im Viereck bei-
einanderstehend, wie es sich gehört. Sodann kommt ein Brahmane in
mein Haus und gibt mir ein wunderschönes Mädchen mit einer
großen Mitgift zur Gemahlin. Sie wird mir einen Sohn gebären, und
diesem Knaben werde ich den Namen Somasarman geben, ›Heil des
Soma‹. Ist er alt genug, um sich auf meinen Knien zu schaukeln, dann
werde ich mir ein Buch nehmen und setze mich hinten in den Pferde-

stall und dort werde ich studieren. Darüber kommt mein Somasarman so von ungefähr daher und möchte wieder auf meinen Knien schaukeln; aber er kommt mir den Hufen der Pferde zu nahe, und der Zorn packt mich, und ich rufe der Brahmanentochter zu: ›Nimm das Kind! Nimm das Kind!‹ Aber sie, mit ihrer Hausarbeit beschäftigt, hört nicht, wie ich rufe. Da springe ich auf und geb ihr einen Tritt mit dem Fuß.«

So tief war Svabhavakripana in diese Gedanken versenkt, daß er mit dem Fuß nach dem Topf stieß, und der Topf zerbrach, und der Reis lief aus und färbte ihn weiß.

Daher sage ich: Wer närrische Pläne für die Zukunft ausspinnt, dem geht es wie Somasarmans Vater: da liegt er, von Reisbrei weiß gefärbt.

4. *Burkard Waldis:* Von Glidern des Menschen und dem Bauch

All glider, die de mensche hat,
Hetten zusamen einen rat
Wider desselben menschen bauch,
Sprachen: »Er ist ein rechter schlauch.
Wir müssen in mit arbeit neren,
Erwerben, was er kann verzeren.
Es schmeckt die nase, die zung sich regt,
Die füsse gen, der rücken tregt,
Mit hörn das or im dienen tut,
Das auge wacht mit steter hut,
Es wirkt die hand mit allen treuen,
Der mund muss im die speise keuen.
Ein jedes glid nimt eben war,
Dass nicht dem bauch leid widerfar.
Der faule bauch ligt stetes müssig,
Wird auch der speis oft überdrüssig,
Die wölln wir im nicht lenger geben,
Mag selber schaffen, will er leben.«
Da sprach der bauch zu den gelidern:
»Wie mögt ir mir so sein zuwidern?
Ist not, dass ir mir speis verschafft,

Wo ir behalten wolt eur kraft.«
Kein glid sich an die rede kert,
Biss sie es die erfarnheit lert.
Von hunger ward der bauch gar schwach,
Da teten auch die glider gmach.
Als den vorderb und schaden sahen,
Eintrechtig zu dem bauche jahen:
»Iss, trink und lass dirs schmecken wol,
Ein jedes wil tun, was es sol.«
Da war der bauch verdorben schon,
All glider mustn mit im vergon.

Wie die glider han ein gemeinschaft,
Und eins zu gut dem andern schafft,
So muss ein mensch den andern neren:
Eins kann des andern nicht entperen.
Kein mensch so mechtig oder reich,
Wer er auch Creso und Midi gleich,
Der in worten oder taten
Seins nechtsten hülfe kann geraten.
Darumb auch Gott geboten hat,
Dass wir dem nehsten hilf und rat
Erzeigen sollen und in lieben
Und gegen im all wohltat üben.
Ich halt es vor den höchsten schutz
Auf erd und vor den grösten nutz,
Dass einer grosse freundschaft hat,
Die bei in treten in der not
Gut ists, der sich zu gutem gsellt.
Und gute freund vor augen helt.

Die fabel zeigt uns auch dermassen,
Dass oberkeit und undersassen
Einander sollen sein eingleibt.
Als, was die oberkeit betreibt
Mit kriegen oder rates mute,
Dass es komm der gemein zu gute,
Mit rat und tat sie stetes schützen,

Als zu frommen und irem nutzen.
Da gegen sol auch die gemein
Willig und unverdrossen sein,
Was oberkeit an sie begert,
Dass sie desselben sei gewert,
Es sei am gschoss, steur oder zoll,
Als ungewegert geben sol.
So bstet bürgerlich policei
In irem vorrat auch dabei.
Der gülden friede wird erhalten,
Wo man die einigkeit lesst walten,
Wie uns sanct Paulus auch tut lern
Am dreizehenden zum Römern.

5. *Persische Anekdote:* Drei Ratschläge

Ein Dichter hatte eine Lobeshymne auf einen Kalifen gedichtet. Dem
Kalifen gefiel sie, und er sagte: »Soll ich dir dreihundert Golddinare geben oder drei Ratschläge, von denen jeder tausend Dinar wert ist?«
Der Dichter erwiderte: »Bleibender Rat ist besser als vergängliches
Geld!« So hob denn der Kalif an: »Der erste Rat ist: Wenn deine Klei-
der alt sind, zieh keine neuen Schuhe an, das schickt sich nicht zusam-
men!« – »Hundert Dinare sind zum Teufel!« seufzte der Dichter. Doch
der Kalif lachte und fuhr fort: »Der zweite Rat lautet: Wenn du deinen
Bart ölst, gib acht, daß du dein Kleid nicht bekleckerst!« Der Dichter,
nun vollends enttäuscht, rief: »O Kalif! Bewahrt den letzten Rat für
Euch! Denn hundert Dinare sind tausendmal besser als Euer dritter
Ratschlag!« Da lachte der Kalif und gab ihm eine Belohnung.

6. *Jeremias Gotthelf:* Guter Rat

Drunten in Hannover, da wohnt ein König, der hat einen weißen
Schnauz, grimmige Augen und zu seinen Wildschweinen sörger als zu
seinen Bauern. Wenn ein Bauer ein Wildschwein schädigt, so dürfen
die Förster oder Jäger auf den Bauer schießen und kriegen Lohn, wenn

sie ihn treffen, aber noch nie hat man gehört, daß ein Jäger auf ein Schwein geschossen, weil es einen Bauern geschädigt, oder gar deswegen Lohn gekriegt hätte. Das Ding geht so weit, daß, wenn Jäger meinen, es wohne ein Wilddieb in einer Ortschaft, kennen ihn aber nicht, so dürfen sie die Bauern auffordern, denselben anzuzeigen und auszuliefern, und wollen diese es nicht tun, so haben sie ihnen alle Gewehre wegzunehmen.

Solches war auch der Fall an einem Orte, wo die Bauern nicht zu Verrätern an ihren Brüdern werden wollten, und kein Gewehr war mehr im ganzen Dorfe. Da kam der Tag heran, wo sie ihren Staatsschießet hielten an selbem Orte, der Vogel ab der Stange geschossen werden sollte, aber wenn man keine Gewehre hat und schießen soll, so kriegt man die Verlegenheit. So kamen sie ganz traurig zum Amtmann und klagten ihm ihre Not, wie sie schießen sollten und nicht wüßten, woraus. Da machte der ein klug Gesicht und sagte, wenn er sie wäre, so schösse er auch nicht, wenn er kein Gewehr hätte, aber er täte würfeln um den besten Schuß; wenn auch nicht geschossen sei, so sei es doch gewürfelt, und ds Gwinnen sei die Hauptsache, nicht ds Schießen.

Da ging den Bauern ein Licht auf, und sie dankten nicht nur dem Amtmann für seinen Guten Rat, sondern auch dem lieben Gott, daß er für Amtmannsköpfe gesorget, in denen Rat und Gedanken wüchsen wie auf den Feldern der Bauern Kabis und Rübli.

So ging es in Hannover unten; ob's wohl hier auch so gegangen wäre?

7. *Jean de la Fontaine:* Der Reisewagen und die Fliege

Ein Reisewagen kroch durch tiefen Sand bergan.
Die Sonne brannte glühend heiß.
Sechs Pferde zogen, doch zu schwer fiel's dem Gespann.
Drum stiegen alle ab, ob Weib, ob Mönch, ob Greis.
Die Pferde dampften, keuchten schwer,
als eine Fliege kam aufdringlich noch daher,
die Tiere obendrein durch ihr Gesumm zu plagen,
eins nach dem anderen zu stechen,

als wollte sie sich gar erfrechen,
die Gäule mit dem Sporn den Berg hinaufzujagen.
Dreist auf die Deichsel sie sich setzt,
klebt auf des Kutschers Nase jetzt
und tut, als läg's an ihr, da alle nun marschieren,
den Wagen ganz allein den Berg hinaufzuführen,
und summt, als müßte ihr noch Ruhm dafür gebühren.
Wie ein Sergeant saust sie herum,
der in der Schlacht nach vorn die Leute treibt zum Siege.
Sie schimpft sogar, daß ihr, der Fliege,
allein die ganze Last mit allem Dran und Drum,
mit allem Risiko obliege.
Wer hilft denn, das Gespann aus diesem Dreck zu bringen?
Der Mönch liest sein Brevier, die alten Weiber singen!
Ist denn jetzt Zeit zu solchen Dingen?
Sie stürzt sich auf den Sängerchor
und summt den Tanten flugs gehörig was ins Ohr
und kommt sich höchst gewichtig vor.
Dank ihrer Mühe steht der Wagen auf dem Berg.
»Verschnauft euch!« singt der giftige Zwerg
den müden Pferden zu und zückt den Stachel schon.
»Ich zog euch aus dem Dreck! Nun zahlt mir meinen Lohn!«

Gewisse Leute gibt's, die sind nicht ungefährlich.
Sie drängen sich uns auf, als sei'n sie unentbehrlich,
und führen stets das große Wort.
Das beste ist, man jagt sie fort.

8. *Gotthold Ephraim Lessing:* Der hungrige Fuchs

»Ich bin zu einer unglücklichen Stunde geboren!«, so klagte ein junger Fuchs einem alten. »Fast keiner von meinen Anschlägen will mir
gelingen.« – »Deine Anschläge«, sagte der ältere Fuchs, »werden ohne
Zweifel danach sein. Laß doch hören; wann machst du deine Anschläge?« – »Wann ich sie mache? Wann anders, als wenn mich hungert.« – – »Wenn dich hungert?« fuhr der alte Fuchs fort. »Ja, da haben

wir es! Hunger und Überlegung sind nie beisammen. Mache sie künftig, wenn du satt bist, und sie werden besser ausfallen.«

9. *Johann Heinrich Pestalozzi:* Der Löwe und sein Ratgeber

»Ich sehe ungern, daß man immer mehr Hunde in meinen Dienst nimmt« – also sagte ein Löwe, der seinem Ende nahte, zu seinem Vertrauten.

Dieser wußte nicht, was er dem sterbenden Löwen antworten sollte; aber er fühlte tief im Herzen die drückende Wahrheit: so wie die Löwen unbrauchbar werden, werden die Hunde unentbehrliche Tiere.

10. *Franz Grillparzer:* Diplomatischer Rat

Ein Marder fraß die Hühner gern,
Doch wußt' er nicht, wie sie erhaschen;
Er fragt den Fuchs, 'nen alten Herrn,
Dem Steifheit schon verbot das Naschen.
Der sagt ihm: »Freund, der Rat ist alt,
Was hilft zu zögern, brauch Gewalt!«
Der Marder stürmt in vollem Lauf,
Die Hühner aber flattern auf,
Die eine gackernd, kreischend jene,
Gerade in des Fuchses Zähne,
Der gegenüber lauernd lag
Und mühlos hielt den Erntetag.

Wenn du nach Hühnern lüstern bist,
Frag keinen, der sie selbst gern frißt.

11. *Wilhelm Busch:* Die Teilung

Es hat einmal, so wird gesagt,
Der Löwe mit dem Wolf gejagt.
Da haben sie vereint erlegt
Ein Wildschwein, stark und gut gepflegt.

Doch als es ans Verteilen ging,
Dünkt das dem Wolf ein mißlich Ding.

Der Löwe sprach: »Was grübelst du?
Glaubst du, es geht nicht redlich zu?
Dort kommt der Fuchs, der mag entscheiden,
Was jedem zukommt von uns beiden.«

Der Löwe winkt dem Fuchs sogleich:
»Herr Doktor, das ist was für Euch.
Hier dieses jüngst erlegte Schwein,
Bedenkt es wohl, ist mein und sein.
Ich faßt' es vorn, er griff es hinten;
Jetzt teilt es uns, doch ohne Finten.«

Der Fuchs war ein Jurist vom Fach.
»Sehr einfach«, spricht er, »liegt die Sach.
Das Vorderteil, ob viel, ob wenig,
Erhält mit Fug und Recht der König.
Dir aber Vetter Isegrimm,
Gebührt das Hinterteil. Da nimm!«

Bei diesem Wort trennt er genau
Das Schwänzlein hinten von der Sau.
Indes der Wolf verschmäht die Beute,
verneigt sich kurz und geht beiseite.
»Fuchs«, sprach der Löwe, »bleibt bei mir.
Von heut an seid ihr Großwesir.«

12. *Ambrose Bierce:* Der selbstlose Schiedsrichter

Zwei Hunde, die sich um einen Knochen gestritten hatten, ohne daß einer den Sieg hätte davontragen können, trugen ihren Streit einem Schaf vor. Das Schaf lauschte geduldig ihren Aussagen, dann warf es den Knochen in einen Teich.

»Warum hast du das getan?« fragten die Hunde.

»Weil«, erwiderte das Schaf, »ich Vegetarier bin.«

13. *Bertolt Brecht:* Der hilflose Knabe

Herr K. sprach über die Unart, erlittenes Unrecht stillschweigend in sich hineinzufressen, und erzählte folgende Geschichte:»Einen vor sich hin weinenden Jungen fragte ein Vorübergehender nach dem Grund seines Kummers. ›Ich hatte zwei Groschen für das Kino beisammen‹, sagte der Knabe, ›da kam ein Junge und riß mir einen aus der Hand‹, und er zeigte auf einen Jungen, der in einiger Entfernung zu sehen war. ›Hast du denn nicht um Hilfe geschrieen?‹ fragte der Mann. ›Doch‹, sagte der Junge und schluchzte ein wenig stärker. ›Hat dich niemand gehört?‹ fragte ihn der Mann weiter, ihn liebevoll streichelnd. ›Nein‹, schluchzte der Junge. ›Kannst du denn nicht lauter schreien?‹ fragte der Mann. ›Nein‹, sagte der Junge und blickte ihn mit neuer Hoffnung an. Denn der Mann lächelte. ›Dann gib auch den her‹, sagte er, nahm ihm den letzten Groschen aus der Hand und ging unbekümmert weiter.«

Otto Ubbelohde: Zeichnung zu den »Bremer Stadtmusikanten«

VII.

MÄRCHEN VON RAT UND TAT

Einleitung

Während die Ratschläge in Fabeln häufig scheitern (oder nur zum eigenen Vorteil der Ratgeber und nicht der Beratenen gegeben werden), steht der Rat im Märchen auf der Seite der Wünsche und des Glücks. Vielleicht ist das Märchen ja selbst nichts anderes als eine narrative Gestalt jenes guten Rats, der zum glücklichen Ende führen mag: »Und wenn sie nicht gestorben sind, so leben sie noch heute«... Zumindest ist das Märchen eine gute Freundin der Wahrheit, wie Jakob Kranz versichert [1]. Denn »wahre Klugheit«, so lautet auch die Pointe eines Märchens aus Angola, »erwirbt nur, wer die Lehren der anderen nicht in den Wind schlägt«. [3]

In vielen Märchen wird der gute Rat als eine Belohnung verschenkt, die ihren wahren Wert erst im Laufe der Erzählung entbirgt. Drei Warnungen erretten den König, der sich gegenüber dem »Fischbischof« als barmherzig erweist [4]; drei Wunderspiegel gewinnt der Prinz, der die Unterstützung der Zauberin – gegen den Rat des Volksmunds, von Hexen keinen Rat zu erfragen – annimmt und ihr in der Todesstunde gegen den Teufel zur Seite steht [5].

Bei manchen Gelegenheiten ist guter Rat teuer: etwa in der Geschichte von der dritten Reise Sindbads des Seefahrers, die an den Besuch des Odysseus beim Zyklopen Polyphem erinnert [6]. Die riskante Flucht vor dem Menschenfresser folgt indes dem wunderbaren Motto der »Bremer Stadtmusikanten«: »Etwas Besseres als den Tod findest du überall« [2]; diese Flucht spiegelt auch die Lage der Märchenerzählerin Scheherezade, die Nacht für Nacht gegen die Drohung, am nächsten Morgen hingerichtet zu werden, ihre 1001 Märchen – bis zum guten Ausgang, versteht sich – weiterspinnt.

1. *Jakob Kranz:* Die Wahrheit und das Märchen

Die Wahrheit ging durch die Straßen, ganz nackt, wie am Tag ihrer Geburt. Kein Mensch wollte sie in sein Haus einlassen. Jeder, der sie traf, flüchtete voller Angst vor ihr.

Eines Tages ging die Wahrheit wieder in Gedanken versunken durch die Straße. Sie war sehr betrübt und verbittert. Da begegnete sie dem Märchen. Das Märchen war geschmückt mit herrlichen, prächtigen und vielfarbigen Kleidern, die jedes Auge und jedes Herz entzückten.

Da fragte das Märchen die Wahrheit: »Sage mir, geehrte Freundin, warum bist du so bedrückt und drehst dich auf den Straßen so betrübt herum?«

Da antwortete ihm die Wahrheit: »Es geht mir sehr schlecht, ich bin alt und betagt, und kein Mensch will mich kennen.«

Hierauf erwiderte ihr das Märchen: »Nicht weil du alt bist, lieben dich die Menschen nicht. Auch ich bin sehr alt, und je älter ich werde, desto mehr lieben mich die Menschen. Siehe, ich will dir das Geheimnis der Menschen enthüllen: Sie lieben es, daß jeder geschmückt ist und sich ein wenig verkleidet. Ich werde dir solche Kleider borgen, mit denen ich angezogen bin, und du wirst sehen, daß die Leute auch dich lieben werden.«

Die Wahrheit befolgte diesen Rat und schmückte sich mit den Kleidern des Märchens. Seit damals gehen Wahrheit und Märchen zusammen, und beide sind bei den Menschen beliebt.

2. *Brüder Grimm:* Die Bremer Stadtmusikanten

Es hatte ein Mann einen Esel, der schon lange Jahre die Säcke unverdrossen zur Mühle getragen hatte, dessen Kräfte aber nun zu Ende gingen, so daß er zur Arbeit immer untauglicher ward. Da dachte der Herr daran, ihn aus dem Futter zu schaffen, aber der Esel merkte, daß kein guter Wind wehte, lief fort und machte sich auf den Weg nach Bremen: dort, meinte er, könnte er ja Stadtmusikant werden.

Als er ein Weilchen fortgegangen war, fand er einen Jagdhund auf dem Wege liegen, der jappte wie einer, der sich müde gelaufen hat. »Nun, was jappst du so, Packan?« fragte der Esel.

»Ach«, sagte der Hund, »weil ich alt bin und jeden Tag schwächer
werde, auch auf der Jagd nicht mehr fort kann, hat mich mein Herr
wollen totschlagen, da hab ich Reißaus genommen; aber womit soll
ich nun mein Brot verdienen?«

»Weißt du was«, sprach der Esel, »ich gehe nach Bremen und werde
dort Stadtmusikant, geh mit und laß dich auch bei der Musik annehmen. Ich spiele die Laute, und du schlägst die Pauken.«

Der Hund war's zufrieden, und sie gingen weiter. Es dauerte nicht
lange, so saß da eine Katze an dem Weg und machte ein Gesicht wie
drei Tage Regenwetter. »Nun, was ist dir in die Quere gekommen, alter Bartputzer?« sprach der Esel. »Wer kann da lustig sein, wenn's einem an den Kragen geht«, antwortete die Katze, »weil ich nun zu Jahren komme, meine Zähne stumpf werden und ich lieber hinter dem
Ofen sitze und spinne als nach Mäusen herumjage, hat mich meine
Frau ersäufen wollen; ich hab mich zwar noch fortgemacht, aber nun
ist guter Rat teuer: wo soll ich hin?«

»Geh mit uns nach Bremen, du verstehst dich doch auf die Nacht-
musik, da kannst du ein Stadtmusikant werden.« Die Katze hielt das für
gut und ging mit. Darauf kamen die drei Landesflüchtigen an einem
Hof vorbei, da saß auf dem Tor der Haushahn und schrie aus Leibeskräften. »Du schreist einem durch Mark und Bein«, sprach der Esel,
»was hast du vor?«

»Da hab ich gut Wetter prophezeit«, sprach der Hahn, »weil unserer
lieben Frauen Tag ist, wo sie dem Christkindlein die Hemdchen ge-
waschen hat und sie trocknen will; aber weil morgen zum Sonntag
Gäste kommen, so hat die Hausfrau doch kein Erbarmen und hat der
Köchin gesagt, sie wollte mich morgen in der Suppe essen, und da soll
ich mir heut abend den Kopf abschneiden lassen. Nun schrei ich aus
vollem Hals, solang ich noch kann.« – »Ei was, du Rotkopf«, sagte der
Esel, »zieh lieber mit uns fort, wir gehen nach Bremen, etwas Besseres
als den Tod findest du überall; du hast eine gute Stimme, und wenn wir
zusammen musizieren, so muß es eine Art haben.« Der Hahn ließ sich
den Vorschlag gefallen, und sie gingen alle viere zusammen fort.

Sie konnten aber die Stadt Bremen in einem Tag nicht erreichen
und kamen abends in einen Wald, wo sie übernachten wollten. Der
Esel und der Hund legten sich unter einen großen Baum, die Katze
und der Hahn machten sich in die Äste, der Hahn flog bis in die Spitze,

wo es am sichersten für ihn war. Ehe er einschlief, sah er sich noch einmal nach allen vier Winden um, da däuchte ihn, er sähe in der Ferne ein Fünkchen brennen, und rief seinen Gesellen zu, es müßte nicht gar weit ein Haus sein, denn es scheine ein Licht. Sprach der Esel: »So müssen wir uns aufmachen und noch hingehen, denn hier ist die Herberge schlecht.« Der Hund meinte, ein paar Knochen und etwas Fleisch dran täten ihm auch gut.

Also machten sie sich auf den Weg nach der Gegend, wo das Licht war, und sahen es bald heller schimmern, und es ward immer größer, bis sie vor ein hell erleuchtetes Räuberhaus kamen. Der Esel, als der größte, näherte sich dem Fenster und schaute hinein. »Was siehst du, Grauschimmel?« fragte der Hahn. »Was ich sehe?« antwortete der Esel. »Einen gedeckten Tisch mit schönem Essen und Trinken, und Räuber sitzen daran und lassen's sich wohl sein.«

»Das wäre was für uns«, sprach der Hahn. »Ja, ja, ach, wären wir da!« sagte der Esel. Da ratschlagten die Tiere, wie sie es anfangen müßten, um die Räuber hinauszujagen, und fanden endlich ein Mittel. Der Esel mußte sich mit den Vorderfüßen auf das Fenster stellen, der Hund auf des Esels Rücken springen, die Katze auf den Hund klettern, und endlich flog der Hahn hinauf und setzte sich der Katze auf den Kopf. Wie das geschehen war, fingen sie auf ein Zeichen insgesamt an, ihre Musik zu machen: der Esel schrie, der Hund bellte, die Katze miaute, und der Hahn krähte; dann stürzten sie durch das Fenster in die Stube hinein, daß die Scheiben klirrten. Die Räuber fuhren bei dem entsetzlichen Geschrei in die Höhe, meinten nicht anders, als ein Gespenst käme herein, und flohen in größter Furcht in den Wald hinaus.

Nun setzten sich die vier Gesellen an den Tisch, nahmen mit dem vorlieb, was übriggeblieben war, und aßen, als wenn sie vier Wochen hungern sollten.

Wie die vier Spielleute fertig waren, löschten sie das Licht aus und suchten sich eine Schlafstätte, jeder nach seiner Natur und Bequemlichkeit. Der Esel legte sich auf den Mist, der Hund hinter die Türe, die Katze auf den Herd bei der warmen Asche, und der Hahn setzte sich auf den Hahnenbalken; und weil sie müde waren von ihrem langen Weg, schliefen sie auch bald ein.

Als Mitternacht vorbei war und die Räuber von weitem sahen, daß kein Licht mehr im Haus brannte, auch alles ruhig schien, sprach der

Hauptmann: »Wir hätten uns doch nicht sollen ins Bockshorn jagen lassen«, und hieß einen hingehen und das Haus untersuchen. Der Abgeschickte fand alles still, ging in die Küche, ein Licht anzuzünden, und weil er die glühenden, feurigen Augen der Katze für lebendige Kohlen ansah, hielt er ein Schwefelhölzchen daran, daß es Feuer fangen sollte. Aber die Katze verstand keinen Spaß, sprang ihm ins Gesicht, spie und kratzte. Da erschrak er gewaltig, lief und wollte zur Hintertüre hinaus, aber der Hund, der da lag, sprang auf und biß ihn ins Bein; und als er über den Hof an dem Miste vorbeirannte, gab ihm der Esel noch einen tüchtigen Schlag mit dem Hinterfuß; der Hahn aber, der vom Lärmen aus dem Schlaf geweckt und munter geworden war, rief vom Balken herab: »Kikeriki!«

Da lief der Räuber, was er konnte, zu seinem Hauptmann zurück und sprach: »Ach, in dem Haus sitzt eine greuliche Hexe, die hat mich angehaucht und mit ihren langen Fingern mir das Gesicht zerkratzt; und vor der Türe steht ein Mann mit einem Messer, der hat mich ins Bein gestochen; und auf dem Hof liegt ein schwarzes Ungetüm, das hat mit einer Holzkeule auf mich losgeschlagen; und oben auf dem Dache, da sitzt der Richter, der rief: ›Bringt mir den Schelm her.‹ Da machte ich, daß ich fortkam.«

Von nun an getrauten sich die Räuber nicht weiter in das Haus, den vier Bremer Musikanten gefiel's aber so wohl darin, daß sie nicht wieder herauswollten. Und der das zuletzt erzählt hat, dem ist der Mund noch warm.

3. *Märchen aus Angola:* Von den beiden Männern, die sich neue Namen gaben

Es waren einmal zwei Männer, die gaben sich neue Namen. Der erste überlegte und sprach: »Mein Name ist ›Klugheit, die lernen will‹. Was ich wissen möchte, erfahre ich von den anderen.« – »Ich bin der«, sprach der zweite, »der die Weisheit nur in seinem eigenen Kopf findet.«

Nachdem jeder von ihnen sein Feld abgebrannt und gerodet hatte, begaben sie sich in ein Dorf, um Sämereien zu beschaffen. Im Dorf stellte der zweite sich selbst und seinen Freund mit ihren neuen

Namen vor und erzählte, sie wären gekommen, um Sämereien zu holen, denn sie hätten ihre Felder vorbereitet. Die Dorfbewohner sprachen untereinander:»Wir wollen doch sehen, wie es um die Klugheit dessen bestellt ist, der von sich behauptet, daß er die Weisheit nur in seinem eigenen Kopf findet.« Und ihre Frauen forderten sie auf, Hirse zu bringen.

Insgeheim riefen sie inzwischen den ersten der beiden Männer zu sich und gaben ihm einen Rat:»Wirbelt beim Schütteln der Hirse Staub auf, ist das ein Zeichen dafür, daß sie gut ist, und du kannst sie säen. Wenn nicht, laß ab davon, denn sie taugt dann zu nichts.Verrate aber dem, der mit dir gekommen ist, nichts davon.«

Am folgenden Tag gaben die Dorfbewohner dem, der Weisheit nur im eigenen Kopf zu finden glaubte, gekochte Hirse. Er nahm sie und sprach:»Es ist Zeit zum Säen, der Regen wird bald kommen.« Der andere ließ die Hirse durch die Finger gleiten, um zu sehen, ob Staub entstünde, und sprach dann:»Diesen Samen will ich nicht haben.« – »Warum streitest du?« fragte ihn sein Gefährte.»Ich nehme ihn.«

Die Dorfbewohner gaben dem ersten gute Hirse, und nachdem er sie geprüft hatte, ließ er sich einen Korb davon abfüllen. Die beiden säten ihren Samen aus. Die Hirse des ersten keimte schon nach drei Tagen. Auf dem Feld seines Gefährten dagegen war nicht ein Keim zu sehen. Da fragte der Mann:»Wie kommt es, daß deine Hirse aufgegangen ist und meine nicht?«

Der erste anwortete:»Du glaubst alles zu wissen, und doch hast du gekochte Hirse angenommen. Ich aber ließ mich von den anderen belehren.«

Wahre Klugheit und Weisheit erwirbt nur, wer die Lehren der anderen nicht in den Wind schlägt.

4. *Polnisches Volksmärchen:*
Die drei guten Warnungen

Es war einmal ein König, der sehr gerne Fisch aß. Er sandte deshalb seine Schiffe weit ins Meer hinaus, damit ihm seine Leute die verschiedensten Fische herbeischaffen konnten. Eines Tages fingen die Höflinge ein Wesen, das halb Fisch und halb Mensch war.Von Seejungfern hörte man nicht selten erzählen, daß sie zur Hälfte Fische und zur Hälfte Jungfrauen wären. Doch gibt es nicht nur diese Seejungfrauen, sondern man weiß auch von männlichen Wesen, die genauso halb Fisch und halb Menschen sind. Alle diese weiblichen und männlichen Meereswesen haben einen gemeinsamen Ältesten, so eine Art Bischof. Da geschah es eines Tages, daß dieser Fischbischof gefangen wurde. Er unterschied sich von seinen Kameraden durch eine mächtigere und höhere Gestalt wie auch durch eine hohe Mütze, die er auf seinem Haupte trug. Als man ihn gefangen hatte, sagte er zu den Höflingen: »Laßt mich, bitte, wieder frei! Ich bin alt, und mein Fleisch würde dem königlichen Magen ohnedies nicht gut bekommen; wenn ihr mich aber freilaßt, kann ich dem König drei gute warnende Ratschläge geben, die ihm sehr nützlich sein werden!« Die Höflinge aber wagten es nicht, allein zu entscheiden, ob sie seine Bitte erfüllen sollten und dürften, deshalb brachten sie ihn vor den König, damit dieser seinen Willen kundtue.

Der König war einverstanden, dem Oberhaupt der männlichen und weiblichen Seewesen das Leben zu schenken, wenn er wirklich seine drei Warnungen ausspräche. Glücklich über die in Aussicht gestellte Freiheit, sagte dieser:

»Drei Dinge sind es, auf welche Euer Liebchen achten müssen, um dem Tod zu entgehen, und zwar: erstens, macht, was Euch beliebt, bedenkt aber auch das Ende; zweitens: verlaßt nie eine Landstraße, um Euren Weg durch einen Pfad abzukürzen; drittens: übernachtet nie in einem Haus, wo Eheleute ungleichen Alters wohnen!«

Der König hielt sein Versprechen und befahl, dieses Wasserwesen wieder zum Meer zurückzubringen und dort freizulassen. Der König hatte sich alle diese Warnungen genau notiert und ließ sie mit goldenen Buchstaben auf eine Tischdecke sticken, die er in seinem Schlafgemach liegen hatte, um sie stets vor Augen zu haben. Der König war ein noch junger Mann; da sich in seinem Lande aber verschiedene gegnerische Gruppen gebildet hatten, war er seines Thrones nicht sicher; ja, es gab sogar verantwortungslose Kerle, die nach seinem Leben trachteten. Eines Tages kam der bestellte Barbier in den Palast, um den König zu rasieren. Die Feinde des Königs hatten ihn aber bestochen, und er ließ sich dazu bewegen, ihnen zu versprechen, dem König während des Rasierens den Hals durchzuschneiden. Als der Barbier nun mit seiner Arbeit beginnen wollte, erblickte er die Tischdecke mit der Inschrift:»Tue was du willst, bedenke aber auch das Ende!« Sobald er diese Worte gelesen hatte, glitt ihm das Rasiermesser aus der Hand und fiel auf den Boden hinunter. Der König ahnte, daß es sich um etwas Schlimmes handeln müßte, und fragte den erschrockenen Barbier, was es wäre. Er versprach ihm auch, daß ihm nichts geschehen würde, wenn er die Wahrheit spräche. Da gestand der Barbier reuevoll alles ein und verriet das vorbereitete Attentat.

Kurze Zeit darauf begab sich der König auf die Jagd. Auf dem Rückweg wollten seine Gäste und Höflinge die Landstraße verlassen, um auf Seitenpfaden rascher nach Hause zu kommen. Sie redeten dem König zu, das gleiche zu tun. Der König aber erinnerte sich an die zweite Warnung, die da hieß:»Vertausche nie eine Landstraße mit einem Pfad!« Er hielt die Zügel seines Pferdes fest, damit es ja nicht von der Landstraße abginge. Tatsächlich dauerte es nicht lange, und die Gegner des Königs überfielen diejenigen, die den Pfad gewählt hatten, und schlugen sie tot. Dem König aber geschah nichts. So hatten sich schon zwei Warnungen als treffend erwiesen.

Auch die dritte Warnung sollte sich bald erfüllen. Der König hatte seinen Feinden den Krieg erklärt und begab sich auf den Kampfplatz. Als es schon spät abends wurde, wollte er irgendwo übernachten. In der Nähe eines Waldes stand ein kleines Haus, dorthin begab sich nun der König mit seinem Gefolge. Als man ihm in der Stube ein bequemes Lager bereitete, fragte er, wem dieses Haus gehöre, in dem sie übernachten wollten. Man antwortete ihm, daß es einem alten Mann gehöre, der ein junges Weib habe. Gut, daß der König vorsichtshalber diese Frage gestellt hatte, denn sie erinnerte ihn an die dritte Warnung. So befahl der König einem seiner Diener, auf seinem, des Königs, Lager zu schlafen; er selbst aber ging in den Stall und legte sich dort nieder, wo der Diener hätte schlafen sollen. Am nächsten Morgen fand man den Diener auf dem Lager des Königs tot auf; der König aber dankte dem lieben Gott, daß er auch die dritte Falle, dank den Warnungen des Fischbischofs, glücklich überstanden hatte. Nun waren die Feinde besiegt, und die Gegner des Königs sahen ein, daß sie den kürzeren gezogen hatten und dem König nichts antun konnten; da gaben sie ihre Pläne auf und verließen das Land. Der König aber, der allen Gefahren entgangen war, regierte noch lange zum Wohle und Segen seines Landes und seiner Untertanen.

5. Die drei Spiegel der Zauberin

Ein König hatte nur eine einzige Tochter. Diese aber war ebenso schön wie klug. Nach dem Tode ihres Vaters bestieg sie den Thron. Bald hatte ein Prinz aus einem benachbarten Königreich um ihre Hand angehalten. Sie aber sprach:

»Ich werde nur den zum Gemahl nehmen, der mir drei Dinge zum Geschenk bringen wird: einen glänzenden Stern, einen silbernen Mond und eine glühende Sonne.«

Der Königssohn dachte lange über ihre Worte nach, während er zu seinem Vater nach Hause ritt. Dort angekommen, erzählte er ihm, was die junge Prinzessin sich gewünscht und sprach:

»Ich werde nun in die weite Welt hinausziehen und nach dem glänzenden Stern, dem silbernen Mond und der glühenden Sonne suchen.«

Der Vater versuchte vergeblich ihn zurückzuhalten. Und so zog der Königssohn fort. Er reiste durch viele Länder und Königreiche, durch Städte und Dörfer und fragte überall nach den drei Dingen. Die reichen Menschen aber besaßen keine Weisheit, und die Armen hatten keine Einsicht. Da wandte er sich um Rat an die Vagabunden, Zauberinnen und Zauberer, die, verachtet von reich und arm, durch die Welt zogen, denn er hatte erkannt, daß sie die wahre Lebensweisheit besaßen. Aber auch sie konnten ihm nicht weiterhelfen.

Eines Abend wanderte er an einer armseligen Hütte ganz am Ende eines Dorfes vorbei. Plötzlich vernahm er von dort Seufzen und Stöhnen. Als er eben in die Hütte hineingehen wollte, hielt ihn ein Mann am Ärmel fest und sprach. »Geh da nicht hinein, Freund, da drinnen stirbt eine Zauberin, eine Hexe!«

Der Prinz aber achtete nicht auf die Worte und ging in die Hütte hinein. Da lag in der Tat eine Zauberin auf einem Haufen getrockneter Blätter im Sterben. Sie wandte mühsam den Kopf nach ihm und sprach mit schwacher Stimme:

»Schon so lange warte ich auf dich. Du kommst sehr spät. Du sollst die Dinge bekommen, die du suchst. Unter einer Bedingung will ich dir dazu verhelfen. Höre, wenn mein Leben zu Ende sein wird, dann nimm meine Hand in die deine und mache das Zeichen des Kreuzes über mir. Dann aber wirf den Inhalt dieser Flasche nach dem Fußende des Bettes, denn dort harrt der Teufel auf meine Seele.«

Der Königssohn willigte ein und nahm die Flasche an sich. Er erkannte, daß sie mit Weihwasser gefüllt war. Die Hexe richtete sich ächzend auf und holte unter den Blättern, auf denen sie ruhte, drei silberne Spiegel hervor. Dann sprach sie:

»Öffne das Fenster! Ich muß der Sonne, dem Mond und den Sternen in ihrem Lauf folgen können... Und nun komm und gib mir deine Hand!«

Die Zauberin begann nun mit der anderen Hand allerlei seltsame und wunderbare Zeichen auf den ersten Spiegel zu schreiben und murmelte dabei merkwürdige Worte. Nach einigen Augenblicken zeigte sich ein heller Punkt auf dem Spiegel, der immer größer und stärker wurde, bis schließlich ein Stern darin glänzte, daß es nur so eine Pracht war. »Das ist schon eins«, sprach die Zauberin.

Sie nahm daraufhin den zweiten Spiegel und begann wiederum dieselben Zeichen zu schreiben und dieselben Worte zu murmeln. Jedoch dauerte alles diesmal viel länger als beim ersten Male. Endlich aber breitete sich auf dem zweiten Spiegel ein silberner Glanz aus. In dem Spiegel lag der Widerschein des silbernen Mondes.

»Das ist das Zweite«, sprach die Zauberin.

Der Jüngling sah, daß sie mit dem Tode rang.

Schweiß rann in dicken Tropfen von ihrer Stirn, und ihr Atem war keuchend.

»Warum bis du nur so spät gekommen«, jammerte sie, »nun weiß ich nicht, ob ich den letzten Zauber noch vollbringen kann.«

Sie nahm den dritten Spiegel, schrieb mit letzter Kraft die Zeichen und murmelte die Worte. Alles dauerte diesmal noch viel länger als die beiden ersten Male. Mit klopfendem Herzen sah der Königssohn zu. Der Angstschweiß brach ihm aus, und sein Gesicht war so bleich wie das der sterbenden Hexe. Endlich, endlich aber war der Zauber vollendet, und in dem dritten Spiegel lag die glühende Sonne. Die Zauberin reichte ihm den Spiegel und sprach:

»Mein Herz bricht. Denk an dein Versprechen.«

Als die Zauberin verschied, machte der Jüngling das Zeichen des Kreuzes über ihr und warf das Weihwasser nach der Stelle, wo der Teufel hocken mußte. Da flog ein schwarzes Ungeheuer neben ihm mit einem schrecklichen Fluch aus dem Fenster. Es war der Teufel, der vergeblich gewartet. Das Zimmer aber war voll Gestank nach Pech und Schwefel.

Der Königssohn zog von dannen mit seinen drei Spiegeln, darin der glänzende Stern, der silberne Mond und die glühende Sonne eingefangen waren. Als er sie der jungen Prinzessin überbrachte, verwunderte diese sich sehr, und die Hochzeit ward in aller Pracht gefeiert.

6. Von der dritten Reise Sindbads des Seefahrers

Einige Zeit führte ich in Bagdad ein ruhiges Leben. Aber allmählich wurde mir das Nichtstun langweilig. Der Mensch sehnt sich immer nach Neuem. Ich dachte nicht mehr an die Beschwerden meiner früheren Reisen. Also begann ich, Handelsware für eine neue Seereise einzukaufen. Die Güter ließ ich nach Balsora bringen. Dort ging ich mit andern Kaufleuten wieder zur See. Lange Zeit fuhr ich mit gutem Gewinn über die Meere, ohne daß sich ein Unfall ereignete.

Aber einmal erhob sich ein heftiger Sturm. Das Schiff gehorchte dem Steuer nicht mehr. Es wurde schließlich in die Nähe einer Insel getrieben. Dort waren wir vor dem Sturm geschützt; wir warfen daher die Anker aus.

Der Kapitän wäre lieber nicht gelandet. »Denn«, sagte er, »diese und die Nachbarinseln sind von einem Stamme scheußlicher Wilder bewohnt. Sie haben noch jeden überfallen, der sich in die Nähe dieser Insel wagte. Zwar sind sie nur so groß wie Zwerge, aber dafür zahlreich wie die Heuschrecken. Wir dürfen uns daher nicht wehren, sonst sind wir alle des Todes.«

Als wir das hörten, gerieten wir in Angst und Schrecken. Es dauerte auch gar nicht lange, so sahen wir die Wilden von allen Seiten auf unser Schiff zuschwimmen. Kleine, rotbehaarte Gestalten kletterten mit affenartiger Behendigkeit am Tauwerk des Schiffes empor. Wir konnten es gar nicht fassen, so schnell waren sie auf dem Verdeck. Sie redeten uns mit gurgelnden Lauten an. Aber wir verstanden ihre Sprache nicht.

Wir sahen, daß sie nicht als Freunde kamen; aber es waren so viele, daß wir nicht wagten, uns zur Wehr zu setzen. Bald bissen sie mit ihren Zähnen das Ankertau und alle Seile durch und zogen das Schiff ans Land. Uns zwangen sie auszusteigen. Dann fuhren sie mit dem Schiff davon.

Wir wußten nun nicht, was aus uns werden sollte. Zuerst stillten wir unseren Hunger mit einigen Früchten, Kräutern und Wurzeln, die auf der Insel wuchsen. Dann wanderten wir herum. Da sahen wir in der Ferne ein großes Gebäude. Als wir näher kamen, bemerkten wir, daß es ein prächtiges Schloß war. Es hatte ein zweiflügeliges Tor aus Ebenholz. Wir öffneten das Tor und traten in einen Hof; auf der einen Seite lag ein Haufen Menschenknochen, auf der andern eine Menge Bratspieße. Bei diesem Anblick erschraken wir heftig. Aber wir sahen keinen Menschen in der Nähe. Also setzten wir uns niedergeschlagen auf die Erde, um uns auszuruhen.

Plötzlich erbebte die Erde. Mit einem Geräusch wie das Brausen des Sturmes trat ein Mann, groß wie ein Palmbaum, an uns heran. Er hatte mitten auf der Stirn nur ein einziges rotglühendes Auge. In einem schwarzen Gesicht dehnte sich ein riesiger Mund; aus diesem ragten zwei lange, spitze Zähne wie die Hauer eines Ebers. Die Oberlippe war gespalten wie bei einem Kamel, die Unterlippe hing bis auf die Brust herab. Seine Nasenlöcher waren groß wie eine Männerfaust. Ohren hatte er wie ein Elefant. Und seine Fingernägel glichen den Krallen eines riesigen Raubtieres. Beim Anblick dieses scheußlichen Ungeheuers drohte uns vor Schreck die Besinnung zu verlassen.

Der Riese setzte sich auf eine Bank im Hof und beobachtete uns aufmerksam. Dann erhob er sich. Er kam auf uns zu und faßte mich beim Genick. Wie ein Schlächter sein Schlachttier drehte er mich in der Luft hin und her. Auch befühlte er mich von allen Seiten. Aber ich war ihm nicht fett genug. Darum stellte er mich abseits von meinen Gefährten. Dann ergriff er den nächsten, um ihn zu begutachten. So prüfte er alle meine Gefährten. Zuletzt kam er an den Kapitän; dieser war am fettesten von uns allen. Ihn stellte der Riese auf seine Handfläche und stieß ihm einen Spieß durch den Leib. Der Arme war sofort tot. Hierauf holte er Holz. Über einem mächtigen Feuer briet er den Kapitän am Spieß. Dann aß er den Braten und schmatzte dabei vor Behagen. Die abgenagten Knochen warf er zur Seite. Nach beendeter Mahlzeit legte er sich auf die Bank im Hof. Bald verkündeten donnernde Schnarchtöne, daß er eingeschlafen war. Wir blieben die ganze folgende Nacht zitternd in dem Hof stehen. Als es Morgen wurde, erhob sich der Riese. Er ging seines Weges, ohne uns weiter zu beachten.

Jammernd beratschlagten wir, was zu geschehen habe. Wir sahen den sicheren Tod vor Augen. Es wurde uns klar, daß der Riese am Abend wieder einen von uns verspeisen würde. Alle Tage würde sich das wiederholen. Wir durchstreiften die ganze Insel. Aber wir fanden weder ein Versteck noch eine Gelegenheit zur Flucht. All unser Suchen war vergeblich. Unsere Nahrung bestand wieder nur aus Früchten und Kräutern. Da wir keinen geeigneten Platz für die Nacht fanden, mußten wir ins Schloß zurückkehren.

Gegen Abend erschien der Riese abermals. Er setzte sich auf die Bank und verfuhr wie am Vortag. Schließlich wurde wieder einer unserer Gefährten am Spieß gebraten und verzehrt. Dann legte sich der Riese auf die Bank und schnarchte wie Sturmgebraus. Wir aber konnten vor Angst wieder die ganze Nacht nicht schlafen. Am frühen Morgen verließ der Riese den Palast, ohne uns zu behelligen. Unsere Lage war gräßlich. Mehrere Gefährten wollten sich lieber ins Meer stürzen, als die Angst vor dem scheußlichen Tod länger zu ertragen.

Aber einer von uns sagte: »Warum denkt ihr denn an euren Tod? Gott hat verboten, sich selbst das Leben zu nehmen. Denkt doch zuerst an den Tod des Scheusals. Vielleicht weiß einer einen Rat. Und vielleicht können wir uns dann von diesem Ungeheuer befreien.«

Da erwiderte ich: »Brüder, ich habe einen Plan. Am Meeresufer sind große Waldungen. Dort wollen wir bei Tag Bäume fällen und Flöße bauen. Diese verbergen wir am Ufer. Wenn es an der Zeit ist, können wir uns ihrer bedienen. Am Abend aber versuchen wir, den Riesen zu besiegen. Gelingt es, so können wir ruhig auf der Insel bleiben. Wir können abwarten, bis ein Schiff kommt und uns aufnimmt. Mißlingt unser Vorhaben, dann wollen wir uns mit den Flössen eilends aufs Meer hinaus begeben. Es ist zwar gefährlich, sich mit einem Floß den Wogen des Meeres anzuvertrauen. Trotzdem halte ich es für besser, einen ehrlichen Seemannstod in den Wellen zu finden, als von diesem Ungetüm verdaut zu werden.«

Die Gefährten pflichteten meinen Worten bei. Wir gingen sofort an den Bau der Flöße.

Am Abend kehrten wir in den Palast zurück. Nur kurze Zeit verging, bis der Riese erschien. Abermals verspeiste er einen unserer Genossen zum Abendmahl. Dann legte er sich auf die Bank zur Ruhe. Bald hörten wir ihn schnarchen. Jetzt sollte ihn die Rache für seine

Untaten ereilen. Wir nahmen den eisernen Bratspieß und hielten ihn über das Feuer. Als er rotglühend war, näherten wir uns dem schlafenden Riesen. Mit einem heftigen Stoß bohrten wir ihm das glühende Eisen ins Auge.

Mit entsetzlichem Gebrüll fuhr das Ungeheuer auf. Es wollte uns mit den Händen ergreifen. Wir aber sprangen rasch zurück. Geschickt wichen wir seinen suchenden Pranken aus. Sehen konnte er uns ja nicht, da sein Auge ausgebrannt war. Vor Schmerzen brüllend, stampfte er wie ein gewaltiger Berg im Hof umher, daß die Erde bebte. Endlich fand er das Tor und tappte ins Freie hinaus.

Wir verließen gleich hinter dem Riesen das Schloß. Bei den Flößen wollten wir abwarten, wie sich das Ungetüm weiter verhalte. Inzwischen war es Tag geworden. Da sahen wir den geblendeten Riesen, auf die Arme zweier ebenso scheußlicher Begleiter gestützt, herankommen.

Nun zögerten wir nicht länger, mit den Flößen ins Meer hinauszurudern. Aber die Riesen bemerkten unsere Flucht. Sie eilten ans Ufer und wateten bis zum Gürtel ins Wasser. Dann hoben sie große Steine auf; geschickt warfen sie diese nach den Flößen. Alle wurden getroffen und zertrümmert; nur mein Floß blieb unbeschädigt. Also kamen ich und zwei meiner Gefährten mit dem Leben davon. Die übrigen ertranken. Wir waren erschöpft und von Hunger ermattet. Trotzdem ruderten wir aus Leibeskräften, um von der Insel wegzukommen.

Beim Drogenberater

Robert Gernhardt: Beim Drogenberater

VIII.

VON TROST UND RAT

Einleitung

Gewöhnlich sind Ratschläge nicht tröstlich. Viel häufiger sind sie unbequem, kritisch, schmerzhaft. Und wenn sie den Beratenen gefallen sollen, dann ähneln sie vielleicht der Schmeichelei und der heuchlerischen Anpassung, aber nicht dem Trost. In seltenen Fällen freilich gelingen Empfehlungen, die angesichts von Schmerzen und Schicksalsprüfungen ebensowohl einen guten Rat als auch einen Trost verkörpern. So erfährt es beispielsweise Augustinus, der aus der Verzweiflung durch ein Kinderlied aufgeschreckt wird, das ihn dazu bringt, den Rat der Bibel zu konsultieren [1].

Trost wird unverhofft und plötzlich wahrgenommen; er ist häufig weiblichen Geschlechts, ob er nun als verfolgte Philosophie [2] oder als himmlische Freude [3] erscheint. Er bekämpft den Schmerz, indem er ihn relativiert und – darin besteht vor allem sein Rat – von einer neuen, bisher ungewohnten Seite zeigt. So dankt Meister Eckehart für die Gelegenheit, etwas zu verlieren [5], während der Tod, im berühmten Streitgespräch mit dem Ackermann aus Böhmen, die stoische Tugend lehrt, den Wechsel von Leben und Sterben hinzunehmen [4]. Nichts kann vollständig vorhergesehen werden; wer seinen Plan und seine Vorbereitungen gut ausgeführt hat, soll darum nicht länger zögern, sondern den Rat getrost in die Tat umsetzen, auch wenn er vielleicht scheitern wird [7].

Ein besonderer Trost entspringt einer radikaleren Verschiebung von Wahrnehmungen. Was weiß der Schüler des Rabbis über das Böse, wenn ihm vorgeblich niemals etwas Böses begegnet ist? [6] Und was weiß die Freundin über eine Glückseligkeit, die jenseits der Beziehung von Schmerz und Trost gesucht werden muß? [8]

1. *Aurelius Augustinus:* »Nimm es, lies es!«

Jetzt aber, da meine grabende Selbstschau aus dem geheimen Grunde mein ganzes Elend hervorgebracht und dem Herzen zum Anblick gehäuft hatte, erhob sich der schwere Sturm, der einen schweren Regen von Tränen brachte. Um ihn ganz und laut zu vergießen, stand ich auf und ging weg von Alyppius – denn Alleinsein schien mir besser zum Werke der Tränen – und ging weit genug, bis mir die Gegenwart auch des Freundes nicht mehr lästig fallen konnte.

So war mir's jetzt, und er fühlte es; ich hatte, glaube ich, ein paar Worte gesagt, schon mit tränenschwerem Klang der Stimme, und also war ich aufgestanden. Er blieb zurück, wo wir gesessen hatten, sehr betroffen. Ich aber warf mich unter einem Feigenbaum zu Boden, ich weiß nicht, wie es kam, und ließ den Tränen ihren Lauf, und Ströme brachen aus meinen Augen, das Opfer, das Du liebst, und vieles sagte ich Dir, nicht in diesen Worten, aber in diesem Sinne: »Und Du, Herr, wie lange noch? Wie lange noch, Herr? Wirst Du zürnen bis zum Ende? Ach, denke nicht mehr unserer alten Missetaten!« Denn nur sie, ich fühlte es, hielten mich noch auf. Ich stieß meinen Jammer laut hinaus: »Wie lange noch, wie lange dieses ›Morgen, ja morgen‹? Warum nicht heute? Warum nicht in dieser Stunde das Ende meiner Schmach?«

So sprach ich und weinte in der bittersten Zerknirschung meines Herzens. Da auf einmal höre ich aus dem Nachbarhaus die Stimme eines Knaben oder Mädchens im Singsang wiederholen: »Nimm es, lies es, nimm es, lies es!« Augenblicklich machte ich andere Miene, gespannt besann ich mich, ob unter Kindern bei irgendeinem Spiel so ein Leierliedchen üblich wäre, aber ich entsann mich nicht, das irgendwo gehört zu haben. Ich hemmte die Gewalt der Tränen und stand vom Boden auf: ich wußte keine andere Deutung, als daß mir Gott befehle, das Buch zu öffnen und die Stelle zu lesen, auf die zuerst ich träfe. Denn von Antonius hatte ich gehört, wie er bei einer Evangelienverlesung, zu der er sich von ungefähr eingefunden hatte, die Worte »Geh hin, verkaufe alles, was du hast, gib es den Armen, und du wirst einen Schatz im Himmel haben; und komm und folge mir nach«, als wäre es für ihn vermeint, was man da las, sich zur Mahnung genommen und bei diesem Gottesspruch zugleich zu Dir gekehrt hatte.

So ging ich eilends wieder an den Platz, wo Alyppius saß; denn dort hatte ich das Buch des Apostels hingelegt, als ich aufgestanden war. Ich ergriff es, schlug es auf und las still für mich den Abschnitt, auf den zuerst mein Auge fiel: »Nicht in Schmausereien und Trinkgelagen, nicht in Schlafkammern und Unzucht, nicht in Zank und Neid, vielmehr ziehet an den Herrn Jesus Christus und pfleget nicht des Fleisches in seinen Lüsten.« Weiter wollte ich nicht lesen, und weiter war es auch nicht nötig. Denn kaum war dieser Satz zu Ende, strömte mir Gewißheit als ein Licht ins kummervolle Herz, daß alle Nacht des Zweifelns hin und her verschwand.

2. *Boethius:* Trost der Philosophie

Nicht anders nahm ich den Himmelsglanz in mich auf, als die Nebel der Traurigkeit sich zerstreuten, und erhielt den Geist zurück, um das Antlitz der Heilenden zu erkennen. Kaum hatte ich deshalb meine Augen auf sie gelenkt und den Blick auf sie geheftet, erblickte ich meine Amme, in deren Hause ich von Jugend an verkehrt hatte: die Philosophie.

Und sagte: Warum bist du in diese Einsamkeit meiner Verbannung gekommen, du Herrin aller Tugenden, herab vom hohen Himmelspol? Etwa, auf daß auch du zusammen mit mir angeklagt und mit falschen Beschuldigungen verfolgt wirst?

Hätte ich dich etwa, sagte sie, mein Kind, verlassen und nicht mehr die Last, die du meines verhaßten Namens wegen auf dich genommen hast, teilen, das Leid mit dir gemeinsam tragen sollen? Für die Philosophie wäre es doch nicht recht gewesen, den Weg eines Unschuldigen unbegleitet zu lassen! Ich hätte wohl die Beschuldigung fürchten und vor ihr zittern sollen, als ob etwas Neues geschehen wäre? Denn du meinst wohl, jetzt sei der Weisheit bei ruchloser Gesittung zum ersten Male mit Gefahren zugesetzt worden? Kämpften wir nicht auch bei den Alten vor der Zeit unseres teuren Plato einen oft schweren Kampf gegen die Frechheit der Dummheit? Und hat nicht sein Lehrer Sokrates, während er es überleben mußte, unter meinem Beistande den Sieg über einen ungerechten Tod erfochten? Als darauf die Epikureer- und Stoikermeute und die übrigen ein jeder für seinen Teil seine

Erbschaft zu plündern begannen und mich trotz Schreien und Sträuben zur Beute schlugen, da haben sie mein Kleid, das ich mit eigener Hand gewebt hatte, zerschlissen. Sie rissen Fetzen von ihm los und zogen in dem Glauben ab, ich wäre ihnen ganz zugefallen. […]

Empfindest du dies, und dringt es in dein Herz ein? Oder geht dirs wie im Sprichwort: der Esel mit der Lyra? Was weinst du, was schwimmst du in Tränen? »Sprich, verhehle es nicht im Herzen!« Wenn du die Hilfe des Arztes erwartest, mußt du die Wunde aufdecken!

3. *Hildegard von Bingen:* Von Weltschmerz und himmlischer Freude

Worte des Weltschmerzes. Und die Gestalt sprach: »Weh! Wozu bin ich geschaffen? Weh! Wozu lebe ich? Wer wird mir helfen, wer mich befreien? Wüßte Gott um mich, so stäke ich nicht in solchen Nöten. Vertraue ich auf Gott, so wird mir davon nichts Gutes zuteil, freue ich mich mit ihm, so nimmt das nicht das Übel von mir. Ich hörte zwar sehr viel von den Philosophen, die lehren, in Gott wären viele Güter, aber in all dem hat Gott mir nichts Gutes erwiesen. Wenn er mein Gott ist, weshalb hat er dann alle seine Huld vor mir verborgen? Würde er mir irgend etwas Gutes erweisen, so würde ich von ihm wissen. So aber weiß ich nicht, was ich selbst bin. In Unglück bin ich erschaffen, in Unglück bin ich geboren, und ich lebe ohne jeglichen Trost. Ah! Was nützt das Leben ohne Freunde? Und weshalb wurde ich erschaffen, da mir doch nichts Gutes zuteil wird?«

Die Antwort der himmlischen Freude. Aber aus der Wirbelwolke hörte ich eine Stimme dieser Gestalt folgende Antwort geben: »Du Blinde und Taube weißt nicht, was du in dir sprichst. Gott schuf den Menschen helleuchtend, doch hat ihn die Schlange wegen seiner Untreue in diesen See des Elends geführt. Schau jetzt die Sonne, den Mond, die Sterne und alle Zier des Erdengrüns an und betrachte, was Gott damit den Menschen für eine Gunst erweist, während er doch in großer Verwegenheit gegen Gott sündigt. Du bist eine listige Betrügerin, dein Vertrauen gründet immer in der Hölle, und du weißt und bedenkst es nicht, was für ein Heil von Gott kommt. Wer gibt dir denn das alles, was du in diesem Lichte und in diesen Gütern hast, wenn nicht Gott?

Eilt der Tag zu dir, so nennst du das Nacht; ist dir das Heil nahe, so nennst du es Fluch, und steht es mit all deinen Angelegenheiten gut, so sagst du, es ginge schlecht. Darum bist du ein Höllenwesen!

Ich aber habe den Himmel, weil ich alles, was Gott erschuf, in der richtigen Weise betrachte … Die Rosen- und Lilienblüten und alles Grün sammle ich sanften Herzens an meiner Brust, indem ich dabei alle Werke Gottes preise, während du ihnen Schmerz über Schmerz entnimmst, da du bei all deinen Werken traurig bist. Du gleichst Höllengeistern, die durch alle ihre Werke Gott unaufhörlich verleugnen. So mache ich es nicht; ich opfere vielmehr alle meine Werke Gott auf, weil in der Traurigkeit Freude und in der Freude Gedeihen ist, es ist nicht so wie der Wechsel von Tag und Nacht. Denn wie Gott Tag und Nacht schuf, so sind auch die Werke der Menschen. Wenn nämlich die Habgier ihre Burg baut, so reißt sie Gott schnell nieder; wenn sich das Fleisch nach ausgelassener Lust sehnt, so tritt es Gott nieder und schlägt es … Das ist recht und gerecht. Denn sieh dir nur die Beschaffenheit der Vögel des Himmels und die des ganz schlimmen Erdengewürms an, wie sie nützlich und schädlich sind und wie sie sich gegenseitig verschlingen. So sind das Glück und Unglück der Welt. Man darf sie nicht völlig abschütteln, denn das Nützliche reinigt das Unnütze und umgekehrt, so wie das Gold im Feuerofen geläutert wird. Du aber gibst deine Zustimmung dem nutzlosen Teile, was ich nicht tue. Denn ich beurteile das Nützliche und das Unnütze, so wie es Gott geordnet hat. Die Seele bezeugt den Himmel, das Fleisch die Erde, und das Fleisch drückt die Seele nieder, während die Seele das Fleisch zusammenschnürt. Erwäge also, wie töricht und blind das ist, was du sprichst!«

4. *Johannes von Tepl:* Der Rat des Todes

Laß es dir eingehen und vernimm: das Leben ist um des Sterbens willen geschaffen. Gäbe es kein Leben, Wir wären nicht, Unsere Aufgabe wäre nichts; damit gäbe es auch nicht die Ordnung der Welt. Entweder bist du zu sehr voll Leides, oder Unvernunft hauset in dir. Bist du unvernünftig, so bitte Gott darum, dir Vernunft zu verleihen! Bist du aber voll des Leides, so brich ab, laß fahren, nimm das für dich, daß der Menschen Leben auf Erden ein Windhauch ist!

Du bittest um Rat, wie du das Leid aus dem Herzen bringen sollest. Aristoteles hat es dich vormals gelehrt, daß Freude, Leid, Furcht und Hoffnung, diese vier, aller Welt Kummer bringen und namentlich denen, die sich vor ihnen nicht hüten können. Freude und Furcht verkürzen, Leid und Hoffnung verlängern die Dauer. Wer die vier nicht ganz aus dem Gemüt vertreibt, der muß allzeit in Sorgen sein. Nach Freuden Trübsal, nach Liebe Leid muß hier auf Erden kommen. Freude und Leid müssen verbunden sein. Des einen Ende ist der Anfang des andern. Leid und Freude ist nichts anderes, als wenn ein Mensch etwas in seinem Sinn erfaßt und es nicht aufgeben will, gleichermaßen, wie mit Genügsamkeit niemand arm und mit Ungenügsamkeit niemand reich sein mag; denn Genügen und Ungenügen haftet nicht an der Habe, noch an andern Dingen, sondern im Gemüt. Wer nicht die Liebe aus dem Herzen treiben will, der muß gegenwärtiges Leid allzeit tragen. Treib aus dem Herzen, aus dem Sinne und aus dem Gemüt der Liebe Gedächtnis, alsbald wirst du des Trauerns enthoben sein! Sobald du etwas verloren hast, was du nicht wiedererlangen kannst, tu, als sei es nie dein geworden! Hinflieht alsbald deine Trauer.

Willst du das nicht tun, so hast du noch mehr Leid vor dir. Denn nach jedes Kindes Tode widerfährt dir Herzeleid, nach deinem Tode auch Herzeleid ihnen allen, dir und ihnen, wenn ihr voneinander scheiden sollet. Du willst, daß ihnen die Mutter ersetzt werde. Kannst du vergangene Jahre, gesprochene Worte und genommenes Magdtum wiederbringen, so bringst du deinen Kindern die Mutter wieder. Ich habe dir nun genug geraten. Kannst du es verstehen, stumpfer Pickel?

5. *Meister Eckhart:* Von Schaden und Leid

Ein Mensch zieht seinen Weg hin oder verrichtet ein Werk oder unterläßt ein anderes, und dabei widerfährt ihm ein Schaden: er bricht ein Bein, einen Arm oder verliert ein Auge, oder er wird krank. Will er dann beständig denken: Wärest du einen anderen Weg gezogen oder hättest du ein anderes Werk verrichtet, so wäre dir das nicht widerfahren, so bleibt er ungetröstet und wird notwendig leidbedrückt. Und deshalb soll er denken: Wärst du einen andern Weg gezogen oder hättest du ein anderes Werk verrichtet oder unterlassen, so wäre dir leichtlich ein viel größerer Schaden und Kummer widerfahren; und auf solche Weise würde er zu Recht getröstet.

Und wieder ein anderes will ich annehmen: Du hast tausend Mark verloren; dann sollst du nicht die tausend Mark beklagen, die verloren sind. Du sollst Gott danken, der dir tausend Mark gegeben hat, die du verlieren konntest, und der dich durch die Übung der Tugend der Geduld das ewige Leben verdienen läßt, was vielen tausend Menschen nicht vergönnt ist.

Noch ein Weiteres, was den Menschen trösten kann: Ich setze den Fall, daß ein Mensch Ehre und Gemach manches Jahr besessen hat und dies nun durch Gottes Fügung verliert; so soll der Mensch sich weise bedenken und Gott danken. Wenn er des Schadens und des Ungemachs, das er nun hat, inne wird, dann weiß er erst, wieviel Vorteil und Geborgenheit er vorher hatte, und er soll Gott danken für die Geborgenheit, die er so manches Jahr genoß, ohne doch je recht zu erkennen, daß er wohl daran war, und er grolle nicht.

6. *Georg Langer:* Nichts Böses

Einst kamen Schmelke von Nikolsburg und Pinchas von Frankfurt nach Mesritsch, um vom Zaddik Rabbi Bär die Erklärung der talmudischen Vorschrift zu erbitten, nach der wir verpflichtet sind, Gott für alles Böse ebenso aus vollem Herzen zu preisen wie für alles Gute. Der heilige Rabbi sagte ihnen: »Gehet ins Lehrhaus, suchet dort meinen Schüler Sussja heraus und den fraget danach. Sussja weiß das am besten.«

Die Brüder fanden den Sussja.

Mein Gott, was für ein armer Kerl war das! Sein Leib, furchtbar abgemagert vor Hunger und Not, war mit Lumpen behangen. Das waren seine Kleider. Sein ganzes Aussehen zeigte, daß sein Leben nichts als Entbehrung und Leiden war.

»Wie ist es möglich, Gott für alles Böse ebenso zu preisen, wie wir es für alles Gute tun?« fragten ihn die Brüder.

»Das kann ich euch wirklich nicht erklären«, sagte der arme Sussja, in Gedanken ganz versunken. »Um euch nämlich die Wahrheit zu sagen: Mir ist noch nie etwas Böses widerfahren.«

7. *Arthur Schopenhauer:* Sattle gut und reite getrost!

Man überlege ein Vorhaben reiflich und wiederholt, ehe man dasselbe ins Werk setzt, und selbst nachdem man alles auf das gründlichste durchdacht hat, räume man noch der Unzulänglichkeit aller menschlichen Erkenntnis etwas ein, in Folge welcher es immer noch Umstände geben kann, die zu erforschen oder vorherzusehen unmöglich ist und welche die ganze Berechnung unrichtig machen könnten. Dieses Bedenken wird stets ein Gewicht auf die negative Schale legen und uns anraten, in wichtigen Dingen, ohne Not, nichts zu rühren: *quieta non movere.* Ist man aber einmal zum Entschluß gekommen und hat Hand ans Werk gelegt, so daß jetzt alles seinen Verlauf zu nehmen hat und nur noch der Ausgang abzuwarten steht; dann ängstige man sich nicht durch stets erneuerte Überlegung des bereits Vollzogenen und durch wiederholtes Bedenken der möglichen Gefahr: vielmehr entschlage man der Sache sich jetzt gänzlich, halte das ganze Gedankenfach derselben verschlossen, sich mit der Überzeugung beruhigend, daß man alles zu seiner Zeit reiflich erwogen habe. Diesen Rat erteilt auch das italienische Sprichwort *legala bene e poi lascia la andare,* welches Goethe übersetzt »Du, sattle gut, und reite getrost«; – wie denn, beiläufig gesagt, ein großer Teil seiner unter der Rubrik »Sprichwörtlich« gegebenen Gnomen übersetzte italienische Sprichwörter sind. – Kommt dennoch ein schlimmer Ausgang; so ist es weil alle menschlichen Angelegenheiten dem Zufall und dem Irrtum unterliegen. Daß *Sokrates,* der Weiseste der Menschen, um nur in seinen eigenen, persönlichen Angelegenheiten das Richtige zu treffen, oder wenigstens Fehltritte zu vermeiden, eines warnenden *Dämonions* bedurfte, beweist, daß hiezu kein menschlicher Verstand ausreicht.

8. *Simone Weil:* Jenseits von Schmerz und Trost

Händedruck eines Freundes, den ich nach langer Abwesenheit wiedersehe. Ich bemerke nicht einmal, ob dieser Druck für den Gefühlssinn Lust oder Schmerz ist: wie der Blinde die Gegenstände, die er mit der Spitze seines Stockes berührt, unmittelbar empfindet, so empfinde ich unmittelbar die Anwesenheit des Freundes. Ebenso alle übrigen Umstände meines Lebens, wie sie auch beschaffen sein mögen, und Gott.

Hieraus folgt, daß man niemals einen Trost suchen soll für den Schmerz. Denn die Glückseligkeit liegt jenseits des Bereiches von Trost und Schmerz. Sie wird mit einem anderen Sinne wahrgenommen, wie die Wahrnehmung von Gegenständen vermittels der Spitze eines Stockes oder eines Instrumentes eine andere ist als die eigentliche Tastempfindung. Dieser andere Sinn entsteht durch eine Verlagerung der Aufmerksamkeit; wozu nicht nur die ganze Seele, sondern auch der Körper in die Lehre genommen werden muß.

HOFFNUNGSLOSER FALL?

Claire Bretecher: Dr. med. Bobo

IX.

HEILSAME RATSCHLÄGE

Einleitung

Zu den wichtigsten Ratschlägen, welche Menschen erbitten und erhoffen, gehören Ratschläge zur eigenen Gesundheit oder zur Genesung von Krankheiten. Ärzte zählen darum zu den ältesten Ratgebern der Menschheitsgeschichte: An ihrem Berufsstand wurden bereits früh alle Wünsche und Enttäuschungen abgehandelt, die einer Beratungserfahrung entspringen können. Ärzte sind gleichsam Prototypen der Gurus und »Halbgötter«, aber auch Prototypen der Scharlatane und »falschen Ratgeber« (die nach Dantes »Divina Comedia« im achten Höllenkreis schmoren).

Einerseits ist der Arzt *per definitionem* der Zukunftskundige, dessen Heilmethoden mit seinen Prognosen übereinstimmen müssen [1]; andererseits kommt der gute Rat nicht immer zur rechten Zeit, wie schon Aesop kritisierte [2]. Manchmal sind Therapie*vorschläge* geeigneter als die beste Arznei, ob in Babylon [3] oder in Nordamerika [5]; dann genügt schon der bloße Kommentar, auch wenn er – wie im Falle Dr. Katzenbergers – den dicken Fürsten dazu bringen soll, auf allen vieren durch die Gegend zu laufen und dabei den Mund aufzusperren [5].

Zum Ethos des Arztes zählt freilich nicht nur die Erfahrung, die »Eigenhändigkeit« seiner Therapeutik und Pharmakologie [6], sondern auch das Wissen von den komplexen Übergängen zwischen Körper und Seele. So kann es darauf ankommen, die Schrunde im Mundwinkel als Ausdruck böser Nachrede zu würdigen [7]; es kann aber auch – ganz im Gegenteil – darauf ankommen, eine psychische Erkrankung (wie die Melancholie) als körperliches Leiden zu betrachten, das sich die Anlässe zur Verzweiflung systematisch sucht [8]. Körperliche Erkrankungen können psychotherapeutisch traktiert werden, psychisches Leiden läßt sich hingegen durch spezifische Formen der Bewegungstherapie, wie sie beispielsweise Moshé Feldenkrais entwickelt hat, günstig beeinflussen [9].

Während zahlreiche therapeutische Prozesse auf langsame Veränderungen körperlicher oder psychischer Verfassungen reagieren, können gelegentlich auch einzelne Ratschläge, Botschaften oder spontane Versuche, das Problem von einer anderen Seite aus zu betrachten, unerwartete Lösungen ermöglichen. So beweisen die Erfinder der NLP-Therapie, John Grinder und Richard Bandler, ihrem Klienten mit einem simplen Clou, daß ihm geholfen werden kann [10]; und im Gespräch zwischen dem Psychoanalytiker und der Krankenschwester gelingt eine neue Wahrnehmung der möglichen Bedeutung mütterlicher Schuldgefühle [11]. Auch die Entdeckung kommunikativer Paradoxien, die schon aus logischen Gründen jede Problemlösung ausschließen [12], kann – ebenso wie die »Verordnung« eines Problems [13] – zu einer überraschend schnellen »Heilung« beitragen.

1. *Hippokrates:* Mit weiser Voraussicht

Der beste Arzt scheint mir der zu sein, der sich auf Voraussicht versteht. Denn wenn er den gegenwärtigen und den ihm vorhergegangenen und den künftigen Stand einer Krankheit schon vorher erkennt und den Kranken vorhersagt und ihnen erklärt, was sie unterlassen haben, dann werden sie ihm vertrauen, weil er ihren Zustand besser als sie selber erkennt, so daß die Menschen es wagen, sich dem Arzt anzuvertrauen.

Ihre Therapie wird er aber am richtigsten vornehmen, wenn er aus dem gegenwärtigen Stand ihrer Krankheit deren künftigen Verlauf vorhersagt. Denn alle Kranken gesund zu machen ist unmöglich. Denn das wäre ja noch besser, als den künftigen Verlauf ihrer Krankheit vorherzuwissen. Da nun aber die Menschen sterben, die einen, bevor sie den Arzt infolge der Schwerheit der Krankheit rufen, die anderen, gleich nachdem sie ihn gerufen haben – die einen, nachdem sie noch einen Tag, die anderen, nachdem sie noch etwas länger gelebt haben – bevor der Arzt durch seine Kunst jede Krankheit bekämpfen konnte – da ist es notwendig, die Natur solcher Krankheiten zu erkennen, zu sehen, inwieweit sie über die Widerstandskraft ihrer Körper hinausgehen, zugleich aber auch, ob sich etwas Göttliches in den Krankheiten offenbart, und die Prognose der Dinge gründlich zu lernen. Denn dann würde er mit Recht bewundert werden und ein vortrefflicher Arzt sein. Dann könnte er auch diejenigen Kranken, die zu retten sind, noch besser behüten, wenn er schon lange in Rücksicht auf alles etwa Kommende seine Vorsorge trifft, und wenn er schon im voraus weiß und vorhersagt, wer sterben, wer genesen wird, und so wird er frei von aller Schuld sein.

2. *Aesop:* Der Arzt und der Patient

Ein Arzt nahm an einer Beisetzung eines Bekannten teil. Dabei äußerte er sich zu den Trauergästen: »Wenn dieser Mann keinen Wein getrunken und ein Klistier genommen hätte, wäre er nicht gestorben.« Doch einer der Anwesenden fiel ihm ins Wort: »Lieber Freund, das solltest du nicht jetzt sagen, wo es ohne Nutzen ist; damals hättest du ihm raten müssen, als er von dem Rat auch Gebrauch machen konnte.«

3. *Herodot:* Seltsame Therapie

I.197. Weil sie [die Babylonier] keine Ärzte haben, bringen sie ihre Kranken auf den Markt; dann kommen die Leute herzu, und wer selber ein solches Übel gehabt hat wie der Kranke, oder wer einen anderen daran hat leiden sehen, der bespricht sich mit dem Kranken und rät ihm dieselben Mittel, wodurch er selber von dem Übel geheilt wurde oder einen anderen hat genesen sehen. Niemand darf an dem Kranken schweigend vorübergehen, ohne erst zu fragen, was ihm fehle.

4. *Ambrose Bierce:* Zwei Ärzte

Ein böser alter Mann bemerkte, daß er krank war, und schickte nach einem Arzt, der ihm ein Rezept verschrieb und wieder ging. Da schickte der böse alte Mann nach einem anderen Arzt, erwähnte den ersten nicht, und eine völlig andere Behandlung wurde angeordnet. Das hielt ein paar Wochen an, die Ärzte besuchten ihn abwechselnd und behandelten ihn wegen zweier verschiedener Krankheiten, wobei sie die Dosen der Medizin immer mehr erhöhten und immer strengere Pflege befahlen. Aber eines Tages trafen sie sich zufällig an seinem Bett, als er schlief; die Wahrheit kam heraus, und ein heftiger Streit war die Folge.

»Meine lieben Freunde«, sagte der Patient, den der Lärm des Streites geweckt hatte und der den Grund dafür verstand, »seid bitte etwas vernünftiger. Wenn ich euch wochenlang beide ertragen konnte, könnt ihr einander dann nicht für kurze Zeit ertragen? Ich bin seit zehn Tagen gesund, bin aber im Bett geblieben, in der Hoffnung, daß ich durch die Ruhe genug Kraft gewinne, um eure Medizin einzunehmen. Bisher habe ich sie nicht angerührt.«

5. *Jean Paul:* Dr. Katzenbergers Ratschläge

Den Fürsten wunderte und erfreute am Arzte sehr die Satire auf den eigenen Stand, und er lächelte; allein er bedachte nicht, daß eigentlich jeder am meisten über seinen, als den ihm bekanntesten, der Hofmann über den Hof, der Autor über das Schriftstellerwesen, ja der Fürst über seinesgleichen Spott ausgießt, nur ihn aber andern nicht gern erlaubt. – »Raten Sie mir doch, Herr Professor«, fragte der Fürst, »welche Motion ist die beste?« – »Gehen, Durchlaucht, als die rechte Mitte zwischen Reiten und zwischen Fahren«, antwortete Katzenberger. – »Aber ich gehe täglich, und es hilft nur wenig«, versetzte der dickleibige Regent. – »Wahrscheinlich darum«, sagte der Doktor, »weil Höchstderoselben vielleicht nur mit den Füßen gehen; was zum Teil seine Nachteile hat – (der Fürst sah ihn fragend an) denn auch mit den Händen muß zu selber Zeit gegangen und sich bewegt werden, da wir Säugtiere in Rücksicht des Körpers ja Vierfüßler sind, wie Moskati sehr gut, nur mit Übertreibungen, bewiesen.« – Er setzte nun die Sache mehr ins Licht und zeigte: das Venenblut steige ohnehin schwer die Füße herauf, häufe sich aber noch mehr in ihnen an, wenn man sie allein in Bewegung und Reizung setze; und dann sei für den ganzen übrigen Blutumlauf nur schlecht gesorgt. Daher müssen durchaus die Oberfüße oder Arme als Mitarbeiter – wenigstens von hohen Personen, die mit ihnen nicht am Sägebocke oder hinter dem Garnweber-

stuhl oder auf der Drechselbank hantieren wollen – gleich stark mit
den Unterfüßen auf und ab geschleudert werden, zumal da schon, nach
Haller in seiner Physiologie, das einfache Aufheben eines Armes den
Puls um viele Schläge verstärke. Und hier machte der Doktor dem
Fürsten den offiziellen Gang mit gehenden Perpendikelarmen so
geschickt vor, daß er, wie ein trabendes Pferd, Ober- und Unterbeine
in entgegengesetzter Richtung vorwärts und hinterwärts schlug; – und
die ganze Badgesellschaft sah von fernen den unbegreiflichen und
unehrerbietigen Schwenkungen des Doktors vor dem Fürsten zu. »In
der Tat«, sagte der Fürst lächelnd, »dies muß man versuchen, wenn
auch nicht in großer Gesellschaft.« – »Dann«, fuhr der Doktor fort,
»kann man noch mehr tun. Da eigentlich das Säuern oder Entkohlen
des Blutes das Ziel alles Lustwandelns ist: so halt ich auf Spaziergängen
meinen Mund außerordentlich weit aufgesperrt, um so die Luft strom-
weise in meine Lungen einzuschütten zum Oxydieren. Ja, ich darf
Ihrer Durchlaucht vorschlagen, daß Sie in Zeiten, wo das Wetter nicht
zum Gehen ist, dafür das Reden recht gut wählen können, weil dieses
das Blut herrlich säuert durch das schnelle Einatmen der Lebensluft
und das Ausatmen der Stickluft. Daher erkranken wir Professoren
häufig in den Ferien durch Aussetzen der Vorlesungen, mit welchen
wir uns zu säuern und zu entkohlen pflegen.

6. *Samuel Hahnemann:* Aus seinen eigenen Händen

Der wahre Heilkünstler muß die *vollkräftigsten, echtesten Arzneien* in
seiner Hand haben, um sich auf ihre Heilkraft verlassen zu können, er
muß sie selbst nach ihrer Echtheit kennen.

Es ist Gewissenssache für ihn, in jedem Falle untrüglich überzeugt
zu sein, daß der Kranke jederzeit die rechte Arznei einnehme, und
deshalb muß er die richtig gewählte Arznei dem Kranken *aus seinen
eigenen Händen* geben, auch sie *selbst* zubereiten. (Um dieses wichtige
Grundprincip meiner Lehre aufrecht zu erhalten, habe ich seit dem
Beginne ihrer Entdeckung viele Verfolgungen erduldet.)

7. *Georg Groddeck:* Die Schrunde im Mundwinkel

Ein junges Mädchen kommt zu mir: Der rechte Mundwinkel ist nach dem Volksausdruck ausgefahren, das heißt, es hat sich genau an der Vereinigungsstelle eine Schrunde gebildet.»Das dauert schon seit mehreren Tagen«, sagt sie.»Morgens nach dem Schlafen scheint es geheilt zu sein, aber im Laufe des Tages platzt es wieder auf.« Die Frage, ob sie jemandem einen falschen Kuß gegeben habe, wird abgelehnt, ebenso die Vermutung, daß sie großmäulig gewesen sei. Dagegen lächelt sie ein wenig, als ich sie frage, ob sie über jemanden bösen Leumund geführt habe, und sagt, das könne wohl zutreffen. Und als ich sie darauf aufmerksam mache, daß die Schrunde rechts sitzt, sie also eine Persönlichkeit ihrer Verwandtschaft verleumdet haben müsse, sagt sie:»Ja, es handelt sich um meine Schwester.« Am nächsten Tage war die wunde Stelle geheilt.

Solche kleinen Erlebnisse sagen deutlich und mit Nachdruck und besser als irgendein Lehrbuch: Organische Krankheitserscheinungen können von der Gedankenwelt des Menschen aus günstig und ungünstig beeinflußt werden. Sie erzählen in leicht verständlicher Sprache etwas darüber, wie Krankheiten entstehen und wie sie behandelt werden können. Und was hier von einer kleinen Hautwunde erzählt worden ist, gilt ebenso von den größeren Wunden und von den schwersten organischen Leiden.

8. *Alain:* Melancholie

Vor einiger Zeit traf ich einen Freund, der an einem Nierenstein litt und dementsprechend düsterer Verfassung war. Wie bekannt, macht diese Art von Krankheit traurig; als ich ihm das sagte, stimmte er mir bei; woraufhin ich schloß:»Da Sie wissen, daß diese Krankheit traurig macht, sollten Sie sich nicht darüber verwundern, daß Sie traurig sind, und sich auch nicht die Laune verderben lasssen deswegen.«

Diese Bemerkung brachte ihn zum Lachen, was bereits kein schlechtes Resultat war.

Das schließt nicht aus, daß ich in dieser, zugegeben, etwas albernen Form gleichwohl etwas Wichtiges gesagt hatte, das sich die, welche ein Kummer plagt, nur selten klarmachen.

Tiefe Traurigkeit ist immer die Folge eines körperlichen Krank-
heitszustandes; ein Kummer, der keine Krankheit ist, läßt uns weit
mehr Ruhepausen, als wir glauben; solange nicht zusätzlich Erschöp-
fung oder ein irgendwo sitzender Stein unsere Gedanken verdüstert,
hat der Gedanke an unser Unglück sogar eher etwas Verwunderliches
als Betrübliches. Die meisten streiten das ab; sie behaupten, daß das, was
sie im Unglück leiden mache, eben der Gedanke an ihr Unglück sei;
tatsächlich schwer in dieser Lage, bestimmten Vorstellungen, die uns
quälen, keine Stachel und Krallen zuzuschreiben.

Aber betrachten wir jene Kranken, die man als Melancholiker bezeichnet; wir stellen fest, daß sie in schlechthin jedem Gedanken einen
Grund finden, traurig zu sein; jedes Wort verletzt sie; bedauert man sie,
fühlen sie sich allein auf der Welt. Ihr ganzes Denken dient einzig dazu,
immer wieder ihre Aufmerksamkeit auf den eigenen Zustand zu ver-
sammeln; und wenn sie sich selber die angeblichen Gründe für ihr
Traurigsein aufzählen, genießen sie ihre Traurigkeit als wahre Fein-
schmecker. Nun bietet uns aber der Melancholiker nur vergröbert das
Bild eines jeden, der Kummer hat. Was von ihm gilt: daß nämlich seine
Traurigkeit krankhaft ist, muß für alle gelten. Das übertriebene Leid
kommt zweifelos von den Gedanken, die wir darauf verwenden und
mit denen wir sozusagen dauernd die wunde Stelle abtasten.

Von dieser Art der Verrücktheit, die die Leidenschaften bis zur Wut
steigert, kann man sich befreien, wenn man sich sagt, daß Traurigkeit nur
eine Krankheit ist, die man, ohne zu räsonieren, genauso ertragen muß
wie jede andere auch. Die Prozession mißvergnügter Gedanken wird
damit zerstreut; man nimmt seinen Kummer nicht anders, als man ein
Bauchweh nimmt; man bringt es zu einer Melancholie, die stumm ist
und beinah ohne Bewußtsein; man klagt nicht mehr an, man erträgt;
und unterdes ruht man aus und bekämpft damit die Traurigkeit so, wie
sie bekämpft werden muß. Nichts anderes bezwecke auch das Gebet:
jener unbegreiflichen Majestät und unerforschlichen Weisheit gegenüber, die alles wohl überlegt hat, verzichtete die Fromme darauf, sich
Gedanken zu machen; und es gibt sicherlich kein aus lauterem Herzen
gesprochenes Gebet, das nicht auf der Stelle viel erreicht hat: schon die
Unruhe besiegen ist viel. Aber auch auf dem Weg der Vernunft kann
man sich dieses die Einbildungskraft einschläfernde Opium verschaffen,
das uns davon abhält, uns Punkt für Punkt unser Unglück aufzuzählen.

9. *Moshé Feldenkrais:* Bewußtheit durch Bewegung

Meine Art des Lernens, meine Art mit Menschen umzugehen, besteht darin, daß ich für den, der es wünscht, herausfinde, welche Art von Fertigkeit ihm möglich wäre. Man kann lernen, sich anders zu bewegen, anders zu gehen, anders zu stehen; aber viele haben das aufgegeben, weil sie meinen, es sei jetzt zu spät, ihr Entwicklungsprozeß sei abgeschlossen, sie könnten nichts Neues mehr erlernen, sie hätten keine Zeit oder es fehlte ihnen die nötige Fähigkeit. Um gut zu funktionieren, braucht man nicht ins Säuglingsstadium zurückzugehen. Man kann, zu jedem Zeitpunkt seines Lebens, sich umprogrammieren, Sie können das, vorausgesetzt, ich kann Sie überzeugen, daß an Ihrem System nichts endgültig, unabänderlich oder zwangsläufig ist, das ausgenommen, was Sie für endgültig und unabänderlich halten.

Ich behandle keine Patienten. Ich gebe Lektionen, um Menschen zu helfen, über sich zu lernen. Lernen stellt sich ein durch die Erfahrung der Manipulation. Ich heile nicht, ich behandle nicht, ich lehre nicht. Ich erzähle den Leuten Geschichten, weil ich Lernen für das dem Menschen Wichtigste halte. Lernen soll und kann ein angenehmes, ein wunderbares Erlebnis sein. Während der Lektionen sage ich immer wieder:»So hört doch mal auf. Viele von euch stieren so ernst drein als wolltet ihr etwas unglaublich Schwieriges und noch dazu Unangenehmes tun. Das heißt nur, daß ihr müde seid, und wenn man müde ist, kann man nichts mehr verstehen. Laßt es gut sein und geht einen Kaffee trinken. Oder laßt mich euch eine Geschichte erzählen, damit ich eure Augen leuchten und euch lächeln sehe und damit ihr zuhört und merkt, daß das, was ich sage, euch angeht.«

10. *John Grinder / Richard Bandler:*»Bei mir wirkt überhaupt nichts!«

Nach meiner Erfahrung sind alle Klienten sehr kooperativ, wenn sie in der richtigen Weise angesprochen werden.

Ich hatte einmal einen Klienten, der setzte sich hin und sagte:»Bei mir wirkt überhaupt nichts. Es gibt nichts auf der Welt, womit Sie irgend etwas bei mir bewirken könnten, bei mir funktioniert überhaupt nichts, das weiß ich schon jetzt ganz genau.« Und ich antwortete:»In Ordnung, ich werde etwas tun, das bewirkt, daß Sie auf diesem Sessel sitzen bleiben.« Dann öffnete ich meine Schreibtischschublade und nahm ein Blatt Papier heraus. Ich schrieb ein paar Worte und faltete es zusammen. Dann sah ich ihn an und sagte:»Und nun fühlen Sie sich ganz schwer, Sie verspüren den unwiderstehlichen Zwang, auf diesem Sessel sitzen zu bleiben, und alles, was Sie versuchen, wird vergeblich sein, denn jede Bewegung, die Sie machen wollen, wird Sie nur noch mehr in diesem Sessel festhalten.« Der Bursche stand sofort senkrecht vor mir. Ich faltete das Papier auf und zeigte es ihm. Darauf stand:»Und jetzt stehen Sie auf Ihren Füßen.«

Es gibt nichts an diesem Vorgehen, was irgendeine tiefere Bedeutung hätte. Trotzdem überzeugte es ihn davon, daß ich in seinem Fall bestimmte Dinge würde bewirken können. Das hat damals viel geholfen.

11. Aus einem Gespräch zwischen Claire Rayner und Donald W. Winnicott

C.R.: Wenn man sich im Blick auf das eigene Kind nicht ein bißchen schuldig fühlte, dann würde man es auch nicht so dringend beschützen wollen, oder? Ich meine, wenn man überzeugt wäre, daß immer alles in Ordnung und völlig normal sei und im Grunde nichts schiefgehen könne, und das Kind plötzlich hohes Fieber bekäme, dann würde man sagen:»Ach, da passiert schon nichts; nur keine Sorge. Wozu den Arzt holen? Das ist nicht nötig; es kann doch gar nichts schiefgehen …«

D.W.W.: Ja, für mich hat das eine ganz praktische Seite. Ich habe sehr viel mit Müttern zu tun, die ihre Kinder ins Krankenhaus bringen, und ich spüre, daß sie sich Sorgen machen. Sie sind um ihr Kind besorgt, und wenn sie es nicht wären, dann hätten sie überhaupt nicht bemerkt, daß das Kind krank ist. [C.R.: Ja.] Häufig kommen Mütter, obwohl das Kind ganz gesund ist, aber sie haben so ein Gefühl – eine Mutter erzählt vielleicht, das Kind sei gestern hingefallen und habe sich am Kopf wehgetan, und sie sagt:»Ich bin nicht ganz sicher, ob er sich nicht etwas getan hat und ob wirklich alles in Ordnung ist.« Ich finde es sehr richtig, daß sie kommt, und meine Aufgabe ist, ihr zu antworten:»Ja, ich habe ihn untersucht, und es ist alles in Ordnung.« In solchen Fällen habe ich den Eindruck, daß ich es mit dem Schuldgefühl der Mutter in bezug auf ihr Kind zu tun habe, und das ist schon in Ordnung – es legt sich wieder, wenn sie ihren Teil getan und der Doktor nachgesehen hat. Und wenn sie nicht gekommen wäre, dann hätte sie die Sache im Auge behalten, sie hätte sich Gedanken gemacht und schließlich festgestellt, daß doch alles in Ordnung war. Aber es ist tatsächlich das Schuldgefühl, das sie so aufmerksam sein läßt [C:R.: Ja] und den Selbstzweifel nährt. Denn es ist ja wahr, es gibt Eltern, die überhaupt keine Antenne für diese Art von Schuldgefühl haben und es nicht einmal bemerken, wenn ihr Kind krank ist.

C.R.: Ja. Und dabei muß es für das Kind sehr angenehm sein, wenn ich es einmal so sagen darf. Ich meine, für ein kleines Kind ist die Welt mit allen ihren Forderungen doch etwas Ungeheures, etwas Überwältigendes. Und eine Mutter, die bereit ist, die Schuld für all das, was nun einmal passiert, auf sich zu nehmen – die Schuld auf sich zu nehmen und das Kind auf diese Weise zu schützen –, eine solche Mutter muß für das Kind sehr angenehm sein. Mutters Schuldgefühl als Puffer gegen die Welt, nicht wahr? Gegen die ganze große Welt.

D.W.W.: Ja. Alles in allem glaube ich, wenn wir uns unsere Eltern aussuchen könnten – was wir ja bekanntlich nicht können –, dann hätten wir lieber eine Mutter, die ein Schuldgefühl empfindet – jedenfalls eine Mutter, die sich verantwortlich fühlt und die sich sagt, daß es vermutlich ihre Schuld ist, wenn etwas schiefgeht. Eine solche Mutter wäre uns lieber als eine Mutter, die die Schuld außerhalb sucht, die ein ganz äußerliches Phänomen verantwortlich macht – und sei es das Gewitter von gestern abend – und selbst keinerlei Verantwortung übernimmt. Ich glaube, von diesen beiden Müttern – und mit Sicherheit handelt es sich um zwei Extreme – hätten wir lieber die Mutter, die sich in hohem Maß verantwortlich fühlt.

12. *Fritz B. Simon:* Ausschnitt aus einer Therapiesitzung

Therapeut (fragt die Tochter): »Was möchten Sie denn durch die Gespräche hier erreichen?

Tochter: »Ich möchte meine Mutter zu einer richtigen Mutter machen.«

Therapeut: »Und woran würden Sie merken, daß Ihre Mutter eine richtige Mutter ist?«

Tochter: »Eine richtige Mutter läßt sich von ihrer Tochter nicht vorschreiben, wie sie zu sein hat.«

Mutter (mit einem Blick wie in Trance): »Ah …«

13. *Steve de Shazer:* Der Schlüssel

Eine Mutter kam mit ihren beiden Kindern (einer fünfzehnjährigen Tochter und einem neunjährigen Sohn) zur Therapie, weil das Mädchen, früher Musterschülerin, inzwischen dabei war, einen Rekord im Schuleschwänzen aufzustellen. Jeden Morgen sagte die Mutter, die Tochter müsse in die Schule gehen, und diese erwiderte, sie werde gehen, und machte sich dann auch rechtzeitig auf den Weg. Sobald die berufstätige Mutter das Haus verlassen hatte, kam das Mädchen zurück und verbrachte den ganzen Tag zu Hause vor dem Fernsehgerät. Da die Mutter sich so ausführlich darüber verbreitete, wie gut die schulischen Leistungen der Tochter früher gewesen waren, kam dem Therapeuten der Gedanke, nun auch den früheren Erfolgen der Mutter nachzugehen: Einmal hatte die Mutter ihrer Tochter die Schlüssel weggenommen, und daraufhin war das Mädchen tatsächlich in die Schule gegangen. Doch dann machte die Mutter sich Sorgen um die Sicherheit beider Kinder zwischen Unterrichtsschluß und dem Zeitpunkt, zu dem sie selbst von ihrer Arbeit nach Hause kam, und gab der Tochter die Schlüssel zurück.

Da das Wegnehmen der Schlüssel damals zum Erfolg geführt hatte, hielt das Team dies für die einfachste Intervention, die überhaupt möglich war. Die Mutter hatte aber auch ihre damaligen Bedenken mitgeteilt, und es war zu befürchten, daß sie die Anweisung, die Schlüssel wiederum an sich zu nehmen, nicht befolgen würde. Deshalb konstruierte das Team nun die folgende Botschaft.

»Wir wissen nicht, wann Marsha wieder in die Schule gehen und dort bleiben wird; und wir wissen nicht, ob Sie, die Mutter, wissen, wann Marsha wieder in die Schule gehen wird; und wir wissen nicht, ob du, Sam, weißt, wann Marsha wieder in die Schule gehen wird; und wir wissen nicht, ob du, Marsha, weißt, wann du wieder in die Schule gehen wirst. Wir wissen nicht, wer den Schlüssel zu diesem Problem in der Hand hat.«

Auf dem Heimweg von der Sitzung nahm die Mutter Marshas Schlüssel an sich, und für die nächsten Tage bat sie eine Nachbarin, Sam nach der Schule zu beaufsichtigen. Marsha ging wieder in die Schule, und zwar, wie zwei Wochen später berichtet wurde, regelmäßig. Dadurch, daß das Team die Mutter nicht unmittelbar angewiesen hatte, die Schlüssel wegzunehmen, konnte diese das Gesicht wahren und »von selbst« auf diesen Gedanken kommen. Die indirekte Methode erlaubte es also, die Intervention auf ein Minimum zu beschränken. Die Kontrolle zu einem späteren Zeitpunkt ergab auch hier, daß der Welleneffekt eingetreten war: Marsha ging in die Schule, blieb dort, nahm am Unterricht teil und erhielt wie früher gute Noten.

Quino: Mafalda 3: Viel Glück!

X.

SICH SELBST ZU RATE ZIEHEN

Einleitung

Nicht immer ist der Ratgeber, dem wir folgen oder widerstehen, eine fremde Person. Vielleicht kommt es sogar häufiger vor, daß wir uns mit uns selbst beraten, daß wir das eigene Ich – mit seinen Erfahrungen, seiner Skepsis, seiner Zuversicht – zu Rate ziehen. Insbesondere die Philosophen haben die Qualitäten solcher »Selbstberatung« gerne gelobt: als Grundlage wahrer Lebenskunst [1], die das eigene Bewußtsein zur ruhigen »Festung« gegen eine oftmals rauhe, feindselige Außenwelt erhebt [2].

Zwar schmälert es nicht die eigene Größe, Rat bei einem anderen Verstand zu suchen [4]; aber wie oft stellt sich doch heraus, daß am Ende, nachdem alle Beratungen abgeschlossen wurden, der eigene Ratschluß den Ausschlag gibt [3]. Zu den Methoden und Techniken der »Selbstberatung« zählt freilich auch die Lektüre: Wer liest, erfragt die Meinung eines anderen Menschen, ohne doch diesen Menschen als *Person* in sein Leben eintreten zu lassen [5]. Auch kann man für sich selbst Ratschläge notieren, die zu einem späteren Zeitpunkt gelesen und in Erinnerung gerufen werden mögen [6].

Der »Selbstberatung« gebührt der Ruhm und das Pathos der Einsamkeit, der Fähigkeit, »selbst zu denken« (nach Kant), der politischen oder ökonomischen Unbestechlichkeit [7] und nicht zuletzt einer erneuerten Lebenskunst [9]; sie verdient freilich auch einen exemplarisch skeptischen Blick, wie ihn Hans Blumenberg dem Gerichtsurteil über die Honorierung der »Selbstbehandlung« von Ärzten zukommen ließ [8].

1. *Epiktet:* Was die Philosophie verheißt

Als ihn jemand um Rat fragte, wie er seinen Bruder dahin brächte, nicht mehr hart gegen ihn zu sein, erwiderte er: Die Philosophie verheißt überhaupt nicht, dem Menschen irgendwelche äußeren Beziehungen zu verschaffen. Täte sie das, würde sie etwas unternehmen, was außerhalb der ihr eigentümlichen Materie liegt. Denn wie das Material des Zimmermanns das Holz, das des Bildhauers das Erz ist, so ist der Gegenstand der Lebenskunst das Leben jedes einzelnen Menschen selber. »Auch das meines Bruders?« »Das ist wieder Gegenstand seiner eigenen Lebenskunst, aber in Beziehung auf das deine liegt das ganz außerhalb ihres Bereiches, ganz wie Grundbesitz, Gesundheit, äußeres Ansehen. Von diesen Dingen verheißt die Philosophie überhaupt nichts; wohl aber: In jeder Lage werde ich mein inneres Ich in Einklang mit der Natur zu bewahren wissen.« – »Wie fange ich es da an, daß mein Bruder mir nicht zürnt?« »Bring ihn einmal her zu mir, dann werde ich es ihm einmal vorstellen; dir aber habe ich über seinen Zorn gegen dich überhaupt nichts zu sagen.«

Als nun der Mann, der ihn um seinen Rat fragte, sagte: »Das eben möchte ich wissen, wie ich mich, auch wenn er sich nicht mit mir versöhnen sollte, gemäß der Natur verhalte?« Da erwiderte Epiktet: »Nichts Großes wird auf einen Schlag, ja nicht einmal die Traube oder die Feige. Wenn du mir jetzt sagen würdest: ›Ich möchte eine Feige haben‹, dann antworte ich dir: ›Das erfordert Zeit.‹ Laß den Baum erst einmal blühen, dann Früchte ansetzen, dann sie reif werden! Die Frucht des Feigenbaums kommt ja nicht plötzlich und nicht in einer Stunde zur Reife, und da willst du die Frucht der Bildung des Menschen in so kurzer Zeit und mühelos ernten? Das erwarte niemals, auch dann nicht, wenn ich es dir verheißen sollte.«

2. *Marc Aurel:* Keine stärkere Festung

Denke daran, daß deine herrschende Vernunft, wenn sie, in sich selbst gesammelt, sich selbst genügt und nichts tut, was sie nicht will, unüberwindlich wird, auch wenn sie einmal ohne genügenden Grund Widerstand leistet. Wieviel mehr also dann, wenn sie mit Grund und mit

Bedacht über etwas urteilt? Deshalb ist die denkende Seele, von Leidenschaft frei, gleichsam eine Festung. Denn der Mensch hat keine stärkere Schutzwehr, wohin er seine Zuflucht nehmen könnte, um fortan unbezwinglich zu sein. Wer nun diese nicht kennt, ist unwissend; wer sie aber kennt, ohne zu ihr seine Zuflucht zu nehmen, ist unglücklich.

Rede dir nicht noch von selbst etwas ein zu dem, was die sinnlichen Wahrnehmungen dir unmittelbar verkündigen. Man hat dir hinterbracht, dieser und jener rede schlecht von dir. Gut! Das aber, daß du hierdurch Schaden leidest, hat man dir nicht hinterbracht. Ich sehe, daß mein Kind krank ist. Das aber, daß es in Gefahr schwebt, sehe ich nicht. So, nun bleibe immer bei den ersten Eindrücken stehen und setze nichts aus deinem Innern oder selbst hinzu, und dir wird nichts geschehen. Oder willst du etwas hinzusetzen, so tue es als ein Mann, der alle Weltbegebenheiten durchschaut.

Diese Gurke ist bitter. Nun, so wirf sie weg. Hier sind Dorngesträuche am Weg. Weiche ihnen aus. Das ist alles. Frage nicht noch: Wozu gibt es solche Dinge in der Welt? Sonst würde dich ein Naturkundiger auslachen, gleichwie der Tischler und der Schuster dich auslachen würde, wenn du's ihnen zum Vorwurf machen wolltest, daß du in ihren Werkstätten Hobelspäne und Lederabfälle wahrnimmst.

3. *Michel de Montaigne:* Lange Beratungen

Lange Beratungen, besonders in unwesentlichen Dingen, sind mir peinlich; mein Geist leidet mehr unter dem Hin und Her und den seelischen Erschütterungen des Zweifels und einer genauen Nachprüfung, als wenn er zu irgendeinem Entschluß kommt, ganz gleich welchem, sich damit zufriedengibt und daran festhält, wenn die Würfel einmal gefallen sind. Wenig Leidenschaften haben mich im Schlaf gestört; aber jedes solches Hin und Her vor einem Entschluß bringt mich um den Schlaf. Ich halte es mit meinen Entschlüssen wie mit den Wegen draußen: ich vermeide, wenn möglich, abschüssige und rutschige Pfade und gehe lieber gleich auf dem allgemein begangenen Weg, auch wenn man darauf noch so sehr in Schmutz und Schlamm versinkt; dadurch wird man davor bewahrt, in einen Abgrund zu rutschen. So ist mir jedes wirkliche Unglück recht, das mich nicht so hin und her zieht und quält wie die Unsicherheit und das Gewäsch vorher und bei dem ich mit einem Sprung direkt ins Leid hineingerate. »Das Schlimme quält am meisten, wenn es unbestimmt ist.«

Wenn es wirklich soweit ist, benehme ich mich wie ein Mann, bei den Präliminarien wie ein Kind: die Angst vorher regt mich mehr auf als der Sturz selbst. Die Sorge lohnt sich nicht: der Geizige leidet mehr als der Arme, der Eifersüchtige mehr als der Hahnrei; oft ist es nicht so schlimm, wenn einer seinen Weinberg verliert, als wenn er darum prozessieren muß. [...]

Ich habe mein Versagen und meine Unglücke meist niemandem anderen als mir selbst zuzuschreiben: denn tatsächlich befolge ich die Ratschläge anderer selten, außer in Äußerlichkeiten und wenn ich Belehrung über wissenschaftliche Ergebnisse oder Tatsachen brauche. Aber bei den Punkten, wo ich nur den Verstand anzuwenden habe, helfen die fremden Gesichtspunkte nur dazu, meine eigene Anschauung zu stützen, aber wenig, mich davon abzubringen: ich höre sie alle aufmerksam und achtungsvoll an; aber, soweit ich mich erinnere, haben bis jetzt immer nur meine eigenen Gesichtspunkte den Ausschlag gegeben. Ich bin der Ansicht, daß nur ganz leise, unbemerkbare Kräfte meinen Willen in Bewegung setzen. Meinen eigenen Meinungen lege ich keinen Wert bei; aber den Meinungen der anderen ebensowenig.

4. *Balthasar Gracián:* Einsicht haben oder den anhören, der sie hat

Ohne Verstand, eigenen oder geborgten, läßt sich's nicht leben. Allein viele wissen nicht, daß sie nichts wissen, und andere glauben zu wissen, wissen aber nichts. Gebrechen des Kopfs sind unheilbar, und da die Unwissenden sich nicht kennen, suchen sie auch nicht, was ihnen abgeht. Manche würden weise sein, wenn sie nicht es zu sein glaubten. Daher kommt es, daß, obwohl die Orakel der Klugheit selten sind, diese dennoch unbeschäftigt leben, weil keiner sie um Rat frägt. Sich beraten schmälert nicht die Größe und zeugt nicht vom Mangel eigener Fähigkeiten, vielmehr ist sich gut beraten ein Beweis derselben.

Man überlege mit der Vernunft, damit man nicht widerlegt werde vom unglücklichen Ausgang.

5. *Georg Christoph Lichtenberg:* Vorschriften

So zu lesen und zu studieren, daß es sich immer ansetzt, kann ich raten, obgleich die Welt nicht an mir den Nutzen dieses Rates sieht, ich gebe ihn nicht weil ich ihn durch häufige Erfahrung nützlich befunden habe, sondern, weil ich jetzt sehe und deutlich, daß ich ihn hätte befolgen sollen. Aus diesem Gesichtspunkt sollte man überhaupt Vorschriften machen.

6. *Gotthold Ephraim Lessing:* Lobsprüche und Schmähungen

Ich wünschte, daß ich mir von Anfang an, alle Lobsprüche und alle Tadel und Schmähungen, die ich und meine Schriften im Druck erhalten habe, jede in ein besonders Buch zusammengetragen hätte: um das eine zu lesen, wenn ich mich zu übermütig, und das andre, wenn ich mich zu niedergeschlagen fühle.

7. *Henry David Thoreau:* Unbestechlich

Die Gesellschaft hat nicht die Mittel, um einen weisen Mann zu bestechen. Vielleicht kannst du Geld auftreiben, um einen Tunnel durch einen Berg zu bauen, aber du kannst nicht genug Geld auftreiben, um einen Menschen anzustellen, der sich *um sich selbst* kümmert. Ein tüchtiger und wertvoller Mensch tut, was er kann, ob die Gesellschaft ihn bezahlt oder nicht. Die Untüchtigen überlassen ihre Untüchtigkeit dem, der am höchsten bietet, und sie erwarten ständig, in ein Amt eingesetzt zu werden. Man kann sich vorstellen, daß sie selten enttäuscht worden sind. [...]

Das Beiwort »weise« wird meistens falsch verwendet. Wie kann jemand ein weiser Mensch sein, wenn er nicht besser als andere Menschen zu leben versteht? Wenn er nur schlauer und ausgepichter ist? Arbeitet die Weisheit in einer Tretmühle? Oder lehrt sie, wie man durch ihr Beispiel zu Erfolg kommt? Gibt es so etwas überhaupt: Weisheit, die praktisch angewandt wird? Ist sie nur der Müller, der die feinste Logik mahlt? Hat es einen Sinn zu fragen, ob Plato seinen Lebensunterhalt auf bessere Art oder erfolgreicher als seine Zeitgenossen verdiente – oder mußte er sich den Schwierigkeiten des Lebens wie andere Menschen unterwerfen? Schien er den anderen nur durch Gefühllosigkeit überlegen oder durch pompöses Auftreten? Oder war sein Leben einfacher, weil die Tante ihn im Testament bedacht hatte? Die Arten, wie die meisten Leute sich ihren Lebensunterhalt erwerben, das heißt, wie sie leben, sind Notbehelfe, sie sind ein Sich-Drücken vor dem wirklichen Geschäft des Lebens – hauptsächlich weil sie's nicht besser wissen, aber zum Teil auch, weil sie's nicht besser wollen.

Der große Aufbruch nach Kalifornien zum Beispiel und die Einstellung, die nicht nur die Kaufleute dazu haben, sondern auch die sogenannten Philosophen und Propheten, ist ein Ausdruck der größten Schande der Menschlichkeit. Daß so viele sich zum Leben nur auf das Glück verlassen wollen und dadurch die Mittel erhalten, über die Arbeit von anderen, weniger glücklichen zu verfügen, ohne der Gesellschaft irgendeinen Wert einzubringen! Und so etwas nennt man Handels-Unternehmungen! Ich kenne keine erschreckendere Entwicklung der Unmoral des Handels und aller übrigen Arten von Lebensunterhalt. Die Philosophie und die Poesie und die Religionen einer solchen Menschheit sind nicht soviel wert wie der Staub eines Bovistes. Das Wildschwein, das sein Leben durch Wühlen bestreitet und die Erde aufrührt, würde sich solcher Gesellschaft schämen. Und wenn ich dann auch durch einen Wink des Fingers über den Reichtum der Welt verfügen könnte – so einen Preis würde ich nicht dafür bezahlen.

8. *Hans Blumenberg:* Selbstbehandlung

Am 16. Dezember 1986 (Az. 6 RKa 16/85) entschied das Bundessozialgericht in Kassel über das Revisionsbegehren eines Arztes, dem die Kassenärztliche Vereinigung bei Abrechnung seines eigenen Kranken-

scheins zwar Sachkosten (Reizstrom, physiologische Maßnahmen) voll
zugebilligt, die Behandlungskosten jedoch um 40 % gekürzt hatte. Der
Arzt, so war die Begründung gewesen, dürfe für die Selbstbehandlung
kein Honorar abrechnen, da Anspruch auf ein solches nur bei einem
Arzt-Patient-Verhältnis bestehe. Dem folgte die Großzügigkeit der
obersten Sozialrichter nicht. Sie urteilten konkludent nach dem früheren Grundsatzentscheid, Ärzte dürften Honorar auch für die Behandlung eigener Familienmitglieder berechnen. Dabei war noch ein Rest
der Voraussetzung festgehalten worden, es müsse ein Vertragsverhältnis
zwischen dem Arzt und seinem Patienten bestehen, damit jener diesem liquidieren könne. Nun aber ließ sich kein grundsätzlicher Unterschied mehr feststellen, ob der Arzt eine Leistung einem anderen oder
sich selber erbringe.

Man wird sofort erkennen, welche Entlastung der Ärzte mit diesem
Fortschritt der Rechtsprechung erreicht ist: Bei ihrer ständig steigenden Zahl wäre ihr Anteil an der Patientenschaft jeweils anderer Ärzte
nicht nur schlicht gewachsen, sondern auch das Maß der Ansprüche
infolge der mit diesem Beruf konstitutiv verbundenen Hypochondrie
– oder, mit weniger Zumutung gesagt, der professionellen Beobachtung eigener Leiden und fremder Leistungen. Schon die Lektüre der
ärztlichen Ratgeberspalten in bunten Blättern hat ja den Vorwissertyp
– verschwiegen sei der »Besserwisser« – unter der Patientenschaft aus-
gebreitet. Viele Wartezimmersitzer müßten ihrerseits schon dafür honoriert werden, daß sie sich als Patienten überhaupt »erkannt« haben.
Nun erst der selbstbehandelnde Arzt: der Eigentümer seiner Anamnese
mit der reichsten Auswahl an Diagnosen (40 000 Krankheiten!) und
mit der angespannten Sorgfalt, die man nun einmal für sich selber auf-
bringt. Dieser letzte Gesichtspunkt mag die Richter von der Beach-
tung der Gefahr abgebracht haben, wie der Selbstpatient gegen den
Selbstarzt bei den zunehmend »beklagten« Kunstfehlern vorgehen
könnte.

Zumindest Sigmund Freud, der Meister der Selbstbehandlung, war
auch ein Kenner ihrer Risiken: Hätte er sich für seine »Selbstanalyse«
honoriert, wäre er sich zumindest Rückzahlung des Honorars schuldig
geworden, denn weder die Herzsymptome verschwanden, noch wurde
er der Nikotinsucht Herr (die Einsicht in den Nexus beider wollte er
sich ersparen und nahm es dem Freund Wilhelm Fließ übel, daß er dar-

auf bestand). Im Grunde hat ein Philosoph die Selbstbehandlung erfunden, derselbe Descartes, der mit der Therapie des Leidens am Zweifel begann, das Heilmittel des *Cogito sum* verordnete und im übrigen empfahl, auf die Vollendung der Physik zu warten, aus der neben einer definitiven Moral auch die vollendete Medizin hervorgehen sollte, die jede Reparatur des Leibmechanismus würde meistern können. Als »Musterfall« der Selbstanalyse ist das unbeachtet geblieben: der ganze Prozeß konnte nur in Gang kommen, weil und sobald einer sich vom Zweifel heilte und damit zur »Methode« für alle anderen Erkenntnisse fand, die es überflüssig machten, jedem nochmals die Selbsttherapie zu verordnen, nachdem der Fortgang der Dinge objektiv geregelt war. Leider versäumte Descartes, die inaugurative Reflexion für alle Folgenden zu verbieten, wie es Freud mit der Selbstanalyse tat: »Selbstbehandlung« enthält ein hochgradiges Risiko, dem sich therapierenden Ich auf die Schliche zu kommen, und die Philosophen mußten daher noch Jahrhunderte später in die Nachbehandlung der »phänomenologischen Reduktion« gehen, über deren Heilerfolg Klarheit anhin nicht besteht. Immerhin ließ sich erkennen, daß die naive Selbstbehandlung das Subjekt nicht von seinen Gewißheitsmängeln befreit und durch ein *splitting* zwischen dem mundanen Ich und dem transzendentalen Ego zuvor die Bedingung für das »Vertragsverhältnis« Arzt – Patient – oder hier: Beschauer und Akteur – wiederhergestellt werden muß. Welche erweiterten Einsichten sich aus der von Gießen her induzierten Neuerung der »Praxis für Philosophie« ergeben werden, muß man abwarten nach dem Vorbild der Cartesianer. Auf jeden Fall wird die mit Sicherheit – wie für jede akademisch diplomierte Berufsausübung –, zu beanspruchende Abrechnung als Heilbehandlung irgendwann das konkludente Urteil letzter Instanz nach sich ziehen, auch zur Selbstbehandlung erbrachte Leistungen seien ihren sozialen Preis wert. Den Selbstbehandlern – denen der philosophischen wie jeder anderen »Praxis« – sollte doch ein kurzer Gedanke an den Gleichheitsgrundsatz empfohlen werden: etwa im Hinblick auf die Zahnärzte oder die Chirurgen, die sich fremden Händen ausliefern und fremden Liquidationen aussetzen müssen. An dem »klassischen« Motiv des Gangs zum Zahnarzt mag der Philosoph lernen, daß der Schmerz erst in seiner intensivsten Form, in der das *Cogito* sich zu vergessen bereit ist, darüber belehrt, wie wenig Selbstbehandlungen zu »Mustern« – reflexiven wie rechtsbegrifflichen – taugen.

9. *Michel Foucault:* Achte auf dich selbst!

Die Vorschrift, »auf sich selbst zu achten«, galt den Griechen als einer der zentralen Grundsätze der Polis, als Hauptregel für das soziale und persönliche Verhalten und für die Lebenskunst. Für uns heute ist dieser Begriff dunkel und verblaßt. Wenn man uns fragt, welches das wichtigste moralische Prinzip der antiken Philosophie sei, dann werden wir nicht sagen: »Man achte auf sich selbst«; vielmehr werden wir auf das »Erkenne dich selbst« des Delphischen Orakels verweisen.

Vielleicht hat unsere philosophische Tradition das »Erkenne dich selbst« überbewertet und das »Achte auf dich selbst« vergessen. Die Delphische Maxime war kein abstraktes Prinzip der Lebensführung, es war eine praktische Anleitung, eine Regel, die es zu beachten galt, wenn man das Orakel befragen wollte. »Erkenne dich selbst«, damit war gemeint: «Wisse, daß du kein Gott bist». Andere Kommentare geben ihm die Bedeutung: »Achte darauf, was du wirklich fragst, wenn du das Orakel konsultierst.«

In griechischen und römischen Texten war das Gebot, sich selbst zu erkennen, stets mit der Maxime der Sorge um sich selbst verknüpft, und erst dieses Erfordernis, auf sich selbst zu achten, brachte die Delphische Maxime ins Spiel. Sie ist der gesamten griechischen und römischen Kultur inhärent, implizit von jeher und explizit seit Platons *Alkibiades I.* In den Sokratischen Dialogen, bei Xenophon, Hippokrates und in der neuplatonischen Tradition von Albinus an mußte man Sorge um sich selbst tragen. Man mußte sich mit sich selbst beschäftigen, bevor die Delphische Maxime überhaupt wirksam werden konnte. Das »Erkenne dich selbst« war der Sorge um sich selbst untergeordnet.

Gustav Doré: Illustration für die »Fabeln« von Jean de la Fontaine

XI.

BERATER UND HERRSCHER

Einleitung

Ein elementares Verhältnis der Konsultation besteht zwischen Machthabern und ihren Ratgebern. Diese Beziehung darf durchaus als historische Errungenschaft betrachtet werden, die sich gegen ältere Praktiken durchgesetzt hat – beispielsweise gegen die Praxis sogenannter »primitiver« Kulturen, ausschließlich ihre Könige für Mißernten und Wetterkatastrophen verantwortlich zu machen [1]. Berater traten gleichsam an die Stelle dieser »Regenkönige«; sie bildeten eine neue Klasse intellektueller Beamter, die nach konfuzianischer Lehre an der Reichweite ihrer Loyalität (gegenüber dem Staat, der Sippe oder sich selbst) unterschieden werden können [2]. – Eine historisch präzisere Typologie politischer Beratung skizzierte Max Weber in seinem Vortrag »Politik als Beruf« [10].

Die üblichen Probleme der Beratungsprozesse ergeben sich aus den Widerständen der beratenen Herrscher: was nicht nur Platon, anläßlich seiner Versuche, den Tyrannen von Syrakus zu beeinflussen, erfahren haben mag [3], sondern auch der Humanist Petrarca, der den Kaiser Karl IV. zur politischen »Übersiedlung« nach Italien motivieren wollte [4]. Um der möglichen Konkurrenz zwischen Treue und Klugheit, auf die sich Petrarca berief, keine Nahrung zu geben, empfahl Machiavelli, der Fürst dürfe ausschließlich beraten werden, sobald er selbst darum ersuche [6], während Thomas Morus am Beispiel seiner Insel »Utopia« die Regel rühmte, vor entscheidenden Beschlüssen ausreichend Zeit verstreichen zu lassen [5].

Eine politisch differenzierte Verhaltenslehre der Beratung entwarf Francis Bacon, der als Kronanwalt und späterer Lordkanzler Erfahrungen mit dem Geschäft der Beratung sammeln durfte – was freilich nicht verhinderte, daß er 1621 wegen Korruption aus allen öffentlichen Ämtern entlassen wurde [7]: »Paten« und »consigliori« [11] wurden nicht erst in der US-Mafia erfunden. Eine analytische Klärung des

Beratungsbegriffs (aus staatsphilosophischer Perspektive) veröffentlichte Thomas Hobbes – ein Vierteljahrhundert nach dem Tode Bacons – in seinem »Leviathan« [8]; darin ging es (neben vielen anderen Themen) um die Frage der Vertraulichkeit, ja der Geheimhaltung von Beratungen – eine Frage, die Immanuel Kant mit dem Vorschlag lösen wollte, die Philosophen öffentlich reden zu lassen, um ihren Rat zu erfahren, ohne ihn eigens erfragen zu müssen [9].

1. *James George Frazer:* Vom Tod der Regenkönige

Kommt der Regen nicht zur rechten Zeit, so beklagt sich jeder. Mehr als *ein* unbedeutender König ist aus seinem Lande wegen einer Dürre vertrieben worden. Wenn bei den Latuka am oberen Nil die Ernte verbrennt und alle Anstrengungen des Häuptlings, Regen herabzulocken, sich als fruchtlos erwiesen haben, greifen ihn die Leute gewöhnlich an, berauben ihn all seiner Habe und jagen ihn fort. Häufig töten sie ihn sogar.

Auch in vielen anderen Teilen der Welt erwartet man von den Königen, daß sie den Lauf der Natur beherrschen zum Wohle ihres Volkes und bestraft werden, wenn ihnen das nicht gelingt. Wir hören, daß die Skythen, wenn die Nahrungsmittel knapp wurden, ihren König in Ketten legten. Im alten Ägypten wurden die Könige für eine Mißernte verantwortlich gemacht, aber ebenso erging es den heiligen Tieren. Wenn Pestilenz und anderes Elend als Folge einer lang anhaltenden Trockenheit über das Land gekommen war, wurden die Tiere des Nachts von den Priestern bedroht. Ließ das Unglück jedoch nicht nach, so wurden die Tiere getötet. Auf der Koralleninsel von Nine oder der Wilden Insel im südlichen Teil des Stillen Ozeans regierte früher ein Königsgeschlecht. Da aber die Könige zugleich Hohepriester waren und für Nahrung sorgen mußten, wurden die Leute böse, wenn diese knapp war, und töteten die Könige, bis endlich, nachdem einer nach dem andern getötet worden war, keiner mehr König sein wollte und die Monarchie ein Ende nahm. Alte chinesische Schriftsteller berichten uns, daß man in Korea dem König die Schuld zuschob, wenn es zu viel oder zu wenig regnete und das Korn nicht reif wurde. Manche erklärten, er müsse abgesetzt, andere, er müsse erschlagen werden.

2. *Konfuzius:* Die Gebildeten

XIII.20. Dse-gung fragte: Welcher Art muß ein Mann sein, daß man ihn rechtens einen Gebildeten nennen könnte?

Der Meister sprach: Wer das Gefühl der Scham bewahrt hat in allem, was er tut, und wer als Gesandter in der Fremde seinem Fürsten keine Schande bereitet bei der Erfüllung seines Auftrags, den könnte man einen Gebildeten nennen.

Darf ich fragen, wen man einen Gebildeten niederer Art nennen könnte?

Der Meister sprach: Einen, den seine Sippe und Familie als in Liebe und Gehorsam seinen Eltern ergeben und den seine Landsleute als respektvoll den Älteren und brüderlich den Jüngeren gegenüber erachten.

Darf ich fragen, wen man als Gebildeten noch niederer Art nennen könnte?

Der Meister sprach: Jene, die unbedingt ihr Wort halten, wenn sie es gegeben haben, und auch unbedingt durchführen, was sie tun wollen. Sie mögen kleinliche Leute sein und starrsinnig fürwahr. Aber man könnte sie doch als nächst niedere Art gelten lassen.

Darauf fragte Dse-gung: Und jene, die heutzutage den Regierungsgeschäften nachgehen, wie steht es mit denen?

Der Meister sprach: Ach, das sind Leute, hohl wie Scheffel und Kufen, geeignet nur zum Messen von Getreide. Die mitzuzählen – sie wären es nicht wert!

3. *Platon:* Aus dem siebenten Brief

Mein Rat ist also folgender: Wer einem kranken und gesundheitswidrig lebenden Mann vor allem den Rat gibt, seine Lebensweise zu ändern, und erst dann, wenn der Kranke sich dazu bereit zeigt, seinen weiteren Rat erteilt, im anderen Falle aber die Beratung eines derartigen Patienten ablehnt, den würde ich für einen wirklichen Mann sowohl wie für einen Heilkundigen halten, denjenigen dagegen, der sich das ruhig bieten läßt, für das Gegenteil, also für einen Schwächling und Pfuscher. Das Nämliche gilt auch von einem Staate, mag nun da einer gebieten oder mehrere. Wenn nämlich das Gemeinwesen sich auf richtigem Wege befindet und der Staat einen nützlichen Rat wünscht, dann ist es für einen vernünftigen Mann am Platze den betreffenden Bürgern seinen Rat zu erteilen. Handelt es sich aber um Leute, die von einer richtigen Staatsverfassung überhaupt nichts wissen wollen und unter keinen Umständen sich in den Spuren einer solchen zu bewegen bereit sind, vielmehr im voraus von den Ratgebern fordern, das Gemeinwesen in seinem Zustand zu belassen und bei Todesstrafe nicht an seiner Verfassung zu rütteln, ja es ihm geradezu zur Pflicht machen sich ganz in den Dienst ihrer Wünsche und Begierden zu stellen und ihnen mit seinen Ratschlägen zur schnellsten und leichtesten Erfüllung derselben für ewige Zeit zu verhelfen, so halte ich denjenigen, der sich auf eine solche Art der Beratung einläßt, für einen Feigling, denjenigen dagegen, der es ablehnt, für einen Mann. Das ist meine Denkweise. Wenn also einer von mir meinen Rat wünscht über irgend eine der für ihn wichtigsten Lebensfragen, z. B. über Vermögenserwerb oder die rechte Pflege von Leib oder Seele, so werde ich, falls er mir in seiner alltäglichen Lebensführung sich vernünftig zu halten oder bereit zu sein scheint meinen Rat in der betreffenden Angelegenheit zu befolgen, bereitwilligst mit meinem Rate dienen und mich nicht etwa darauf beschränken mich bloß meiner unmittelbaren Pflicht zu entledigen; wenn aber einer meinen Rat überhaupt nicht begehrt oder keinen Zweifel darüber läßt, daß er einem erteilten Rat nun und nimmermehr Folge leisten wird, so werd' ich mich hüten ihm aus freien Stücken einen Rat zu erteilen und vollends Zwang anwenden würde ich in solchem Falle selbst dann nicht, wenn es mein eigener Sohn wäre. Einem Sklaven allerdings würde ich in solchem Falle meinen Rat erteilen und würde im Falle der Widersetzlichkeit selbst Gewalt anwenden. Gegen Vater und Mutter dagegen in solchem Falle Zwang anzuwenden, halte ich für sündhaft, sie müßten denn von Geisteskrankheit heimgesucht sein; führen sie aber ein festgeregeltes Leben, das ihnen gefällt, mir dagegen nicht, so werde ich mich weder mit ihnen verfeinden durch nutzlose Zurechtweisungen noch mich ihnen schmeichlerisch dienstfertig erweisen durch Befriedigung von Begierden, die ich so wenig zu den meinigen machen möchte, daß ich den Tod vorzöge. Derselben Anschauung muß der verständige Mann auch rücksichtlich seines Staates huldigen und muß sein Leben danach gestalten. Er muß seine Stimme vernehmen lassen, wenn ihm die Staatsleitung auf falschem Wege zu sein scheint, vorausgesetzt, daß er weder vergeblich reden wird noch durch seine Rede sein Leben gefährdet; gewaltsam aber eine Verfassungsänderung in seiner Vaterstadt einzuführen, wenn es nämlich ohne Verbannung und Hinrichtung von Mitbürgern nicht möglich ist zur einzig richtigen Staatsverfassung zu gelangen, wird er sich nicht beikommen lassen, sondern sich ruhig verhalten und von den Göttern das Heil für sich und den Staat erflehen.

Demgemäß möchte ich euch den nämlichen Rat erteilen, den ich im Bunde mit Dion dem Dionysios gab: er möge vor allem sein alltägliches Leben so regeln, daß er dahin komme, sich selbst möglichst zu beherrschen und sich zuverlässige Freunde und Genossen zu gewinnen, auf daß es ihm nicht ergehe wie seinem Vater, der viele große von den Barbaren zerstörte Städte Siziliens in seine Gewalt bekam, ohne doch imstande zu sein nach Wiederaufbau derselben einer jeden durch ihm ergebene Männer die ihr angemessene feste Verwaltungsform zu verleihen; weder aus der Fremde konnte er solche gewinnen noch taugten dazu seine Brüder, die er selbst da sie jünger waren als er, erzogen und aus dem Bürgerstand zu hohen Stellungen erhoben und aus armen Leuten zu Geldprotzen gemacht hatte. Aus keinem von diesen vermochte er weder durch guten Rat noch durch Belehrung, noch durch Wohltaten oder Familienverbindungen einen wirklichen Mitarbeiter im Herrscheramt zu machen, kurz, er war siebenmal schwächer als Darius, der sich auch nicht auf Brüder oder von ihm Erzogene verließ, wohl aber, wenn auch als einzige Beihilfe, auf seine Mithelfer beim Sturze des medischen Verschnittenen. Er teilte das Reich für sie in sieben Provinzen, deren jede größer war als ganz Sizilien. So gewann er in ihnen treue Mithelfer, die weder gegen ihn selbst noch gegen einander Böses im Schilde führten, und stellte so ein Muster auf von einem guten Gesetzgeber und König. Denn die von ihm eingeführten Gesetze bilden noch jetzt die sichere Grundlage des Perserreiches.

4. *Francesco Petrarca:* Aus einem Brief an Kaiser Karl IV. in Prag

Daß deine kaiserlichen Schriftzeichen ungefähr drei Jahre erst, nachdem sie von dir abgegangen, zu mir gelangt sind, wird dich wundern. Es ist aber so. Denn schon sind nicht nur dir allein und deinen Legionen, sondern sogar deinen Boten und deinen Briefen, mein Kaiser, die Alpen unübersteiglich.

So heftig ich dies bedaure, so freue ich mich, ich gestehe es offen, und ich beglückwünsche mich insgeheim, daß es nicht etwa deshalb geschieht, weil ich geschwiegen hätte. Denn ich habe gerufen, aber vergeblich, und auf zwei Briefe hin bin ich nicht erhört worden. Mag ihr Stil für deine Ohren zu ungekämmt sein, wahrhaft ist doch ihre Meinung, und die Treue des Schreibers ist rein, und die ganze römische Welt wird es bezeugen: damals war die günstigste Zeit zum Handeln. Ich rufe auch jetzt, und ob ich es mit oder ohne Erfolg für dich tue, magst du selbst zusehen. Mir wird nichts erfolglos getan sein, was ich in Treuen tue; denn wenn es auch anderen nicht nützen wird, so wird es mir nützlich sein, meiner Pflicht genügt und das erfüllt zu haben, was ich muß. Ja, ich habe doch auch einen ungeheuren Lohn für meine Liebe erhalten, einen Lohn, wie ich ihn größer nicht unter den Menschen erhalten kann: das Zeugnis deiner Majestät, die meine Treue mit vielem Lobe überschüttet, meinen Rat allerdings nicht annimmt. Es ist mir aber lieber, daß man Treue ohne Klugheit bei mir feststellt, als Klugheit ohne Treue! Solange daher meine Treue und Ergebenheit bei dir Anerkennung findet, werde ich nicht viel nach dem Titel der Findigkeit trachten, und geruhigen Mutes werde ich es tragen, ob mein Vorschlag nun zurückgewiesen oder nur aufgeschoben wird. Ja, ich werde froh sein, und ich werde mich nicht mit Unrecht rühmen, daß du nicht nur mich, sondern alle Sterblichen, wie durch die Würde des Kaisertums, so durch die Lebhaftigkeit deines Ratschlusses übertriffst.

Ich habe geraten und ich hatte geglaubt, überzeugt zu haben, daß Schnelligkeit deinen Unternehmungen günstig sei. So eben scheint es mir, dir aber scheint es anders. Du führst den Zügel zu Lande, das Steuer auf dem Meere: nach deinem Urteile wird man sich richten. Von mir aber wird es heißen: er hat treulich gesprochen. Das ist mir genug. Klugheit mag unter denen gesucht werden, deren Beruf es ist, klug zu sein. [...]

Wenn dir, mein Kaiser, mein Rat nicht gefällt, so mag dir die Treue gefallen, und sie tut es ja auch. Was aber, glaubst du, werde ich sagen? Ich habe nun einmal keinen anderen Rat zu geben, aber ich wünsche, der allmächtige Gott möge dir beistehen, was du auch erwählen wirst, und er möge dein Zögern der Welt zum Nutzen, dir zum Ruhme wenden, und wie der Psalmist sagt: *Er gebe dir, was dein Herz begehrt, und erfülle alle deine Anschläge!* Ich habe aber meiner Pflicht noch nicht genügt, solange meine Zunge nicht alles geboren hat, womit mein Herz schwanger ist.

5. *Thomas Morus:* Beratungen auf Utopia

Je dreißig Familien wählen sich alljährlich einen Vorsteher; in der alten Landessprache heißt er Syphogrant, in der jüngeren Phylarch. Zehn Syphogranten mit ihren Familien unterstehen einem Vorgesetzten, der jetzt Protophylarch genannt wird, in alten Zeiten aber Tranibore hieß. Schließlich ernennen die Syphogranten in ihrer Gesamtheit, zweihundert an der Zahl, auch den Bürgermeister. [...]

Alle drei Tage, im Bedarfsfalle bisweilen auch öfter, kommen die Traniboren mit dem Bürgermeister zu einer Beratung zusammen, besprechen Stadtangelegenheiten und entscheiden rasch etwa vorliegende Privatstreitigkeiten, die übrigens ganz selten sind. Zu den Senatssitzungen werden regelmäßig zwei Syphogranten hinzugezogen, die jeden Tag wechseln; dabei ist vorgesehen, daß keine städtische Angelegenheit entschieden wird, über die nicht drei Tage vor der Beschlußfassung im Senat verhandelt worden ist. Außerhalb des Senats oder der Volksversammlung über allgemeine Angelegenheiten zu beraten, ist bei Todesstrafe verboten. Diese Bestimmung soll eine tyrannische Unterdrückung des Volkes und eine Änderung der Verfassung durch eine Verschwörung des Bürgermeisters und der Traniboren erschweren. Und eben deshalb wird auch jede wichtige Angelegenheit vor die Versammlungen der Syphogranten gebracht; diese besprechen sie mit den Familien, beraten dann unter sich und teilen ihre Entscheidung dem Senat mit. Zuweilen kommt die Sache vor den Rat der ganzen Insel.

Auch ist es eine Gewohnheit des Senats, über einen Antrag nicht gleich an dem Tag zu beraten, an dem er zum ersten Male eingebracht wird, sondern die Verhandlung auf die nächste Sitzung zu verschieben. Es soll nämlich niemand unbedachtsam mit dem herausplatzen, was ihm zuerst auf die Zunge kommt, und dann mehr auf die Verteidigung seiner Ansicht als auf das Interesse der Stadt bedacht sein. Auch soll niemand das Gemeinwohl der Erhaltung der guten Meinung von seiner Person opfern, in einer Art sinnloser und verkehrter Scham, weil er sich nicht merken lassen will, daß er es im Anfang an der nötigen Voraussicht hat fehlen lassen, während er doch von vornherein darauf hätte bedacht sein müssen, lieber überlegt als rasch zu sprechen.

6. *Niccolo Machiavelli:* Beratung des Fürsten

Einen wichtigen Punkt und einen Fehler, vor dem die Fürsten sich nur schwer hüten können, wenn sie nicht sehr klug sind oder große Menschenkenntnis haben, will ich nicht übergehen. Es handelt sich um die Schmeichler, von denen es an den Höfen wimmelt. Die Menschen finden solches Gefallen an ihren eignen Vorzügen und täuschen sich darüber so leicht, daß es ihnen schwer wird, sich gegen diese Pest zu schützen. Und wenn sie es versuchen, laufen sie Gefahr, verächtlich zu werden. Denn es gibt kein andres Mittel, sich vor Schmeicheleien zu hüten, als wenn die Menschen wissen, daß sie den Fürsten nicht beleidigen, wenn sie ihm die Wahrheit sagen. Wenn ihm aber jeder die Wahrheit sagen darf, geht die Ehrerbietung verloren. Deshalb muß ein kluger Fürst einen Mittelweg einschlagen, indem er in seinem Reich weise Männer auswählt, die allein volle Freiheit haben, ihm die Wahrheit zu sagen, und auch nur in den Fällen, wo er sie danach fragt. Er muß sie aber in allen Fällen um Rat fragen und ihre Meinung hören. Dann muß er selbst nach seinem Gutdünken entscheiden. Gegenüber jedem einzelnen von ihnen muß er sich so benehmen, daß jeder merkt, er werde um so beliebter sein, je offener er redet. Außer diesen aber darf der Fürst auf niemand hören, sondern er muß unbeirrt auf sein Ziel losgehen und bei seinen Entschlüssen beharren. Wer anders verfährt, fällt den Schmeicheleien anheim oder ändert häufig seine Entschlüsse wegen der Verschiedenheit der Urteile. Die Folge davon ist, daß er geringgeachtet wird. Ich will hierfür ein Beispiel aus unsern Tagen anführen. Pater Luca, ein Vertrauter des jetzigen Kaisers Maximilian, erzählte mir, Seine Majestät frage nie jemand um Rat und tue doch nie etwas nach eignem Gutdünken. Das kam daher, daß er umgekehrt verfuhr wie oben angegeben. Der Kaiser ist ein verschwiegener Mensch; er teilt seine Pläne niemand mit und läßt sich von niemand raten. In dem Maße aber, wie sie durch die Ausführung bekannt und offenbar werden, finden sie bei seiner Umgebung Widerspruch, und leicht beeinflußbar, wie er ist, läßt er sich davon abbringen. So kommt es, daß er heute rückgängig macht, was er gestern getan hat, und man nie weiß, was er zu tun beabsichtigt, und sich auf seine Entschlüsse nicht verlassen kann.

Ein Fürst muß sich daher stets beraten lassen; aber nur, wenn er will, nicht wenn die andern wollen. Vielmehr muß er jedem den Mut nehmen, ihm irgendeinen Rat zu geben, wenn er ihn nicht darum gefragt hat. Aber er selbst muß reichlich Rat begehren und darf nicht müde werden, die Wahrheit anzuhören. Ja, wenn er merkt, daß jemand aus irgendwelchen Rücksichten sie ihm verschweigt, so muß ihn das bedenklich stimmen. Wenn manche glauben, daß ein Fürst, der im Rufe der Klugheit steht, dies nicht sich selbst verdankt, sondern den klugen Reden seiner Umgebung, so täuschen sie sich ohne Zweifel; denn es ist eine allgemeine Regel, die nie trügt, daß ein Fürst, der nicht an sich weise ist, nicht gut beraten werden kann, es sei denn, daß er sich ganz der Leitung eines sehr gescheiten Mannes anvertraut. In diesem Falle wäre es wohl möglich, aber nicht auf Dauer, denn dieser Ratgeber würde ihm binnen kurzem die Herrschaft entreißen. Fragt jedoch ein Fürst, der nicht selbst weise ist, mehr als einen um Rat, so werden die Ratschläge, die er erhält, nie miteinander übereinstimmen, und er selbst wird nicht fähig sein, sie in Einklang zu bringen. Jeder der Räte wird an seinen eignen Vorteil denken, und der Fürst wird nicht imstande sein, sie zurechtzuweisen oder zu durchschauen. Bessere aber wird er nie finden, denn von den Menschen läßt sich nur Schlechtes erwarten, wenn sie nicht zum Guten gezwungen sind. Daraus ergibt sich also, daß gute Ratschläge, von wem sie auch kommen mögen, aus der Klugheit des Fürsten entspringen, und nicht seine Klugheit aus guten Ratschlägen.

7. *Francis Bacon:* Über das Beraten

Der größte Vertrauensbeweis der Menschen liegt darin, daß sie sich voneinander beraten lassen. In andern Vertrauenssachen überlassen wir unsern Mitmenschen nur einen Teil von dem, was wir haben: Ländereien, Vermögen, Kinder, Kredit oder irgendeine besondere Angelegenheit, während wir denen, die wir zu unsern Ratgebern machen, schlechthin alles überliefern. Um wieviel mehr sind diese daher zu äußerster Treue und Redlichkeit verpflichtet! Selbst die weisesten Fürsten brauchen es nicht für eine Beeinträchtigung ihrer Größe oder Schmälerung ihrer eigenen Fähigkeiten zu halten, Rat anzunehmen. Gott selbst ist dessen nicht bar, sondern nennt seinen heiligen Sohn mit dem Beinamen »wunderbarer Rat«. Auch Salomo hat es ausgesprochen, daß im »Rat Bestand ist«. Jedwede Sache will hin und her erwogen sein; will man sie jedoch nicht in der Beratung sozusagen durchrütteln und schütteln lassen, so wird das Schicksal sie auf seinen Wogen durchschütteln; sie hat dann weder Bestand noch Dauer, sondern schwankt einher wie ein Betrunkener. Salomons Sohn lernte am eigenen Leibe, was ein Rat bedeutet, wie sein Vater dessen Notwendigkeit einsah. Denn das von Gott auserwählte Reich wurde zuerst infolge schlechten Rates zerrissen und geschwächt. Ziehen wir die Lehre aus diesen Ereignissen, so finden wir zwei Merkmale, mit denen schlechter Rat für alle Zeiten gezeichnet ist. Es war ein jugendlicher Rat in Hinsicht auf den Ratgeber, und es war ein gewalttätiger Rat in Hinsicht auf die Art und Weise.

Die Antike hat die innige, untrennbare Verbindung des Königs mit dem Rat sowie zugleich seine kluge und zweckmäßige Anwendung dichterisch dargestellt. Für das erstere gilt der Teil der Fabel, wie Jupiter sich mit Metis, was Rat bedeutet, vermählte; also, daß Macht sich dem Rat vermählt; für das andere aber, was darauf folgt: es heißt nämlich weiter, daß Metis, nachdem Jupiter sich ihr vermählt hatte, von ihm empfing und schwanger ward; daß aber Jupiter sie nicht warten ließ, bis sie gebären würde, sondern sie verschlang, wodurch er selbst schwanger wurde und die gerüstete Pallas aus seinem Haupte zur Welt brachte. Diese ungeheuerliche Fabel birgt das Geheimnis der Herrschaft in sich, wie Könige sich von ihren Räten beraten lassen sollen. Zuerst wird eine Angelegenheit nämlich dem Rat unterbreitet, was der Zeugung oder Befruchtung vergleichbar wäre. Sind aber des Königs Pläne im Schoß des Rates verarbeitet, gestaltet, geformt und zur Geburt herangereift, dann darf er es nicht seinen Beratern überlassen, mit dem Beschluß hervorzutreten und an die Ausführung zu gehen, als ob sie die Urheber von allem wären. Vielmehr nehme der König dann die Sache wieder selbst in die Hand und erwecke vor aller Welt den Anschein, daß die Beschlüsse und endgültigen Entscheidungen, die, weil sie mit Klugheit und Stärke zur Welt kommen, der gerüsteten Pallas gleichen, von ihm selbst ausgingen, und zwar nicht nur von seinem höchsten Willen, sondern, was sein Ansehen noch stärken muß, von seinem überlegenen Verstande und seiner höheren Einsicht.

Was für Schattenseiten besitzt nun das Beraten, und wie kann man ihnen abhelfen? Wenn ein Fürst einen Rat in Anspruch nimmt und befolgt, ergeben sich dreierlei Arten von Nachteilen: erstens müssen die Geschäfte offen dargelegt werden, worunter ihre Geheimhaltung leidet; zweitens schadet es dem überragenden Ansehen der Fürsten, wenn es scheint, als ob sie nicht allein fertig werden könnten; drittens besteht die Gefahr, treulose Ratschläge zu bekommen, die mehr dem Besten derer, die den Rat geben, als dessen, der ihn empfängt, dienen sollen. Gegen besagte Übelstände schlug man in Italien Kabinettsräte vor, wie sie dann in Frankreich von einigen Königen eingesetzt wurden: ein Mittel, das schlimmer ist als die Krankheit selbst.

Was die Geheimhaltung betrifft, so haben Fürsten nicht nötig, alle Sachen allen Räten mitzuteilen, sondern können unter Personen und Geschäften eine Auswahl treffen. Ebensowenig braucht derjenige, der um Rat fragt, was er tun solle, aufzudecken, was er tun will. Fürsten müssen sich sogar hüten, daß die Enthüllung ihrer Angelegenheiten nicht von ihnen selber ausgehe. Was aber die Kabinettsräte angeht, so gilt für sie das Motto: »Plenus rimarum sum.« Denn ein einziger Nichtsnutziger, der sich mit Ausplaudern wichtig tut, kann mehr Schaden anrichten als viele, die sich Geheimhaltung zur Pflicht machen. Es gibt freilich einzelne Angelegenheiten, die eine so strenge Verschwiegenheit erfordern, daß sie außer dem Könige nur noch ein oder zwei Personen erfahren dürfen. Solche engste Beratungen sind gewöhnlich besonders erfolgreich. Denn abgesehen von der Geheimhaltung gehen auch die Verhandlungen gleichmäßig und ohne viel Ablenkung im selben Geiste voran. Die Voraussetzung ist allerdings ein kluger König, der sein Handwerk versteht; auch müssen die vertrauten Räte weise Männer sein und treu und fest des Königs Ziele im Auge behalten, wie es bei Heinrich VII. von England der Fall war, der sich in seinen wichtigsten Staatsgeschäften niemandem außer Morton und Fox erschloß. Die erwähnte Fabel gibt gleichzeitig auch das Mittel gegen Schmälerung des fürstlichen Ansehens durch Beratung an die Hand. Die Herrlichkeit des Königs wird ja auch in der Tat eher erhöht als vermindert, wenn er sich zum Rate niedersetzt. Ebensowenig ist jemals ein Fürst seines Ansehens durch einen Staatsrat beraubt worden, es sei denn, daß ein einzelnes Mitglied zu mächtig geworden oder mehrere sich untereinander fest verbündet hätten. Beidem ist aber leicht auf die Spur zu kommen und abzuhelfen.

Nun zu dem letzten Übelstand, daß Leute mit Rücksicht auf ihren eigenen Vorteil Rat zu erteilen suchen. Der Ausspruch »non inveniet fidem super terram« bezieht sich mehr auf den Geist der Zeit als auf alle einzelnen Menschen. Es finden sich immer Naturen, die treu und redlich, schlicht und offenherzig sind und nicht verschlagen und eigennützig. Mit solchen Menschen sollten sich Fürsten vor allem umgeben. Auch verbünden sich Ratgeber selten so eng miteinander, daß nicht einer über den andern Wache hielte. Wollte also einer durch Partei- oder Privatrücksichten seinen Rat beeinflussen lassen, so kommt dies dem Könige gewöhnlich schnell zu Ohren. Das beste Mittel ist allerdings, daß die Fürsten ihre Räte ebenso gut kennen wie diese ihren Herren: »Principis est virtus maxima nosse suos.«

Auf der andern Seite täten die Räte gut daran, dem persönlichen Leben des Königs nicht allzu neugierig nachzuspüren. Der wahre Ratgeber versteht sich besser auf seines Herrn Staatsgeschäfte als auf seine Sitten und Neigungen. Es ist dann auch wahrscheinlicher, daß er ihn berät, als daß er seinen Launen Vorschub leistet. Es ist von besonderem Wert für Fürsten, die Meinungen seiner Räte sowohl getrennt als in der Versammlung entgegenzunehmen. Denn unter vier Augen sind ihre Äußerungen freimütiger, aber vor anderen rücksichtsvoller. Im Privatgespräch geht jeder mehr aus sich heraus, in der Versammlung aber schließt er sich der Stimmung der andern an. Daher ist es nützlich, sich beider Arten zu bedienen. Mit den schlichten Seelen verhandle man im einzelnen, damit sie frei ihre Meinung sagen, mit den grossen Herren lieber in Gemeinschaft, damit sie sich um so bedachtsamer äußern. Es ist übrigens zwecklos, daß Fürsten sich über Sachen Rat holen, ohne es zugleich über Personen zu tun. Denn alle Sachen sind leblosen Bildern gleich, und die Abwicklung der Staatsgeschäfte beruht im wesentlichen auf der guten Auswahl der Personen. Auch genügt es nicht, sich über Personen ganz allgemein wie nach einer Idee oder mathematischen Formel zu erkundigen, um Art und Wesen zu erkennen. Denn in der Wahl von Persönlichkeiten werden sowohl die größten Fehler begangen, wie sich darin der größte Scharfsinn kundgibt. Sehr richtig hat man gesagt: »Optimi consiliarii mortui.« Bücher reden ohne Umschweife, wo Ratgeber Ausflüchte machen. Daher ist es gut, sich mit ihnen vertraut zu machen, besonders mit solchen, deren Verfasser selbst am Ruder des Staates gesessen haben.

Die Beratungen von heutzutage sind nichts als ungezwungene Zusammenkünfte, wo man sich mehr über die Dinge unterhält, als die Gründe gegeneinander abwägt. Auch geht man viel zu rasch auf den Erlaß von Verordnungen und Beschlüssen los. Es wäre besser, daß in gewichtigen Angelegenheiten der Gegenstand an einem Tage vorgetragen und erst am nächsten besprochen würde: »In nocte consilium.« So wurde es wenigstens in der Kommission über die Union zwischen England und Schottland gehandhabt, die gründlich und sachgemäß verhandelte. Des weiteren empfehle ich, daß für Gesuche bestimmte Tage festgelegt werden; denn einmal sichert das den Bittstellern die Wahrscheinlichkeit des Gehörs zu, und dann entlastet es die andern Sitzungen für bestimmte Staatsgeschäfte, die darin erledigt werden können. In der Wahl von Ausschüssen zur Vorbereitung von Geschäften für den Rat ist es besser, unparteiische Personen zu wählen, als Unparteilichkeit dadurch an den Tag legen zu wollen, daß man die eifrigsten Anhänger jeder Partei dafür aussucht. Sehr empfehlenswert sind ferner ständige Ausschüsse für den Handel, die Finanzen, den Krieg, für Beschwerden, für einzelne Provinzen; denn wo verschiedene untergeordnete Räte und nur ein Staatsrat vorhanden sind, wie in Spanien, da sind sie in Wirklichkeit auch nichts anderes als ständige Ausschüsse, nur daß sie größeres Ansehen genießen. Bevor die Ausschüsse tagen, sollten die Mitglieder sich von solchen sachverständigen Leuten belehren lassen wie Rechtsgelehrten, Seeleuten, Münzmeistern und dergleichen, um dann, wenn sich die Gelegenheit bietet, vor dem Rat Auskunft zu geben. Sie sollen jedoch nicht scharenweise oder wie die

Volkstribune auftreten, denn das hieße den Rat überschreien, nicht ihn unterrichten. Die Frage, längliche oder quadratförmige Tische oder Sitze an den Wänden, scheint belanglos zu sein, ist jedoch wesentlich, denn an einem langen Tische beherrschen in der Tat einige wenige am oberen Ende die ganze Verhandlung, während bei der andern Form die Ansichten der weiter unten sitzenden Räte mehr zur Geltung kommen. Wenn ein König im Rate sitzt, so möge er sich hüten, bei seinen Anträgen seine eigene Stellungnahme zu sehr durchblicken zu lassen; sonst werden die Räte sofort wissen, woher der Wind weht, und anstatt ihm freimütige Ratschläge zu geben, ihm nach dem Munde reden.

8. *Thomas Hobbes:* Vom Rat

Wie irreführend es ist, die Natur der Dinge nach dem gewöhnlichen und schwankenden Gebrauch der Wörter zu beurteilen, wird fast nirgends so deutlich wie bei der Verwechslung von Rat und Befehl, die aus der Befehlsform beider Ausdrucksweisen entsteht, und außerdem noch aus vielen anderen Gründen. Denn die Wörter *tu dies!* sind nicht nur die eines Befehlenden, sondern auch die eines Beraters und Mahners. Und doch gibt es nur wenige, die nicht sehen, daß es sich dabei um sehr verschiedene Dinge handelt, oder die zwischen ihnen nicht unterscheiden können, wenn sie wahrnehmen, wer redet, an wen die Rede gerichtet ist und aus welchem Anlaß. Finden sie aber solche Sätze geschrieben und sind sie nicht fähig oder gewillt, sich die Umstände näher anzusehen, so halten sie bisweilen die Vorschläge eines Beraters für Vorschriften eines Befehlshabers und umgekehrt, so, wie es am besten mit den Schlüssen übereinstimmt, die sie selbst ziehen würden, oder den Handlungen entspricht, die sie billigen. Um diese Fehler zu vermeiden und um den Ausdrücken »befehlen«, »beraten« und »ermahnen« ihre eigentliche und bestimmte Bedeutung zurückzugeben, definiere ich sie folgendermaßen:

Ein *Befehl* liegt vor, wenn jemand sagt: *Tu dies!* oder: *Tu dies nicht!,* ohne daß ein anderer Grund als der Wille des Redenden ersichtlich ist. Daraus folgt eindeutig, daß der Befehlende damit seinen eigenen Vorteil bezweckt, denn Grund seines Befehls ist allein sein eigener Wille, und der eigentliche Gegenstand des Willens eines jeden Menschen ist irgendein Nutzen für sich selbst.

Ein Rat liegt vor, wenn jemand sagt: *Tu* oder *tu dies nicht!* und dabei von dem sich daraus ergebenden Vorteil dessen ausgeht, zu dem er dies sagt. Daraus geht klar hervor, daß der Beratende, was er auch immer vorhat, nur das Wohl dessen bezweckt, dem er den Rat erteilt.

Deshalb liegt ein großer Unterschied zwischen Rat und Befehl darin, daß ein Befehl auf den eigenen Vorteil gerichtet ist und ein Rat auf den eines anderen. Und hieraus ergibt sich ein anderer Unterschied, nämlich daß jemand verpflichtet sein kann, das Befohlene zu tun, z.b., wenn er sich vertraglich zu Gehorsam verpflichtet hat – aber nicht dazu, einen Rat zu befolgen, da der Schaden, der durch Nichtbefolgung entsteht, sein eigener ist. Sollte er sich aber vertraglich zur Befolgung verpflichten, so nimmt der Rat die Natur eines Befehls an. Ein dritter Unterschied zwischen ihnen ist, daß niemand das Recht geltend machen kann, einem anderen Rat zu erteilen, denn er darf daraus keinen Vorteil für sich selbst ableiten. Ein Recht auf Beratung eines anderen fordern heißt aber, den Willen geltend machen, dessen Pläne zu kennen oder einen anderen Nutzen für sich zu erlangen, was, wie ich oben sagte, eigentlicher Gegenstand des menschlichen Willens ist. Zur Natur des Rats gehört ebenfalls, daß jedermann, der um ihn fragt, den Erteilenden billigerweise weder anklagen noch bestrafen kann, denn einen anderen um Rat fragen heißt, ihm erlauben, den Rat zu erteilen, den er für den besten hält. Und folglich kann jemand, der seinen Souverän, sei es ein Monarch oder eine Versammlung, auf dessen Verlangen hin berät, billigerweise dafür nicht bestraft werden, ob der Rat nun der Ansicht der Mehrheit entspricht oder nicht – wenn er nur die zur Debatte stehende Sache betrifft. Denn ist die Meinung der Versammlung schon vor Ende der Debatte zu erkennen, so sollte sie weder um Rat fragen noch einen Rat entgegennehmen, denn der Spruch einer Versammlung heißt soviel wie Schluß der Debatte und Ende aller Beratung. Und gewöhnlich ist der Ratsuchende Autor des Rats und kann deshalb den Erteilenden nicht bestrafen, und was der Souverän nicht kann, kann auch sonst niemand. Gibt jedoch ein Untertan einem anderen den Rat, etwas Gesetzwidriges zu tun, so kann dies das Gemeinwesen bestrafen, ob der Rat nun aus böser Absicht oder nur aus Unkenntnis erteilt wurde. Denn Unkenntnis des Gesetzes ist keine zulässige Entschuldigung, da jedermann verpflichtet ist, die Gesetze zu beachten, denen er unterworfen ist.

Ermahnung und Warnung ist Rat, verbunden mit den Anzeichen, daß der Erteilende die Befolgung dringend wünscht, oder, um es kürzer zu sagen, ein *äußerst dringender Rat.* Denn der Mahnende legt nicht die Folgen dessen dar, was er zu tun anrät, und unterwirft sich auch nicht den strengen Anforderungen wahren Denkens, sondern treibt den Beratenen zum Handeln an, wie ihn ein Wartender davon abschreckt. Und deshalb berücksichtigen Mahner und Warner in ihren Reden bei der Darlegung ihrer Gründe die üblichen menschlichen Leidenschaften und Meinungen und verwenden Gleichnisse, Metaphern, Beispiele und andere Rednerkünste, um ihre Hörer davon zu überzeugen, wie nützlich, ehrenhaft oder gerecht die Befolgung ihres Rats sei.

Daraus kann zuerst einmal geschlossen werden, daß Ermahnung und Warnung auf den Nutzen des Beratenden gerichtet sind und nicht auf den Nutzen dessen, der darum fragt, was der Pflicht eines Beraters widerspricht, der nach der Definition von Rat nicht seinen eigenen Vorteil, sondern den des von ihm Beratenen zu beachten hat. Und daß er mit seinem Rat auf seinen eigenen Vorteil ausgeht, wird aus dem langen heftigen Drängen oder der gekünstelten Art des Erteilens genügend deutlich. Da dies nicht von ihm verlangt wird und folglich im eigenen Interesse geschieht, geht es auf seinen eigenen Vorteil aus und nur zusätzlich auf den des Beratenen oder überhaupt nicht.

Zweitens, daß Ermahnen und Warnen nur dort nützlich ist, wo jemand zu einer Menge zu sprechen hat. Denn wird die Rede an einen einzelnen gerichtet, so kann ihn dieser unterbrechen und seine Gründe sorgfältiger prüfen, als dies in einer Menge geschehen kann, die aus zu vielen besteht, als daß sie mit einem, der so unterschiedslos zu allen auf einmal spricht, in ein Streit- oder Zwiegespräch kommen könnten.

Drittens, daß alle, die mahnen und warnen, wenn sie um Rat angegangen werden, unlautere Ratgeber sind und sich verhalten, als wären sie von ihrem eigenen Interesse bestochen. Denn mag der erteilte Rat noch so gut sein, so ist der Erteilende doch ebensowenig ein guter Ratgeber wie der ein gerechter Richter, der gegen Belohnung ein gerechtes Urteil fällt. Wo aber jemand rechtmäßig befehlen darf wie ein Vater in seiner Familie oder ein Heerführer in einer Armee, dort sind seine Ermahnungen und Warnungen nicht nur rechtmäßig, sondern auch notwendig und lobenswert. Aber dann sind sie nicht mehr Ratschläge, sondern Befehle. Gelten sie einer sauren Arbeit, so erfordert es bisweilen die Notwendigkeit und immer die Menschlichkeit, daß man sie versüßt, indem man sie aufmunternd und im Ton und der Form des Rats statt in der barschen Sprache eines Befehls erteilt.

Beispiele für den Unterschied zwischen Befehl und Rat können wir den Redewendungen entnehmen, in denen sie in der Heiligen Schrift ausgedrückt werden. *Du sollst keine anderen Götter haben neben mir. Du sollst den Namen Gottes nicht mißbrauchen. Gedenke des Sabbattages, daß du ihn heiligest. Du sollst deinen Vater und deine Mutter ehren. Du sollst nicht töten. Du sollst nicht stehlen* usw. Das sind Befehle, denn wir sollen ihnen gehorchen, weil dies der Wille Gottes, unseres Königs, ist, dem wir zu Gehorsam verpflichtet sind. Aber die Worte »Verkaufe alles, was du hast, gib es den Armen, und folge mir nach« sind ein Rat, denn wir sollen ihn befolgen, weil dies in unserem eigenen Vorteil liegt, nämlich, einen *Schatz im Himmel* zu haben. […]

Wie der Unterschied zwischen Rat und Befehl nunmehr aus der Natur des Rats abgeleitet worden ist, nämlich aus dem Ermitteln des Vorteils oder Schadens, der dem Beratenen aus den notwendigen oder wahrscheinlichen Folgen der vorgeschlagenen Handlung entstehen kann, so können daraus auch die Unterschiede zwischen geeigneten und ungeeigneten Beratern abgeleitet werden. Denn da die Erfahrung nichts anderes ist als die Erinnerung an die Folgen von gleichen, früher beobachteten Handlungen, und ein Rat nur die sprachliche Form, mit der diese Erfahrung einem anderen bekanntgemacht wird, so sind die Vorzüge und Mängel eines Rats dieselben wie die Vorzüge und Mängel des Verstands, und die Berater ersetzen der Staatsperson Gedächtnis und Denken. Aber zu dieser Ähnlichkeit des Gemeinwesens mit einem natürlichen Menschen kommt ein sehr bedeutender Unterschied, nämlich, daß ein natürlicher Mensch seine Erfahrung von den natürlichen Gegenständen der Empfindung empfängt, die auf ihn leidenschaftslos und ohne Eigeninteresse wirken, während die Berater der Vertretung eines Gemeinwesens ihre besonderen Ziele und Leidenschaften besitzen können und oftmals besitzen, die ihren Rat immer verdächtig und häufig unaufrichtig machen. Und deshalb können wir als erste Voraussetzung für einen guten Berater aufstellen, *daß seine*

Ziele und Interessen mit den Zielen und Interessen dessen, den er berät, nicht unvereinbar sein dürfen.

Zweitens. Da es bei der Beratung einer Handlung Pflicht des Beraters ist, ihre Folgen in der Weise klarzulegen, daß sich der Beratene wahrhaft und eindeutig informieren kann, so muß er seinen Rat in solchen Formulierungen vorbringen, die die Wahrheit möglichst klar zutage treten lassen, das heißt, so scharf durchdacht, in einer so das Wesentliche treffenden und klaren Sprache und so kurz, wie es die Klarheit erlaubt. Und deshalb laufen *vorschnelle und unklare Schlußfolgerungen,* die nur Beispielen entnommen sind oder sich auf Bücher berufen und keine Beweise für gut und böse, sondern nur für eine Tatsache oder eine Meinung sind, *dunkle, wirre und zweideutige Ausdrücke, ebenfalls alle metaphorischen Redewendungen, die zur Erregung der Leidenschaften führen, der Pflicht des Beraters zuwider* (denn diese Art zu denken und sich auszudrücken taugt nur dazu, den Beratenen zu täuschen oder ihn zu anderen Zielen als seinen eigenen zu führen).

Drittens. Da sich die Fähigkeit zum Erteilen eines Rats auf Erfahrung und lange Studien gründet und man von niemand erwartet, daß er in allen Dingen erfahren ist, deren Kenntnis zur Regierung eines großen Gemeinwesens notwendig ist, kann jemand nur in solchen Gebieten als guter Berater angesehen werden, in denen er nicht nur große Übung besitzt, sondern über die er auch reiflich nachgedacht und Untersuchungen angestellt hat. Denn da es Aufgabe des Gemeinwesens ist, nach innen den Frieden des Volkes zu bewahren und es nach außen hin gegen einen Überfall zu verteidigen, so erfordert dies, wie wir sehen, eine große Kenntnis von der Veranlagung der Menschheit, der Rechte der Regierung und des Wesens von Billigkeit, Gesetz, Gerechtigkeit und Ehre, die ohne Studium nicht zu erlangen ist, außerdem Kenntnisse von der Stärke, Wirtschaftskraft und Geographie des eigenen wie der Nachbarländer wie auch von den Neigungen und Absichten aller Nationen, die ihnen auf irgendeine Weise lästig werden können. Und diese Kenntnisse können ohne viel Erfahrung nicht erlangt werden. Nicht nur die Gesamtheit dieser Gebiete, sondern auch jedes einzelne erfordert das Alter und die Beobachtungen eines bejahrten Mannes, dessen Studien über das gewöhnliche Maß hinausgehen. Die für einen Rat erforderliche Verstandesfähigkeit ist [...] die Urteilskraft. Und die Unterschiede zwischen den Menschen in diesem

Punkt kommen von der verschiedenen Ausbildung, die der eine auf diesem Studien- oder Berufszweig, der andere auf jenem genoß. Gibt es für die Arbeit auf einem Gebiet unfehlbare Regeln, wie die Regeln der Geometrie für den Maschinenbau und die Architektur, so kann alle Erfahrung der Welt dem Rat dessen nicht gleichkommen, der die Regel gelernt oder entdeckt hat. Und gibt es keine solche Regel, so hat derjenige mit der größten Erfahrung auf diesem besonderen Gebiet das beste Urteil und ist der beste Berater.

Viertens. Um in der Lage zu sein, ein Gemeinwesen in einer Angelegenheit zu beraten, das mit einem anderen Gemeinwesen zu tun hat, *ist es erforderlich,* mit den von dort kommenden *Berichten und Schriftstücken vertraut zu sein sowie mit allen Protokollen der Verträge und anderer Verhandlungen zwischen den Staaten.* Dies kann nur der, den der Vertreter dafür geeignet hält. Hieraus können wir sehen, daß Leute, die nicht zu Rate gezogen werden, in diesen Fällen gar keinen guten Rat beisteuern können.

Fünftens. Gesetzt, die Zahl der Berater sei gleich, so ist jemand besser beraten, wenn er sie einzeln statt in einer Versammlung anhört, und das aus vielen Gründen. Erstens hat man den Rat jedes einzelnen, wenn man sie einzeln hört. In einer Versammlung aber geben viele ihren Rat mit *ja* oder *nein* oder mit Händen oder Füßen ab, nicht vom eigenen Gefühl, sondern von der Beredsamkeit eines anderen dazu veranlaßt, oder aus Furcht, durch Widerspruch das Mißfallen der Redner oder der ganzen Versammlung zu erregen oder begriffsstutziger als diejenigen zu erscheinen, die der entgegengesetzten Meinung applaudierten. Zweitens kann es in einer Versammlung von vielen gar nicht anders sein, als daß es einige gibt, deren Interessen dem öffentlichen entgegengesetzt sind, und diese Interessen machen sie leidenschaftlich, die Leidenschaft beredt, und die Beredsamkeit bringt andere dazu, denselben Rat zu erteilen. Denn die menschlichen Leidenschaften, die getrennt in gewissen Grenzen bleiben wie die Hitze eines Brandes, verhalten sich in einer Versammlung wie viele Brände, die sich gegenseitig anheizen, besonders, wenn sie sich gegenseitig mit Reden anfachen, um an das Gemeinwesen unter dem Vorwand, es zu beraten, Feuer zu legen. Drittens kann man beim getrennten Anhören jedes einzelnen, wenn nötig, die Wahrheit oder Wahrscheinlichkeit seiner Begründungen und der Gründe seines Rates durch häufige Unterbrechungen und Entgegnungen prüfen, was in einer Versammlung nicht möglich ist, wo man bei jeder schwierigen Frage von der Vielfalt der darüber gehaltenen Reden eher erstaunt und verwirrt als über den einzuschlagenden Kurs informiert ist. Außerdem kann man keine Versammlung von vielen zur Erteilung eines Rates einberufen, in der es nicht Leute gibt, die den Ehrgeiz besitzen, für beredt und in politischen Fragen gelehrt gehalten zu werden, und ihren Rat nicht mit Rücksicht auf die zur Debatte stehende Frage, sondern auf den Beifall für ihre scheckigen Reden erteilen, die aus verschiedenfarbigen Fetzen oder Splittern aus Schriftstellern zusammengesetzt ist – letztlich eine Unverschämtheit, die die Zeit für ernsthafte Beratungen raubt und durch den Weg geheimer Einzelberatungen leicht vermieden werden kann. Viertens ist bei Beratungen, die geheimgehalten werden müssen – wofür es in öffentlichen Angelegenheiten viele Anlässe gibt, der Rat vieler gefährlich, besonders in Versammlungen, und deshalb sind große Versammlungen gezwungen, solche Dinge einer kleineren Zahl von Personen, die die meiste Erfahrung besitzen und von deren Treue man am meisten hält, zu überweisen.

Um zum Schluß zu kommen: Wer wird in der Annahme eines Rats von einer großen Versammlung von Beratern so weit gehen, daß er ihre Bemühungen erbäte oder annähme, wenn die Verheiratung seiner Kinder, die Verfügung über seinen Grundbesitz, die Verwaltung seines Haushalts oder Privatvermögens in Frage stehen, besonders, wenn sich unter ihnen einer befindet, der sein Wohlergehen nicht wünscht? Jemand, der seine Geschäfte mit Hilfe vieler und kluger Berater führt, indem er jeden einzelnen in dessen besonderem Fachgebiet befragt, handelt am besten – wie jemand, der mit fähigen Partnern Tennis spielt, diesen selbständige Positionen zuweist. Am nächstbesten handelt der, der sich nur auf sein eigenes Urteil verläßt – wie einer, der ohne Partner spielt. Aber wer sich in einer einmal einberufenen Ratsversammlung zu seinen Geschäften hinführen läßt, einer Ratsversammlung, die sich nur auf Grund einer Mehrheit von übereinstimmenden Meinungen bewegen kann, deren Ausführung gewöhnlich aus Neid oder wegen Sonderinteressen vom widersprechenden Teil verzögert wird, handelt am schlechtesten von allen und gleicht einem, der sich zum Ball hinfahren läßt – zwar durch gute Spieler, doch in einem Schubkarren oder einem anderen Gefährt, das schon an sich schwer ist und dazu noch durch widersprüchliche Urteile und Bemühungen der Schiebenden behindert wird, und dies um so mehr, je mehr Hand anlegen, und am meisten dann, wenn unter ihnen einer ist, der ihn gern als Verlierer sehen würde. Und obwohl es richtig ist, daß viele Augen mehr sehen als eines, so gilt das nicht von vielen Beratern, sondern nur dann, wenn die endgültige Entscheidung bei einem liegt. Wer sein Ziel nicht verfehlen will, zielt andererseits nur mit einem Auge – obwohl er es mit beiden suche –, da viele Augen denselben Gegenstand von verschiedenen Seiten sehen und dazu neigen, nach ihrem privaten Vorteil zu schielen. Und deshalb blieben alle großen Demokratien allein durch einen äußeren Feind, der sie einte, durch den Ruf eines unter ihnen lebenden, hervorragenden Mannes, durch den geheimen Rat weniger oder durch die gemeinschaftliche Furcht vor gleichen Parteien am Leben, aber nicht durch die offenen Beratungen der Versammlung. Und was sehr kleine Gemeinwesen betrifft, ob sie nun demokratisch oder monarchisch regiert werden, so gibt es keine menschliche Weisheit, die sie länger am Leben erhalten könnte, als die Eifersucht zwischen ihren mächtigen Nachbarn andauert.

9. *Immanuel Kant:* Könige und Philosophen

Ein geheimer Artikel in Verhandlungen des öffentlichen Rechts ist objektiv, d.i. seinem Inhalte nach betrachtet, ein Widerspruch; subjektiv aber, nach der Qualität der Person beurteilt, die ihn diktiert, kann gar wohl darin ein Geheimnis statt haben, daß sie es nämlich für ihre Würde bedenklich finde, sich öffentlich als Urheberin desselben anzukündigen.

Der einzige Artikel dieser Art ist in dem Satze enthalten: *Die Maximen der Philosophen über die Bedingungen der Möglichkeit des öffentlichen Friedens sollen von den zum Kriege gerüsteten Staaten zu Rate gezogen werden.*

Es scheint aber für die gesetzgebende Autorität eines Staats, dem man natürlicherweise die größte Weisheit beilegen muß, verkleinerlich zu sein, über die Grundsätze seines Verhaltens gegen andere Staaten bei *Untertanen* (den Philosophen) Belehrung zu suchen; gleichwohl aber sehr ratsam, es zu tun. Also wird der Staat die letztere *stillschweigend* (also, indem er ein Geheimnis daraus macht) *dazu auffordern*, welches soviel heißt, als: er wird sie frei und öffentlich über die allgemeinen Maximen der Kriegsführung und Friedensstiftung *reden lassen* (denn das werden sie schon von selbst tun, wenn man es ihnen nur nicht verbietet) und die Übereinkunft der Staaten unter einander über diesen Punkt bedarf auch keiner besonderen Verabredung der Staaten unter sich in dieser Absicht, sondern liegt schon in der Verpflichtung durch allgemeine (moralische gesetzgebende) Menschenvernunft. – Es ist aber hiermit nicht gemeint: daß der Staat den Grundsätzen des Philosophen vor den Aussprüchen des Juristen (des Stellvertreters der Staatsmacht) den Vorzug einräumen müsse, sondern nur, daß man ihn *höre*. Der letztere, der die *Waage* des Rechts und, neben bei auch das Schwert der Gerechtigkeit sich zum Symbol gemacht hat, bedient sich gemeiniglich des letzteren, nicht um etwa bloß alle fremde Einflüsse von dem ersteren abzuhalten, sondern wenn die eine Schale nicht sinken will, das *Schwert* mit hinein zu legen (vae victis), wozu der Jurist, der nicht zugleich (auch der Moralität nach) Philosoph ist, die größte Versuchung hat, weil es seines Amts nur ist, vorhandene Gesetze anzuwenden, nicht aber, ob diese selbst nicht einer Verbesserung bedürfen, zu untersuchen, und rechnet diesen in der Tat niedrigeren Rang seiner Fakultät, darum weil er mit Macht begleitet ist (wie es auch mit den beiden anderen der Fall ist), zu den höheren. – Die philosophische steht unter dieser verbündeten Gewalt auf einer sehr niedrigen Stufe. So heißt es z.B. von der Philosophie, sie sei die *Magd* der Theologie (und eben so lautet es von den zwei anderen). – Man sieht aber nicht recht, »ob sie ihrer gnädigen Frauen die Fackel vorträgt oder die Schleppe nachträgt«.

Daß Könige philosophieren, oder Philosophen Könige würden, ist nicht zu erwarten, aber auch nicht zu wünschen; weil der Besitz der Gewalt das freie Urteil der Vernunft unvermeidlich verdirbt. Daß aber Könige oder königliche (sich selbst nach Gleichheitsgesetzen beherrschende) Völker die Klasse der Philosophen nicht schwinden oder verstummen, sondern öffentlich sprechen lassen, ist beiden zu Beleuchtung ihres Geschäfts unentbehrlich und, weil diese Klasse ihrer Natur nach der Rottierung und Klubbenverbündung unfähig ist, wegen der Nachrede einer *Propagande* verdachtlos.

10. *Max Weber:* Zu einer historischen Typologie politischer Berater

»Berufspolitiker« haben sich in der Vergangenheit, wie wir sahen, im Kampf der Fürsten mit den Ständen entwickelt im Dienst der ersteren. Sehen wir uns ihre Haupttypen kurz an.

Gegen die Stände stützte sich der Fürst auf politisch verwertbare Schichten nichtständischen Charakters. Dahin gehörten in Vorder- und Hinterindien, im buddhistischen China und Japan und in der lamaistischen Mongolei ganz ebenso wie in den christlichen Gebieten des Mittelalters zunächst: die Kleriker. Technisch deshalb, weil sie schriftkundig waren. Überall ist der Import der Brahmanen, buddhistischen Priester, Lamas und die Verwendung von Bischöfen und Priestern als politische Berater unter dem Gesichtspunkt erfolgt, schreibkundige Verwaltungskräfte zu bekommen, die im Kampf des Kaisers oder Fürsten oder Khans gegen die Aristokratie verwendet werden konnten. Der Kleriker, zumal der zölibatäre Kleriker stand außerhalb des Getriebes der normalen politischen und ökonomischen Interessen und kam nicht in Versuchung, für seine Nachfahren eigene politische Macht gegenüber seinem Herrn zu erstreben, wie es der Lehnsmann tat. Er war von den Betriebsmitteln der fürstlichen Verwaltung durch seine eigenen ständischen Qualitäten »getrennt«.

Eine zweite derartige Schicht waren die humanistisch gebildeten Literaten. Es gab eine Zeit, wo man lateinische Reden und griechische Verse machen lernte, zu dem Zwecke, politischer Berater und vor allen Dingen politischer Denkschriftenverfasser eines Fürsten zu werden. Das war die Zeit der ersten Blüte der Humanistenschulen und der fürstlichen Stiftungen von Professuren der »Poetik«: bei uns eine schnell vorübergehende Epoche, die immerhin auf unser Schulwesen nachhaltig eingewirkt hat, politisch freilich keine tieferen Folgen hatte. Anders in Ostasien. Der chinesische Mandarin ist oder vielmehr war ursprünglich annähernd das, was der Humanist unserer Renaissancezeit war: ein humanistisch an den Sprachdenkmälern der fernen Vergangenheit geschulter und geprüfter Literat. Wenn Sie die Tagebücher des Li-Hung-Tschang lesen, finden Sie, daß noch er am meisten stolz darauf ist, daß er Gedichte machte und ein guter Kalligraph war. Diese Schicht mit ihren an der chinesischen Antike entwickelten Konventionen hat das ganze Schicksal Chinas bestimmt, und ähnlich wäre vielleicht unser Schicksal gewesen, wenn die Humanisten seinerzeit die geringste Chance gehabt hätten, mit gleichem Erfolge sich durchzusetzen.

Die dritte Schicht war: der Hofadel. Nachdem es den Fürsten gelungen war, den Adel in seiner ständischen politischen Macht zu enteignen, zogen sie ihn an den Hof und verwendeten ihn im politischen und diplomatischen Dienst. Der Umschwung unseres Erziehungswesens im 17. Jahrhundert war mit dadurch bedingt, daß an Stelle der humanistischen Literaten hofadelige Berufspolitiker in den Dienst der Fürsten traten.

Die vierte Kategorie war ein spezifisch englisches Gebilde; ein den Kleinadel und das städtische Rentnertum umfassendes Patriziat, technisch »gentry« genannt: – eine Schicht, die ursprünglich der Fürst gegen die Barone heranzog und in den Besitz der Ämter des »selfgovernment« setzte, um später zunehmend von ihr abhängig zu werden. Sie hielt sich im Besitz der sämtlichen Ämter der lokalen Verwaltung, indem sie dieselben gratis übernahm im Interesse ihrer eigenen sozialen Macht. Sie hat England vor der Bureaukratisierung bewahrt, die das Schicksal sämtlicher Kontinentalstaaten war.

Eine fünfte Schicht war dem Okzident, vor allem auf dem europäischen Kontinent, eigentümlich und war für dessen ganze politische Struktur von ausschlaggebender Bedeutung: die universitätsgeschulten Juristen. Die gewaltige Nachwirkung des römischen Rechts, wie es der bureaukratische spätrömische Staat umgebildet hatte, tritt in nichts deutlicher hervor als darin: daß überall die Revolutionierung des politischen Betriebs im Sinne der Entwicklung zum rationalen Staat von geschulten Juristen getragen wurde.

11. *Mario Puzo:* Der consigliore

Außerdem war der *consigliore* noch das, was sein Name eigentlich besagte: ein Berater des Don, seine rechte Hand, sein Aushilfsgehirn. Er war sein engster Gefährte und bester Freund. Auf wichtigen Fahrten steuerte er den Wagen des Don, bei Konferenzen versorgte er den Don mit Erfrischungen, mit Kaffee, Sandwiches, Zigarren. Er wußte alles, oder nahezu alles, was auch dem Don bekannt war, hatte Einsicht in alle die einzelnen Zellen seiner Macht. Er war der einzige Mensch auf der Welt, der den Don zu Fall bringen konnte. Aber noch nie hatte ein *consigliore* seinen Don verraten, noch nie, solange die mächtigen sizilianischen Familien, die sich in Amerika niedergelassen hatten, zurückdenken konnten. Es lohnte sich nicht. Denn jeder *consigliore* wußte genau, daß er reich werden würde, wenn er loyal blieb, daß er Macht erlangen und Achtung gewinnen würde. Und wenn ihm etwas zustoßen sollte, so würde für seine Familie gesorgt, würden Frau und Kinder beschützt werden, als ob er selbst noch am Leben oder in Freiheit wäre. *Wenn er loyal blieb.*

Bill Watterson: Feine Freunde

XII.

MILITÄRISCHER RAT

Einleitung

Während die Beratung zwischen einem Herrscher und seinem Berater, zwischen dem »Don« und seinem »consigliori«, in der intimen Situation einer Vertrauensbeziehung absolviert zu werden pflegt, bildet der »Kriegsrat« einen Prototyp jener gemeinschaftlichen Beratung, bei der verschiedene Vorschläge zu Angriff oder Verteidigung vorgetragen und gehört werden: wie bei den Athenern, die sich während des Peloponnesischen Kriegs über die Strategie der Eroberung von Syrakus (und Sizilien) verständigten [1]. Zwar mußten auch Orakel ernst genommen werden [2]; im Zweifelsfall kam es aber eher darauf an, die Truppen durch eigene Zuversicht und strategische Klugheit – zur Not auch gegen ein schlechtes Omen – zu motivieren [3].

Zum guten Rat in militärischen Angelegenheiten konnte auch die Empfehlung des Rückzugs gehören: sei es im Siebenjährigen Krieg oder in der Liebe [6], im Reiche Lian [5] oder im Gespräch zwischen Herzog Ai und Meister Kung [4]. Entscheidend blieb in jedem Fall das richtige Maß und der angemessene Rhythmus in der Kampfkunst: Wer auch die Flucht des Gegners zuläßt [7], wird ihn im geeigneten Augenblick überraschen können. Diese Regel galt für die Feldschlacht nicht weniger als für den Schwertkampf [8].

Freilich darf auch die beste militärische Strategie nicht den Vorrang der Politik vor der Kriegswissenschaft in Frage stellen. Darauf zielt Clausewitz, wenn er betont, ein »rein militärischer Rat« dürfe von den Regierungskabinetten nicht eingeholt werden [9]; und Moltke erinnert daran, daß er niemals an einem »Kriegsrat« im Sinne des Thukydides teilgenommen habe, bei dem sich der König (und sein Generalstabschef) die Entscheidungen aus der Hand nehmen ließen [10]. Nur aus dem Primat der Politik läßt sich jene Geschichte des Konfliktmanagements ableiten, das sich – als Strategie der problemorientierten Lösung von Konflikten – inzwischen auch in zahlreichen anderen Bereichen der Gesellschaft durchgesetzt hat: in der Wirtschaft, in der Verwaltung oder im System der Interessenvertretungen [11].

1. *Thukydides:* Kriegsrat der Athener

Nikias' Meinung war, gegen Selinus zu fahren mit der ganzen Flotte, das sei ihr Hauptauftrag, und wenn Egesta für das ganze Heer aufkomme, neu zu überlegen, andernfalls für die sechzig Schiffe, die sie erbeten, den Unterhalt von ihnen zu verlangen, dort zu bleiben, bis sie Selinus durch Gewalt oder Übereinkunft zum Frieden mit Egesta gebracht, und dann, an den andern Städten vorbeifahrend, nach dieser Schaustellung der Macht Athens und diesem Beweis seiner Hilfsbereitschaft gegen Freunde und Verbündete wieder heimzukehren – sie müßten denn irgendwo rasch und unerwartet den Leontinern helfen oder in einer der andern Städte Fuß fassen können; aber man solle nicht die Stadt auf ihre eignen Kosten in Gefahr stürzen.

Alkibiades erklärte, dafür hätte man nicht mit so großer Macht ausfahren müssen, um mit Schande und ohne Erfolg heimzukehren; man solle Herolde an die Städte schicken, alle außer Selinus und Syrakus, auch versuchen, die Sikeler teils den Syrakusern abspenstig zu machen, teils selber als Freunde zu gewinnen, die mit Korn und Mannschaft helfen würden, vor allem aber Messene herüberzuziehn, das, grad am Sund und der Lände Siziliens, mit Hafen und Reede der Flotte reichlich Raum böte; hätten sie die Städte überredet und wüßten, mit wem sie im Bunde seien, dann wollten sie Selinus und Syrakus angreifen, wenn nicht jenes zum Frieden mit Egesta bereit, dieses mit der Neugründung von Leontinoi einverstanden sei.

Lamachos dagegen riet, gradewegs gegen Syrakus zu fahren und vor der Stadt möglichst rasch zu schlagen, solang sie im ersten Schreck und noch ungerüstet sei. Jedes Heer sei am Anfang am furchtbarsten; wenn Zeit verstreiche, bis es sich zeige, rafften sich die Menschen innerlich wieder auf, und der Anblick mache ihnen keinen Eindruck mehr. Jählings müßten sie sie überfallen, solang man sie noch mit Beben erwarte, dann hätten sie alle Vorteile für sich und verbreiteten dreifachen Schrecken: mit ihrem Anblick (jetzt sei ihre Zahl noch am größten), mit der Erwartung, was ihrer harre, und vor allem mit der unmittelbaren Gefahr der Schlacht. Vermutlich würden sie auch noch viele draußen auf dem Lande abfangen, die noch nicht an ihr Kommen glaubten, und wenn diese sich hineinretteten, werde das Heer nicht an Geldmangel leiden, wenn es siegreich vor der Stadt lagere. Dann erst würden auch die übrigen Sizilier Syrakus keine Waffenhilfe bringen und an Athen Anschluß suchen, ohne lang zuzuwarten und abzuwägen, ob die, ob jene siegen würden. Zum Kriegshafen für Rückzug und frischen Angriff müsse man Megara machen, das unbewohnt war, nicht weit von Syrakus, sei's auf der Straße, sei's zur See.

2. *Xenophon:* Orakel zur Kriegsführung

Merke dir noch eines mein Sohn und zwar das Allerwichtigste. Setze dich und deine Truppen nie einer Gefahr aus, indem du Opfer- und Vogelzeichen entgegen handelst; die Menschen entscheiden sich nämlich auf Grund von Vermutungen zum Handeln, ohne zu wissen, woher sie Gutes empfangen. Du wirst das an Geschehnissen der Vergangenheit erkennen können. Schon viele, darunter in hohem Ansehen stehende Männer, haben Stadtgemeinden überredet, gegen diejenigen zu den Waffen zu greifen, von denen die zum Angriff Verführten nachher zugrunde gerichtet worden sind. Viele haben vielen anderen, sowohl Männern wie Staaten, zu Größe verholfen und erlitten nachher größtes Unheil von denen, die dank ihnen groß geworden sind. Und viele, denen es möglich gewesen wäre, sich auf Freunde zu stützen, ihnen zu helfen und von ihnen Gutes zu erfahren, haben die gerechte Strafe dafür empfangen, daß sie es vorzogen, Freunde wie Sklaven zu behandeln. Vielen genügte es nicht, glücklich zu leben, sie begehrten Herr über alles zu sein und haben deswegen verloren, was sie hatten. Das ist die Natur menschlichen Verstandes, der nichts anderes weiß, um das für ihn Beste zu wählen, als der Spieler, der mit dem Würfel bestimmt, was zu tun ist. Die Götter jedoch, die ewigen Götter wissen alles, was war, ist und daraus werden wird. Sie verkünden Menschen, denen sie gnädig gestimmt sind, durch Vorzeichen, was getan und was unterlassen werden muß. Es ist jedoch nicht erstaunlich, daß sie nicht allen helfen wollen, weil sie nicht gezwungen sind, sich gegen ihren Willen um jemanden zu kümmern.

3. *Christian Meier:* Orakeldeutungen Caesars

Blitzeszeichen konnten Caesar nicht stören, wenn sie ihm nicht paßten. Sueton berichtet, daß er, als während eines Opfers das Opfertier entfloh, seinen Marsch gleichwohl fortsetzte. Als er später bei der Landung in Africa ausglitt, kehrte er die ungünstige Vorbedeutung zu einer günstigen um, indem er sagte:»Ich halte dich, Africa!« Und da er hörte, daß dort der Name Scipio unbesiegbar sei – und der Oberbefehlshaber der Feinde hieß so –, ließ er zum Scherz einen besonders übel beleumundeten Mann dieses Namens, der in seiner Armee diente, holen und im Kampf stets an seiner Seite sich aufhalten. Andererseits nahm er sich die Zeit, in Rom das Latinerfest zu feiern. Sollte das nur der guten Ordnung wegen geschehen sein? Warum berief er sich so oft auf die unsterblichen Götter? Wenn er 69 in der Leichenrede für Julia meinte, die Könige seien in der Gewalt der Götter, war das nur eine Redensart? Und wenn er »Venus Victrix« zu Beginn der Schlacht bei Pharsalos als Parole ausgab, tat er es aus Aberglauben oder wegen des Glaubens seiner Soldaten?

Gehörte es zu seiner Nüchternheit, daß er über allen Aberglauben zur Tagesordnung übergehen konnte? Nahm er im übrigen das Zeremoniell ernst, eventuell mit einem Sinn für Parodie, vielleicht aber eben auch, damit die Dinge ihre gute Ordnung hatten? Gehörte es zu seinem Glück, daß er in ihm die Hand freundlicher Götter erkannte, denen er dann auch das Ihre zu erweisen bereit war? Als ihm der Opferschauer einmal meldete, die Eingeweide des Tiers seien betrüblich und ohne Herz, erklärte Caesar, wenn er wolle, würden sie künftig erfreulich sein; man dürfe es nicht als ein Wunder ansehen, wenn einem Tier das Herz fehle.

4. *Konfuzius:* Wie Kriege überflüssig werden

Herzog Ai fragte den Meister Kung und sprach:»Ich möchte imstande sein, mein Land, obwohl gering, zu verteidigen, und wenn es groß ist, andere anzugreifen. Worauf kommt es dabei an?«

Meister Kung erwiderte:»Wenn der Fürst und sein Hof der Sitte entsprechen, wenn Oben und Unten in Eintracht leben, dann ist alles

Volk auf Erden Euer Volk; wen braucht Ihr dann noch anzugreifen? Wenn Ihr diesem Grundsatz aber entgegenhandelt, dann empört sich das Volk, als ginge es nach Hause, alle sind Eure Feinde: Auf wen wollt Ihr Euch da noch stützen zur Verteidigung?«

Der Herzog sprach:»Trefflich!« Daraufhin hob er die Jagd- und Fischverbote auf und schaffte Zölle und Marktabgaben ab, um dem Volke Güte zu zeigen.

5. *Meng-tzu:* Wer fünfzig Schritte flieht

König Lian Hui Wang von Lian führte gern Krieg gegen die anderen Reiche. Eines Tages sagte er zu Menzi, seinem Berater:»Ich tue mein Bestes für das Wohl des Staates. Ist die Ernte diesseits des Flusses schlecht, schicke ich die vom Unglück Betroffenen zur Ostseite des Flusses; gleichzeitig lasse ich Nahrungsmittel in das Katastrophengebiet bringen. Ist die Ernte im Osten des Flusses schlecht, tue ich das gleiche. Ich beobachte die Nachbarländer. Dort lieben die Könige ihr Volk nicht so sehr wie ich. Aber die Bevölkerung ist dort nicht geringer an Zahl. Bei uns im Reich Lian ist die Bevölkerung auch nicht mehr an Zahl. Woran liegt das?«

Menzi sagte:»Mein König mag gern Krieg führen. Ich führe nun den Krieg als Beispiel an, um zu antworten. Wenn man die Kampfestrommel rührt, kämpfen die Heere gegeneinander. Eines erleidet eine Niederlage. Die Unterlegenen werfen ihre Kampfanzüge weg und fliehen mit ihren Waffen. Manche fliehen schnell, manche langsam. Fliehen ist natürlich eine Schande. Einer zum Beispiel flieht hundert Schritte. Der andere nur fünfzig Schritte. Der, der fünfzig Schritte geflohen ist, verspottet den, der hundert Schritte geflohen ist, indem er sagt: ›Hast du etwa Angst vor dem Tod? Du bist feige!‹ Glaubt mein König, daß das falsch ist?«

König Lian Hui Wang antwortete:»Es ist natürlich falsch! Auch der, der nur fünfzig Schritte geflohen ist, ist geflohen, auch wenn es nicht hundert Schritte waren!«

Menzi sagte:»Mein König möge sich darüber Gedanken machen, warum die Bevölkerung im Reiche Lian nicht größer ist als die in anderen Nachbarländern, da mein König dieses Gleichnis versteht.«

6. *Stendhal:* Auf dem Rückzug

Wird beim Rückzug der Armee ein italienischer Soldat auf eine drohende Gefahr aufmerksam gemacht, so bedankt er sich und geht ihr klug aus dem Wege. Weise einen französischen Soldaten wohlmeinend auf dieselbe Gefahr hin, und er glaubt, du traust ihm nichts zu, fühlt sich in seinem Stolz *verletzt* und setzt sich ihr erst recht aus. Wenn er kann, spottet er noch über dich. [...]

Im Jahre 1760, in dem entscheidenden Stadium des Siebenjährigen Krieges, schrieb Grimm: »... Es steht außer Zweifel, daß der König von Preußen diesen Krieg hätte vermeiden können, wenn er auf Schlesien verzichtete. Er hätte sehr gut daran getan. Wieviel Unheil hätte er verhütet! Was bedeutet denn der Besitz einer Provinz für das Glück eines Königs? Und war der Große Kurfürst nicht ein sehr glücklicher, sehr geachteter Herr, ohne Schlesien zu besitzen? So müßte ein König sich verhalten, der gesunden Menschenverstand hat; und ich verstehe nicht, warum ein solcher König sich die Mißachtung der ganzen Welt zuziehen sollte, während Friedrich sich mit unsterblichem Ruhm bedeckt, weil er dem *Verlangen,* Schlesien zu behaupten, alles andere aufopferte.

Der Sohn Cromwells hat zweifellos das klügste getan, was ein Mann tun kann; er hat ein friedliches Leben im verborgenen der Unruhe und Gefahr vorgezogen, ein düsteres, hitziges und stolzes Volk zu lenken. Dieser weise Mann wurde von den Zeitgenossen und der Nachwelt verachtet, sein Vater dagegen ist ein großer Mann in den Augen der Völker geblieben.

Die schöne Büßerin ist ein hervorragendes Thema des spanischen Theaters; im Englischen und Französischen der Otway und Colardeau wurde es ziemlich entstellt. Calista ist von einem Manne Gewalt geschehen, den sie anbetete und den ein aufbrausender Hochmut zwar abstoßend, den aber seine Talente, sein Geist, sein anmutiges Aussehen schließlich doch verführerisch machten. Lothario wäre auch gar zu liebenswert gewesen, wenn er seine sträflichen Gelüste hätte bezähmen können; überdies trennte eine schreckliche Erbfeindschaft seine Sippe von der seiner Geliebten. Diese Sippen standen an der Spitze zweier Parteien, in die während des ganzen schrecklichen Mittelalters eine spanische Stadt gespalten war. Sciolto, Calistens Vater, ist das

Haupt der Partei, die eben die Oberhand hat; er weiß, daß Lothario in seiner Ruchlosigkeit versucht hat, seine Tochter zu verführen. Die schwache Calista vergeht nun unter den Qualen ihrer Schande und ihrer Leidenschaft. Da gelingt es ihrem Vater, seinem Feind die Führung einer Kriegsflotte übertragen zu lassen, die mit fernem Ziel zu einer gefährlichen Unternehmung ausläuft, bei welcher Lothario aller Wahrscheinlichkeit nach umkommen muß. In Colardeaus Tragödie bringt der Vater diese Nachricht seiner Tochter. In den folgenden Worten verrät sich Calistas Leidenschaft: O Gott! Er geht! ... Ihr habt's befohlen! ... Wie mocht er sich entschließen?

Man beachte die Gefährlichkeit ihrer Lage; ein Wort mehr, und Sciolto merkt die Liebe seiner Tochter zu Lothario. Der betroffene Vater ruft: Was hör' ich? Oder irr' ich? Wohin gehn deine Wünsche? Darauf antwortet Calista, die sich wieder gefaßt hat: Nicht die Verbannung will ich, sondern seinen Tod. Mög er zugrunde gehn! Mit diesen Worten beseitigt Calista den erwachten Verdacht ihres Vaters, und sogar ohne Verstellung, denn sie drückt ihr wahres Gefühl aus. Das Dasein eines Mannes, den sie liebt und der ihr eine Schmach anzutun vermochte, mußte ihr Leben vergiften, und wenn er am Ende der Welt lebte; sein Tod allein konnte ihr Ruhe verschaffen, sofern es für unglücklich Liebende Ruhe gibt... Bald danach ereilt Lothario der Tod, und Calista hatte das Glück zu sterben. Viel Tränen, viel Geschrei um eine Nichtigkeit! Sagen die kalten Naturen, die sich den Namen eines Philosophen beilegen. Ein kühner Draufgänger mißbraucht die Schwäche, die eine Frau für ihn hat: das ist doch kein Grund zum Jammern, zum mindesten kein Grund, Calistas Kummer zu teilen. Sie mag sich darüber trösten, daß sie mit ihrem Geliebten geschlafen hat, und sie ist nicht die erste wertvolle Frau, die sich ebenso mit diesem Unglück abfinden mußte.« Richard Cromwell, der König von Preußen und Calista konnten, wie der Himmel ihre Seelen geschaffen hat, Ruhe und Glück nur finden, indem sie so handelten. Das Verhalten der letzten zwei ist außerordentlich unvernünftig, und doch achtet man von den dreien allein diese.

7. *Sun Tsu:* Dränge einen Feind nie zum Äußersten!

Prinz Fu Chai sagte:»Wenn wilde Tiere in der Falle sitzen, kämpfen sie bis zum Ende.« Wie wahr ist es für die Menschen! Wenn sie wissen, daß es keine Alternative gibt, kämpfen sie bis zum Letzten. Während der Regierungszeit des Kaisers Hsüan aus der Han Dynastie schlug Chao Chung-kuo einen Aufstand der Chiang-Rebellen nieder. Als die Rebellen seine große Armee sahen, ließen sie alles schwere Gerät zurück und versuchten, den »Gelben Fluß« zu überqueren. Der Weg ging durch Schluchten, und Chung-kuo trieb sie langsam vor sich her. Jemand sagte:»Wir verfolgen sie, aber sie gehen zu langsam.« Chung-kuo antwortete:»Sie sind bedrängt, aber ich darf nicht zu stark drücken. Wenn ich nur leichten Druck ausübe, gehen sie von allein, ohne sich umzudrehen. Wenn ich sie bedränge, drehen sie sich um und kämpfen bis zum Tode.« Alle seine Offiziere sagten:»Wunderbar«.

8. *Miyamoto Musashi:* Vom Rhythmus in der Kampfkunst

Alles hat seinen Rhythmus, aber besonders in der Kampfkunst wird der Rhythmus nicht erreicht ohne stetes Üben. In der Welt ist er deutlich im Weg des Nô-Tanzes, beim Spiel der Musiker; daß die einzelnen zusammenstimmen, macht den wahren Rhythmus aus. Auf den Weg des Kriegers angewandt, sind Rhythmus und Zusammenstimmung selbst im Bogenschießen, im Abfeuern der Muskete, im Reiten eines Pferdes. Für alle Künste, alle Fertigkeiten gilt: Nie darf dem Rhythmus zuwidergehandelt werden. Noch das Gestaltlose, Unsichtbare besitzt Rhythmus.

Dem Samurai in allen Lebenslagen zu eigen, gibt es in seinem Dienen den Rhythmus des Aufsteigens und den des Fallens, den Rhythmus des Einpassens und den des Ausscherens. Oder es gibt im Weg des Kaufmanns den Rhythmus des Erwerbs von Reichtum und den des Verlusts von Reichtum; und so ist in den verschiedenen Wegen ein jeder Rhythmus von anderer Art. Zwischen dem in allen Dingen aufblühenden und dahinwelkenden Rhythmus muß genau unterschieden werden.

In der Kampfkunst haben wir es auf vielfache Weise mit dem Rhythmus zu tun. Wichtig ist zunächst, daß wir um den übereinstimmenden Rhythmus wissen und daß wir einen abweichenden Rhythmus erkennen; auch kommt es darauf an, unter den großen und kleinen, den langsamen und raschen Rhythmen den jeweils entsprechenden, den mittleren und den gegenläufigen Rhythmus zu beherrschen. Ohne die Kenntnis dieses gegenläufigen Rhythmus kann von einer Sicherheit in der Kampfkunst nicht die Rede sein. Nach den Regeln der Kampfkunst erforscht man im Gefecht den Rhythmus der Gegner, um dann selber mit einem die Gegner überraschenden Rhythmus, einem klugen, auf die Erfahrung der Leere gestützten Rhythmus loszuschlagen und zu siegen.

9. *Carl von Clausewitz:* Vom Entwurf des Krieges

Mit einem Wort, die Kriegskunst auf ihrem höchsten Standpunkte wird zur Politik, aber freilich eine Politik, die statt Noten zu schreiben Schlachten liefert.

Mit dieser Ansicht ist es eine unzulässige und selbst schädliche Unterscheidung, wonach ein großes kriegerisches Ereignis oder der Plan zu einem solchen eine *rein militärische Beurteilung* zulassen soll; ja, es ist ein widersinniges Verfahren bei Kriegsentwürfen Militäre zu Rate zu ziehen, damit sie *rein militärisch* darüber urteilen sollen, wie die Kabinette wohl tun; aber noch widersinniger ist das Verlangen der Theoretiker, daß die vorhandenen Kriegsmittel dem Feldherrn überwiesen werden sollen, um danach einen rein militärischen Entwurf zum Kriege oder Feldzuge zu machen. Auch lehrt die allgemeine Erfahrung, daß, trotz der großen Mannigfaltigkeit und Ausbildung des heutigen Kriegswesens, die Hauptlineamente des Krieges doch immer von den Kabinetten bestimmt worden sind, d.h. von einer, wenn man technisch sprechen will, nur politischen, nicht militärischen Behörde.

Dies ist vollkommen in der Natur der Dinge. Keiner der Hauptentwürfe, welche für einen Krieg nötig sind, kann ohne Einsichten in die politischen Verhältnisse gemacht werden, und man sagt eigentlich etwas ganz Anderes als man sagen will, wenn man, was häufig geschieht, von dem schädlichen Einfluß der Politik auf die Führung des

Krieges spricht. Es ist nicht dieser Einfluß, sondern die Politik selbst, welche man tadeln sollte. Ist die Politik richtig, d.h. trifft sie ihr Ziel, so kann sie auf den Krieg in ihrem Sinn auch nur vorteilhaft wirken; und wo diese Einwirkung vom Ziel entfernt, ist die Quelle nur in der verkehrten Politik zu suchen.

Nur dann, wenn die Politik sich von gewissen kriegerischen Mitteln und Maßregeln eine falsche, ihrer Natur nicht entsprechende Wirkung verspricht, kann sie mit ihren Bestimmungen einen schädlichen Einfluß auf den Krieg haben. Wie Jemand in einer Sprache, der er nicht ganz gewachsen ist, mit einem richtigen Gedanken zuweilen Unrichtiges sagt, so wird die Politik dann oft Dinge anordnen, die ihrer eigenen Absicht nicht entsprechen.

Dies ist unendlich oft vorgekommen und dies macht fühlbar, daß eine gewisse Einsicht in das Kriegswesen von der Führung des politischen Verkehrs nicht getrennt werden sollte.

Aber ehe wir ein Wort weiter reden, müssen wir uns vor einer falschen Deutung verwahren, die sehr nahe liegt. Wir sind weit entfernt zu glauben daß ein in Akten vergrabener Kriegsminister oder ein gelehrter Ingenieur oder auch selbst ein im Felde tüchtiger Soldat darum den besten Staatsminister abgeben würde, wo der Fürst es nicht selbst ist; oder, mit andern Worten, wir wollen durchaus nicht daß diese Einsicht in das Kriegswesen die Haupteigenschaft desselben sei; ein großartiger, ausgezeichneter Kopf, ein starker Charakter, das sind die Haupteigenschaften; die Einsicht in das Kriegswesen läßt sich auf eine oder die andere Art wohl ergänzen. Frankreich ist in seinen kriegerischen und politischen Händeln nie schlechter beraten gewesen, als unter den Gebrüdern Belleisle und dem Herzog von Choiseuil, obgleich alle drei gute Soldaten waren.

Soll ein Krieg ganz den Absichten der Politik entsprechen und soll die Politik den Mitteln zum Kriege ganz angemessen sein, so bleibt, wo der Staatsmann und der Soldat nicht in einer Person vereinigt sind, nur ein gutes Mittel übrig, nämlich den obersten Feldherrn zum Mitglied des Kabinetts zu machen, damit dasselbe Teil an den Hauptmomenten seines Handelns nehme. Dies ist aber wieder nur möglich wenn das Kabinett, d.h. also die Regierung, selbst sich in der Nähe des Schauplatzes befindet, damit die Dinge ohne merklichen Zeitverlust abgemacht werden können.

10. *Helmuth von Moltke:* Über den angeblichen Kriegsrat

Der Schauplatz ist Versailles. Die Franzosen machen einen Ausfall aus Paris, und die Generale, statt sich zu den fechtenden Truppen zu begeben, werden zur Beratung darüber versammelt, ob man es wagen dürfe, mit dem Hauptquartier noch länger in Versailles zu verbleiben. Die Ansichten sind geteilt, niemand will recht mit der Sprache heraus, der Chef des Generalstabes, der doch vor Allen berufen ist, zu reden – schweigt. Die Bestürzung scheint groß gewesen zu sein. Nur allein der Kriegsminister erhebt sich und protestiert mit allem Nachdruck gegen eine politisch wie militärisch so nachteilige Maßregel wie die Räumung. Er empfängt den warmen Dank des Königs, als der Einzige, welcher den Mut gehabt hat, die Wahrheit frei und furchtlos herauszusagen.

Die Wahrheit ist, daß, während der König mit seiner ganzen Umgebung zum V. Armeekorps geritten, der zurückgebliebene Hofmarschall in übergroßer Sorgfalt die Hofequipagen hat anschirren lassen, was in der Stadt nicht verborgen geblieben ist und bei der sanguinischen Bevölkerung vielleicht allerlei Hoffnungen erregt haben mag.

Versailles war durch vier Armeekorps geschützt; den Ort zu räumen, ist Niemand auch nur in den Sinn gekommen.

Ich kann versichern, daß weder 1866 noch 1870/71 jemals ein Kriegsrat abgehalten worden ist.

Außer an Marsch- und Gefechtstagen war regelmäßig um 10 Uhr Vortrag bei *Seiner Majestät*, wobei ich, begleitet vom General-Quartiermeister, die eingegangenen Nachrichten und Meldungen vorzutragen und auf Grund derselben neue Vorschläge zu machen hatte. Zugegen waren der Chef des Militärkabinetts, der Kriegsminister und in Versailles, so lange das Hauptquartier der III. Armee dort lag, auch der Kronprinz; alle jedoch nur als Zuhörer. Der König forderte von ihnen zuweilen Auskunft über das Eine oder das Andere; aber ich erinnere mich nicht, daß er sie jemals um Rat gefragt hätte, die Operationen oder die von mir gemachten Vorschläge betreffend.

Diese, welche ich stets zuvor mit meinen Offizieren besprochen, unterwarf vielmehr *Seine Majestät* selbst einer meist sehr eingehenden Erwägung. Derselbe bezeichnete mit militärischem Blick und stets richtiger Würdigung der Sachlage alle Bedenken, welche der Ausführung entgegenstehen konnten; aber da im Kriege jeder Schritt mit Gefahr verbunden ist, so blieb es schließlich ausnahmslos bei dem Vorgeschlagenen.

11. Effektives Konfliktmanagement

Damit Sie ein effektives Konfliktlösungssystem entwickeln können, sollten Sie zunächst einmal das bestehende System analysieren und bewerten. Fragen Sie danach, welche Konflikttypen auftreten, welche Verfahren eingesetzt werden und warum die Parteien bestimmte Strategien benutzen. Die Bewertung ist deshalb so wichtig, weil neue Strategien ohne Erfolg bleiben werden, wenn sie nicht denselben Anforderungen genügen, die die Parteien an die augenblicklich eingesetzten Strategien stellen.

In einem großen amerikanischen Unternehmen gehen Rechtsanwälte und Manager periodisch die letzten Rechtsstreitigkeiten der Firma durch, um voraussagen zu können, welche Konflikttypen in Zukunft auftreten werden, und um festzustellen, ob nicht weniger kostspielige und zufriedenstellendere Strategien benutzt werden könnten. In beschränktem Maße entspricht ihre Vorgehensweise unserer »Strategiebewertung«. Dieses sinnvolle Vorgehen kann auf jede Organisation und jede Beziehung angewandt und individuell ausgebaut werden. Rechtsanwälte und ihre Klienten, Gewerkschaften und Unternehmensleitung, Partner eines Joint Venture, amerikanische Delegierte bei Abrüstungsgesprächen und ihre sowjetischen Verhandlungspartner – sie alle könnten ihre alten und neuen Konflikte und Probleme nochmals daraufhin überprüfen, wie und zu welchen Kosten sie bewältigt wurden und werden.

Suchen Sie bei der Bewertung der Konfliktstrategien nach Antworten auf folgende drei Fragen:

1. *Welches* sind laufende und welches kürzlich aufgetretene Streitfragen? Wer sind die Konfliktparteien? Wie viele Konflikte treten auf? Die Antworten auf diese Fragen geben Auskunft über Art und Anzahl möglicher Konflikte in der Zukunft.

2. *Wie* werden die Konflikte beigelegt? Welche Konfliktstrategien werden eingesetzt und wie häufig? Wie hoch sind die Gesamtkosten, und wie groß ist der Nutzen der angewandten Strategien? Die Antworten vermitteln eine Vorstellung von den angewandten Strategien, mit denen Sie arbeiten können.

3. *Warum* werden besonders diese Verfahren eingesetzt? Welche Funktionen haben Gerichte, Machtkämpfe und andere kostspielige Verfahren? Welche Hindernisse müssen beseitigt werden, damit auf Interessenausgleich zielende Verhandlungen stattfinden können? Sollen diese Verhandlungen regelmäßig durchgeführt werden, dann müssen sie denselben Anforderungen genügen, die die Parteien zur Beseitigung der Hindernisse an die kostspieligen Strategien stellen.

Friedrich Karl Waechter: Wahrscheinlich guckt wieder kein Schwein

XIII.

Rat in Diplomatie, Recht und Verwaltung

Einleitung

Ein guter Rat setzt oftmals so langwierige Verhandlungen, Vorträge und Diskussionsprozesse voraus, daß selbst der klügste Kopf leicht überfordert wird. Darum wurde bereits im Buch Exodus der Ratschlag erteilt, die Kompetenz für Rat und Urteil zu delegieren und also Schiedsgerichte einzusetzen [1]. Lediglich die besonders schwierigen Fragen sollten auch in Zukunft dem Anführer vorgelegt werden, der sie dann nach Maßgabe seiner besonderen Weisheit entscheiden mochte – wie im Falle des berühmten Urteils, das König Salomo in delikater Angelegenheit zu fällen hatte [2].

Die organisatorischen Modelle einer erfolgreichen gemeinschaftlichen Beratung lassen sich auf verschiedene Arten und Weisen formulieren. Nicht die schlechtesten Vorschläge wurden bereits im Mittelalter in den Ordens- und Klosterregeln niedergelegt [3]. Der Vorteil kollektiver Beratungsprozesse (vom Kloster bis zum Gerichtssaal) besteht übrigens – wie Alexis de Tocqueville nach seiner Amerikareise zu Recht erkannte [5] – in der höheren Identifikation mit dem Gesamtsystem, sei es der Klosterordnung oder der politischen Verfassung [4].

Manchmal helfen freilich die besten Regeln nicht weiter; dann schlägt die Stunde individueller Verhandlungsgenies, die je nach Temperament und Situation ein Problem zu lösen versuchen: mit Unterstützung der Dunkelheit, wie im Falle jenes Friedensstifters, von dem Johann Peter Hebel berichtete [6], oder mit Unterstützung durch den Tabak, der nicht umsonst im »Geruch« steht, zur Beruhigung aufgeregter Streitparteien beitragen zu können [7]. Erfahrene Diplomaten schätzen den Wert solcher Hilfsmittel; doch sie wissen auch, daß mitunter selbst die besten diplomatischen Strategien versagen [8].

1. *Buch Exodus:* Die Einsetzung von Schiedsgerichten

Am folgenden Morgen setzte sich Mose, um für das Volk Recht zu sprechen. Die Leute mußten vor Mose vom Morgen bis zum Abend anstehen. Als der Schwiegervater des Mose sah, was er alles für das Volk zu tun hatte, sagte er: Was soll das, was du da für das Volk tust? Warum sitzt du hier allein, und die vielen Leute müssen vom Morgen bis zum Abend vor dir anstehen? Mose antwortete seinem Schwiegervater: Die Leute kommen zu mir, um Gott zu befragen. Wenn sie einen Streitfall haben, kommen sie zu mir. Ich entscheide dann ihren Fall und teile ihnen die Gesetze und Weisungen Gottes mit.

Da sagte der Schwiegervater zu Mose: Es ist nicht richtig, wie du das machst. So richtest du dich selbst zugrunde und auch das Volk, das bei dir ist. Das ist zu schwer für dich; allein kannst du es nicht bewältigen. Nun hör zu, ich will dir einen Rat geben, und Gott wird mit dir sein. Vertritt du das Volk vor Gott! Bring ihre Rechtsfälle vor ihn, unterrichte sie in den Gesetzen und Weisungen, und lehre sie, wie sie leben und was sie tun sollen. Du aber sieh dich im ganzen Volk nach tüchtigen, gottesfürchtigen und zuverlässigen Männern um, die Bestechung ablehnen. Gib dem Volk Vorsteher für je tausend, hundert, fünfzig und zehn! Sie sollen dem Volk jederzeit als Richter zur Verfügung stehen. Alle wichtigen Fälle sollen sie vor dich bringen, die leichteren sollen sie selber entscheiden. Entlaste dich, und laß auch andere Verantwortung tragen! Wenn du das tust, sofern Gott zustimmt, bleibst du der Aufgabe gewachsen, und die Leute hier können alle zufrieden heimgehen.

Mose hörte auf seinen Schwiegervater und tat alles, was er vorschlug. Mose wählte sich tüchtige Männer in ganz Israel aus und setzte sie als Hauptleute über das Volk ein, als Vorsteher für je tausend, hundert, fünfzig und zehn. Sie standen dem Volk jederzeit als Richter zur Verfügung. Die schwierigen Fälle brachten sie vor Mose, alle leichteren entschieden sie selber. Mose verabschiedete seinen Schwiegervater, und dieser kehrte in sein Land zurück.

2. Salomons Urteil

Damals kamen zwei Dirnen und traten vor den König. Die eine sagte: Bitte, Herr, ich und diese Frau wohnen im gleichen Haus, und ich habe dort in ihrem Beisein geboren. Am dritten Tag nach meiner Niederkunft gebar auch diese Frau. Wir waren beisammen; kein Fremder war bei uns im Haus, nur wir beide waren dort. Nun starb der Sohn dieser Frau während der Nacht; denn sie hatte ihn im Schlaf erdrückt. Sie stand mitten in der Nacht auf, nahm mir mein Kind weg, während meine Magd schlief, und legte es an ihre Seite. Ihr totes Kind aber legte sie an meine Seite. Als ich am Morgen aufstand, um mein Kind zu stillen, war es tot. Als ich es aber am Morgen genau ansah, war es nicht mein Kind, das ich geboren hatte. Da rief die andere Frau: Nein, mein Kind lebt, und dein Kind ist tot. Doch die erste entgegnete: Nein, dein Kind ist tot, und mein Kind lebt. Und der König fuhr fort: Holt mir mein Schwert! Man brachte es vor den König. Nun entschied er: Schneidet das lebende Kind entzwei, und gebt eine Hälfte der einen und eine Hälfte der anderen! Doch nun bat die Mutter des lebenden Kindes den König – es regte sich nämlich in ihr die mütterliche Liebe zu ihrem Kind: Bitte, Herr, gebt ihr das lebende Kind, und tötet es nicht! Doch die andere rief: Es soll weder dir noch mir gehören. Zerteilt es! Da befahl der König: Gebt jener das lebende Kind, und tötet es nicht; denn sie ist seine Mutter. Ganz Israel hörte von dem Urteil, das der König gefällt hatte, und sie schauten mit Ehrfurcht zu ihm auf; denn sie erkannten, daß die Weisheit Gottes in ihm war, wenn er Recht sprach.

3. *Benedikt von Nursia:* Zur Beratung der Ordensbrüder

Sooft eine wichtige Angelegenheit im Kloster zu behandeln ist, rufe der Abt die ganze Gemeinschaft zusammen und eröffne ihr, um was es sich handelt. Und nachdem er die Ansicht der Brüder vernommen hat, überlege er bei sich und tue dann das, was ihm als das Nützlichste erscheint. Wir haben darum bestimmt, daß alle zur Beratung gerufen werden, weil der Herr oft einem jüngeren Bruder offenbart, was das Beste ist.

Die Brüder sollen jedoch ihre Meinung in aller Demut und Unterwürfigkeit vorbringen und sie sollen sich nicht herausnehmen, hartnäckig ihre Auffassung zu verteidigen; es soll vom Abte abhängen zu entscheiden, was am förderlichsten ist; und alle sollen sich ihm unterwerfen. Doch, wie es sich für den Jünger geziemt, dem Meister Gehorsam zu leisten, so soll dieser ebenso alles umsichtig und gerecht ordnen.

In allem sollen also alle der Regel als Lehrmeisterin folgen, und keiner soll von ihr leichtsinnig abweichen. Niemand im Kloster soll dem Willen seines eigenen Herzens folgen. Auch soll sich keiner herausnehmen, mit seinem Abte in frecher Weise oder gar außerhalb des Klosters zu streiten. Sollte dies einer wagen, so unterliege er der durch die Regel bestimmten Strafe. Der Abt selbst aber tue alles in der Furcht des Herrn und nach der Regel, überzeugt, daß er bestimmt über alle seine Entscheidungen sich vor Gott, dem gerechtesten Richter verantworten muß.

Handelt es sich aber um weniger wichtige Angelegenheiten, die das Wohl des Klosters betreffen, dann ziehe er nur die älteren Brüder zu Rate, nach dem Ausspruch der Schrift: »Tue alles mit Rat, und du wirst nichts zu bereuen haben nach der Tat.«

4. *Jean-Jacques Rousseau:* Gegen die Stellvertreter

Sobald der Staatsdienst aufhört, die Hauptangelegenheit der Bürger zu sein, und sie ihm lieber mit ihrem Geld als mit ihrer Person dienen, ist der Staat schon seinem Untergang nahe. Zum Kampf schicken sie Miettruppen und bleiben zu Hause, zur Beratung ernennen sie Abgeordnete und bleiben wieder zu Hause. Infolge ihrer Trägheit und ihres Geldes haben sie schließlich Soldaten, das Vaterland zu unterjochen, und Vertreter, es zu verkaufen.

Das rastlose Treiben des Handels und der Künste, die nie zu befriedigende Gewinnlust, die Weichlichkeit und Bequemlichkeitsliebe bringen es dahin, daß jeder persönliche Dienst durch Geld ersetzt wird. Man tritt einen Teil seines Verdienstes ab, um desto ungestörter dem Mammon nachjagen zu können. Aber gebt nur Geld her, und man wird euch bald mit Ketten lohnen. Das Wort Finanzen ist ein Sklavenwort und in einem wirklichen Gemeinwesen unbekannt. In einem wahrhaft freien Land tun die Bürger alles mit ihren Armen und nichts mit dem Geld; weit entfernt, sich von ihren Pflichten freizumachen, würden sie noch dafür bezahlen, sie persönlich zu erfüllen. Ich stimme der gewöhnlichen Ansicht durchaus nicht bei; ich bin überzeugt, daß Frondienste mit der Freiheit weniger im Widerspruch stehen als Abgaben.

Je vollendeter die Staatsverfassung ist, desto mehr überwiegen die öffentlichen Angelegenheiten in den Augen des Staatsbürgers die privaten. Es gibt dann sogar weit weniger Privatangelegenheiten, weil von der Summe der allgemeinen Wohlfahrt ein beträchtlicherer Teil auf die des einzelnen übergeht und derselbe deshalb durch eigene Sorge weit weniger zu erringen braucht. In einem gut verwalteten Gemeinwesen eilt jeder zu den Versammlungen; unter einer schlechten Regierung hat niemand Lust, auch nur einen Schritt darum zu tun, weil an dem, was dort vorgeht, niemand Anteil nimmt. Es läßt sich voraussehen, daß der allgemeine Wille dort nicht zur Herrschaft gelangen wird, und die häuslichen Sorgen keine anderen Interessen zulassen. Aus den guten Gesetzen gehen noch bessere hervor, aus den schlechten noch schlechtere. Sobald man bei Staatsangelegenheiten die Worte hören kann: »Was geht mich das an?« kann man darauf rechnen, daß der Staat verloren ist.

5. *Alexis de Tocqueville:* Vom Geschworenengericht in Amerika

Das Geschworenengericht, und hauptsächlich das für Sachen des bürgerlichen Rechts, dient dazu, allen Bürgern etwas von den Geistesgewohnheiten des Richters zu übermitteln; und diese Gewohnheiten sind es gerade, die das Volk am besten zur Freiheit erziehen.

Es verbreitet in allen Klassen die Achtung vor dem Urteilsspruch und vor dem Rechtsgedanken. Entfernt diese beiden Dinge, und die Unabhängigkeitsliebe wird nur noch eine zerstörende Leidenschaft sein.

Es lehrt die Menschen, sich in Rechtlichkeit üben. Jeder denkt beim Richten über seinen Nachbarn daran, daß er selbst einmal abgeurteilt werden könnte. Das trifft vor allem für das Geschworenengericht in bürgerlichen Rechtsfällen zu: es gibt fast niemanden, der fürchtet, eines Tages wegen Verbrechen gerichtlich verfolgt zu werden; jedermann aber kann in einen bürgerlichen Rechtsstreit verwickelt werden.

Das Geschworenengericht lehrt jeden, die Verantwortung für sein eigenes Tun nicht zu scheuen; eine männliche Haltung, ohne die es keine politische Tugend gibt.

Es bekleidet jeden Bürger mit einer Art Richterwürde; es läßt alle spüren, daß sie Pflichten gegenüber der Gesellschaft zu erfüllen haben und daß sie an ihrer Regierung mitwirken. Indem es die Menschen dazu zwingt, sich mit anderen als nur den eigenen Angelegenheiten zu befassen, bekämpft es die Selbstsucht des einzelnen, die die Gesellschaft wie mit Rost befällt.

Das Geschworenensystem trägt unglaublich dazu bei, das Urteil des Volkes zu bilden und seine natürliche Einsicht zu fördern. Das ist meiner Meinung nach sein größter Vorzug. Man muß es als eine unentgeltliche und immer offene Schule ansehen, wo jeder Geschworene sich über seine Rechte unterrichtet, wo er täglich mit den gelehrtesten und gebildetsten Mitgliedern der höheren Klassen verkehrt, wo er über Gesetze auf Grund ihrer unmittelbaren Anwendung unterrichtet wird und wo sie ihm durch ihre Bemühungen der Anwälte, die Ansichten der Richter und selbst die Leidenschaften der Streitparteien verständlich gemacht werden. Ich denke, die praktische Klugheit und der gesunde politische Sinn der Amerikaner ist hauptsächlich ihrem langen Gebrauch des Geschworenensystems in bürgerlichen Rechtsfällen zuzuschreiben.

Ich weiß nicht, ob das Geschworenengericht denen nützt, die rechtliche Streitfälle haben, aber ich bin sicher, daß es denen, die sie beurteilen, sehr nützlich ist. Ich betrachte es als eines der wirksamsten Hilfsmittel der Gesellschaft zur Erziehung des Volkes.

6. *Johann Peter Hebel:* Der Friedensstifter

Wer die rechten Mittel zu wählen weiß, der kommt zum Zweck, zum Exempel der Herr Theodor. Zwei junge Bürgersmänner in seiner Nachbarschaft hatten sich gegenseitig im Wirtshaus beleidigt und waren doch zu honett, einander anzugreifen, und zu eigensinnig, einander zu vergeben. Also nährten sie den Unfrieden im Herzen. Das klagte jemand dem Herrn Theodor, und wie alle Mittel vergeblich seien, sie miteinander zu versöhnen. Der Herr Theodor sagte:»Laßt mich gewähren. Ich kenne sie. Bis morgen sind sie gute Freunde.« Also bat er jeden insbesondere, ob er nicht heute bei ihm zu Nacht essen wollte, und setzte sie an den Tisch nebeneinander. Keiner gönnte dem andern ein Wort oder einen Blick. Beide dupften fleißig mit dem Herrn Theodor an, aber keiner mit dem andern. Da löschte der Herr Theodor das Licht aus, als wenn er die Kerze hätte putzen wollen, und sagte:»Nichts für ungut! Ich will's gleich wieder anzünden.« Indem er aber hinausging, gab er dem einen von der Seite her, wo der andere saß, im Dunkeln eine Ohrfeige. Also gab dieser dem andern zwei, und also setzten sie das Multiplikationsexempel miteinander fort und zerschlugen sich, wo jeder im Finstern hintraf, bis der Herr Theodor wiederkam, der etwas lange ausblieb. Als der Herr Theodor mit dem Licht wiederkam und traf sie an im wilden Kampf und Handgemeng, sagte er:»Das ist recht gut und löblich, ehrenwerte Nachbarn und Gäste, daß ihr Euch gegeneinander expliziert, und ich hab's schon den ganzen Abend gemerkt, daß Ihr etwas gegeneinander auf dem Herzen habt. Ich sehe, daß es Euch aufrichtig um Aussöhnung zu tun ist, weil jeder dem andern seine Meinung unverhohlen zu verstehen gibt.« – »Ihr hättet nicht sagen sollen, daß ich Trumpf verleugne«, sagte der eine, »so ich doch Farbe angegeben habe.« – Der andere sagte:»Ihr hättet nur nicht gleich schimpfen dürfen. Ein Herz ist bald für einen Eckstein angesehen. Ihr wißt, wie schmutzig die Karten sind.« Darauf ließ sich der Herr Theodor den Handel von ihnen erzählen und schlichtete ihn vollends aus; den andern Tag waren sie wieder gut Freund.

7. *Hans von Hentig:* Hilfstechniken bei Verhandlungen

In langer Praxis menschlicher Beziehungen, persönlicher und diplomatischer, haben wir die hilfreiche Mitwirkung gewisser narkotischer Substanzen bei der Aussöhnung herausgefunden und entwickelt. Die Friedenspfeife, die Indianer beim Friedensschluß rauchen, ist Symbol und physiologische Nachhilfe. Die entscheidende Verhandlung zwischen Bismarck und Lord Beaconsfield wurde »over tobacco« abgehalten (19. Juni 1878). Es gibt einen Monolog Bismarcks über die mäßigenden Wirkungen des Rauchens. Jules Favre hatte eine Zigarre abgelehnt, die Bismarck ihm angeboten hatte. Bismarck meinte, Rauchen sei nützlich, wenn eine Verhandlung heftig werden könne. Die Zigarre zu halten, verhindere stürmische Gesten, Rauchen beruhige, ohne den Intellekt zu verdunkeln. »Man ist glücklich, das Auge ist beschäftigt, die Hand gehemmt, der Geruchssinn befriedigt. Es besteht eine Neigung zu wechselseitigen Konzessionen, und die Pflicht des Diplomaten besteht in wechselseitigen und unaufhörlichen Konzessionen.«

Natürlich wird jede derartige Hilfstechnik dadurch erschwert, daß die Persönlichkeiten der Unterhändler, die nicht rauchen, nicht trinken und durch Erziehung oder emotionelle Veranlagung die persönliche Berührung scheuen, auch die Regeln geselligen Umgangs dann für eine Schwäche halten, wenn der Gegenwert nicht unmittelbar sichtbar ist. Wilson und Lloyd George waren Abstinenzler und rauchten nicht. Clémenceau trank kaum. Daß einer von ihnen je die Freuden des Daseins genossen hätte, abgesehen vielleicht von der frischen Luft einer Golfparty, ist nicht berichtet worden. Ihre Leidenschaft galt dem Glücksspiel der Politik. Nach einem alten Autor soll der große Diplomat ein Wohltäter seines Landes und der Menschheit sein. Wie man dieses hohe Ziel erreichen kann ohne Vorübung »zu Hause«, ist schwer zu sehen. Wer sich selbst nicht glücklich machen kann, kann anderen kein Glück bringen. Wer keine Freunde hat, kann keine Völker versöhnen. Talleyrand und Metternich waren große Sünder, Bismarck schlug gewaltig über die Stränge, Lincoln war kein Puritaner. Wer wie diese Männer nicht den tiefsten Instinkten der Menschheit nahesteht, ist ein steriler Staatsmann, kein »Ambassadeur« einer besseren Welt oder einer neuen Zeit.

8. *Tom Morris:* Die Katze ist auf dem Dach

Vielleicht kennen Sie schon den Witz von dem Manager, der sich nach zehn Jahren ununterbrochener Arbeit seinen ersten Urlaub gönnt. Am Tag nach seiner Abreise erhält er von seiner Sekretärin ein Fax mit dem knappen Wortlaut.»Ihre Katze ist tot.« Der Manager, schockiert von der Nachricht, ruft sofort seine Sekretärin an.»Was um alles in der Welt fällt Ihnen ein, mir ein Fax zu schicken, auf dem steht:›Ihre Katze *ist* tot‹?«

»Was wollen Sie damit sagen?« fragt die verunsicherte Sekretärin zurück.»Ihre Katze ist tot.«

»Ja, aber das ist doch keine Art, einem eine solche Nachricht in einem Satz vor den Kopf zu knallen. Mein Gott, wenn Sie schon eine schlechte Nachricht überbringen müssen, dann tun Sie das wenigstens schonend. Mit etwas mehr Diplomatie. Sie haben mir meinen ganzen Urlaub versaut.«

»Aber was hätte ich denn sonst tun sollen?« erkundigte sie sich kleinlaut.

»Mich ein bißchen darauf vorbereiten«, erwiderte der Manager. »Zum Beispiel mir ein Fax schicken, auf dem steht:›Ihre Katze ist auf dem Dach‹, dann, eine Stunde später, eines, auf dem steht:›Ihre Katze ist vom Dach gefallen‹, und als nächstes:›Ihre Katze ist beim Tierarzt.‹ Dann, ein paar Stunden später, wäre ich vielleicht, vielleicht, bereit für ein Fax, auf dem steht:›Ihre Katze ist tot.‹ Bitte, seien Sie in Zukunft ein wenig einfühlsamer, falls Sie einmal wieder solche Neuigkeiten für mich haben.«

»Es tut mir leid. Ich werde Ihren Ratschlag beherzigen«, antwortet die Sekretärin.

Drei Tage später erhält der Manager wieder ein Fax von seiner Sekretärin:»Ihre Mutter ist auf dem Dach.«

Robert-Macaire agent d'affaires

Que diable! Mon cher, vous êtes bien bon de vous échiner à payer vos dettes, éteignez les donc tout d'un coup! — Comment ça? — Parbleu! Apportez moi vos livres, je les arrangerai, c'est ma spécialité, nous ferons un petit passif, un gros actif, nous assemblerons vos créanciers, nous offrirons cinq pour cent payables en dix ans, pendant dix ans vous ne donnerez rien, dans dix ans vous recommencerez, les créanciers seront morts, les dettes oubliées et tout sera dit.

Robert Macaire als Geschäftsberater.

— Teufel! Mein Lieber, es ist ja rührend wie Sie sich abrackern, um Ihre Schulden zu bezahlen, tilgen Sie sie doch mit einem Schlag! — Wie das? — Na verflixt! Geben Sie mir Ihre Bücher, ich werde sie frisieren, das ist meine Spezialität, wir bilanzieren geringe Passiva und hohe Aktiva, rufen Ihre Gläubiger zusammen, bieten ihnen fünf Prozent an, zahlbar in zehn Jahren, und in diesen zehn Jahren werden Sie nichts zahlen, dann fangen Sie wieder von vorne an, Ihre Gläubiger werden tot sein, die Schulden vergessen und alles vorbei . . .

Honoré Daumier: Robert Macaire als Geschäftsberater

XIV.

Beratung in der Wirtschaft

Einleitung

Wer sagt, daß Geschäftsleute keine guten Befehlshaber sein können? Schon den Griechen war bekannt, daß ökonomische Erfahrungen auch zur Truppenführung oder zur Leitung eines Theaters qualifizieren [1]. Geschäftliche Erfolge disponieren zur Genauigkeit und Sorgfalt, nicht weniger als zu Kampfgeist und Entschlossenheit: zu jener Kunstfertigkeit also, die sich mit Unternehmungslust verträgt, aber nicht mit der Verwegenheit des Dummen [2]. Die Kunstfertigkeit des Unternehmers taugt freilich nicht zur Konkurrenz mit den Künstlern, wie Kurt Tucholsky in seinen zehn Geboten für Geschäftsleute, die einen Künstler engagieren wollen, ausdrücklich festhält [3].

Zur Kunstfertigkeit des Unternehmers wie des Unternehmensberaters gehört die Fähigkeit, Geschichten anzuhören und weiterzuerzählen. David Armstrong hat aus dieser Erkenntnis ein eigenes Führungsinstrument entwickelt; in seinem Unternehmen werden Anekdoten von erfolgreichen Beratungsgesprächen über neue Produktideen [10] ebenso tradiert wie die bekannte Erzählung von Thomas Edisons Methode, kreative und experimentierfreudige Ingenieure schon im Einstellungsgespräch zu erkennen [4]. Geschichten können Zusammenhänge überzeugend nachvollziehbar machen, und sie können Mut machen – wie die Beispiele von gelungenen Vertrauensbildungsprozessen, die für ein »Liberation Management« bürgen sollen [9]. Auch Unternehmensberater berufen sich zu Recht auf Geschichten: auf »Geschichten von Rat und Tat« oder auf Bücher, die ihnen einen exterritorialen Status auch in heiklen Beratungssituationen garantieren [11]. Unternehmensberater müssen sich nämlich mitunter von ihrem jeweiligen Tätigkeitsfeld abgrenzen und unterscheiden können, ohne die Kompetenz und das bereits erworbene Vertrauen ihrer Kunden und Klienten in Frage zu stellen [12].

Denn die Arbeit von Beratern und Managern ist nicht nur in

hohem Maße anspruchsvoll, sondern eben darum auch riskant. Niederlagen gehören zum Alltag; und sie gestatten wohl nicht immer die Entfaltung jenes schwarzen Humors, den Urs Widmer in einer der ersten Szenen seines neuen Theaterstücks über die Beratung der »Top Dogs« brilliant demonstriert [5]. Natürlich ist die Angst vor dem Versagen eine wichtige Triebfeder, auch und gerade dann, wenn sie nicht bestraft wird [6]; sie kann beispielsweise die professionelle Aufmerksamkeit für Anknüpfungsmöglichkeiten erhöhen, die sich nicht aus dem Lob, sondern aus den Beschwerden der Geschäftspartner ergeben [8]. Nicht immer werden Beschwerden rechtzeitig erkannt, und manchmal läuft das Konzept der *einwandfreien* Beratung ins Leere. Einwände werden dann zwar nicht mehr gemacht, aber auch keine Einkäufe, wie das Beispiel Ingo Schoenheits und Christian-Rainer Weisbachs signifikant beleuchtet [7].

1. *Johanna und Günter Braun:* Xenophon über Sokrates

Als Sokrates eines Tages den Nikomachides von den Beamtenwahlen kommen sah, sprach er ihn gleich an: Welche Leute haben sie denn zu Befehlshabern gewählt, Nikomachides?

Ach, Sokrates, so sind die Athener, mich haben sie nicht gewählt, obwohl ich von Anfang an als Soldat dabei war, Zugführer war ich, auch eine Abteilung habe ich geführt, und ich habe von den vielen Kriegseinsätzen, an denen ich teilgenommen habe, eine Menge Wunden – er entblößte sich und zeigte die Narben seiner Wunden, aber Antisthenes haben sie gewählt, der weder als Fußsoldat noch als Reiter irgend etwas Besonderes geleistet hat und der nichts anderes kann als Reichtümer zusammenraffen.

Das ist doch gut, sagte Sokrates, dann wird er für die Verpflegung der Truppe sorgen.

Diese Geschäftsmänner können zwar Geld machen, aber doch keine Truppe führen.

Aber der Antisthenes ist auf einen Sieg aus, und das muß ein Truppenführer doch. Weißt du denn nicht, daß er jedesmal, wenn er bei den Festspielen die Theatertruppe finanzierte, gesiegt hat?

Ach, du lieber Gott, sagte Nikomachides, das ist doch nicht dasselbe, eine Theatertruppe zu führen und eine Armee.

Wieso denn nicht, sagte Sokrates, der Antisthenes hat weder was von Musik oder Tanz verstanden, aber es gelang ihm jedesmal, die tüchtigsten Leute zu finden.

Nun ja, sagte Nikomachides, dann wird er auch welche finden, die die Führung der Truppe übernehmen, und welche, die für ihn kämpfen. Du meinst also tatsächlich, daß derselbe Mann genausogut wie eine Theatertruppe auch eine Armee führen kann?

Ich meine, sagte Sokrates, daß der ein guter Chef ist, der erkennt, was notwendig ist, und das dann auch durchzuführen versteht, und da ist es gleich, ob er einer Theatertruppe, einer Haushaltung, einer Gemeinde oder einer Armee vorsteht.

Ach, du lieber Gott, sagte Nikomachides, jetzt höre ich von dir, daß gute Ökonomen auch gute Befehlshaber sein sollen. Was nützt aber die ganze Ökonomie, wenn es darauf ankommt zu kämpfen?

Gerade hier ist sie entscheidend. Denn ein ökonomisch denkender Mann weiß genau, daß nichts so viel einbringt wie ein Sieg über die Feinde und nichts so hohe Verluste nach sich zieht wie eine Niederlage. Er wird ununterbrochen alle für den Sieg notwendigen Dinge zu kalkulieren suchen und die benötigten Ausrüstungen beschaffen, er wird sorgfältig alle Umstände in Rechnung setzen, die zu einer Niederlage führen könnten. Und er wird wachsam sein. Wenn er sich stark genug für den Sieg gerüstet glaubt, wird er kämpfen, wenn er aber unvorbereitet ist, wird er einem Kampf aus dem Wege gehen.

2. *Balthasar Gracián:* Kunst im Unternehmen

Die Dummheit fällt allemal mit der Türe ins Haus: denn alle Dummen sind verwegen. Dieselbe Einfalt, welche ihnen die Aufmerksamkeit, Vorkehrungen zu treffen, benimmt, macht sie nachher gefühllos gegen den Schimpf des Mißlingens. Hingegen gehn die Klugen mit grosser Vorsicht zu Werke. Ihre Kundschafter sind Aufpassen und Behutsamkeit: diese gehn forschend voran, damit man ohne Gefahr auftreten könne. Jede Verwegenheit ist von der Klugheit zum Untergang verurteilt, wenn auch bisweilen das Glück sie begnadigt. Mit Zurückhaltung muß man vorschreiten, wo tiefer Grund zu fürchten ist. Die Schlauheit geht spürend voraus, bis die Vorsicht allmählich Grund und Boden gewinnt. Heutzutage sind im menschlichen Umgang große Untiefen: man muß bei jedem Schritt das Senkblei gebrauchen.

3. *Kurt Tucholsky:* Zehn Gebote für einen Geschäftsmann, der einen Künstler engagiert

1. Laß ihn in Ruhe.
2. Überlege dir vorher, ob der Mann für deinen Betrieb paßt; das machst du am besten so, daß du dir seine Werke ansiehst und dich bei jedem fragst: Kann ich das gebrauchen? Wenn du die Mehrzahl nicht gebrauchen kannst, dann engagiere den Mann nicht. Denn:
3. Wenn ein Künstler anständig ist und etwas taugt, ändert er sich dir zuliebe nicht, nur weil du mit ihm einen Vertrag gemacht hast – ändert er sich aber, hast du nur einen Namen bezahlt, also einen Mann überzahlt.
4. Laß ihn in Ruhe.
5. Disponiere sorgfältig, damit sich dein Mann nicht zu überstürzen braucht – Kunst will Zeit wie eine saubere Bilanz. Man kann, wenn man Pech hat, Flöhe aus dem Ärmel schütteln; Kunstwerke nicht.
6. Du sollst den Feiertag deiner Leute heiligen: du irrst, wenn du glaubst, daß es für Fremde ein Genuß ist, den Sonntag in deiner Familie zu verbringen. Es ist mitnichten einer.
7. Wenn der Künstler, den du engagiert hast, am Werk ist, halte ihm täglich fremde Arbeiten vor die Nase und fordere ihn, in anerkennenden Worten für den andern, auf, dergleichen »auch mal« zu machen. Das ermuntert ungemein.
8. Wenn du mit einem Künstler verhandelst, besinne dich nur nicht, daß auch du eigentlich ein Künstler seist: du hast beinah studieren wollen, doch dein Vater hat dich ins Getreidegeschäft getan... Zugegeben. Aber nimm deinen falschen Ehrgeiz nicht mit ins Büro: der Künstler redet dir ja auch nicht in die Abschlüsse hinein – o beschneide auch du die holden Maientriebe deiner vertrockneten Kunstanschauung, dieser Rose von Jericho!

9. Höre auf die Stimme des Publikums, aber überschätze sie nicht – in
   dir selbst muß eine Kompaßnadel die Richtung anzeigen. Zwanzig
   Stimmen aus dem Publikum sind noch nicht die Volksstimmung –
   vergiß dies nicht, und laß die Dummheit der Leute den Künstler
   nicht entgelten.
10. Laß ihn in Ruhe.

4. *David Armstrong:* Thomas Edisons Entscheidungshilfen

Thomas Edison hatte eine besondere Methode, neue Ingenieure ein-
zustellen. Er gab dem Bewerber eine Glühbirne und fragte:»Wieviel
Wasser paßt da hinein?«

Es gab zwei Wege, die Antwort zu finden. Der erste bestand darin,
die Birne von allen Seiten zu vermessen. (Das ist angesichts der Form
der Glühbirne nicht leicht.) Mit den Maßen errechnete der Ingenieur
dann die Oberfläche. Diese Methode dauerte zwanzig Minuten.

Der zweite Weg bestand darin, die Birne in einen randvoll mit
Wasser gefüllten Behälter zu tauchen und das überlaufende Wasser zu
sammeln und in einen Meßbecher zu schütten. Gesamtdauer: etwa
eine Minute.

Ingenieure, die den ersten Weg wählten und ihre Messungen durch-
führten, bekamen ein höfliches Dankeschön und wurden heimge-
schickt. Wer den zweiten Weg gewählt hatte, hörte Edison sagen:»Sie
sind eingestellt!«

5. *Urs Widmer:* Top Dogs

WRAGE: Bedienen Sie sich. Es gibt auch Kaffee.
DEÉR: Danke. Die oberste Etage hat mich gebeten, mit Ihnen Kontakt
aufzunehmen. Wir hatten ein ausführliches Gespräch. War gut und
intensiv. Doch. Haben nochmals die ganzen Probleme durchgespro-
chen, wie mein Arbeitsbereich im Catering genauer definiert werden
könnte. Und ich soll mich bei Ihnen kundig machen, inwieweit irgendein Synergieeffekt zwischen meiner und Ihrer Arbeit herstellbar ist.

WRAGE: Nun, im Groben wissen Sie natürlich Bescheid.

DEÉR: Sehr im Groben. Sie müssen mir das mal ganz genau erklären. Das mit Ihrer NCC lag am Schluß plötzlich auf dem Tisch, ziemlich abrupt.

WRAGE: Deswegen sind Sie ja da, klar.

DEÉR: Ich sage meinen Mitarbeitern immer: Sie müssen mit der Lupe hinschauen. Der Teufel steckt im Detail. Und daran halte ich mich natürlich auch selbst.

WRAGE: Herr Deér, die NCC ist eins der größten Outplacement-Unternehmen am Markt, Lizenzträger der »Myer Myer Boswell« in New York. Das sichert uns einen Marktvorsprung im Know-how und, wichtiger noch, eine einzigartige internationale Vernetzung.

DEÉR: Verstehe.

WRAGE: Wir haben Partner in zweiundzwanzig Ländern und können unsere Klienten ALL OVER THE WORLD vermitteln. Nach allen Ländern der EU, Kenia, Mexiko, Japan. JUST NAME IT.

DEÉR: Aha.

WRAGE: Was alle Damen und Herren hier verbindet: Sie sind vom Verlust ihres Arbeitsplatzes betroffen und erwarten von uns optimale Unterstützung bei ihrer Karrierefortsetzung in einem anderen Unternehmen.

DEÉR: *nimmt die anderen wie neu wahr; als hätten sie die Lepra.* Die da, die stehen alle auf der Straße?

WRAGE: Hier ist jeder in der gleichen Lage.

DEÉR: Ja. Das kommt jetzt immer häufiger vor.

WRAGE: Sehr gut! Was leistet unsere Organisation, und wie leistet sie es? Als wir vor zehn Jahren hier in der Schweiz unsere Tätigkeit aufnahmen, waren wir ein Nischenprodukt in einer intakten Arbeitswelt. Zwar war die Hochkonjunktur am Abklingen, darum ja unsere Anstrengungen, uns auch am Schweizer Markt zu positionieren, aber in den Köpfen des mittleren und höhern Kaders gab es kaum noch irgendwelche Gedanken an einen möglichen Verlust des Arbeitsplatzes.

DEÉR: Ja, ja. Wir restrukturieren ja auch massiv. Grad nochmals tausendzweihundert Stellen abgebaut. Aber nicht in meinem Bereich. Das Catering ist stabil.

WRAGE: Ja.

Deér: Einzelne Fluktuationen allenfalls.

Wrage: Gut. – 1986 vermittelten wir ganze fünfzehn Herren! Waren bereits zwei Damen unter den Herren. *Kleine Heiterkeit.* Heute haben wir mehr als neunhundert Klientinnen und Klienten per annum, und wir haben unsre Tätigkeit auch auf nicht qualifizierte Arbeitsplätze aus dem untern Segment ausgedehnt. Wir bieten jetzt dreitägige Crash-Programme in Gruppen an, für eine erfolgreiche Neuorientierung auch im Low-Salary-Bereich.

Deér: Die da?

Wrage: Nein, nein. Die Damen und Herren haben alle der Leitungsebene angehört. »Top Dogs«. Ihre Preisklasse, wenn ich das mal so flapsig sagen darf. Unser Kerngeschäft bleibt die intensive Arbeit mit Klienten wie Ihnen. *Deér versteht »wie ihnen«, das heißt wie mit denen da, nickt anteilnehmend.* Wir führen sogar das Senior-Executive-Programm, das von Konzernchefs in Anspruch genommen wird. Stellenlos gewordene Persönlichkeiten der Führungsspitze.

Deér: Mußte ja selber Mitarbeiter entlassen. Als wir das Catering auslagerten, neunzehnhundertzweiundneunzig, haben wir mehr als tausend Stellen abgebaut. Gute Leute, waren zum Teil seit Jahren dabei gewesen. Andererseits, im Kader, das ist einfach im Anforderungsprofil, so was wegstecken zu können.

Wrage: Ich muß sagen, Herr Deér. Chapeau! Aber eigentlich schüttelt es jeden. *Pause.* Entscheidend für unsere erfolgreiche Arbeit ist, daß diese immer und in jedem Fall vom ehemaligen Arbeitgeber finanziert wird. Dabei berechnen wir ganz bewußt eine Pauschale und nicht etwa ein Honorar, das sich nach der Vermittlungsdauer richtet. Denn so haben auch WIR ein vitales Interesse daran, unsere Klienten schnell zu plazieren. Und optimal. Wir garantieren, sie ins Programm zurückzunehmen, wenn es mit dem neuen Arbeitgeber innerhalb eines Jahres zu Unstimmigkeiten kommen sollte.

Deér: *vertraulich.* Denen da geb ich keine Chance. Zu alt, zu unbeweglich, zu teuer.

Wrage: Sagen Sie das nicht. Wir hatten einen Herrn, Mitte fünfzig, der tauchte fünfmal wieder hier auf. Zuerst dachten wir, es liege an uns. Dann, daß es doch an ihm liegen könnte. Aber nein. Heute ist er Direktor eines führenden Touristikunternehmens und verbringt die meiste Zeit an sonnenüberfluteten Sandstränden. *Heiterkeit.*

DEÉR: Ist bei mir nicht drin, Ferien. Bin ja ursprünglich Maschineningenieur. Workaholic. Daß ich bei der Swissair gelandet bin, an der Front zuerst, dann im Catering, hat sicher damit zu tun. Sechzehnstundentage. Wer beim Catering dabei sein will, muß Tag und Nacht am Ball sein. »Lead, follow or get out of the way«, nicht wahr. *Lacht.*

WRAGE: Gut. Wie im Konkreten läuft unsre gemeinsame Arbeit ab? Wir stellen unsern Klienten hier eine Infrastruktur zur Verfügung, ähnlich der, die sie von ihrem frühern Arbeitgeber her gewöhnt sind. Computer, Fax, Telefon, Sekretariat für alle Schreibarbeiten, Fachliteratur, Kaffeemaschine und und und. Stellensuche ist ein Full-time-Job. Das werden Sie bald feststellen.

DEÉR: Ja, sicher. *Schweigen.* Kann ich mir vorstellen. *Schweigen.* Wieso werde ich das bald feststellen?

WRAGE: Ja was denken Sie, weshalb Sie hier sind, Herr Deér?

DEÉR: Sagte ich Ihnen. Ich soll in Erfahrung bringen, inwieweit wir unsre Arbeitsbereiche füreinander nutzbar machen können.

WRAGE: Wieso wohl zahlt Ihre Firma dreißigtausend Franken dafür?

DEÉR: Wofür?

WRAGE: Sie sind entlassen worden! Herr Deér! Entlassen!

DEÉR: Ich??!

WRAGE: Ja. Sie.

DEÉR: Entlassen? – Hören Sie. Das hätte man mir gesagt.

WRAGE: Man HAT es Ihnen gesagt!

DEÉR: Wer? Wann?

WRAGE: Sie haben es nicht gehört.

DEÉR: Aber.

WRAGE: Nicht verstanden.

DEÉR: Aber das gibt es doch nicht, daß einer das nicht hört. Daß er entlassen worden ist.

WRAGE: Doch. Oft. Kopf hoch, Herr Deér. Wir haben bis heute noch jeden Klienten vermittelt. Sozusagen jeden.

6. *Kazuo Inamori:* Angst vor dem Versagen

Eine amerikanische Journalistin hat mich einmal gefragt, weshalb unser Unternehmen so erfolgreich sei. Ich dachte eine Weile nach und sagte: »Vielleicht deshalb, weil wir nie einen Angestellten bestrafen, wenn er versagt.« Sie sah mich etwas irritiert an, daher mußte ich ihr das erklären.

Wenn einer unserer Angestellten versagen sollte, während er sich ernsthaft einer Herausforderung im Interesse des Unternehmens stellt – und möglicherweise sogar erheblichen Schaden für die Firma anrichtet –, wird er in keiner Weise bestraft. Wenn die Herausforderung im Interesse des Unternehmens und seiner Mitarbeiter in Angriff genommen wurde und die Bemühungen des Angestellten aufrichtig und selbstlos waren, gibt es keinen Grund für eine Bestrafung. Manchmal überraschen wir einen Angestellten, dem ein Projekt mißlungen ist geradezu, wenn wir ihm oder ihr sofort eine neue Aufgabe übertragen. Obwohl das vorangegangene Projekt ein Fehlschlag war, hat er vielleicht doch genug daraus gelernt, um weitermachen zu können.

Unser Unternehmensmotto lautet »Respektiere das Göttliche und liebe die Menschen«, und das gibt jedem Angestellten die Möglichkeit, sein oder ihr Bestes zu geben, ohne Angst vor dem Versagen haben zu müssen – solange es für die richtige Sache und mit aufrichtigem Herzen geschieht. *Weil wir unseren Mitarbeitern erlauben, Fehler zu machen, haben sie den Mut, sich laufend neuen Herausforderungen zu stellen und sich sogar noch mehr anzustrengen.*

7. *Ingo Schoenheit / Christian Rainer-Weisbach:* Einwand-frei beraten!

Ein etwa 50jähriger Mann betritt zögernd die Beratungsstelle, schaut sich interessiert, ja neugierig um, sieht den jungen Berater und fragt:

Kunde: *Kann ich bei Ihnen Informationen kriegen über Heißwassergeräte und so?*

Berater: *Ja selbstverständlich, wenn Sie gerade einmal mitkommen wollen, wir haben hier eine kleine Musterschau zur Elektro-Warmwasserversorgung zusammengestellt.*

Kunde: *Aja, sehr schön.* Kunde schaut sich um. *Wissen Sie, ich habe nämlich im Dach ein kleines Mansardenzimmer ausgebaut, das wollte ich jetzt vermieten, an einen Studenten oder so. Ein Waschbecken mit fließend Kaltwasser ist schon da, – von früher noch, … aber ich denke, mit fließend Warm- und Kaltwasser ist das besser zu vermieten, nicht wahr?!*

Berater: *Ja natürlich. Sie suchen also ein Gerät, damit dort am Waschbecken warmes Wasser läuft. Nun, da käme eigentlich ein Elektro-Warmwasserspeicher in Frage, der sich als Unter-Tisch-Modell unter dem Waschbecken montieren ließe. Bei normalem Bedarf müßte für ein kleines Waschbecken ein 5-l-Speichergerät reichen, aber das gibt es auch für 10 und 12 l Fassungsvermögen.*

Kunde: *Jaja, das Waschbecken ist eh klein, ist ja noch von früher, nicht wahr.* Kunde schaut sich um. *Doch, doch – eigentlich müßte das fürs erste mal reichen.*

Berater: *Und mit dem elektrischen Anschluß gibt es keine Probleme? Sie benötigen eine Schutzkontakt-Steckdose, die mindestens mit 10 Ampere abgesichert ist.*

Kunde: *Ne ne, mein Schwager ist Elektriker, der hilft immer mal wieder beim Umbau. Aber ich dachte, eh ich den frage, informiere ich mich mal selbst, was es so alles gibt. Man will ja nicht ganz so dumm dastehen.* Kunde schaut sich um.

Berater: *Bei der Einzelversorgung eines Waschtisches empfiehlt sich ein offener Warmwasserspeicher, der stets warmes Wasser bei gleichbleibender Temperatur bietet. Neben den niedrigen Anschaffungskosten ist die einfache Installation von Vorteil, denn offene Geräte können an jeder Kaltwasserentnahmestelle eingebaut werden. Der Wasseranschluß erfordert lediglich eine Spezial-Armatur, die mit der Ventilstellung »warm« den Geräteeinlauf freigibt und mit dem einlaufenden Kaltwasser das Warmwasser verdrängt. Nicht zu vergessen der geringe Wartungsaufwand bei diesen Speichergeräten.*

Kunde: *Ach so, ja…* Kunde schaut sich um.

Berater: *Gibt es denn noch irgend etwas, was Sie wissen möchten?*

Kunde: *Nein danke, ich glaube jetzt komm' ich allein klar. Ich will das mal mit meiner Frau besprechen. Vielleicht komm ich dann noch mal wieder. Schönen Dank auch für die Beratung. Ich finde das gut, daß es so etwas Unabhängiges gibt. Auf Wiedersehen.*

Berater: *Auf Wiedersehen.*

8. *Kevin J. Murphy:* Beschwerden von Kunden

Kommen Ihnen einige der folgenden Klagen bekannt vor?

»Ihre Preise sind zu hoch!«

»Ihre Qualität ist miserabel!«

»Bei der Tankstelle mit Selbstbedienung habe ich einen besseren Service bekommen!«

»Gibt es nicht irgendeine Möglichkeit, wie wir diese Angelegenheit regeln könnten?«

Klagen und Einwände dieser Art weisen eindeutig darauf hin, daß die betreffenden Kunden mit Ihrer Firma weiterhin im Geschäft bleiben wollen.

Denn Kunden, die über brauchbare Alternativen zu Ihren Waren und Dienstleistungen verfügen, beklagen sich erst gar nicht, sondern gehen gleich zur Konkurrenz. Das Ignorieren von Beschwerden entspricht in etwa dem Nichtbeachten ungewohnter Geräusche im Motor Ihres Autos: Es ist ein Fehler, der später Geld kosten wird.

Aus diesem Grunde sollten Beschwerden und Einwände als gute Gelegenheit begrüßt werden, solide Beziehungen zur Kundschaft auszubauen. Das Verhältnis zwischen Firmen und ihren Kunden beruht häufig ausschließlich auf einer finanziellen Grundlage. Dagegen garantieren Beziehungen, die den beiderseitigen wirtschaftlichen Vorteil zum Ziel haben, beiden Seiten Erfolg. Es ist eine gute Gelegenheit, Beschwerden als Mittel zu nutzen, den Aufbau wahrhaft kundenfreundlicher Geschäftsbeziehungen zu demonstrieren.

9. *Tom Peters:* Liberation Management

Denken Sie einmal über die folgenden Geschichten nach:
- Dennis Luther bringt in die Bundesstrafvollzugsanstalt von McKean, Pennsylvania, eine Kultur von Achtung und Vertrauen ein – sowohl beim Personal als auch bei den Insassen (beides bislang einmalig). Im Unterschied zu anderen Gefängnissen werden Insassen nicht nach Rassen getrennt. Die Strafvollzugsanstalt bekommt von der Vereinigung der Amerikanischen Strafvollzugsanstalten die besten Noten, und nach dreijähriger Erfahrung mit dem neuen System ist fest-

zustellen, daß es keine Morde, keine Fluchtversuche, keine ernsthaften Übergriffe auf Insassen oder Personal, keine sexuellen Angriffe und keine Selbstmorde mehr gegeben hat.

- Mike Walsh kommt von einem mittleren Posten bei Cummins Engine und übernimmt den Vorstandsvorsitz bei Union Pacific Railroad. Er entläßt 10 000 Mitarbeiter; trotzdem hat er die Bewunderung der Gewerkschaften. Die Manager der alten Garde stellen sich um. Eine einhundert Jahre alte Überbürokratie ist innerhalb von fünf Jahren abgeschafft. Sein »Trick«: Vertrauen und Achtung. Nach einer Drogenrazzia aufgrund falscher Informationen in Shreveport/Louisiana steigt Walsh ins Firmenflugzeug, mit ihm seine Spitzenmanager, lenkt es nach Louisiana – und entschuldigt sich öffentlich vor der versammelten Mannschaft der Eisenbahnangestellten für diesen verachtenswerten Akt des Mißtrauens seitens des Managements. Unter Hinweis darauf, daß die meisten Mitglieder seines Vorstandes »so gut wie keine Ahnung davon haben«, welche Umstellungen die Belegschaft bewältigen kann, legt Walsh sozusagen über Nacht die Verantwortung in die Hände der Mitarbeiter und öffnet die Bücher zur Einsicht für jedermann. Ein ehemaliger Eisenbahner, der heute Vizepräsident bei UPRR ist, drückt es folgendermaßen aus: »Wir ließen die Leute das machen, was sie tun wollten – und was sie die ganze Zeit schon konnten.«

- Will Potter, ein Banker, kommt 1978 zu Preston Trucking. Vor einer Gruppe von Lkw-Fahrern erklärt er, daß das Management für die miserablen Ergebnisse der Vergangenheit verantwortlich zu machen sei. Management und Belegschaft bietet er eine Wunderkur an: Vertrauen. Paul Sims, damals ein Manager der unteren Ebene, ist entsetzt. Da er aber seinen Job nicht verlieren will, versucht er mitzumachen. Die Reaktion der Belegschaft auf Vertrauen und Achtung (und die offenen Bücher) überzeugt ihn jedoch innerhalb weniger Tage. Knapp zehn Jahre später ist Preston ein produktives, Gewinne erzielendes Unternehmen, das von Außenstehenden als »eines der 100 besten amerikanischen Unternehmen aus der Sicht der Belegschaft« eingeschätzt wird. Die führenden Leute der National Teamsters Union (Transportarbeitergewerkschaft) verweisen Kunden an Preston. Erstklassige Kunden wie 3M und Johnson & Johnson erklären, daß sie von den Truckern eine Menge über Personalpolitik lernen können.

- In einer weiteren Teamster-Hochburg, der Geburtsstätte der industriellen Revolution Amerikas, geschieht ebenfalls ein Vertrauenswunder. Jon Simpson kommt zu Titeflex, ein in wirtschaftlichen Schwierigkeiten steckender Schlauchfabrikant. Die Kunden sind in Aufruhr. Er stellt als erstes das modische Computersystem ab, schleppt die wütenden Kunden in die Fabrikhalle und weist seine Arbeiter in der Produktion an, den Auftrag zu erledigen und das Problem so zu lösen, wie sie es für richtig halten. Er öffnet die Bücher, verhandelt mit den Gewerkschaften, setzt innerhalb eines Wochenendes in einem größeren Teil des Betriebes Selbstverwaltungsteams ein – und erzielt innerhalb von 90 Tagen eine fast an ein Wunder grenzende Wende.
- Im Jahre 1974, praktisch nur ein paar Stunden nachdem ich bei McKinsey anfing, werde ich zum Betrieb eines Mandanten geschickt. Aus Gründen, die ich auch zehn Jahre später noch nicht richtig begriffen habe, hatte man mir bei McKinsey zugetraut, daß ich das Richtige tun würde. Was ich auch tat. (»Menschen, die eine Menge Verantwortung haben, treffen die richtigen Entscheidungen« – Industriepsychologin Karlene Robert.)

10. *David Armstrong:* Ich kaufe mehr Smarties

Mein Problem war einfach: Wie bekam ich Mitarbeiter dazu, neue Ideen zu akzeptieren?

Veränderung ist immer bedrohlich. Wenn sich etwas verändert, weiß man nicht mehr, wo man steht. Kein Wunder, daß Veränderungen immer auf Widerstand stoßen.

Wir alle wissen das. Doch der Markt ändert sich ständig, und wir müssen uns dem anpassen.

Was also tun?

Ich kam damals auf die Lösung, Smarties zu verteilen. Heute besteht meine Lösung darin, die Smarties-Geschichte zu erzählen.

Es begann, als ich von der wärmeempfindlichen Farbe hörte, die mit der Temperatur wechselt. Ich fragte mich, ob es eine Anwendungsmöglichkeit für unsere Produkte gab.

Ich wußte, was die erste Reaktion unserer Chefingenieure und

Verkäufer sein würde: »Das ist zu verspielt. Wir verkaufen technische Produkte.«

»Unsere jetzige Farbe ist gut genug.«

»Warum sollen wir mit so etwas herumspielen?«

Um sicherzugehen, daß ich nichts Derartiges hörte, sagte ich allen in der Konferenz, wir seien hier, um neue Ideen zu besprechen, und dann gab ich jedem ein Smartie. »Sie dürfen in der Konferenz einen negativen Kommentar abgeben«, sagte ich. »Wenn Sie den Kommentar gemacht haben, müssen Sie Ihr Smartie essen. Wenn Sie kein Smartie vor sich haben, dürfen Sie nichts Negatives sagen.«

Es war super! Statt sich von neuen Ideen bedroht zu fühlen, unterstützten die Mitarbeiter sie. Alles Negative wurde sofort mit einem scherzhaften »Halt den Mund und iß dein Smartie« quittiert.

Wir bekamen dadurch sogar eine neue Produktidee – Dampfventile, die sich verfärben, wenn sie nicht mehr in Betrieb sind. Wir testen jetzt zehn solche Ventile in dem Werk eines unserer wichtigsten Kunden.

Ich kaufe mehr Smarties.

11. *Dirk Baecker:* Unternehmensberatung mit Büchern

Warum schreiben Unternehmensberater Bücher? Warum beliefern sie einen schier unersättlichen Markt laufend mit Neuerscheinungen, die immer denselben Wein auf neue Flaschen ziehen? Sicher, es gibt Gründe genug, es immer wieder neu zu versuchen. Immer wieder wachen hier und da Manager aus ihrem Schlaf der Entscheidungsroutinen auf, reiben sich die Augen und müssen lesen. Immer wieder gilt es einen Versuch zu machen, einen neuen Tonfall zu finden, in dem wir uns darüber verständigen können, was Sache ist in der Welt der Unternehmen. Ohne diesen neuen Tonfall bleiben wir stecken in einem alten, allzu vertrauten Denken. Ohne diesen neuen Tonfall lernen wir nicht zu reden, wie wir hier und da, andeutungsweise, schon denken.

Aber warum sind es ausgerechnet die Unternehmensberater, die schreiben? Muß man sie verdächtigen, daß jedes ihrer Bücher eine Werbemaßnahme darstellt zur Förderung des eigenen Unternehmens

der Unternehmensberatung? Man muß. Aber niemand muß sich daraus
Gewissensbisse machen. In mindestens zwei Hinsichten erfüllen diese
Bücher eine sinnvolle Funktion. Ein in Santa Monica, Kalifornien, an-
sässiger Unternehmensberater, Milton D. Rosenau, schreibt, daß ein
Buch zu schreiben für viele Kollegen eine wesentlich angenehmere
Werbemaßnahme sei als jene mühevollen Akquisitionen in Tennisclubs,
auf dem Golfplatz oder am Telefon. Ein Buch macht einen Namen bekannt. Und es dient in einer Branche, die keine Zugangskontrollen
kennt, keine geschriebenen Standards hat und ohne berufsqualifizie-
rende akademische Titel auskommen muß, als Qualifikationsnachweis.

Das heißt natürlich nicht, daß ein Unternehmensberater notwendig
damit rechnet, daß sein Buch gelesen wird. Obwohl das natürlich nicht
schaden würde. Aber viel wichtiger ist, so Rosenau, daß man das Buch
benutzen kann, um sich in einem Unternehmen einzuführen oder,
nicht zu unterschätzen, sich innerhalb eines Unternehmens einführen
zu lassen. Der Verweis aufs Buch ersetzt jede andere Begründung,
warum gerade dieser Berater unter Vertrag genommen wurde und
nicht ein anderer. Wer ein Buch schreibt, gilt als Experte – auch wenn
man ihn, vorsichtshalber, immer mit dem Hintergedanken beobachtet,
möglicherweise handele es sich nur um einen »Schreiberling«.

Aber das ist noch nicht alles. Ein Buch soll nicht nur werben. Und es
soll nicht nur Expertise garantieren. Mindestens genauso wichtig kann
es sein, daß sein Buch dem Unternehmensberater garantiert, nicht so
ohne weiteres in die Probleme, in die Sprache und in die Weltsicht
eines Unternehmens hineingezogen zu werden, das er beraten soll. Das
Buch garantiert, daß der Berater seine eigene Weltsicht hat, seine
eigene Sprache und seinen eigenen Zugriff auf Probleme. Ohne diesen
Eigensinn wäre er als Berater untauglich.

Das Buch, beziehungsweise die nicht auf einen einfachen Nenner
zu bringende Perspektive, die darin entfaltet wird, macht den Berater
undurchschaubar, wie Niklas Luhmann einmal über Unternehmensberatung gesagt hat. Und diese Undurchschaubarkeit kann er nutzen,
um Perspektiven zu entwickeln, die dem Unternehmen nicht schon
selbstverständlich sind. Der Bücherschreiber läßt sich nicht so ohne
weiteres vereinnahmen. Dank seines Buches weiß er, wer er ist, und
bleibt er fähig, alle anderen immer wieder zu überraschen.

Kaum etwas scheint mehr auf Kommunikation aus zu sein als ein

Buch. Warum sollte man es schreiben, wenn man nicht gelesen werden will? Aber selbst, wenn es nur der Befriedigung der eigenen Eitelkeit dient: Es gibt kaum eine bessere Technik, mit Reserve gegenüber der Kommunikation zu kommunizieren. Man gewinnt Abstand. Man gewinnt einen Überblick. Und man schreibt etwas, was vielleicht auch anderen ermöglicht, sich einen Moment aus dem Geschäft herauszuziehen.

Das Buch garantiert, daß man ein Außenseiter ist und bleibt. Sonst wäre Beratung oft nicht möglich. In den Augen der Umstehenden markiert das Buch den Berater wie einst der Narr den König. Man muß ihn ernst nehmen können. Man muß ihn aber auch auslachen können. Das wäre der Empfehlung von Rosenau also hinzuzufügen: Vorsicht mit dem Bücherschreiben!

12. *Niklas Luhmann / Peter Fuchs:* Unterscheidungen in der Unternehmensberatung

Es kann für eine Unternehmensberatung sehr nützlich sein, auf die Frage zurückzugehen, mit Hilfe welcher Unterscheidungen eine Kommunikation etwas bezeichnet, also Themen auswählt und bestimmt. Auch mag die Beratergruppe Theoriepräferenzen für bestimmte Unterscheidungen entwickeln, mit denen sie selbst arbeitet, also etwa: manifest/latent, Struktur/Funktion, System/Umwelt, Verfolger/Opfer (Girard), Beobachter erster und zweiter Ordnung usw. Sobald die eigenen Unterscheidungen sich von denen des Klientensystems unterscheiden (und auch diese Fragestellung ist eine Unterscheidung von Unterscheidungen), zerbricht die Voraussetzung einer gemeinsamen Welt. Man wird dann mit Hilfe dieser Unterscheidung der Unterscheidungen gewahr, daß Kriterien und Lernprozesse, die ja stets schemaabhängig, also unterscheidungsspezifisch eingesetzt werden, divergieren. Dann steht man vor der Wahl (und wieder mit Hilfe einer Unterscheidung), ob man eine gemeinsame Welt wiederherstellen oder gerade die Differenz pflegen und mit inkongruenten Perspektiven weiterarbeiten soll. Die erste Option läßt die Kommunikation schwierig werden und läuft auf eine *gepflegte Illusion* zu, die zweite könnte man als *gepflegte Inkongruenz* bezeichnen. [...]

Eine Studie über Unternehmensberatung kann zeigen, daß dies keineswegs nur ein Problem intellektueller oder emotionaler Großbegriffe, keineswegs nur ein Problem der Beschreibung der Gesellschaft im ganzen, der politischen Ziele, der sozialen Bewegungen, der Organisation von Aufregung und Alarm ist, sondern auch im Alltag Differenzierungen ermöglicht, wo man vordem eher erwartet hatte, daß eine gemeinsame Weltsicht und gemeinsame Ziele gegeben sind oder mindestens angestrebt werden.

Je theoretischer und je begriffsgenauer eine solche Analyse eingesetzt wird, desto eher läßt sie sich auch empirisch verifizieren. Die Unternehmensberatung verlagert sich offenbar von strikt betriebswirtschaftlichen Zielen und betriebswissenschaftlicher Analyse, die die Welt der Unternehmer zu copieren und deren Position zu verbessern suchen, in eine Beobachtungs- und Beschreibungsweise, die diese Orientierung zwar nicht aufgibt, aber Einheit durch Differenz zu rekonstruieren versucht. Das führt im Verhältnis zwischen Beratern und Unternehmen zu Kommunikationssperren, zu nicht nur taktisch (Simulation!), sondern strukturell bedingten Inkommunikabilitäten. Man könnte auch sagen: Die Imagination der Berater wird abhängig von Unterscheidungen, die sie selbst nicht mehr unterscheiden und nicht mehr kommunizieren kann, sondern operativ einsetzen muß. (Und die Alternative ist dann nicht: eine *andere* Unterscheidung, sondern: *Unterbleiben* weiterer Unterscheidungen.)

Scott Adams: Dilbert. Große Gedanken eines kleinen Geistes

XV.

FREUNDSCHAFTSDIENSTE

Einleitung

Rat wird von Freunden gerne empfangen; ja vielleicht besteht sogar eine der wesentlichen Freundschaftspflichten darin, Rat zu erteilen oder Rat zu erbitten, wo er sonst nicht gegeben oder angenommen werden könnte. Nur ein enger Vertrauter darf so raten, wie Cicero dem Paetus rät: im gleichen Atemzug bewegt von der Sorge um den Staat wie um die Gemütsverfassung und die Einladungspraxis des Freundes [1]. In ähnlichem Geist wurde auch der Brief an Lucilius verfaßt, der obendrein eine bemerkenswerte Lebensregel enthält – stets so zu leben, als würde man gerade von einem bestimmten Menschen beobachtet [2].

Natürlich wird manche Freundschaft auch durch falschen Rat widerlegt: durch Besserwisserei und Rechthaberei [4], aber auch durch Höflichkeitsfloskeln [5]; manchmal wird erst in der Gefahr der Wert oder die Wertlosigkeit einer Freundschaft sichtbar, wie in der Fabel vom Bären und den zwei Freunden [3]. Freundschaft kann trügerisch sein und doch haltbar [7]; sie kann einen unentbehrlichen Spiegel bilden, in dem auch die blinden Flecken des eigenen Urteils wahrgenommen werden können [6].

Zu große Nähe und Vertrautheit ist der Freundschaft nicht zuträglich [11]. Die richtigen Freundschaftsdienste dürfen keine großen Opfer verlangen [9]: Oftmals ergeben sie sich aus einem uneigennützigen Ratschlag, der jenseits von eigenen Vor- und Nachteilen ausgesprochen werden konnte. Einem solchen Ratschlag verdanken wir eine Reihe wesentlicher Schriften der Philosophie des 20. Jahrhunderts [8]; der Rat bestand in der schlichten Überredung zur eigenen Stärke. Auf ähnliche Weise riet auch der Schriftsteller seinem Freund, dem Seiltänzer, bloß der eigenen Kunst und seinem Instrument, dem Eisenseil, aufs engste zu vertrauen [10].

1. *Cicero:* Brief an Paetus

Dass du es aufgegeben hast, zu Gastmählern zu gehen, bedauere ich. Damit bringst du dich doch um eine Menge Unterhaltung und Vergnügen. Außerdem befürchte ich – ich darf doch offen reden –, du könntest deine ganz spezielle Gewohnheit verlernen und vergessen, nämlich kleine Einladungen zu geben … Als ich [dem Wahrsager] Spurinna den Fall darlegte und ihm dein früheres Leben schilderte, da prophezeite er schwere Gefahren für das Wohl des ganzen Staates, falls du nicht zu deiner früheren Lebensweise zurückgekehrt seiest, wenn der Frühlingswind weht. Derzeit könne man es hinnehmen, wenn du etwa der Kälte wegen nicht gut auf den Beinen bist.

Aber Scherz beiseite, mein lieber Paetus, ich rate dir wirklich, was für mich zu einem glücklichen Leben gehört: mit anständigen, angenehmen und wohlwollenden Menschen zusammenzusein. Nichts gehört mehr zum Leben, nichts trägt mehr zum Glücklichsein bei. Und mir geht es dabei nicht um oberflächliches Vergnügen, sondern um eine Gemeinsamkeit in Leben und Lebensart, um die Entspannung der Gemüter, wie sie sich besonders beim Gespräch im vertrauten Kreis ergibt, einem Gespräch, das gerade beim Gastmahl so angenehm ist. Wir sind da ja weiser als die Griechen. Sie sprechen von Symposien und Syndeipnien, gemeinsamem Trinken und Essen, wir aber von *convivium,* gemeinsamem Leben, weil man dabei vor allem miteinander lebt.

Du siehst, wie ich dich durchs Philosophieren wieder zu Einladungen hinlenken will. Sorge für deine Gesundheit! Das wirst du am leichtesten erreichen, wenn du gelegentlich einmal woanders zum Essen bist.

Aber – bei deiner Liebe zu mir – glaube ja nicht, weil ich so scherzhaft schreibe, ich hätte mich der Sorge um unseren Staat entledigt. Du darfst überzeugt sein, mein lieber Paetus, dass mich Tag und Nacht nichts anderes umtreibt als der Gedanke an Freiheit und Wohlergehen meiner Mitbürger. Keine Gelegenheit lasse ich vorübergehen, ohne zu mahnen, zu handeln, vorzusorgen. Das ist schließlich und endlich meine Überzeugung: Wenn ich für diese Sorge und diesen Dienst mein Leben einsetzen muss, dann will ich glauben, dass es sinnvoll gelebt worden ist.

Wieder und wieder wünsche ich dir: Lass es dir gutgehen!

Rom, Januar/Februar 43

2. *Seneca:* XXV. Brief an Lucilius

Was unsere beiden Freunde anlangt, so sind es verschiedene Wege, die man gegen sie einhalten muß: die Fehler des einen muß man verbessern, die des anderen muß man gewaltsam bekämpfen. Ich werde es an Freimut nicht fehlen lassen. Gerade weil ich ihn lieb habe, muß ich streng mit ihm ins Gericht gehen. »Wie?« fragst du. »Wird sich ein vierzigjähriges Mündel von dir in Zucht halten lassen? Denke doch an seine Jahre, die ihn schon starr und unzugänglich gemacht haben. Er kann nicht mehr umgewandelt werden; nur was noch zart ist, läßt sich bilden.« Ob ich Glück haben werde mit meinem Besserungsversuch, weiß ich nicht: aber lieber will ich auf den Erfolg verzichten als auf redliche Bemühung. Nur nicht verzweifelt! Auch langwierige Krankheiten können geheilt werden, wenn man den Kampf mit der Unmäßigkeit aufnimmt, wenn man den Betreffenden nötigt, vieles wider seinen Willen zu tun und zu dulden. Auch dem anderen gegenüber ist mein Vertrauen nicht allzu groß, ausgenommen, daß er über seine Fehler noch rot wird. Dieses Schamgefühl muß man kräftigen: solange es noch in seinem Innern haftet, hat man noch nicht auf alle Hoffnung zu verzichten. Mit jenem Veteranen aber muß ich zurückhaltender umgehen, um ihn davor zu bewahren, an sich selbst zu verzweifeln. Und schwerlich kann sich eine bessere Zeit dazu finden ihm beizukommen als die gegenwärtige, wo er eine Pause macht und den Eindruck erweckt als hätte er sich gebessert. Andere haben sich durch diese Pause täuschen lassen: mir flunkert er nichts vor. Seine Fehler werden, wenn ich mich nicht täusche, mit reichlichen Zinsen wiederkehren: sie ruhen nur, sind aber nicht ausgerottet. Ich werde mit meiner Zeit dafür nicht sparsam sein und versuchen, ob sich etwas ausrichten läßt oder nicht.

Was dich anlangt, so erweise dich uns als einen tapferen Genossen und begnüge dich mit wenig Gepäck. Nichts von dem, was wir haben, ist unentbehrlich. Kehren wir zum Gesetz der Natur zurück, dann sind wir reich genug. Was wir brauchen, erhalten wir entweder umsonst oder um ein Geringes: die Natur verlangt nichts weiter als Brot und Wasser. Niemand ist so arm, sich dies nicht zu verschaffen, und wenn er damit zufrieden ist, dann kann er mit Jupiter selbst in Wettbewerb treten um das Glück, wie Epikur, von welchem ich irgend ein Wort diesem Brief als Beigabe beifügen möchte. »Halte dich«, sagt er, »in allen Stücken so, als hättest du den Epikur zum Zuschauer.« Es ist zweifellos von Nutzen, sich einen Wächter zu bestellen und jemanden zu haben, auf den man hinblickt und den man sich als Mitwisser seiner Gedanken denkt. Es gibt zwar nichts Herrlicheres als so zu leben, als würde man von eines trefflichen und stets gegenwärtigen Mannes Augen beobachtet; doch ich bin auch schon zufrieden, daß man in all seinem Tun so verfährt, als ob irgend ein beliebiger Zuschauer dabei wäre: das Alleinsein verführt uns zu allem möglichen Schlimmen. Hast du aber einige Fortschritte gemacht, hast du dich selbst achten lernen, dann kannst du deine Aufseher entlassen. Vor der Hand aber laß dich von irgend einem anderen behüten, sei es Cato oder Scipio oder Lälius oder irgend ein anderer, in dessen Gegenwart auch tief gesunkene Menschen ihre Fehler nicht sehen lassen würden. Und damit fahre so lange fort, bis du dich selbst zu demjenigen gemacht hast, in dessen Gegenwart du zu sündigen nicht den Mut hast. Bist du soweit und hast du vor dir selbst einige Achtung erlangt, so kann auch ich mich dazu bereit finden, dir zu erlauben, was Epikur gleichfalls anrät. »Denn vor allem ziehe dich in dich selbst zurück, wenn du genötigt bist, unter der Menge zu leben.« Du mußt der Menge unähnlich werden. Solange du dich noch nicht sicher fühlst in bezug auf die Beschränkung auf dich selbst, schau dich unter allen einzelnen um: da wirst du niemanden finden, für den es nicht besser wäre, mit einem anderen zusammen zu sein als mit sich selbst. »Dann vor allem ziehe dich in dich selbst zurück, wenn du genötigt bist, unter der Menge zu leben«: nämlich wenn du ein tüchtiger, ein gesetzter, ein maßvoller Mann bist. Sonst müßtest du dich von dir weg unter die Menge begeben. Denn für dich allein wärest du in schlechter Gesellschaft.

3. *Babrios:* Der gute Rat

Zwei Freunde wanderten miteinander den gleichen Weg. Da stand plötzlich vor ihnen ein Bär auf, und voller Angst kletterte der eine von ihnen auf einen Baum. Der andere aber warf sich zur Erde nieder und stellte sich tot. Der Bär beschnüffelte ihn mit der Schnauze von den Ohren bis an die Fußsohlen. Aber weil der Mann sich nicht rührte und auch mit aller Kraft den Atem unterdrückte, hielt er ihn für tot und trottete davon; denn der Bär, sagt man, rührt einen Toten nicht an.

Als der Bär längst außer Sicht war, kam der andere von seinem Baum herunter und wollte wissen, was ihm das Tier denn ins Ohr geflüstert habe. »Er gab mir einen guten Rat«, bekam er zur Antwort, »nie wieder soll ich mit Freunden zusammen wandern, die sich in der Gefahr so tapfer aus dem Staube machen.«

4. *Giovanni della Casa:* Über Besserwisser und Rechthaber

Über andere soll man nicht schlecht sprechen. Zwar ist es offensichtlich, daß wir solchen Reden gerne zuhören, da wir einander Vorzüge und Ehren neiden. Schließlich meidet man doch den Stier, der stößt, und daher auch die Freundschaft der Nachreder, denn jeder denkt sich, daß wer anderen Übels nachredet, dies auch von einem selber tun wird. Und wer in jedem Gespräch nur widerspricht und bezweifelt und entgegnet, der zeigt, daß er die Menschen schlecht kennt. Jeder nämlich liebt den Sieg, und besiegt zu werden haßt er beim Disputieren ebenso wie beim Handeln. Deshalb ist Widerspruchsgeist ein Zeichen von Feindseligkeit, nicht von Freundschaft. Wer geneigt ist, in der Unterhaltung freundlich und angenehm zu sein, darf nicht vorschnell behaupten: »So war es nicht« oder »Es verhält sich so, wie ich sage«. Auch Wetten gehören sich nicht, im Gegenteil, man sollte den Meinungen der Anwesenden nachgeben, vor allem, wenn es um wenig Bedeutsames geht, denn Siege, die man durch Rechthaberei erringt, verkehren sich in Niederlagen. Wer in der nichtigen Frage Recht behält, verliert oft den Freund und fällt den Leuten unangenehm auf. Sie wagen es nicht mehr, mit uns umzugehen, weil sie nicht immer in Wortgefechte verwickelt werden wollen, und verspotten uns als »Rechthaber«, »Widerspruchsgeist«, »Besserwisser« oder gar »doctor subtilis«. Falls es vorkommt, daß man von der Gesellschaft aufgefordert wird zu disputieren, so sollte man Milde walten und sich vom Geschmack an der Überlegenheit nicht so hinreißen lassen, daß man sie gierig verschlingt, sondern jedem etwas recht geben, ob er irrt oder die Wahrheit sagt. Man soll der Meinung der Mehrheit zustimmen oder denen, die sich besonders hervordrängen, das Feld räumen, so daß jene es sind, die sich abkämpfen, schwitzen und außer Atem geraten. Solches Verhalten stößt nämlich ab und gehört sich nicht für gesittete Menschen, denn man zieht sich Haß und Abneigung zu. Es mißfällt wegen seiner Ungebührlichkeit, die der Wohlerzogene stets ablehnt, was wir übrigens bald ausführen werden. Aber die Mehrzahl der Leute ist so in sich verliebt, daß sie auf die Reaktionen der anderen keinen Wert legt. Um sich scharfsinnig, verständig und klug zu geben, beraten sie und greifen wieder auf, streiten und gebärden sich unanfechtbar, und keine Meinung findet ihren Beifall außer der eigenen. Seinen Rat ungefragt vorzubringen heißt aber nichts anderes, als sich für klüger als den anderen zu halten, ja, ihm indirekt sein geringfügiges Wissen und seine Dummheit vorzuwerfen. Dies darf man daher bei Bekannten nicht tun, nur den engsten Freunden gegenüber oder bei Personen, über die wir verfügen, bei einem Fremden aber höchstens, wenn eine große Gefahr droht. Normalerweise hat man sich zurückzuhalten und niemandem zu raten und sich nicht in fremde Angelegenheiten einzumischen. In diesen Fehler verfallen leider viele, besonders häufig die Verständnisloseren, denn bei Leuten mit Stroh im Kopf raschelt es nur selten, und sie denken nicht viel nach, weil sie wenig Probleme erkennen. Wie dem auch sei, wer seinen Rat ausstreut und aussät, offenbart seine Ansicht, er sei mit Verstand gesegnet, der anderen fehle. Und einige erfreuen sich ihrer Klugheit so sehr, daß ihre Ratschläge nicht zu befolgen bedeutet, Streit mit ihnen zu beginnen. Sie sagen: »Na gut, der Rat der Armen wird sowieso nicht befolgt« oder »Jeder macht's halt nach seiner Nase« oder »Jener hört mich nicht einmal an«, und das in einem Tonfall, als wäre die Forderung, man sollte ihrem Rat folgen, nicht eine größere Anmaßung, als der eigenen Meinung zu gehorchen. Eine ähnliche Sünde begeht, wer versucht, die Fehler der Menschen zu korrigieren, sie zu verbessern, zu allem das endgültige Urteil zu sprechen und für jedermann den Gesetzgeber zu spielen. »Das darf man nicht« oder »Habt ihr nicht selber so und so gesprochen«, »Laßt dies, laßt das«, »Der Wein, den Ihr trinkt, ist nicht gesund, er muß roter sein«, »Dies ist die richtige Medizin, und dies sind die richtigen Pillen« – sie finden kein Ende mit dem Verbessern und Berichtigen. Ganz zu schweigen davon, daß sie vor fremden Türen kehren, während es vor ihrer eigenen besonders schmutzig aussieht. So jemandem zuzuhören ist überaus ärgerlich. Und wie kaum jemand oder niemand es beständig mit einem Arzt, einem Beichtvater oder gar einem Strafrichter zu tun haben will, so findet sich keiner, der mit solchen Menschen vertraut sein möchte. Sie entziehen uns die Freiheit, die wir lieben, und es dünkt uns, als würden wir geschulmeistert. Es bleibt deshalb eine unangenehme Angewohnheit, andere so gerne zu berichtigen und zu unterweisen. Man überlasse dies den Lehrern und Vätern; allerdings weißt du, wie gerne Kinder und Schüler ihnen entwischen.

5. *Adolph Freiherr von Knigge:*
Keine Höflichkeitsware

Gehe von niemand und laß niemand von dir, ohne ihm etwas Lehrreiches oder etwas Verbindliches gesagt und mit auf den Weg gegeben zu haben; aber beides auf eine Art, die ihm wohltue, seine Bescheidenheit nicht empöre und nicht studiert scheine, daß er die Stunde nicht verloren zu haben glaube, die er bei dir zugebracht hat, und daß er fühle, du nehmest Interesse an seiner Person, es gehe dir von Herzen, du verkaufest nicht bloß deine Höflichkeitsware ohne Unterschied jedem Vorübergehenden! Man verstehe mich also recht! Ich möchte gern, wenn es möglich wäre, alles leere Geschwätz aus dem Umgange verbannt sehn; möchte, daß man, ohne Ängstlichkeit, auf sich achthätte, nie etwas zu sagen, wovon der, welcher es anhören muß, weder Nutzen noch wahres Vergnügen haben, woran er weder mit dem Kopfe noch mit dem Herzen Anteil nehmen könnte. Weit entfernt bin ich also, das System solcher Leute empfehlen zu wollen, die jeden ohne Unterlaß mit leeren Komplimenten, Schmeicheleien oder Lobsprüchen in die Verlegenheit setzen, ihnen auf tausend nicht eins antworten zu können. Übrigens tadele ich auch nicht ein gutgemeintes Höflichkeitswort, ein verdientes, bescheidnes, zu fernerm Guten ermunterndes Lob. Ein Beispiel wird meine wahren Grundsätze darüber deutlicher machen: Ich saß einst an einer fremden Tafel zwischen einer hübschen, verständigen, jungen Dame und einem kleinen, buckligen, garstigen Fräulein von etwa vierzig Jahren. Ich beging die Unhöflichkeit, die ganze Mahlzeit hindurch mich nur mit jener zu unterhalten, zu dieser hingegen kein Wort zu reden. Beim Nachtische erst erinnerte ich mich meiner Unart;

und nun machte ich den Fehler gegen die Höflichkeit durch einen andern gegen die Aufrichtigkeit und Wahrhaftigkeit gut. Ich wendete mich zu ihr und redete von einer Begebenheit, die vor zwanzig Jahren vorgegangen war – sie wußte nichts davon. »Es ist kein Wunder«, sagte ich, »Sie waren damals noch ein Kind.« Das kleine Wesen freute sich innigst darüber, daß ich sie für so jung hielte, und dies einzige Wort erwarb mir ihre günstige Meinung – sie hätte mich dieser niedrigen Schmeichelei wegen verachten sollen. Wie leicht hätte ich einen Gegenstand zu einem Gespräche finden können, das ihr auf irgend eine Weise interessant gewesen wäre! Und es war meine Pflicht, darauf zu denken und ihr nicht einen ganzen Mittag hindurch die Tür der Konversation zu verschließen. Jene elende Schmeichelei hingegen war eine unwürdige Art, den ersten Fehler zu verbessern.

Man kann sich indessen oft sehr schlecht empfehlen, indem man den Menschen etwas recht Verbindliches gesagt zu haben meint. So gibt es Leute, die es sehr übelnehmen würden, wenn man ihnen bezeugte, daß man sie für gutmütig hielte, und andre, die sich beleidigt fühlten, wenn man sie versichert, sie sähen gesund aus.

6. *Arthur Schopenhauer:* Der uneigennützige Rat

Wer das Schauspiel nicht besucht, gleicht Dem, der seine Toilette ohne Spiegel macht; – noch schlechter aber macht es Der, welcher seine Beschlüsse faßt, ohne einen Freund zu Rate zu ziehen. Denn Einer kann in allen Dingen das richtigste, treffendste Urtheil haben, nur nicht in seinen eigenen Angelegenheiten; weil hier der Wille dem Intellekt sogleich das Konzept verrückt. Darum soll man sich beraten, aus dem selben Grunde, aus welchem ein Arzt Jeden kuriert, nur sich selbst nicht; sondern dann einen Kollegen ruft.

7. *Friedrich Nietzsche:* Trügerisch und doch haltbar

Wie man, um an einem Abgrunde vorbeizugehen oder einen tiefen Bach auf einem Balken zu überschreiten, eines Geländers bedarf, nicht um sich daran festzuhalten – denn es würde sofort mit Einem zusam-

menbrechen –, sondern um die Vorstellung der Sicherheit für das Auge
zu erwecken, so bedarf man als Jüngling solcher Personen, welche uns
unbewusst den Dienst jenes Geländers erweisen; es ist wahr, sie würden uns nicht helfen, wenn wir uns wirklich, in grosser Gefahr auf sie
stützen wollten, aber sie geben die beruhigende Empfindung des
Schutzes in der Nähe (zum Beispiel Väter, Lehrer, Freunde, wie sie, alle
drei, gewöhnlich sind).

8. *Bertrand Russell:* Ein völliger Idiot?

Am Ende des ersten Semesters in Trinity kam er [Ludwig Wittgen-
stein] zu mir und sagte: »Denken Sie, daß ich ein völliger Idiot bin?«
Ich sagte: »Warum wollen Sie das wissen?« Er antwortete: »Weil ich,
wenn ich einer bin, Pilot werde, wenn nicht, Philosoph.« Ich sagte zu
ihm: »Mein lieber Freund, ich weiß nicht, ob Sie ein völliger Idiot sind
oder nicht, aber wenn Sie mir während der Ferien über irgendein
philosophisches Thema, das Sie interessiert, einen Essay schreiben wollen, so werde ich ihn lesen und es Ihnen sagen.« Er tat dies und brachte
ihn mir zu Beginn des nächsten Semesters. Sobald ich den ersten Satz
gelesen hatte, war ich überzeugt, daß er ein genialer Mann sei, und ver-
sicherte ihm, er solle auf keinen Fall Pilot werden.

9. *Bertolt Brecht:* Freundschaftsdienste

Als Beispiel für die richtige Art, Freunden einen Dienst zu erweisen,
gab Herr K. folgende Geschichte zum besten. »Zu einem alten Araber
kamen drei junge Leute und sagten ihm: ›Unser Vater ist gestorben. Er
hat uns siebzehn Kamele hinterlassen und im Testament verfügt, daß
der Älteste die Hälfte, der zweite ein Drittel und der Jüngste ein
Neuntel der Kamele bekommen soll. Jetzt können wir uns über die
Teilung nicht einigen; übernimm du die Entscheidung!‹ Der Araber
dachte nach und sagte: ›Wie ich es sehe, habt ihr, um gut teilen zu können, ein Kamel zu wenig. Ich habe selbst nur ein einziges Kamel, aber
es steht euch zur Verfügung. Nehmt es und teilt dann, und bringt mir
nur, was übrigbleibt.‹ Sie bedankten sich für diesen Freundschafts-

dienst, nahmen das Kamel mit und teilten die achtzehn Kamele nun so, daß der Älteste die Hälfte, das sind neun, der zweite ein Drittel, das sind sechs, und der Jüngste ein Neuntel, das sind zwei Kamele, bekam. Zu ihrem Erstaunen blieb, als sie ihre Kamele zur Seite gestellt hatten, ein Kamel übrig. Dieses brachten sie, ihren Dank erneuernd, ihrem alten Freund zurück.«

Herr K. nannte diesen Freundschaftsdienst richtig, weil er keine besonderen Opfer verlangte.

10. *Jean Genet:* An einen Seiltänzer

Bürde Deinem Eisenseil den schönsten Namen auf, nicht in Deinem, sondern in seinem Sinn. Deine Kapriolen, Deine Sprünge, Deine Tänze — in der Akrobatensprache Deine: schnellen Kreuzsprünge, Bogensprünge, Todessätze, Dein Radschlagen und dergleichen, sie dürfen Dir nicht gelingen, damit Du im Ruhm erstrahlst, sondern damit ein Stahlseil, das tot und stumm war, endlich einmal singt. So wie es Dir dankbar sein wird, wenn Deine Übungen vollkommen sind, nicht um Deines, sondern um seines eigenen Ruhmes willen. Das überraschte Publikum soll ihm begeistert zurufen: »Was für ein herrliches Seil! Wie es seinen Tänzer trägt und wie er es liebt!«

Auf dem Erdboden wirst Du stolpern.

Wer vor Dir hat je die Sehnsucht erkannt, die verschlossen in der Seele eines Stahlseils von sieben Millimeter Durchmesser lebt? Und wer hat je verstanden, daß es sich dazu aufgerufen fühlt, einen Tänzer für zwei Umdrehungen in die Luft zu schleudern und wieder aufzufangen? Außer dir niemand. Erkenne also seine Freude und seine Dankbarkeit.

Ich wäre gar nicht überrascht, daß Du, wenn Du auf der Erde gehst, hinfällst und Dir dabei etwas verrenkst. Das Seil wird Dich weit besser tragen, viel sicherer als eine Straße.

II. *Paul Valéry:* Vertraute

Wahrhaft vertraut wird man nur unter Menschen, die im selben Maß *diskret* sind. Alles Übrige, Charakter, Bildung und Geschmack, zählt dabei wenig.

Echte Vertrautheit beruht auf dem gegenseitigen Sinn für *pudenda* und *tacenda*.

Dadurch läßt sie eine erstaunliche Freiheit zu; nun kann alles Übrige gesagt werden.

Aber es gibt auch falsche Vertrautheit.

Wenige ganze Freundschaften. Man ist sehr selten in allem Freund. Daher kommt es, daß man mehrere Freunde haben kann und von sehr verschiedener Art.

»Er hat ebenso viele Freunde, wie er Menschen in sich hat.« Nicht den Vertrautesten hat er am liebsten. Ist es wahrscheinlich, daß man sich dem am meisten enthüllt (oder zu enthüllen glaubt), den man am meisten liebt? Man macht sich schöner für den Bevorzugten.

Zwei Menschen entzweien sich, weil sie etwas zu gut miteinander standen. Die oberflächlichen Beziehungen sind immer gut. Aber die Vertrautheit macht die leisesten Veränderungen spürbar. Man darf nicht vergessen, daß sie in einer erlaubten *Indiskretion* besteht (sei sie anerboten oder erbeten), deren Grenzen schwanken und die einen Eindruck hervorruft, der nichts weniger als beständig ist; die eine seltene Aufmerksamkeit verlangt, soll sie sich ohne Schaden und ohne geheime Folgen auswirken, die der Freundschaft sehr gefährlich wären.

Tausend und eine Nacht. Arabische Erzählungen

XVI.

GUTER RAT IN LIEBESANGELEGENHEITEN

Einleitung

Auch der Liebende bedarf des Rats – selbst wenn ihn kaum ein Mensch in so vollendeter Form erhält wie der platonische Sokrates durch Diotima [1]. Guter Rat in Liebesangelegenheiten betrifft indes die Liebeskunst [2] nicht weniger als die möglichen Vorkehrungen gegen Liebeszauber und kupplerische Tränke [4], berühmt geworden spätestens seit »Tristan und Isolde«; so mag es auch als Freundschaftspflicht betrachtet werden, den Verliebten auf die richtige Art und Weise zu beraten und vor den Folgen seiner Stimmungen zu bewahren [5] – und nicht, ganz umgekehrt, dem Verführer strategisch an die Hand zu gehen wie Leporello dem Don Giovanni oder Edvard seinem Freund, dem Verführer Cordelias [6].

Daß Liebe nicht bloß auf Wahnsinn sich reimt, sondern ebensogut auf Lebensklugheit, ohne darum an Feuer und Leidenschaft zu verlieren, bezeugt die kluge Dame aus Boccaccios »Decamerone«, die ihre Mitbürger und den Richter, aber auch den Ehemann und den Geliebten für sich einzunehmen vermag [3]; ihr Rat ermöglicht vielleicht jene Mischung aus Verbot und Spiel, die Roland Barthes als Elemente einer »hinreichend geglückten Paarbeziehung« charakterisiert [7].

Das klingt indes zu nüchtern, um das letzte Wort in diesem Spektrum von Liebesratschlägen aussprechen zu dürfen. Darum schließen wir mit einem Gedicht von Hafis, das vor allem zugesteht, was die anderen Autoren nur hinter vorgehaltener Hand einräumen – wie ratlos die Liebe machen kann [8].

1. *Platon:* Aus der Rede Diotimas

Aber die Rede über den Eros, die ich einst hörte von Diotima, einer Frau aus Mantinea, welche hierin und in vielem andern weise war und den Athenern, als sie gegen die Pest opferten, zehn Jahre Aufschub der Krankheit bewirkte und die auch mich das Wesen der Liebe lehrte – die Rede also, die ich von ihr hörte, will ich versuchen, euch wiederzugeben, von dem ausgehend, worin ich mich mit Agathon einigte – aus meinem Gedächtnis so gut ich vermag.

Wir müssen, wie auch du, Agathon, schon erklärt hast, zuerst ihn selbst, den Eros, darstellen, wer er ist und wie geartet – erst dann seine Werke. Es scheint mir am leichtesten, ihn derart darzustellen, wie damals die Fremde es tat, indem sie mich befragte. Denn ungefähr das gleiche hatte auch ich zu ihr gesagt wie jetzt zu mir Agathon, daß Eros ein großer Gott wäre und zu den Schönen gehöre. Sie widerlegte mich mit den gleichen Gründen wie ich diesen hier, daß er nach meinen eigenen Worten weder schön wäre noch gut. Und ich sagte: Wie meinst du das, Diotima, häßlich also ist Eros und schlecht? – Und sie: Lästere nicht! Oder glaubst du, was nicht schön ist, das sei notwendig häßlich? – Ja, gewiß. – Oder auch, was nicht weise, das töricht? Oder hast du nicht bemerkt, daß etwas ist in der Mitte zwischen Weisheit und Torheit? – Was ist es denn? – Das Richtig-Vorstellen, ohne doch Gründe dafür geben zu können, sagte sie, weißt du nicht, daß das weder Erkennen ist, denn wie könnte eine grundlose Sache Erkenntnis sein – noch Torheit, denn was zum Wirklichen stimmt, wie kann das Torheit sein? Ein solches also ist das Richtig-Vorstellen mitten zwischen Erkenntnis und Torheit. – Du sprichst die Wahrheit, sagte ich. – Fordere also nicht, was nicht schön ist, sei häßlich, und was nicht gut ist, sei schlecht. Und so glaube auch nicht, daß Eros, wenn du selbst zugibst, er sei nicht gut und nicht schön, darum häßlich und schlecht sein müsse, sondern etwas zwischen beiden. – Aber doch, sagte ich, sind alle einig, er sei ein großer Gott. – Sprichst du von allen Nichtwissenden, fragte sie, oder auch den Wissenden? – Nun, von allen, sagte ich. – Und lachend sprach sie: Und wie, Sokrates, würde wohl zugegeben, er sei ein großer Gott, von denen, die sagen, er sei überhaupt kein Gott? – Wer sind diese? Fragte ich. – Einer du, eine ich. – Und ich fragte wieder: Wie meinst du dies? Und sie: Ganz einfach! Sage mir doch, ob du nicht annimmst, alle Götter seien glückselig und schön, oder wolltest du dich erkühnen zu sagen, einer der Götter sei nicht schön und glückselig? – Beim Zeus, nein, ich nicht. – Und nennst du nicht glückselig, die das Gute und Schöne besitzen? – Freilich. – Aber du hast doch zugegeben, daß Eros aus Mangel des Guten und Schönen eben das begehre, dessen er ermangele. – Ich habe es ja zugegeben. – Wie also wäre Gott, der am Schönen und Guten nicht teilhat? Gar nicht, wie es scheint. – Siehst du nun, daß auch du Eros nicht für einen Gott hältst?

Was also, sprach ich, wäre der Eros? ein Sterbling? – Keineswegs. – Aber was dann? – Wie vorher, sagte sie, mitten zwischen Sterblich und Unsterblich. – Was also, Diotima? – Ein großer Dämon, o Sokrates, denn alles Dämonische ist mitten zwischen Gott und Sterbling. – Welche Kraft hat es? Fragte ich. – Zu verkünden und zu überbringen Göttern, was von Menschen, und Menschen, was von Göttern kommt. Von den einen Gebete und Opfer, von den anderen Aufträge und Antworten auf die Opfer. In der Mitte wesend, füllt es den Raum zwischen beiden, damit das All sich in sich selbst zusammenschließe. Durch dies Dämonische geht auch alle Weissagung und Kunst der Priester in den Opfern und den Weihen und den Gesängen und in aller Wahrsagung und Bezauberung. Ein Gott verkehrt nicht mit Menschen, sondern durch dies ist der ganze Umgang und das Gespräch von Göttern mit Menschen im Wachen und im Schlafe. Und der in diesen Dingen Weise ist ein dämonischer Mann. Wer aber in etwas anderem weise ist, in irgend Künsten und Handwerken, ein Banause. Dieser Dämonen sind viele und mannigfache – einer von ihnen ist auch Eros.

Wer ist sein Vater, sagte ich, und seine Mutter? – Das ist langwierig zu erzählen, sprach sie, doch will ich's dir sagen. Als nämlich Aphrodite geboren wurde, schmausten die Götter und unter den übrigen auch Reichtum, der Sohn der Klugheit. Als sie aber gespeist hatten, kam, um etwas zu erbetteln, da es doch festlich herging, Armut herbei und blieb vor der Pforte. Trunken von Nektar – Wein gab es ja noch nicht – ging Reichtum in den Garten des Zeus und wurde schwer und fiel in Schlaf. Da kam Armut der Gedanke, wegen ihrer Dürftigkeit sich ein Kind von Reichtum erzeugen zu lassen. Sie legte sich zu ihm und empfing den Eros. Daher auch Eros Aphroditens Begleiter und Diener wurde, erzeugt bei der Feier ihrer Geburt und zugleich weil er von

Natur verliebt ist in das Schöne und Aphrodite schön ist. Als Sohn von Reichtum und Armut ist Eros in solches Geschick gestellt: Ernstlich bedürftig ist er immer, und viel fehlt, daß er zart sei und schön, wie die Vielen glauben, sondern hart und rauh und barfuß und heimatlos, immer am Boden lagernd ohne Decke, vor Türen und auf Straßen im Freien schlafend, da er die Natur der Mutter hatte, immer der Bedürftigkeit Genoß. Wie der Vater hingegen stellt er den Schönen und Guten nach, tapfer und verwegen und eifrig, gewaltiger Jäger, allzeit Ränke schmiedend und nach Erkenntnis begierig und erfinderisch. Weisheit suchend sein ganzes Leben, gewaltiger Zauberer, Giftkundiger und Sophist, und weder als Unsterblicher ist er geartet noch als Sterblicher, sondern bald blüht er denselben Tag und lebt, wenn es ihm wohl geht, bald aber stirbt er hin. Und wieder lebt er auf durch des Vaters Natur, und das Erworbene zerfließt ihm immer, so daß Eros weder jemals arm ist noch reich und in der Mitte ist von Weisheit und Torheit. Denn so verhält es sich: Keiner der Götter sucht die Weisheit oder begehrt, weise zu werden, denn er ist es. Und auch wenn ein anderer weise, sucht er nicht nach Weisheit. Aber auch die Toren suchen nicht Weisheit und begehren nicht, weise zu werden. Das eben ist ja das Schwere in der Torheit, daß sie, ohne schön und gut oder vernünftig zu sein, sich selbst genug dünkt. Und wer nicht glaubt, bedürftig zu sein, der begehrt auch nicht, wessen er nicht zu ermangeln glaubt. – Welches also sind die Weisheitsuchenden, Diotima, wenn nicht die Weisen und nicht die Toren? – Auch einem Kinde, sagte sie, wäre das schon klar: die zwischen diesen beiden, deren auch Eros einer ist. Die Weisheit gehört nämlich zu den schönsten Dingen, Eros aber ist Liebe zum Schönen, so daß Eros notwendig weisheitsuchend ist, weisheitsuchend aber ist er mitten zwischen weise und töricht. Ursache ist auch hiervon seine Abstammung, denn er stammt von weisem und gabenreichem Vater und von unweiser und unbegabter Mutter. Das also ist die diesem Dämon eigene Natur, lieber Sokrates. Was du aber glaubtest, daß Eros sei, ist nicht verwunderlich. Du glaubtest aber, wie ich aus deinen Worten entnehme, das Geliebte sei Eros, nicht das Liebende. Deswegen glaube ich, schien dir Eros vollkommen schön. Denn das Liebenswerte ist das wirklich Schöne und Zarte und Vollkommene und Selige. Das Liebende aber hat eine andere Gestalt, so wie ich sie beschrieb.

Und ich sagte: So sei es, Freundin, denn deine Rede ist schön …
Wenn aber Eros so geartet ist, welchen Nutzen bringt er den Menschen? – Dies will ich weiter dich zu lehren versuchen, Sokrates, sagte
sie. Denn so ist die Art und so die Geburt des Eros: er liebt also das
Schöne, wie du sagst. Wenn aber jemand uns fragte: Was liebt Eros am
Schönen, Sokrates und Diotima? Und so will ich noch deutlicher fragen: Wer das Schöne liebt, was liebt er? – Und ich sagte: Daß es ihm
werde. – Aber diese Antwort fordert die weitere Frage: Was geschieht
jenem, dem das Schöne wird? – Ich entgegnete, daß ich auf diese Frage
noch keine Antwort wüßte. – Aber, sagte sie, wenn jemand statt des
Schönen das Gute einsetzte und fragte: Sprich, Sokrates, wer das Gute
liebt, was liebt er? – Daß es ihm zuteil werde, sagte ich. – Und was geschieht jenem, dem das Gute zuteil wird? – Darauf finde ich leichter
die Antwort, sagte ich: er wird glücklich sein. – Denn, sagte ich, durch
den Besitz des Guten sind die Glücklichen glücklich. Und weiter zu
fragen bedarf's nicht, weshalb denn der glücklich sein will, der es will,
sondern die Beantwortung scheint vollendet zu sein. – Du hast recht,
sagte ich. – Dieser Wille und die Liebe, glaubst du, daß sie allen Menschen gemein sind, und wollen alle immer das Gute haben? Oder wie
meinst du? – Eben dies, antwortete ich, sie seien allen gemein. - Warum
aber, Sokrates, sagen wir nicht, daß alle lieben, wenn alle dasselbe lieben und immerfort, sondern sagen, die einen lieben, die anderen lieben nicht? – Das wundert auch mich. – Nein, wundere dich nicht. Indem wir nämlich von der Liebe eine Form herausnehmen, geben wir
dieser den Namen des Ganzen: »Liebe«; für andere Formen aber brauchen wir andere Namen. – In welcher Art denn? fragte ich. – In dieser
Art: Du weißt, daß es vielerlei Schöpfung gibt, denn für den Übergang
aus dem Nichtsein ins Sein ist jedesmal Schöpfung die Ursache, daher
auch in allen Künsten die Werke Schöpfungen sind und alle ihre Meister Schöpfer. – Du hast recht. – Aber doch weißt du, sagte sie, sie werden nicht Schöpfer genannt, sondern haben andere Namen, und aus
aller Schöpfung wird ein Teil gesondert, der der musischen und metri-
schen Dichtung, und mit dem Namen des Ganzen benannt. Denn die
Dichtung allein nennen wir Schöpfung und welche in diesem Bereich
der Schöpfung walten, Schöpfer. – Du hast recht, sagte ich. – Ebenso
auch bei der Liebe. Das Gemeinsame ist alle Begierde nach dem Guten
und dem Glücklichsein, jene größte und erfindungsreiche Liebe eines

jeden. Aber die sich in vielfacher anderer Weise ihr zuwenden, in Gelderwerb oder in Leibesübung oder in Philosophie, von denen sagt man nicht, sie lieben oder sind Verliebte – die aber auf eine bestimmte Form ausgehen und eifern, tragen den Namen des Ganzen: Liebe und Lieben und Verliebte. – Du hast wohl recht, sagte ich. Nun besagt eine Lehre, daß diejenigen, welche ihre eigene Hälfte suchen, lieben. Meine Lehre aber sagt, weder zur Hälfte gibt es Liebe noch zum Ganzen, wenn es nicht, mein Freund, zugleich ein Gutes ist, denn die Menschen sind ja bereit, ihre eigenen Hände und Füße abschneiden zu lassen, wenn sie ihnen schädlich zu sein scheinen, denn sie alle, glaube ich, hängen nicht am Eigenen, wenn man nicht das Gute verwandt nennt und eigen, aber das Schlechte fremd. So gibt es nichts anderes, was Menschen lieben, als das Gute – oder glaubst du doch? – Bei Gott, ich nicht. – Soll man nun einfach sagen, daß die Menschen das Gute lieben? – Ja, sage ich. – Wie denn? Müssen wir nicht zusetzen, daß sie das Gute zu besitzen begehren? – Das müssen wir. – Und weiter! sagte sie, auch nicht allein besitzen, sondern dazu immer besitzen? – Auch dies muß dazugefügt werden. – Also zusammengefaßt, sagte sie, heißt nun die Liebe, daß man das Gute für immer besitzen will.

2. *Ovid:* Liebeskunst

Lerne die edlen Künste, ich rat' es dir, römische Jugend,
nicht nur damit du dereinst zage Beschuldigte schützt:
Wie das Volk, der erlesne Senat und der würdige Richter,
so wird durch Redegewalt auch ein Mädchen besiegt.
Aber verstecke die Kraft und zeig dich nicht offen als Redner,
meide in Ausdruck und Stil stets das gedrechselte Wort!
Nur wer ohne Verstand, deklamiert vor der holden Geliebten,
und ein Brief wurde oft Grund zu heftigem Haß.
Glaubhaft klinge dein Wort und die gewöhnliche Rede,
schmeichelnd gewiß, es muß scheinen, als sprächst du mit ihr.
Wenn sie den Brief nicht nimmt und ungelesen zurückschickt,
hoffe, daß künftig sie liest, halte am Vorhaben fest!
Denn es beugt sich dem Pflug mit der Zeit selbst der störrige
  Jungstier,

und dem geschmeidigen Zaum folgt mit der Zeit auch das Roß.
Auch ein eiserner Ring nutzt sich ab, wenn er ständig gebraucht
 wird,
Und das Krummeisen des Pflugs bricht an der Scholle zuletzt.
Was ist härter als Fels und was ist so weich wie die Welle?
Weiches Wasser duchhöhlt dennoch das harte Gestein.
Selbst Penelope – harre nur aus! – wirst du schließlich besiegen;
spät fiel Ilion zwar, aber es fiel doch zuletzt.
Las sie den Brief und will sie nicht antworten, zwinge sie ja nicht:
laß von neuem sie nur lesen dein kosendes Wort!
Die sich zum Lesen entschließt, die bekommt auch Lust zum
 Erwidern:
Schritt um Schritt geht das seinen gemessenen Gang.
Möglich, daß du zuerst bekommst ein verdrießliches Brieflein,
das dich ersucht, sie hinfort nicht zu belästigen mehr.
Aber sie fürchtet, du tust, was sie bittet; sie wünscht, daß du
 fortfährst;
mach nur weiter, dir wird, was du ersehntest, zuteil.

3. *Giovanni di Boccaccio:* Die kluge Geliebte

In der Stadt Prato war einmal ein Gesetz, wahrlich nicht minder
tadelnswert als grausam, das, ohne irgendwie einen Unterschied zu
machen, festsetzte, daß jede Frau, die von ihrem Gatten beim Ehe-
bruch mit einem Geliebten betroffen worden sei, ebenso verbrannt
werden solle wie jede, von der sich herausgestellt habe, daß sie sich
einem beliebigen Manne um Geld hingegeben habe. Zu dieser Zeit,
wo dieses Gesetz in Kraft war, geschah es, daß eine schöne Edeldame,
Madonna Filippa mit Namen, die verliebter war als jede andere, eines
Nachts in ihrem eigenen Gemache von ihrem Gatten Rinaldo de'
Pugliesi in den Armen Lazzarinos de' Guazzagliotri betroffen wurde,
eines hübschen jungen Edelmannes, dieser Stadt, den sie mehr liebte
als sich selbst. Furchtbar ergrimmt über diesen Anblick hielt sich
Rinaldo kaum zurück, sich auf die beiden zu stürzen und sie zu töten;
und wenn er nicht für sich selber gefürchtet hätte, so hätte er dem Un-
gestüm seines Zornes nachgegeben und es getan. Obwohl er sich aber

hierin mäßigte, so konnte er sich doch nicht auch darin mäßigen, daß er nicht das, was ihm zu vollstrecken verwehrt war, nämlich den Tod seiner Frau, von dem pratesischen Gesetze begehrt hätte. Da er ein völlig genügendes Zeugnis hatte, um das Vergehen der Dame zu beweisen, erhob er, ohne einen andern Rat annehmen zu wollen, sofort, als der Tag gekommen war, die Klage gegen sie und ließ sie vor Gericht fordern. Die Dame, die gar hochherzig war, wie es bei liebenden Frauen gemeiniglich zutrifft, faßte trotz dem Abraten vieler Freunde und Verwandten den festen Entschluß, zu erscheinen und lieber, die Wahrheit bekennend, starken Geistes zu sterben, als nach einer feigen Flucht in von ihr selbst verhängter Verbannung zu leben und also kundzutun, daß sie eines solchen Geliebten, wie der war, in dessen Armen sie in der vergangenen Nacht geweilt hatte, unwert sei. Nachdem sie also mit einem stattlichen Geleite von Frauen und Männern, die ihr alle zu leugnen rieten, vor dem Richter erschienen war, fragte sie ihn festen Antlitzes und mit gelassener Stimme, was er von ihr wünsche. Als der Richter, indem er sie betrachtete, sah, daß sie sehr schön war und einen gar edeln Anstand dartat und, wie es auch ihre Worte bezeugten, hohen Sinnes war, fühlte er Mitleid mit ihr und besorgte, daß sie etwas gestehn werde, was ihn, wenn er seine Ehre rein erhalten wolle, zwingen werde, sie dem Tode zu überliefern. Da er aber nicht umhin konnte, sie über das zu befragen, dessen sie beschuldigt war, sagte er zu ihr: »Madonna, wie Ihr seht, steht hier Euer Gatte Rinaldo, und er führt Klage gegen Euch, daß er Euch mit einem Manne im Ehebruche betroffen habe; und darum verlangt er, daß ich Euch dafür, wie es das Gesetz verlangt, mit dem Tode bestrafe: das kann ich aber nicht tun, wenn Ihr nicht gesteht, und darum gebt wohl acht, was Ihr antwortet, und sagt mir, ob das wahr ist, dessen Euch Euer Gatte anklagt.« Ohne das geringste Zeichen von Erregung antwortete die Dame mit heiterer Stimme: »Es ist wahr, Messer, daß Rinaldo mein Gatte ist und daß er mich in der vergangenen Nacht in den Armen Lazzarinos betroffen hat, in denen ich wegen der innigen und vollkommenen Liebe, die ich zu ihm trage, zu öften Malen geweilt habe; und das werde ich nie leugnen: bin ich doch überzeugt, daß Ihr wißt, daß die Gesetze alle einschließen und mit der Zustimmung aller, die sie angehn, gemacht sein sollen. Das trifft aber bei diesem Gesetze nicht zu, weil es nur jene armen Frauen beschränkt, die viel besser als die Männer mehrern Genüge tun könnten; überdies hat, als es gegeben worden ist, keine Fau zugestimmt, ja es ist nicht einmal eine darum gefragt worden: und aus diesen Gründen darf man es wohl ungerecht nennen. Wenn Ihr nun meinem Leben und Euerer Seele zum Nachteile sein Vollstrecker sein wollt, so steht das bei Euch; bevor Ihr aber darangeht, ein Urteil zu sprechen, bittte ich Euch, daß Ihr mir eine kleine Gunst gewährt, nämlich meinen Gatten zu fragen, ob ich mich ihm jedesmal und sooft es ihm beliebt hat und ohne Widerrede hingegeben habe oder nicht.« Daraufhin antwortete Rinaldo, ohne erst zu warten, daß ihn der Richter fragen werde, augenblicklich, daß ihm die Dame jedesmal, wann er's verlangt habe, jeglichen seiner Wünsche gewährt habe. »Also frage ich, Herr Richter«, fuhr die Dame sogleich fort, »wenn er von mir immer alles das, was er gebraucht und gewünscht hat, bekommen hat, was sollte oder soll ich denn mit dem machen, was er übrigläßt? Es vor die Hunde werfen? Ist es nicht viel besser, damit einem Edelmanne, der mich mehr liebt als sich, zu dienen, als es zugrunde gehen oder verderben zu lassen?«

Zu diesem also beschaffenen Verhöre einer so vornehmen und wohlberufenen Dame waren schier alle Bürger von Prato zusammengelaufen; als sie nun diese lustige Frage hörten, riefen sie nach vielem Gelächter alle wie aus einem Munde, die Dame habe recht und spreche gut; und bevor sie auseinandergingen, änderten sie, weil ihnen das der Richter nahelegte, das grausame Gesetz ab und beschränkten seine Geltung auf die Frauen, die sich um Geld an ihren Gatten vergehn würden. So ging denn Rinaldo voll Beschämung über sein albernes Unterfangen vom Gerichte weg, und die Dame kehrte froh und heiter, schier wie eine vom Feuer Wiedererstandene, mit Ruhm bedeckt in ihr Haus zurück.

4. *Robert Burton:* Kuppelei, Liebestränke

Wenn alle andern Mittel versagen und keine Wirkung mehr tun, so sind eine Kupplerin, ein Panduras, magische Tränke und Rezepte die letzte Zuflucht; denn lieber noch den Teufel fragen als verzichten, Kuppelei ist zudem eine wahre Kunst geworden, eine liberale Wissenschaft, wie Lukian sagt, und kennt viele Schliche und Kniffe. Es gibt so viele Ammen, alte Weiber, Pandari, Briefboten, Bettler, Ärzte, Mönche, Beichtväter, die sich mit ihr befassen, daß *nullus tradere stilus sufficiat*, keine Feder sie aufschreiben könnte. Ärzte, Quacksalber, Messepriester, Mönche, Jesuiten sind die Schlimmsten. Kein Kloster ist so verschlossen, kein Haus so heimlich, kein Gefängnis so bewacht, daß diese Ehrenmänner nicht Eingang fänden, um Fragen zu stellen, am Bett zu sitzen und den Puls zu fühlen – alles unter dem Vorwande, Medizin zu geben. In unsern Tagen, sagt Erastus in seinem Buch *de Lamiis*, ist es nichts Besonderes, daß Hexen versprechen, Zaubertränke zu brauen, mit denen sie Männer und Frauen zu Haß oder Liebe zwingen, Unwetter beschwören, Krankheiten verursachen durch Zauber, Zeichen und künstliche Knoten. Der heilige Hieronymus beweist, daß sie's können. Plutarch berichtet, daß Lucullus an einem solchen Tranke starb und daß Kleopatra neben anderen Ködern auch Liebestränke benutzte, den Antonius zu verlocken. Am denkwürdigsten aber ist, was Petrarca von Karl dem Großen erzählt. Er war närrisch verliebt in eine Frau geringer Herkunft, ergötzte sich viele Jahre lang an ihrer Gesellschaft, zum großen Ärger und Verdruß seiner Freunde und seines Gefolges. Als sie starb, umarmte er die Leiche, wie Apollo den Lorbeerbaum statt der Daphne umarmte, und nahm ihren Sarg, reich mit Balsam und Edelsteinen geschmückt und versehen, mit sich auf seine Reisen und ließ nicht nach, an ihm zu klagen und zu weinen. Schließlich wandte ein verehrungswürdiger Bischof aus dem Gefolge des Kaisers sich mit ernstlichem Gebet an Gott, bejammerte das Los seines Herrn und Gebieters und wollte die wahre Ursache solchen Wahnsinns erfahren; es wurde ihm auch offenbart, daß sich die Ursache der rasenden Liebe des Kaisers unter der Zunge der Toten befände. Der Bischof begab sich eilends zur Leiche und fand an besagter Stelle einen kleinen Ring, den er mit sich nahm; von nun an verabscheute der Kaiser den Leichnam, verliebte sich statt dessen leidenschaftlich in den Bischof und wollte ihn immer um sich haben. Als dieser solches bemerkte, warf er den Ring mitten in einen großen See, in dessen Nähe der Kaiser sich damals befand. Von dieser Stunde an vernachlässigte der Kaiser all seine andern Häuser, wohnte in Aachen, baute ein schönes Haus mitten im Sumpf, mit unendlichen Kosten, und daneben einen Tempel, in welchem er später begraben wurde; und seither sind seine Nachkommen stets in jener Stadt nach vererbtem Brauche gekrönt worden.

5. *Stendhal:* Heilmittel gegen die Verliebtheit

Es wurde schon mehrfach wiederholt, daß ein wirklich liebender Mann nur über das *jauchzt,* um das *bangt,* was er sich im Geiste ausmalt, und es gibt nichts auf der Welt, was ihn nicht an seine Geliebte erinnern könnte. Nun nehmen uns Freuen und Bangen so stark in Anspruch, daß daneben alle anderen Beschäftigungen in den Hintergrund treten.

Ein Freund, der dem Liebeskranken Heilung bringen will, muß vorerst auf seiten der Frau stehen; aber die meisten Freunde, die mehr Eifer als Verstand besitzen, tun ausgerechnet das Gegenteil. [...]

Der hilfebringende Freund muß sich vor Augen halten, daß, wenn der Liebende die unglaublichsten an den Tag kommenden Dinge in Kauf zu nehmen hat, falls er nicht auf alles verzichten will, was ihm das Leben lebenswert macht, er sie eben in Kauf nehmen und mit dem ganzen Aufgebot seines Verstandes die offensichtlichsten Laster, die krassesten Treulosigkeiten seiner Geliebten leugnen wird. Deshalb findet in der leidenschaftlichen Liebe nach kurzer Zeit alles seine Verzeihung.

Wenn ein verstandesmäßiges, kühles Gemüt Laster hinnehmen soll, darf es diese erst nach mehreren Monaten der Leidenschaft an der Geliebten bemerken.

Statt des geringsten Versuches, den Liebenden auf gewaltsame und sichtbare Weise abzulenken, soll der hilfreiche Freund bis zum Überdruß ihm von seiner Liebe und seiner Geliebten sprechen, dabei aber unter der Hand eine Anzahl kleine Vorkommnisse einflechten. *Allein* auf Reisen gehen ist kein Hilfsmittel, und nichts ruft uns das geliebte Wesen gebieterischer in den Sinn als ein Gegensatz. Mitten in den glänzendsten Salons von Paris, in Gesellschaft von Frauen, deren Liebreiz höchlich gerühmt wurde, habe ich meine arme, einsame trauernde Geliebte in ihrem kleinen Hause fern in der Romagna besonders heftig geliebt.

Ich las von der kostbaren Pendeluhr des glänzenden Salons, in den ich verbannt war, die Stunde ab, in welcher sie zu Fuß durch den Regen geht, ihre Freundin zu besuchen. Indem ich sie zu vergessen suchte, mußte ich erkennen, daß Gegensätze Erinnerungen wecken, die zwar nicht so greifbar, aber dafür viel beseligender sind, als sie der Ort hervorruft, an dem man ihr gestern begegnete.

Wenn die Trennung Zweck haben soll, muß der hilfreiche Freund immer an der Seite des Liebenden bleiben und ihn drängen, sein Herz, seine Gedanken über seine Liebe auszuschütten, und er muß dafür sorgen, daß die Ergüsse infolge ihrer Länge, oder weil sie in unschicklichen Augenblicken erfolgen, langweilig werden und als Gemeinplätze wirken: so wenn er zum Beispiel nach einer fröhlichen Tafel gutem Wein weich und rührselig wird.

Eine Frau, die uns glücklich gemacht hat, zu vergessen, fällt wegen gewisser Augenblicke schwer, die unsere Einbildungskraft uns unermüdlich zurückruft und verklärt.

Ich spreche nicht über den Stolz, dieses grausame, stärkste Heilmittel, das jedoch nicht für zärtliche Seelen taugt.

Die ersten Szenen von Shakespeares »Romeo und Julia« machen einen unvergeßlichen Eindruck: Welch ein Unterschied zwischen dem Manne, der sich traurig sagen muß: *»Sie schwor zu lieben ab«,* und jenem anderen, der auf dem Gipfel des Glückes ausruft: *»Doch laß den Kummer kommen!«*

Der hilfsbereite Freund muß sich vor fruchtlosen Beweisführungen hüten, zum Beispiel darf er nicht von *Undankbarkeit* sprechen. Das hieße, dem Liebenden zu einem Triumph, zu einer neuen Erbauung verhelfen und also die Kristallisation wieder ins Leben rufen.

In der Liebe kann man von keiner Undankbarkeit sprechen; die erlebte Wonne entschädigt immer, und weit über die denkbar höchsten Opfer hinaus. Ich kenne kein anderes Unrecht als Mangel an Offenheit; man muß den Zustand seines Herzens ohne Voreingenommenheit beurteilen.

Falls der hilfreiche Freund die Liebe selbst angreift, antwortet der Liebende: »Verliebt sein, selbst wenn uns die Geliebte zürnt, ist, um mich Eurer Kaufmannssprache zu bedienen, nichts anderes, als ein Los in einer Lotterie zu besitzen, deren Glückstreffer tausendmal wertvoller sind, als was mir Eure kalte, von Eigennutz getriebene Welt zu bieten vermag. Man muß von großer, und zwar kindischer Eitelkeit getrieben sein, um sich glücklich zu fühlen, weil man in Gesellschaft etwas gilt. Ich tadle die Menschen nicht, die darauf ausgehen. Aber bei Leonore ging mir eine Welt auf, in der alles überirdisch, zart, edel ist. Das höchste, beinahe unvorstellbare Verdienst in Eurer Welt galt in unseren Gesprächen nur als etwas Gewöhnliches, Alltägliches. Laßt mich doch wenigstens träumen von dem Glück, mein Leben neben einem solchen Wesen zu leben. Obzwar ich sehe, daß ich einer Verleumdung zum Opfer gefallen bin und keinerlei Hoffnung schöpfen darf, will ich dennoch ihr zuliebe auf meine Rache verzichten.«

Einhalt kann man der Liebe allein zum Beginn gebieten.

Außer einer schnellen Abreise und den üblichen Zerstreuungen der Gesellschaft, wie im Falle der Gräfin Kalemberg, gibt es noch eine Anzahl kleiner Winkelzüge, die der hilfreiche Freund anwenden darf. Er mag zum Beispiel in deiner Gegenwart wie zufällig die Bemerkung fallen lassen, daß die Frau, die du liebst, für dich, abgesehen von dem strittigen Punkte, nicht die Höflichkeit und Achtung übrig habe, die sie einem Rivalen zollt. Die kleinsten Dinge genügen, denn in der Liebe nimmt alles Bedeutung an; zum Beispiel, wenn sie in ihre Loge geht und dir nicht den Arm reicht; solche von einem leidenschaftlichen Herzen tragisch genommenen Possen stimmen die Kräfte, welche die Kristallisation bewirken, herab, vergiften den Quell der Liebe und vermögen sie sogar zu zerstören.

Man kann der Frau, die unseren Freund schlecht behandelt, einen lächerlichen, nicht nachprüfbaren Körperfehler nachsagen: wenn der Liebende die Verleumdung nachprüfen könnte, sogar wenn er sie bestätigt fände, würde sie als hinderlich doch bald aus seiner Phantasie verbannt werden. Einzig Einbildung kann der Einbildung widerstehen; Heinrich III. wußte das wohl, als er die berühmte Herzogin von Montpensier verleumdete.

6. *Sören Kierkegaard:* Aus dem Tagebuch des Verführers

Zuweilen lese ich Cordelia etwas vor; meist recht gleichgültige Dinge. Edvard muß wie gewöhnlich das Licht dazu halten; ich habe ihn nämlich darauf aufmerksam gemacht, daß eine sehr gute Art, wie man sich zu einem jungen Mädchen in Rapport setzen könne, die sei, ihr Bücher zu leihen. Er hat damit auch einiges gewonnen; denn sie ist ihm dafür recht verbunden. Wer jedoch am meisten dabei gewinnt, bin ich; denn ich bestimme die Wahl der Bücher und stehe immer außerhalb. Hier habe ich einen weiten Tummelplatz für meine Observationen. Ich kann Edvard Bücher geben, welche ich will, da er nichts von Literatur versteht, ich kann wagen, was ich will, in jedem Extrem. Wenn ich nun abends mit ihr zusammenkomme, dann nehme ich gleichsam zufällig das Buch in die Hand, blättere ein wenig darin, lese halblaut, lobe Edvard für seine Aufmerksamkeit. Gestern wollte ich mich durch ein Experiment von der Spannkraft ihrer Seele vergewissern. Ich war unschlüssig, ob ich Edvard bitten solle, ihr Schillers Gedichte zu leihen, damit ich dann zufällig auf Theklas Lied stoßen könne, um es vorzulesen, oder Bürgers Gedichte. Ich wählte die letzteren, weil besonders seine Leonore doch etwas überspannt ist, wie schön das Gedicht im übrigen auch sei. Ich schlug Leonore auf und las dieses Gedicht laut mit allem Pathos, das mir möglich war. Cordelia war bewegt, sie nähte mit einer Eile, als ob sie es sei, die Wilhelm abzuholen kam. Ich hielt inne, die Tante hatte ohne sonderliche Teilnahme zugehört; sie fürchtet sich weder vor lebendigen noch vor toten Wilhelmen, ist überdies auch des Deutschen nicht ganz mächtig; fühlte sich hingegen ganz in ihrem Element, als ich ihr das schön gebundene Exemplar zeigte und ein Gespräch über Buchbinderarbeit begann. Meine Absicht war, bei Cordelia den Eindruck des Pathetischen im selben Augenblick, in dem er erwacht war, wieder zu zerstören. Ihr wurde etwas angst, aber es war mir klar, daß diese Angst nicht verlockend auf sie wirkte, sondern unheimlich.

7. *Roland Barthes:* Etwas Verbot, viel Spiel

Um dir zu zeigen, wo dein Begehren liegt, genügt es, es dir *ein wenig* zu verbieten (wenn es denn richtig ist, daß es keine Begierde ohne Verbot gibt). X ... möchte, daß ich da bin, ihm zur Seite bin, und doch soll ich ihm etwas Freiheit lassen: nachgiebig, mich manchmal entfernend, aber *in Reichweite* verharrend: einerseits muß ich als Verbot präsent sein (ohne das es keine rechte Begierde gäbe), mich aber auch in dem Augenblick entfernen, wo ich, wenn dieses Verlangen aufgekeimt ist, Gefahr liefe, mich ihm in den Weg zu stellen: ich muß die hinreichend gute Mutter sein (beschützend und freizügig), in deren Umkreis das Kind spielt, während sie friedlich näht. Das wäre dann die Struktur der »geglückten« Paarbeziehung: etwas Verbot, viel Spiel; die Begierde bezeichnen und sie dann gewährenlassen, nach Art jener zuvorkommenden Einheimischen, die Ihnen zwar den Weg zeigen, ohne sich deshalb auch gleich darauf zu versteifen, Sie zu begleiten.

8. *Hafis:* Ich sagte: ratlos bin ich deinethalben

Ich sagte: ratlos bin ich deinethalben;
Du sagtest: zu guter Letzt wär' auch Rat.
Ich sagte: erhelle mein Auge mit deinem Glanz;
Du sagtest: wenn aufgeht der junge Mond.
Ich sagte: lerne Beständigkeit von jenen,
die der Freundschaft zugetan;
Du sagtest: dies sei kaum eine Tugend der Wandelbaren.
Ich sagte: abtun will ich alle Gedanken,
die mich an dich binden;
Du sagtest: wie ein nächtlicher Dieb
wird sich dein Bild in meine Gedanken schleichen.
Ich sagte: der wilde Duft deiner Locken
hat mich zu einem Irrenden gemacht in dieser Welt;
Du sagtest: noch weißt du nicht, daß er es ist,
der dich aus der Irrsal führt.
Ich sagte: wie zärtlich ist die Luft,
die aus dem Garten der Liebe weht;
Du sagtest: es ist ein kühler Wind,
der vom Versteck des Liebsten sich erhebt.
Ich sagte: sieh, wie die Zeit der Freude endet;
Du sagtest: still, Hafis, denn auch diese Geschichte
will ein Ende.

»Das wird ja immer besser.«

Gary Larson: Die Entwicklung der Unarten

XVII.

Nicht ganz ernst gemeinte Ratschläge

Einleitung

Nicht jeder Rat muß befolgt werden; und zumindest manchen Ratschlägen kann man auf den ersten Blick ansehen, daß sie nicht ganz ernst gemeint sind. Dabei gilt es, die vordergründig absurden, geradezu surrealistischen Geschichten – wie beispielsweise das Märchen vom klugen Knecht [1] oder die Unterhaltung zwischen Alice, dem Hutmacher, dem Schnapphasen und der Haselmaus auf einer Teegesellschaft im Wunderland [2] – von den paradoxen Interventionen abzugrenzen, wie sie Paul Watzlawick mit seiner »Anleitung zum Unglücklichsein« [3] oder Walter Serner mit dem »Handbrevier für Hochstapler« [6] veröffentlicht haben. In diesen Texten wird der Ratschlag gleichsam durch die Hintertür erteilt.

Gleichfalls nicht ganz ernsthaft klingen die Ratschläge, von denen Bruce Chatwin oder Daniil Charms berichten: immerhin gewinnen sie ihren Reiz aus alltäglicher Komik, die einer Realisierung nicht im Wege steht. So ließe sich die Idee des Schmerzvergleichs zur Beruhigung von Kinder- wie Erwachsenenseelen ohne weitere Mühsal anwenden [5]. Schließlich wäre es inzwischen leicht möglich, dem Kellner aus Timbuktu in zahlreichen europäischen Metropolen – Dienstleistung hin oder her – unverhofft über den Weg zu laufen [4].

Nicht ganz ernst gemeint sind zu guter Letzt jene Ratschläge, die als eine Karikatur üblicher Ratgeberkolumnen und Illustriertentips abgefaßt wurden: Umberto Ecos Empfehlungen für intelligente Ferien [7] finden hier eine ebenso passende wie liebenswerte Ergänzung in der Weihnachtsgeschichte George Taboris, in der die Familie eines armen Dichters beschließt, nicht nur symbolisch, sondern ganz buchstäblich von seinen Erzählungen zu leben. So handelt eine Geschichte von Rat und Tat nur mehr davon, wie der beste Rat

und die beste Tat darin bestanden, die Geschichte gemeinsam aufzu-
essen [8].

1. *Brüder Grimm:* Der kluge Knecht

Wie glücklich ist der Herr und wie wohl steht es mit seinem Hause,
wenn er einen klugen Knecht hat, der auf seine Worte zwar hört, aber
nicht danach tut und lieber seiner eigenen Weisheit folgt. Ein solcher
kluger Hans ward einmal von seinem Herrn ausgeschickt, eine ver-
lorene Kuh zu suchen. Er blieb lange aus, und der Herr dachte: »Der
treue Hans, er läßt sich in seinem Dienste doch keine Mühe ver-
drießen.« Als er aber gar nicht wiederkommen wollte, befürchtete der
Herr, es möchte ihm etwas zugestoßen sein, machte sich selbst auf und
wollte sich nach ihm umsehen. Er mußte lange suchen, endlich erblickte er den Knecht, der im weiten Feld auf und ab lief. »Nun, lieber
Hans«, sagte der Herr, als er ihn eingeholt hatte, »hast du die Kuh gefunden, nach der ich dich ausgeschickt habe?«

»Nein, Herr«, antwortete er, »die Kuh habe ich nicht gefunden, aber
auch nicht gesucht.«

»Was hast du denn gesucht, Hans?«

»Etwas Besseres, und das habe ich auch glücklich gefunden.«

»Was ist das, Hans?«

»Drei Amseln«, antwortete der Knecht. »Und wo sind sie?« fragte der
Herr.

»Eine sehe ich, die andere höre ich, und die dritte jage ich«, antwortete der kluge Knecht. Nehmt euch daran ein Beispiel, bekümmert
euch nicht um euern Herrn und seine Befehle, tut lieber, was euch
einfällt und wozu ihr Lust habt, dann werdet ihr ebenso weise handeln
wie der kluge Hans.

2. *Lewis Carroll:* Alice auf der Teegesellschaft

»Du mußt zum Friseur«, sagte der Hutmacher. Er hatte Alice bisher nur neugierig angeschaut, und dies war sein erster Beitrag zur Unterhaltung.

»Solche direkten Bemerkungen solltest du dir abgewöhnen«, sagte Alice mit einiger Strenge; »sie sind unschicklich.«

Der Hutmacher riß die Augen weit auf, als er das hörte, aber alles, was er sagte, war: »Was ist der Unterschied zwischen einem Raben und einem Schreibtisch?«

»Na, jetzt wird es schon lustiger«, dachte Alice, »jetzt kommen Rätsel an die Reihe! – Ich glaube, das bringe ich heraus«, sagte sie laut.

»Du meinst, du wirst es erraten?« fragte der Schnapphase.

»Genau das«, sagte Alice.

»Dann solltest du auch sagen, was du meinst«, fuhr der Schnapphase fort.

»Das tu ich ja«, widersprach Alice rasch; »wenigstens – wenigstens meine ich, was ich sage – und das kommt ja wohl aufs gleiche heraus.«

»Ganz und gar nicht«, sagte der Hutmacher. »Mit demselben Recht könntest du ja sagen: ›Ich sehe, was ich esse‹!«

»Mit demselben Recht könntest du ja sagen«, fiel der Schnapphase ein, »›Was mir gehört, gefällt mir‹ ist das gleiche wie ›Was mir gefällt, gehört mir‹!«

»Mit demselben Recht könntest du ja sagen«, fügte die Haselmaus hinzu, die offenbar im Schlafe sprach, »›Solange ich schlafe, leb ich‹ ist das gleiche wie ›Solange ich lebe, schlaf ich‹!«

»In deinem Fall ist das auch das gleiche«, sagte der Hutmacher, und daraufhin stockte die Unterhaltung, und alle saßen eine Weile stumm da, während Alice in Gedanken alles durchging, was sie über Schreibtische und Raben wußte, und das war nicht eben viel.

3. *Paul Watzlawick:* Der Hammer

Ein Mann will ein Bild aufhängen. Den Nagel hat er, nicht aber den Hammer. Der Nachbar hat einen. Also beschließt unser Mann, hinüberzugehen und ihn auszuborgen. Doch da kommt ihm ein Zweifel: Was, wenn der Nachbar mir den Hammer nicht leihen will? Gestern schon grüßte er mich nur so flüchtig. Vielleicht war er in Eile. Aber vielleicht war die Eile nur vorgeschützt, und er hat etwas gegen mich. Und was? Ich habe ihm nichts angetan; der bildet sich da etwas ein. Wenn jemand von mir ein Werkzeug borgen wollte, ich gäbe es ihm sofort. Und warum er nicht? Wie kann man einem Mitmenschen einen so einfachen Gefallen abschlagen? Leute wie dieser Kerl vergiften einem das Leben. Und dann bildet er sich noch ein, ich sei auf ihn angewiesen. Bloß weil er einen Hammer hat. Jetzt reicht's mir wirklich. – Und so stürmt er hinüber, läutet, der Nachbar öffnet, doch bevor er »Guten Tag« sagen kann, schreit ihn unser Mann an: »Behalten Sie sich Ihren Hammer, Sie Rüpel!«

4. *Bruce Chatwin:* »Wir essen alles auf!«

Timbuktu
Der Kellner brachte die Speisekarte:
   Capitaine bamakoise *(gebratener Seewolf)*
   Pintade grillée
   Dessert
»Gut«, sagte ich. »Um welche Zeit kann ich essen?«
»Wir essen um acht.«
»Gut. Also um acht.«
»Nein, Monsieur. **Wir** *essen um acht.* **Sie** *müssen vor*
   sieben essen ... oder nach zehn.«
»Wer ist wir?«
»Wir«, sagte er. »Das Personal.«
Er senkte die Stimme und flüsterte:
»Ich rate Ihnen, um sieben zu essen, Monsieur.
   Wir essen alles auf.«

5. *Daniil Charms:* Der Milchzahn

Bei einem kleinen Mädchen begann ein Milchzahn zu faulen. Es wurde beschlossen, das kleine Mädchen zum Zahnarzt zu bringen und den Milchzahn ziehen zu lassen.

Eines Tages nun stand dieses kleine Mädchen in einer Redaktion, stand zusammengekrümmt bei einem Schrank.

Eine Redakteurin fragte das kleine Mädchen, warum es so krumm stehe, und das kleine Mädchen antwortete, es stehe so krumm, weil es Angst habe, sich den Milchzahn ziehen zu lassen, denn sicherlich würde das weh tun. Da fragte die Redakteurin:

»Hast du große Angst, wenn dir mit einer Nadel in die Hand gestochen wird?«

Das kleine Mädchen antwortete:

»Nein.«

Die Redakteurin stach das kleine Mädchen mit einer Nadel in die Hand und sagte, den Milchzahn ziehen zu lassen würde nicht mehr weh tun als dieser Stich. Das kleine Mädchen glaubte ihr und ließ sich den kranken Milchzahn ziehen.

Die Einfallsgabe dieser Redakteurin ist nicht genug zu loben.

6. *Walter Serner:* Abschiedsstile

Verabschiede dich in jenem Augenblick, da es dir gelungen ist, Interesse zu erregen. Hält man dich mit unwilligen Worten zurück, so ist es geglückt. Wird man, dich auf den Stuhl zwingend, jovial, so hofft man, von dem Gespräch mit dir zu profitieren. Läßt man dich ohne Weiteres gehen, so ist man entweder schon neidisch oder beginnt, dich zu hassen. Nur wenn man dir gleichgültig sagt: »*Wir sehen uns ja wohl bald wieder*«, ist es mißraten.

7. *Umberto Eco:* Wie man intelligente Ferien macht

Es ist guter Brauch, daß beim Herannahen der Sommerferien die politischen und kulturellen Wochenzeitschriften ihren Lesern wenigstens zehn intelligente Bücher empfehlen, mit denen sie auf intelligente Weise intelligente Ferien machen können. Leider überwiegt jedoch die schlechte Gewohnheit, die Leser als unterentwickelte Wesen zu betrachten, und so sehen wir auch berühmte Schriftsteller, die sich nicht entblöden, ihnen Lektüren vorzuschlagen, die jeder durchschnittlich

Gebildete spätestens als Pennäler absolviert haben müßte. Es mutet uns in der Tat beleidigend oder zumindest sehr paternalistisch an, den Lesern Werke wie, was weiß ich, das englische Original des Tristram Shandy, den Proust der Pléiade oder die lateinischen Schriften Petrarcas zu empfehlen. Bedenken wir, daß die Leser, nachdem sie so lange mit derlei Ratschlägen eingedeckt worden sind, immer anspruchsvoller werden, und vergessen wir auch nicht jene, die sich keine teuren Ferien leisten können, aber sich gern auf Erfahrungen ebenso unbequemer wie erregender Art einlassen wollen.

Wer lange Stunden am Strand zu verbringen gedenkt, sollte sich die Ars magna lucis et umbrae von Pater Athanasius Kircher vornehmen, eine faszinierende Lektüre für den, der unter Ultraviolettstrahlen über die Wunder des Lichts und der Spiegel nachdenken will. Die römische Ausgabe von 1645 ist noch in Antiquariaten erhältlich für Summen weit unter denen, die seinerzeit der Bankier Calvi in die Schweiz ausgeführt hat. Ich rate davon ab, sich das Buch in einer Bibliothek auszuleihen, denn es findet sich nur in altersgrauen Gebäuden mit Angestellten, denen gewöhnlich der rechte Arm oder das linke Auge fehlt und die leicht stürzen, wenn sie die Leitern hinaufsteigen, die zu den Sektionen der seltenen Bücher führen. Eine weitere Mißlichkeit ist auch das Gewicht des Buches und die Brüchigkeit des Papiers: nicht zu lesen, wenn der Wind die Sonnenschirme zaust.

Ein junger Mensch hingegen, der sich auf Pauschalpreis-Reisen durch Europa begibt, in der zweiten Klasse, so daß er in jenen Zügen lesen muß, in denen die Korridore total überfüllt sind und man eingezwängt stehen muß, einen Arm aus dem Fenster gehängt, könnte sich mindestens drei Bände der sechsbändigen Einaudi-Ausgabe der Navigationi et viaggi des humanistischen Geographen Gian Battista Ramusio mitnehmen, die sich gut lesen lassen, wenn man einen Band in der Hand hält, den zweiten unter den Arm klemmt und den dritten zwischen die Schenkel. Auf Reisen über Reisen zu lesen ist eine außerordentlich intensive und stimulierende Erfahrung.

Jugendlichen, die von der politischen Arbeit Urlaub machen (oder von ihr enttäuscht sind), aber gleichwohl die Probleme der dritten Welt nicht aus den Augen verlieren wollen, würde ich zu ein paar Meisterwerken der islamischen Philosophie raten. Bei Adelphi ist kürzlich das Buch der Ratschläge von Kay Ka'us ibn Iskandar erschienen, leider ohne das persische Original auf der linken Seite, so daß natürlich der ganze Reiz verlorengeht. Ich würde statt dessen das entzückende Kitab al-s' ada wa'l is' ad von Abul'l-Hasan Al'Amiri empfehlen, von dem es in Teheran eine kritische Ausgabe aus dem Jahre 1957 gibt.

Da nicht alle fließend die nahöstlichen Sprachen lesen: wer im Auto unterwegs ist und keine Platzprobleme hat, ist immer bestens mit der Gesamtausgabe der Patrologie von Migne bedient. Ich würde davon abraten, die griechischen Kirchenväter bis zum Konzil in Florenz 1440 zu wählen, da man dann 161 Bände der griechisch-lateinischen Ausgabe plus 81 der lateinischen mitnehmen müßte, während man sich bei den lateinischen Kirchenvätern bis 1216 auf 218 Bände beschränken kann. Ich weiß nur zu gut, daß nicht alle im Handel erhältlich sind, aber man kann ja immer noch auf Fotokopien zurückgreifen. Für Leute mit weniger spezialisierten Interessen würde ich einige gute Werke (immer im Original) der kabbalistischen Tradition empfehlen (die heutzutage auch unverzichtbar sind, um die zeitgenössische Lyrik zu verstehen). Es genügt weniges: ein Exemplar von Sefer Jesirah, den Sohar natürlich, dann Moses Cordovero und Isaak Luria. Das kabbalistische Schrifttum ist besonders geeignet für die Ferien, da sich von den älteren Werken noch gut erhaltene originale Schriftrollen finden, die man leicht auf den Rucksack schnallen kann, auch beim Trampen. Das kabbalistische Schrifttum läßt sich darüber hinaus auch bestens in den Ferienkolonien des Club Mèditerranée verwenden, etwa wenn die Animateure zwei Gruppen bilden, die miteinander wetteifern sollen, wer den sympathischsten Golem kreiert. Für diejenigen, die Schwierigkeiten mit dem Hebräischen haben, bleiben schließlich immer noch das Corpus Hermeticum und die gnostischen Schriften (ich empfehle Valentinus, Basilides ist nicht selten weitschweifig und irritierend).

All dies (und anderes), wenn sie intelligente Ferien machen wollen. Wenn nicht, reden wir nicht mehr davon, nehmen Sie sich die Grundrisse mit, die apokryphen Evangelien und die unveröffentlichten Schriften von Peirce auf Mikrofiches. Schließlich sind kulturelle Wochenzeitschriften keine Mitteilungsblätter für den Grundschulunterricht.

8. George Tabori: Ein Weihnachtsschmaus

Es war einmal ein armer Dichter, der hieß George. Er hatte eine gute Frau und sechs liebe Kinder, und sie hungerten alle, weil George nicht nur keinen Erfolg hatte, er war auch gänzlich unbegabt. Seine Geschichten ergaben keinen Sinn, seine Handschrift war unleserlich, und er konnte nicht einmal richtig schreiben. Jahr für Jahr schrieb er seine Geschichten und schickte sie den Verlegern, und sie kamen alle zurück mit einer Ablehnungskarte, die eigens für George entworfen worden war. Darauf stand entweder »Ach, du lieber Gott!« oder »Doch nicht schon wieder!« oder »Warum versuchen Sie es nicht mit Korbflechten?«

Eines Tages – es war der Tag vor Weihnachten – kam er aus seinem Arbeitszimmer, dem einzigen beheizten Raum im Haus, und strahlte über das ganze Gesicht. »Meine liebe Frau«, sagte er, »meine geliebten Kinder! Seit vielen Jahren können wir uns keine Geschenke leisten, nicht mal einen Weihnachtsbaum. Dieses Jahr jedoch reicht es nicht einmal für ein Weihnachtsessen, aber ich habe eine Geschichte geschrieben, nicht für die herzlose Welt dort draußen, sondern für euch ganz allein, und ich werde sie euch vorlesen.«

Es war eine Kurzgeschichte, und sie war so entsetzlich lang, daß er vier Stunden brauchte, um sie vorzulesen, und sie war miserabel.

Als er geendet hatte, hing eine Weihnachtsstille über dem Zimmer, außer dem Knurren von sieben leeren Bäuchen, und die Frau sagte: »Gib sie mir.« Und sie nahm die Geschichte mit in die Küche, hackte sie in Stücke, fügte eine Prise Salz und ein paar Körner Reis hinzu, mehr hatte sie nicht in der Speisekammer, und kochte einen Eintopf, und das war ihr Weihnachtsschmaus. Und da es eine lange Kurzgeschichte war, wurden sie alle satt. Und das kleinste der Kinder, es hieß Natascha, sagte: »Die beste Geschichte, die ich je gegessen habe.«

Charles M. Schulz: Einfach genial. Snoopy & die Peanuts

XVIII.

BERATEN OHNE ZU BERATEN:
DER BESTE RAT IST GAR KEIN RAT

Einleitung

Der gute Rat bleibt ein Wunschziel; und doch wird er gefürchtet: als die Macht, die wir anderen Menschen über unsere Zukunft einräumen. Jede Beratung ist ein ambivalentes Geschäft. Daher erbitten wir oft einen Rat, von dem wir insgeheim hoffen, daß er als Rat nur den gefaßten Vorsatz bestätigt; wir suchen Ratgeber, deren Funktion darin besteht, unsere eigenen Reflexionen aufzunehmen, ohne sie zu verwerfen.

In diesem Sinne schreibt Kleist an seinen ehemaligen Lehrer [1]; und Goethe äußert zu Eckermann, er wolle lediglich unter der Voraussetzung einen guten Rat erteilen, daß der Ratsuchende verspricht, den Ratschlag nicht auszuführen [2]. Theodor W. Adorno erinnert daran, daß auch der beste Rat nicht die tatkräftige Hilfe, die womöglich gebraucht wird, überflüssig machen kann [3]; und Walter Benjamin, dem gleichsam das Schlußwort eingeräumt wird, plädiert dafür, Ratschläge als Anerkennungen auszusprechen – und nicht von einem Vorhaben *abzuraten* [4].

Der beste Rat ist gar kein Rat. Was er im günstigsten Falle ermöglicht, ist Vertrauen, Bestätigung, Unterstützung und Hilfe. Die wahre Kunst des Beraters besteht demnach darin, so zu beraten, als würde er *nicht* beraten – einen Rat zu erteilen, der einer Tat ähnlicher sieht als bloße Besserwisserei.

1. *Heinrich von Kleist:* Aus einem Brief an Christian Ernst Martini

Potsdam, 18. (und 19.) März 1799

Halten Sie mich für keinen Streitsüchtigen, mein Freund! weil ich diesen Brief mit jener Streitfrage anfange, die wir in unserer Unterredung wegen Kürze der Zeit unentschieden lassen mußten. Es ist nötig, mich hierüber zu erklären, um den Gesichtspunkt festzustellen, aus welchem ich die Absicht dieses Briefes beurteilt wissen will. Ich ersuche im voraus, sich bei Lesung desselben mit Geduld zu rüsten; weil er in der Voraussetzung, daß der festzustellende Gesichtspunkt gefaßt und gebilligt wird, eine möglichst vollständige Darstellung meiner Denk- und Empfindungsweise enthalten soll. – Die Frage war die: ob ein Fall möglich sei, in welchem ein denkender Mensch der Überzeugung eines andern mehr trauen soll, als seiner eigenen? Ich sage: ein *denkender Mensch*, und schließe dadurch alle Fälle aus, in welchen ein blinder Glaube sich der Autorität eines andern unterwirft. Unter dieser Einschränkung scheint für unsere Streitfrage der einzige mögliche Fall der zu sein, wenn sich die Überzeugung des andern vorzugsweise auf die Erfahrung und die Weisheit des Alters gründet. Aber was heißt es: der Überzeugung eines andern trauen? Aus Gründen einsehen, daß seine Meinung wahr ist, das heißt, seine Meinung zur meinen machen, und ist es dann nicht immer nur meine eigene Überzeugung, welcher ich traue und folge? – Alles, was ein denkender Mensch tun soll, wenn die Überzeugung eines älteren und weiseren der seinigen widerspricht, ist, daß er gerechte Zweifel gegen die Wahrheit seiner Meinung erhebe, daß er sie streng und wiederholt prüfe und sich hüte, zu früh zu glauben, daß er sie aus allen Gesichtspunkten betrachtet und beleuchtet habe. Aber gegen seine Überzeugung glauben, heißt glauben, was man nicht glaubt, ist unmöglich.

Wenn man also nur seiner eigenen Überzeugung folgen darf und kann, so müßte man eigentlich niemand um Rat fragen, als sich selbst, als die Vernunft; denn niemand kann besser wissen, was zu meinem Glücke dient, als ich selbst; niemand kann so gut wissen, wie ich, welcher Weg des Lebens unter den Bedingungen meiner physischen und moralischen Beschaffenheit für mich einzuschlagen am besten sei; eben weil dies niemand so genau kennt, niemand sie so genau ergründen kann, wie ich. Alle diejenigen, die so schnell mit Ratgeben bei der Hand sind, kennen die Wichtigkeit und Schwierigkeit des Amtes nicht, dem sie sich unterziehen, und diejenigen, die sein Gewicht genug einsehen, scheuen sich, es zu verwalten, eben weil sie fühlen, wie schwer und selbst wie gefährlich es ist. Es ist also ein wahres Wort: daß man nur den um Rat fragen soll, der keinen gibt.

Aus dem Grunde schrieb ich an Sie, mein Freund! Aus diesem Grunde? Ja, mein Teurer! So paradox das auch klingen mag. Als ich Ihnen meinen Entschluß, den Abschied zu nehmen, um mich den Wissenschaften zu widmen, eröffnete, äußerten Sie mir zwar eine herzliche Teilnahme; aber Sie hüteten sich eben so sehr, diesen Entschluß zu erschüttern, wie ihn zu befestigen; Sie taten nichts, als mich zu einer neuen, strengen Prüfung desselben einzuladen. Ich erkenne aus dieser klugen Behutsamkeit, daß Sie das Geschäft eines Ratgebers genug zu würdigen wissen. Sie hielten mir nur Ihr Urteil zurück, weil Sie den Gegenstand dieses Urteils noch nicht genau kannten; wenn ich Sie aber in den Stand gesetzt habe, ihn zu beurteilen, werden Sie mir Ihre Meinung über denselben nicht verweigern, und ich kann sicher und gewiß sein, daß sie geprüft und überlegt ist. [...]

2. *Johann Wolfgang von Goethe:* Aus einem Gespräch mit Eckermann

Es ist mit dem Ratgeben ein eigenes Ding, und wenn man eine Weile in der Welt gesehen hat, wie die gescheitesten Dinge mißlingen und das Absurdeste oft zu einem glücklichen Ziele führt, so kommt man wohl davon zurück, jemandem einen Rat erteilen zu wollen. Im Grunde ist es auch von dem, der einen Rat verlangt, eine Beschränktheit, und von dem, der ihn gibt, eine Anmaßung. Man sollte nur Rat geben in Dingen, in denen man selber mitwirken will. Bittet mich ein anderer um guten Rat, so sage ich wohl, daß ich bereit sei, ihn zu geben, jedoch nur mit dem Beding, daß er versprechen wolle, nicht danach zu handeln.

3. *Theodor W. Adorno:* Schwarze Post

Wem nicht zu raten ist, ist nicht zu helfen, sagten die Bürger, die mit dem Rat, der nichts kostet, von der Hilfe sich loskaufen und zugleich Macht über den Erledigten gewinnen wollten, der zu ihnen kam. Aber es steckte wenigstens noch der Appell an die Vernunft darin, die im Bittenden und im nicht Gewährenden als gleiche vorgestellt war und von fern an Gerechtigkeit erinnerte: wer den klugen Rat befolgte, dem mochte zuweilen selbst ein Ausweg sich zeigen. Das ist vorbei. Wer nicht helfen kann, sollte darum auch nicht raten: in einer Ordnung, in der alle Mauselöcher verstopft sind, wird der bloße Rat unmittelbar zum Verdammungsurteil. Er läuft unweigerlich darauf hinaus, daß der Bittende genau das tun muß, wogegen am heftigsten sich sträubt, was von seinem Ich etwa noch übrigblieb. Durch tausend Situationen gewitzigt, weiß er denn auch schon alles, was man ihm raten möchte, und kommt erst, wenn er mit der Klugheit am Ende ist und etwas geschehen müßte. Er wird nicht besser dabei. Wer einmal Rat wollte und keine Hilfe mehr findet, schließlich überhaupt der Schwächere, erscheint vorweg als Erpresser, dessen Verhaltensweise in der Tat mit der Vertrustung unaufhaltsam sich ausbreitet. Man kann das am schärfsten an einem bestimmten Typus von Hilfsbereiten beobachten, welche die Interessen bedürftiger und ohnmächtiger Freunde wahren, in ihrem Eifer jedoch etwas finster Drohendes annehmen. Noch ihre letzte Tugend, Selbstlosigkeit, ist zweideutig. Während sie zu Recht für den eintreten, der nicht zugrunde gehen soll, steht hinter dem beharrlichen »Du mußt helfen« schon schweigende Berufung auf die Übermacht der Kollektive und Gruppen, mit denen es zu verderben keiner mehr sich leisten kann. Indem sie den Unbarmherzigen nicht auslassen, werden die Barmherzigen zu Sendboten der Unbarmherzigkeit.

4. *Walter Benjamin:* Nicht abraten!

Wer um Rat gefragt wird, tut gut, zuerst des Fragenden eigene Meinung zu ermitteln, um sie sodann ihm zu bekräftigen. Von eines anderen größerer Klugheit ist keiner so leicht überzeugt, und wenige würden daher um Rat fragen, geschähe es mit dem Vorsatz, einem fremden zu folgen. Es ist vielmehr ihr eigener Entschluß, im Stillen schon gefaßt, den sie noch einmal, von der Kehrseite gleichsam, als »Rat« des anderen kennen lernen wollen. Diese Vergegenwärtigung erbitten sie von ihm, und sie haben recht. Denn das Gefährlichste ist, was man »bei sich« beschloß, ins Werk zu setzen, ohne es Rede und Gegenrede wie einen Filter passieren zu lassen. Darum ist dem, der Rat sucht, schon halb geholfen, und wenn er Verkehrtes vorhat, so ist, ihn skeptisch zu bestärken, besser, als ihm überzeugt zu widersprechen.

DIE AUTOREN

Adorno, Theodor W. [11.9.1903 – 6.8.1969]:
Deutscher Soziologe und Musiktheoretiker. 1934-49 als Emigrant in England und den USA; lehrte ab 1949 in Frankfurt/Main Soziologie und Philosophie. Die von A. und Max Horkheimer vertretene Kritische Theorie (Frankfurter Schule) übte einen bedeutenden Einfluß aus auf die zeitgenössische Philosophie, aber auch auf die Studentenbewegung von 1968. Werke u.a.: *Dialektik der Aufklärung* (mit Max Horkheimer, 1947), *Philosophie der Neuen Musik* (1949), *Minima Moralia* (1951), *Dissonanzen* (1956), *Noten zur Literatur I-IV* (1958-74), *Negative Dialektik* (1966), *Ästhetische Theorie* (1970).

Aesop [Mitte des 6. Jahrhunderts v.Chr.]:
Legendärer griechischer Fabeldichter, erstmals erwähnt bei Herodot. Danach war Aesop Sklave auf Samos, wurde später freigelassen und in Delphi ermordet. Ausführlich geschildert wird sein Schicksal im »Äsoproman«, dessen Quellen wahrscheinlich bis ins 6. Jahrhundert v.Chr. zurückgehen. Hier ist Aesop der Sklave, der sich vor Gelehrten und Mächtigen mit Fabeln behauptet. Die »Äsopischen Fabeln« wurden erstmals durch Demetrios von Phaleron gesammelt; sie beeinflußten die gesamte europäische Fabeldichtung.

Alain, eigentlich: Emile-Auguste Chartier [3.3.1868 – 2.6.1951]:
Französischer Philosoph und Schriftsteller; Mitarbeiter zahlreicher Zeitungen. Er prägte seit 1906 mit täglich rund zwei Seiten langen Artikeln u.a. für die *Dépêche de Rouen* die radikalsozialistische Idee in Frankreich nach dem Ersten Weltkrieg; A. verfaßte insgesamt mehr als fünftausend Essays, die in verschiedenen Büchern zusammengefaßt wurden. Werke u.a.: *Die Pflicht, glücklich zu sein* (1975), *Das Glück ist hochherzig* (1987).

Alverdes, Paul [6.5.1897 – 28.2.1979]:
Deutscher Schriftsteller, studierte Jura, Germanistik und Kunstgeschichte. Seit 1922 freier Schriftsteller; er gab auch Märchen-, Fabel- und Anekdotensammlungen heraus. Werke: *Die Grotte der Egira* (1950), *Die Traum-Pferdchen* (1957), *Vom Schlaraffenland* (1965).

Armstrong, David:
Vorsitzender von *Armstrong International*, einem internationalen Konzern für innovative Erfindungen (von Fahrradspeichen bis zu Heizungsventilen oder

Tiefsee-Fischdetektoren); A. entwickelte die Methode, seine Arbeiter und Manager durch Geschichten zu motivieren.

Artemidor von Daldis, benannt nach Daldis, der Heimatstadt seiner Mutter [um 96 – 180 n.Chr.]:
Berühmter Traumdeuter und Wahrsager. Er sammelte auf seinen Reisen in Griechenland, Kleinasien und Italien Traumerzählungen und ordnete sie systematisch in seinem Traumbuch.

Augustinus, Aurelius [13.11.354 – 28.8.430]:
Abendländischer Kirchenvater. Lehrer der Rhetorik in Tagaste, Karthago, Rom und Mailand; von seiner Mutter christlich erzogen. Vom Christentum zunächst enttäuscht, wandte er sich dem Manichäismus, später der akademischen Philosophie zu. In Mailand begegnete er Ambrosius, der ihn 387 taufte. 396 wurde er Bischof von Hippo. Werke u.a.: *Confessiones* (um 400), *De civitate Dei* (413-426).

Aurel, Marc, Marcus Aurelius Antoninus, eigentlich Marcus Annius Verus [26.4.121 – 17.3.180]:
Römischer Kaiser (seit 161). 138 durch Antoninus Pius adoptiert; ernannte 161 Lucius Aurelius Verus zum Mitkaiser, 177 seinen Sohn Commodus. Seine Regierungszeit war geprägt von zahlreichen Kriegen: 162-166 Partherkrieg; 166-175 und 177-180 Markomannenkriege (dargestellt auf der Marc-Aurel-Säule). – Seine *Selbstbetrachtungen* enthalten von der Stoa beeinflußte Gedanken über Menschenliebe, Weltgeschehen und die Unbeständigkeit des Daseins. – Sein Reiterstandbild ist das einzige vollständig erhaltene Reiterstandbild der Antike (1537 auf dem Kapitolsplatz in Rom aufgestellt, seit 1990 im Kapitolinischen Museum).

Babrios [1. Jahrhundert n.Chr.]:
Griechischer Fabeldichter, erzählte in volkstümlichen Versen »äsopische« Fabeln.

Bacon, Francis [22.1.1561 – 9.4.1626]:
Englischer Philosoph, Schriftsteller und Politiker; oberster Kronanwalt und Lordsiegelbewahrer unter Jakob I.; 1621 wurde er wegen Korruption aus allen öffentlichen Ämtern entlassen. In seinem wissenschaftlichen Werk begründete B. die Notwendigkeit einer rational geplanten *Empirie*, die den Zufall bei der Vermehrung der wissenschaftlichen Erkenntnisse ausschalten sollte. Werke u.a.: *Instauratio magna* (1605-1627), *New Atlantis* (1627).

Baecker, Dirk [geb. 1955]:
Soziologe; Professor für Unternehmenskultur an der privaten Universität Witten/Herdecke. Werke u.a.: *Information und Risiko in der Marktwirtschaft* (1988), *Postheroisches Management* (1994), *Poker im Osten* (1997).

Ball, Hugo [22.2.1886 – 14.9.1927]:
Deutscher Dichter und Kulturkritiker. Begann als Dramaturg; emigrierte 1915 mit Emmy Hennings (1885-1948), die er 1920 heiratete, in die Schweiz; führender Dadaist in Zürich (1916/17) mit Programmschriften, provozierenden Manifesten und Lautgedichten; konvertierte später zum Katholizismus. Werke u.a.: *Flametti oder Vom Dandysmus der Armen* (1918), *Zur Kritik der deutschen Intelligenz* (1919), *Byzantinisches Christentum* (1923), *Hermann Hesse* (1927).

Bandler, Richard:
Begründete gemeinsam mit John Grinder in den späten siebziger Jahren die Therapiemethode des »Neurolinguistischen Programmierens«, die aus methodischen Analysen von gestalt- und hypnotherapeutischen Gesprächstechniken entwickelt wurde. Werke u.a.: *Neue Wege der Kurzzeittherapie* (1981), *Struktur der Magie I und II* (1981-1982).

Barthes, Roland [12.11.1915 – 26.3.1980]:
Französischer Literaturwissenschaftler und Kulturtheoretiker, Vertreter einer strukturalistischen Semiotik. Seine Texte beschäftigen sich gleichermaßen mit soziologischen, semiologischen, philosophischen und ästhetischen Fragestellungen; dabei reicht das Themenspektrum von der Mode über Literatur, Fotografie, Psychoanalyse bis zur Musik. Werke u.a.: *Mythen des Alltags* (1964), *Die Sprache der Mode* (1967), *Fragmente einer Sprache der Liebe* (1984), *Die helle Kammer* (1985).

Benedikt von Nursia [um 480 – 547 (?)]:
Begründer des abendländischen Mönchtums. 529 gilt als Gründungsjahr seines Klosters Montecassino, das zur Keimzelle des späteren Benediktinerordens wurde.

Benjamin, Walter [15.7.1892 – 26.9.1940]:
Deutscher Essayist und Philosoph. 1933 Emigration nach Paris; beging 1940 auf der Flucht vor der Gestapo Selbstmord. B. gehört, sowohl einer materialistisch-dialektischen Geschichtsphilosophie wie auch einem messianisch-eschatologischen Geschichtsverständnis verpflichtet, zu den bedeutendsten Kulturkritikern der deutschen Literatur. Werke u.a.: *Ursprung des dt. Trauerspiels* (1928), *Einbahnstraße* (1928), *Das Kunstwerk im Zeitalter seiner techn. Reproduzierbarkeit* (1936).

Bierce, Ambrose, eigentlich: Ambrose Gwinnett [24.6.1842 – 1914 (verschollen in Mexiko)]:
Amerikanischer Schriftsteller. Schrieb von schwarzem Humor bestimmte Erzählungen und Epigramme. Werke u.a.:. *Aus dem Wörterbuch des Teufels* (1911).

Bloch, Ernst [8.7.1885 – 4.8.1977]:
Deutscher Philosoph. 1933-48 Emigration, danach Professor in Leipzig (1955 Nationalpreis der DDR, wegen zunehmender politischer Divergenzen 1957 Zwangsemeritierung); 1961 Übersiedlung in die BRD, danach Professor in Tü-

bingen. B. entwickelte, in Anknüpfung an Hegel und den Marxismus, eine Philosophie der Utopie; außerdem verfaßte er Schriften über Kunst und Literatur. 1967 Friedenspreis des Börsenvereins des deutschen Buchhandels. Werke u.a.: *Geist der Utopie* (1918, 2. Fassung 1923), *Thomas Münzer als Theologe der Revolution* (1922), *Das Prinzip Hoffnung* (1954-59), *Atheismus im Christentum* (1968).

Blumenberg, Hans [13.7.1920 – 28.3.1996]:
Philosoph und Schriftsteller, Professuren in Gießen, Hamburg und Münster. Seit 1958 Entwicklung einer Theorie der Unbegrifflichkeit (Imagination, Metaphysik, Mythos).
Werke u.a.: *Die Legitimität der Neuzeit* (1966), *Arbeit am Mythos* (1979), *Schiffbruch mit Zuschauer* (1979), *Die Lesbarkeit der Welt* (1981), *Lebenszeit und Weltzeit* (1986), *Matthäuspassion* (1988), *Höhlenausgänge* (1989).

Boccaccio, Giovanni [1313 – 21.12.1375]:
Italienischer Dichter. Sein Hauptwerk ist das nach dem Pestjahr 1348 entstandene *Decamerone* (Erstdruck 1470, in deutscher Übersetzung 1471). Boccaccio blieb für Jahrhunderte das Leitbild italienischer Prosa.

Boethius, Anicius Manlius Torquatus Severinus [480 – 524]:
Römischer Philosoph, Schriftsteller und Staatsmann aus adligem Haus. Ratgeber am Hof des Ostgotenkönigs Theoderich, später des Hochverrats beschuldigt (523) und hingerichtet. Durch seine Übersetzung und Kommentierung der logischen Schriften des Aristoteles prägte er die lateinische Terminologie der Scholastik. Im Kerker schrieb er sein berühmtes Werk *Trost der Philosophie*, einen Dialog mit der personifizierten Philosophie.

Braun, Johanna [* 1929] und **Günter** [* 1928]:
Gemeinsam veröffentlichten die Autoren Kurzgeschichten, Erzählungen und Romane, z.B. den phantastischen Roman *Unheimliche Erscheinungsformen auf Omega XI*. Weitere phantastisch-utopische Werke sind: *Der Irrtum des großen Zauberers* (1982), *Das kugeltranszendentale Vorhaben* (1983).

Brecht, Bertolt [10.2.1898 – 14.8.1956]:
Deutscher Schriftsteller und Regisseur. Ab 1924 in Berlin; 1933 Emigration (Dänemark, seit 1941 USA); 1949 Rückkehr nach Berlin (Ost), wo er mit seiner Frau Helene Weigel das »Berliner Ensemble« gründete. B. begann mit expressionistisch-anarchistischen Dramen: *Baal* (entstanden 1918/19, gedruckt 1922), *Im Dickicht der Städte* (1921-24, gedruckt 1927), *Mann ist Mann* (1926). *Die Dreigroschenoper* (1929, Musik von Kurt Weill) und seine an Villon und den Bänkelgesang anknüpfende Lyrik *(Hauspostille,* 1927) bescherten B. große Erfolge. Unter dem Einfluß des Marxismus entstanden die strengen *Lehrstücke,* z.B. *Die Maßnahme* (1931), *Die hl. Johanna der Schlachthöfe* (1932). Weitere Hauptwerke entstanden im Exil, z.B. *Leben des Galilei* (1. Fassung entstanden

1938), *Mutter Courage und ihre Kinder* (1939, gedruckt 1949), *Herr Puntila und sein Knecht Matti* (1940, gedruckt 1950), *Der gute Mensch von Sezuan* (1938-41, gedruckt 1953), *Der kaukas. Kreidekreis* (1944/45, gedruckt 1949). B. verfaßte auch Lyrik, Romane, Kurzgeschichten, Kalendergeschichten, Hörspiele, Dialoge, Pamphlete, lehrhafte Prosa und ein Ballett.

Buber, Martin [8.2.1878 – 13.6.1965]:
Jüdischer Religionsphilosoph. Erforschte den ostjüdischen Chassidismus; arbeitete 1925-61 gemeinsam mit Franz Rosenzweig an einer neuen Übersetzung des Alten Testaments in die deutsche Sprache; lehrte 1923-33 jüdische Religionswissenschaft und Ethik an der Universität Frankfurt/Main; emigrierte 1938 nach Palästina (bis 1951 Professor in Jerusalem). Sein Hauptziel bestand in der menschlichen und politischen Erneuerung des abendländischen Judentums aus dem Geist der Bibel und der chassidischen Bücher. Sein Buch *Ich und Du* (1923) beeinflußte auch die christliche Theologie und Ethik.

Burton, Robert [8.2.1577 – 25.1.1640]:
Theologe, Lehrer und Bibliothekar. Mit sechzehn Jahren kam er nach Oxford und widmete sich dort seiner monumentalen *Anatomie der Melancholie*. Zugleich Diagnose und Selbsttherapie bildete das 1621 erstmals erschienene und ständig erweiterte Werk eine Art von Enzyklopädie der Schwermut.

Busch, Wilhelm [15.4 .1831 – 9.1.1908]:
Deutscher Dichter und Zeichner. Meister des epigrammatisch knappen Textes, verbunden mit Bilderfolgen; stellte pessimistisch das Spießbürgertum in seiner Verlogenheit und Selbstzufriedenheit bloß, z.T. mit grotesken Übersteigerungen. Werke u.a.: *Max und Moritz* (1865), *Der Hl. Antonius von Padua* (1870), *Die fromme Helene* (1872), *Kritik des Herzens* (Gedichte, 1874), *Maler Klecksel* (1884), *Schein und Sein* (Gedichte, 1909).

Carroll, Lewis, eigentlich: Charles Lutwidge Dodgson [27.1.1832 – 14.1.1898]:
Englischer Schriftsteller, Mathematiker und Logiker; bedeutender Schachexperte. Wurde berühmt durch Kinderbücher, die zahlreiche Paradoxien und Sprachspiele verwendeten. Werke u.a.: *Alice im Wunderland* (1865), *Alice hinter den Spiegeln* (1871).

Casa, Giovanni della [28.6.1503 – 14.11.1556]:
Unter Papst Paul III. als Nuntius in Venedig, später Erzbischof von Benevent. Seine Schrift *Galateo* (aus der Gattung der Hof- und Anstandsliteratur) wurde 1554 verfaßt und 1558 erstmals gedruckt; sie war so erfolgreich, daß sie bald in die meisten europäischen Sprachen übersetzt wurde.

Cervantes Saavedra, Miguel de [9.10.1547 – 24.4.1616]:
Spanischer Dichter; sein Werk fällt in die kulturelle Blütezeit Spaniens (Siglo de oro). C.S. ging 1569 nach Rom, war dann in Kriegsdiensten, 1571 Verstüm-

melung der linken Hand in der Seeschlacht von Lepanto; wurde von algerischen Piraten gefangen und war fünf Jahre (1580-85) als Sklave in Algier; nach mehreren Fluchtversuchen losgekauft; in Spanien u.a. Steuereintreiber, 1597/98 und 1602 in Schuldhaft. C. S. verfaßte ein alle literarische Gattungen umfassendes Werk. Sein frühes dramatisches Schaffen (zwischen 20-30 Comedias) ist bis auf zwei Werke (u.a. *Numancia*, entstanden um 1585, gedr. 1784) verschollen. Sein Hauptwerk, der Roman *Der sinnreiche Junker Don Quijote von La Mancha* (1605-15), ist einer der bekanntesten Romane der Weltliteratur.

Charms, Daniil, eigentlich: Daniil Iwanowitsch Juwatschow [1905-1942]: Schriftsteller, Meister des Absurden. Er gründete 1927 mit einigen Leningrader Schriftstellern, Malern und Musikern die avantgardistische Gruppe OBERIU (Vereinigung der Realen Kunst), die 1930 verboten wurde. Seit den dreißiger Jahren schrieb er zunehmend Prosa und entfernte sich von der Dichtung. Charms starb in der Gefangenschaft.

Chatwin, Bruce [1940 – 1989]: Englischer Reiseschriftsteller; Journalist bei »Sunday Times«, dann Auktionär und Leiter der Abteilung Impressionismus bei Sotheby's. Ausgedehnte Reisen führten ihn seit 1962 nach Afghanistan, Westafrika, Lateinamerika und Australien. Werke u.a.: *Traumpfade* (1990), *Auf dem schwarzen Berg* (1990), *Wiedersehen mit Patagonien* (1992).

Cicero, Marcus Tullius [3.1.106 – 7.12.43 v. Chr.]: Römischer Staatsmann, Redner und Philosoph. Erfolgreicher Anwalt; Prätor 66, Konsul 63. Setzte v.a. durch Aufdeckung und Unterdrückung der Verschwörung des Catilina (4 Reden gegen Catilina) ein letztes Mal den Führungsanspruch des Senats durch. März 58 – September 57 erzwungenes Exil. Danach entstanden seine Hauptwerke *De oratore* (55), *De re publica* (54-51), *De legibus* (postum veröffentlicht). C. wurde im Kampf gegen Antonius nach Cäsars Ermordung erneut zum Führer des Senats (ab Dezember 44; 14 Reden gegen Antonius), doch scheiterten seine Pläne zur Wiederherstellung der alten Verfassung, er wurde geächtet und auf der Flucht ermordet. – Die Verbreitung der griechischen Philosophie in der römischen Welt ist die eigentliche Leistung seiner zahlreichen philosophischen Schriften, die das Denken der christlichen Spätantike nachhaltig beeinflußten.

Clausewitz, Carl von [1.6.1780 – 16.11.1831]: Preußischer General und Militärtheoretiker. Gehörte zum Kreis der preußischen Heeresreformer um Scharnhorst und Gneisenau. 1812-15 in russischen, dann wieder in preußischen Diensten. Durch sein Hauptwerk *Vom Kriege* (1832-34) wurde C. zum Begründer der modernen Kriegslehre.

Diogenes Laertius [1. Hälfte des 3. Jahrhunderts n.Chr.]:
Griechischer Philosoph. Sein Werk *Über Leben und Meinungen der berühmten Philosophen* ist als geschichtliche Quelle wertvoll.

Dschuang Dsi [365-290 v.Chr.]:
Geboren in Nan-hua; schrieb taoistische Lehrgeschichten, Zitate und Gleichnisse, überwiegend in der Nachfolge des Laotse; sein wichtigstes Werk trug den Titel *Wahres Buch von Nan-hua. Das wahre Buch vom südlichen Blütenland* – eine gekürzte Übersetzung dieses Werks wurde 1912 in deutscher Übersetzung veröffentlicht.

Eckhart, Meister [um 1260 – 1327]:
Wichtigster Vertreter der deutschen dominikanischen Mystik; in seinem Denken von Thomas von Aquins Erkenntnislehre geprägt. Die deutschen und lateinischen Werke wurden (übersetzt von Josef Quint) ab 1936 publiziert.

Eco, Umberto [★ 5.1.1932]:
Italienischer Kunstphilosoph und Schriftsteller. Studien zur mittelalterlichen Ästhetik und Geistesgeschichte, zur Semiotik sowie zur Massenkultur. Werke u.a.: *Das offene Kunstwerk* (1973). Bekannt wurde E. durch seine Romane *Der Name der Rose* (1980), *Das Foucaultsche Pendel* (1988) und *Die Insel des vorigen Tages* (1994).

Epiktet [um 50 – um 138 n.Chr.]:
Griechischer Philosoph. Forderte die Genügsamkeit und Unabhängigkeit des Geistes. Er war zunächst als Sklave an Neros Hof und gründete nach seiner Freilassung eine Philosophenschule. Werke u.a.: *Encheiridion* (um 100 n.Chr.).

Edward Evans-Pritchard, Sir Edward [21.9.1902 – 11.9.1973]:
Britischer Ethnologe, Professor in Oxford; Vertreter des Strukturfunktionalismus und einer ethnologisch-empirischen Orientierung; bedeutende Feldforschungen in Afrika. Werke u.a.: *Witchcraft, Oracles and Magic among the Azande* (1937), *The Nuer* (1940), *Social Anthropology* (1951).

Feldenkrais, Moshé [1904 – 1984]:
Physiker und Neurophysiologe; geboren in Slawuta (Rußland), wanderte mit fünfzehn Jahren nach Palästina aus. F. war gemeinsam mit Joliot-Curie an der ersten Kernspaltung in Paris beteiligt; Anfang der fünfziger Jahre Leiter des wissenschaftlichen Forschungsinstituts der Wehrmacht in Israel. Nach ausführlichen Studien der Neuro- und Verhaltensphysiologie entwickelte er eine Form der Körpertherapie zur Verbesserung der Körper- und Selbstwahrnehmung durch bewußte, verlangsamte Bewegungsarbeit. Er unterrichtete an US-amerikanischen Hochschulen, an der Sorbonne und an der Universität von Tel Aviv. Werke u.a.: *Abenteuer im Dschungel des Gehirns. Der Fall Doris* (1977), *Bewußtheit durch Bewegung* (1978), *Die Entdeckung des Selbstverständlichen* (1987).

Fontaine, Jean de la [8.7.1621 – 13.4.1695]:
Französischer Dichter; erlangte Weltgeltung als Fabeldichter. Seine 240 Fabeln in zwölf Büchern (1668-94) stehen in der großen Tradition Aesops.

Foucault, Michel [15.10.1926 – 25.6.1984]:
Philosoph und Ideenhistoriker, Vertreter des Strukturalismus; nach Lektoraten und Gastaufenthalten in Uppsala, Warschau, Hamburg und Tunis Professor für Geschichte der Denksysteme am Collège de France (seit 1970); Werke u.a.: *Wahnsinn und Gesellschaft* (1969), *Die Ordnung der Dinge* (1971), *Überwachen und Strafen* (1976), *Sexualität und Wahrheit I-III* (1977-1986).

Frazer, Sir James George [1.1.1854 – 7.5.1941]:
Britischer Ethnologe, lehrte als Professor an den Universitäten von Liverpool und Cambridge; sein monumentales Hauptwerk *The Golden Bough* (1890) – eine Auseinandersetzung mit den religiösen Überzeugungen von Naturvölkern – sollte eine Art von Evolutionsgeschichte menschlicher Kulturen rekonstruieren, die von der Magie zur Religion und endlich zur Wissenschaft fortgeschritten seien. Seine Werke übten einen erheblichen Einfluß aus z.B. auf Freud und die ersten Psychoanalytiker.

Freud, Sigmund [6.5.1856 – 23.9.1939]:
Österreichischer Psychiater, Begründer der Psychoanalyse. Seit 1902 Arzt in Wien, emigrierte 1938 nach London. 1895 veröffentlichte er mit Josef Breuer *Studien über Hysterie*. Freud erweiterte den gemeinsamen Ansatz hin zur Psychoanalyse, durch Einführung der freien Assoziation, der Traumdeutung und der Analyse von Fehlhandlungen. Werke u.a.: *Die Traumdeutung* (1900), *Zur Psychopathologie des Alltagslebens* (1901), *Totem und Tabu* (1913), *Das Ich und das Es* (1923), *Das Unbehagen in der Kultur* (1929).

Genet, Jean [19.12.1910 – 15.4.1986]:
Französischer Schriftsteller, Fremdenlegionär, Landstreicher. Er büßte zahlreiche Gefängnisstrafen ab, wurde zu lebenslänglicher Haft verurteilt; auf Fürsprache von Sartre, Cocteau und Picasso begnadigt. Sein 1942 im Gefängnis entstandener Roman *Notre-Dame-des-fleurs* (1944) nimmt bereits die für die späteren Werke bestimmenden Motive Homosexualität und Verbrechen auf. Weitere Werke u.a.: *Wunder der Rose* (1946), *Querelle* (1947, verfilmt 1982 von Rainer Werner Fassbinder), *Die Zofen* (1948), *Der Balkon* (1956), *Wände überall* (1961).

Goethe, Johann Wolfgang von [28.8.1749 – 22.3.1832]:
Deutscher Dichter. G. studierte Jura in Leipzig (1765-1768) und legte in Straßburg (1770/71) die Lizentiatenprüfung ab. Nach Frankfurt zurückgekehrt, schrieb er Gedichte wie *Prometheus*, die zweite Fassung des *Götz* (1773), das Drama *Stella* (1776) und den Briefroman *Die Leiden des jungen Werthers* (1774),

der ihm Weltruhm eintrug. 1775 wurde er vom Herzog von Sachsen-Weimar nach Weimar berufen, G. wurde dort 1779 Geheimer Rat (d.h. Mitglied der Regierung). Er schrieb weiter Gedichte, Schauspiele und den Bildungsroman *Wilhelm Meisters Lehrjahre* (Urform: *Wilhelm Meisters theatralische Sendung* 1785). Wichtig werden auch seine naturwissenschaftlichen Forschungen und seine Abhandlungen zur Farbenlehre (ab 1790). G. bereiste mehrfach Italien (beendete dort 1788 *Egmont*, bearbeitete *Tasso* und entwarf die *Römischen Elegien*; er schrieb 1790 *Venezianische Epigramme*). Zum Spätwerk zählen u.a. *Faust* I und II (1806/1831), *West-östlicher Divan* (1819). Aus der eigenen Lebensrückschau gingen u.a. *Dichtung und Wahrheit* (1811-14 und 1833), *Die italienische Reise* (1816/1817) hervor. G. verfaßte außerdem Schriften zur Literatur, zur Kunst und Kunstgeschichte. 1827-1831 beschäftigte ihn die *Vollständige Ausgabe letzter Hand* in vierzig Bänden, die er gemeinsam mit Johann Peter Eckermann durchführte.

Gotthelf, Jeremias, eigentlich: Albert Bitzius [4.10.1797 – 22.10.1854]:
Schweizer Schriftsteller. Schauplatz seiner realist. Werke ist fast ausschließlich die Berner Bauernwelt. Seine Romane, v.a. *Der Bauernspiegel oder Lebensgeschichte des Jeremias Gotthelf* (1837), *Wie Uli der Knecht glücklich wird* (1841, Neufassung 1846 u.d.T. *Uli der Knecht*) mit der Fortsetzung *Uli der Pächter* (1849), *Zeitgeist und Berner Geist* (2 Teile, 1852) und *Erlebnisse eines Schuldenbauers* (1854) enthalten massive Zeitkritik. In seinen politischen Traktaten und Erzählungen (u.a. *Die schwarze Spinne*, 1842) dominiert die Schärfe der Satire, in seinem dichterischen Werk dominiert ein auf Menschenkenntnis beruhender Humor.

Gracián, Balthasar [8.1.1601 – 6.12.1658]:
Nach einer langen Lehrzeit in der Gesellschaft Jesu wurde er am 25. Juli 1636 nach Ablegung der vier Gelübde in den Jesuitenorden aufgenommen. Er wirkte in Madrid, in Zaragoza und in Tarragona, hier als Rektor der Jesuitenschule. Er war als Prediger tätig und als Professor der Rhetorik, Metrik, Literatur und Philosophie und Theologie. Im November 1646 nahm er als Feldkaplan am spanisch-französischen Krieg in Katalonien teil. Sein Hauptwerk, der satirische Roman *El Criticon* (drei Teile: 1651, 1653, 1657) erregte vielfach Ärgernis.

Grillparzer, Franz [15.1.1791 – 21.1.1872]:
Bedeutender österreichischer Dramatiker in der Nachfolge der Weimarer Klassik. In der Tragödie *Die Ahnfrau* (1818) gestaltete er Schicksal als determinierende Macht. Bedeutung erlangten nach dem Künstlertrauerspiel *Sappho* (1819) die Tragödien *Das goldene Vließ* (Trilogie, 1822), *König Ottokars Glück und Ende* (1825), *Des Meeres und der Liebe Wellen* (1840), *Der Traum ein Leben* (1840) und *Libussa* (vollendet 1848). Spätwerke sind *Die Jüdin von Toledo* und *Ein Bruderzwist in Habsburg* (beide 1872). Zu seinen wenigen Prosawerken gehört die autobiographisch gefärbte Erzählung *Der arme Spielmann* (1848).

Grimmelshausen, Hans Jakob Christoffel von [um 1622 – 17.8.1676]:
Deutscher Dichter. Sein Hauptwerk, *Der Abentheurliche Simplicissimus Teutsch*
(1669), die in der Ich-Form erzählte Lebensgeschichte eines jugendlichen
Abenteurers in der Zeit des Dreißigjährigen Kriegs, ist die erste moderne
realistische Darstellung der Zeit- und Sittengeschichte (des Barock) und steht
in der Tradition des spanischen Schelmenromans und der volkstümlichen
Schwankliteratur.

Grimm, Jakob Ludwig Karl [4.1.1785 – 20.3.1863] und **Wilhelm Karl**
[14.2.1786 – 16.12.1859]:
Die Märchensammlung der Brüder Grimm erschien in zwei Teilen (1812 und
1815). Ein dritter Band mit Varianten und Anmerkungen folgte 1822 und war
der erste wissenschaftliche Beitrag zur Märchenforschung. Die Brüder Grimm
waren Germanisten; gemeinsam gingen sie 1830 nach Göttingen, später nach
Kassel und Berlin. Jakob gilt als der Begründer der germanischen Altertums-
wissenschaft, der germanischen Sprachwissenschaft und der deutschen Philologie. Dem Erzähltalent Wilhelms ist es vor allem zu verdanken, daß die Kin-
der- und Hausmärchen zu einem bekannten Volksbuch wurden.

Grinder, John:
Begründete gemeinsam mit Richard Bandler in den späten siebziger Jahren
die Therapiemethode des »Neurolinguistischen Programmierens«, die aus
methodischen Analysen von gestalt- und hypnotherapeutischen Gesprächstechniken entwickelt wurde. Werke u.a.: *Neue Wege der Kurzzeittherapie* (1981),
Struktur der Magie I und II (1981-1982).

Groddeck, Georg [13.10.1866 – 11.6.1934]:
Mediziner und Schriftsteller. Aus einer Danziger Patrizierfamilie gebürtig,
war G. nach dem Medizinstudium (Promotion 1889 in Berlin) Mitarbeiter
des Leibarztes Bismarcks, bevor er 1900 in Baden-Baden das Sanatorium
»Marienhöhe« eröffnete, das er bis zu seinem Tod leitete. Als Romancier und
psychoanalytischer Essayist schrieb er den Entwicklungsroman *Ein Kind der
Erde* (1905) und den grotesken psychoanalytischen Roman *Der Seelensucher*
(1921). Er gilt als einer der Gründerväter der psychosomatischen Medizin.
Weitere Werke: *Der Mensch als Symbol* (1933), *Das Buch vom Es. Psychoanalyti-
sche Briefe an eine Freundin* (1923).

Hafis, arabisch:»Hüter, Bewahrer« (= Ehrentitel eines Mannes, der den Koran
auswendig weiß), Beiname des Dichters Schamsod-Din Mohammed [um
1320 – 1388]:
Persischer Lyriker; sein Werk wurde nach seinem Tode im *Diwan* zusammengefaßt.

Hahnemann, Samuel [10.4.1755 – 2.7.1843]:
Deutscher Arzt und Entdecker der homöopathischen Heil- und Arzneime-
thode, durch Aufstellung des Grundsatzes »similia similibus curantur« (Ähnliches wird durch Ähnliches geheilt). Hauptwerke: *Organon der rationellen Heilkunde* (1810), *Die reine Arzeneimittellehre* (1818-1820), *Die chronischen Krankheiten*
(1828-1830).

Hakuin, Meister [1685 – 1768]:
Bedeutender Zen-Meister Japans.

Hebel, Johann Peter [10.5.1760 – 22.9.1826]:
Deutscher Dichter. Zunächst Vikar und Hauslehrer. Neben den *Alemannischen
Gedichten* (1803, 1820) schrieb er vor allem volkstümliche Kalendergeschichten, die im *Rheinländischen Hausfreund* (vier Bände 1808-11) und dem *Schatzkästlein des rheinischen Hausfreundes* (1811) erschienen.

Hentig, Hans von [9.6.1887 – 6.7.1974]:
Kriminologe, Lehrstuhl in Bonn. 1935 Emigration in die USA, lehrte dort an
verschiedenen Universitäten, u.a. an der Yale-University und in Berkeley. 1951
Rückkehr auf den Bonner Lehrstuhl. H. veröffentlichte zunächst vor allem
kriminalhistorische Bücher (u.a. über Fouché, Robespierre und Machiavelli)
und wurde in den USA als Begründer der Victimologie, d.h. der Untersuchung von Täter-Opfer-Beziehungen, bekannt. Werke: *The Criminal and His
Victim* (1948), *Zur Psychologie der Einzeldelikte* (4 Bände 1954-59) und *Terror.
Zur Psychologie der Machtergreifung* (1970).

Herodot [nach 490 – nach 430 v.Chr.]:
Griechischer Geschichtsschreiber. Bereiste Ägypten, Mesopotamien sowie die
skythischen Siedlungsgebiete und lebte dann in Athen. Sein Werk (neun
Bücher) behandelt die Entwicklung des Verhältnisses zwischen den Persern
und Griechen, darunter auch die Epoche der Perserkriege bis 479. Sein Stre-
ben nach historischer Wahrheit, nach Ordnung und Verarbeitung der Nachrichten machte ihn zum Begründer der kritischen Geschichtsschreibung.

Hildegard von Bingen [1098 – 17.9.1179]:
Deutsche Mystikerin, Seherin, Äbtissin und Predigerin. Sie war eine sozial
und politisch engagierte Frau, Komponistin und Dichterin sowie die erste
schreibende Ärztin und gründete zwischen 1147 und 1150 das Kloster Ruper-
tsberg bei Bingen, sowie 1165 ein Filialkloster in Eibingen (heute zu Rüdes-
heim). Neben mystisch-visionären Schriften verfaßte sie u.a. siebzig selbstver-
tonte geistliche Lieder, außerdem eine Reihe naturkundlicher Bücher.

Hippokrates [um 460 – um 370 v.Chr.]:
Griechischer Arzt. Gilt als Begründer der erfahrungswissenschaftlich orien-
tierten Medizin aufgrund unbefangener Beobachtungen und Beschreibungen

der Krankheitssymptome, sowie einer kritischen spekulationslosen Diagnostik. Nach ihm ist das *Corpus Hippocratium,* eine Sammlung ärztlicher Schriften des Altertums benannt. Der *hippokratische Eid* ist noch heute Vorbild des Ärztegelöbnisses.

Hobbes, Thomas [5.4.1588 – 4.12.1679]:
Englischer Philosoph und Staatstheoretiker. Zentralstück der Anthropologie von H. ist die Lehre von der Unfreiheit des Willens und von dem alles menschliche Handeln steuernden Selbsterhaltungstrieb. Richtungsweisend wirkte seine auf dem Naturrecht beruhende Staats- und Gesellschaftstheorie: Im Naturzustand sind alle Menschen mit dem gleichen Recht auf alles ausgestattet; es herrscht der Kampf aller gegen alle (*homo homini lupus* »Der Mensch ist des Menschen Wolf«). Der Rechtsverzicht zugunsten des Staates (*Leviathan,* 1651) dient der Sicherung des Friedens und der Rechtsgüter; er ist Grundlage des Gesellschaftsvertrages.

Homer [wahrscheinlich zwischen 750 und 650 v.Chr.]:
Nach antiker Überlieferung ältester epischer Dichter des Abendlandes. Wirkte als wandernder – nach späterer Legende blinder – Rhapsode an ionischen Fürstenhöfen. Unter seinem Namen wurden die *Ilias* und die *Odyssee* überliefert. Als historische Persönlichkeit ist Homer nicht faßbar, doch wird angenommen, daß ein Dichter mit diesem Namen im 8. Jahrhundert v.Chr. gelebt hat. Es wird vermutet, daß Homer in seinen Werken mündlich tradierte Gesänge zusammengefaßt hat.

Imlay, John P.:
Kaufte 1971 mit einem Partner die fast bankrotte, hoch verschuldete Firma MSA Consulting- und Service-Unternehmen für Computer. Zehn Jahre später war daraus das weltgrößte Unternehmen für Anwender-Software geworden; 1990 wurde es für 333 Millionen Dollar an die Dun & Bradstreet Corporation verkauft.

Inamori, Kazuo [* 1932]:
Gründer und Vorstandsvorsitzender des Unternehmens Kyocera und der DDI Corporation. Unternehmensziel war, das Monopol von Nippon Telegraph und Telephone (NTT) zu brechen. Als Vorstandsvorsitzender veranlaßte er den Aufbau und die Implementierung von acht regionalen Tochtergesellschaften für Mobiltelefone in Japan. 1993 gründeten Kyocera und DDI gemeinsam Nippon Iridium. Inamori rief 1984 mit einer persönlichen Einlage von 200 Millionen Dollar die Inamori-Stiftung und den jährlich vergebenen Kyoto-Preis ins Leben, der die Kategorien Grundlagenforschung, Hochtechnologie, Kunst/Musik bewertet. Er wurde wiederholt zum herausragenden Geschäftsmann Japans gewählt.

Kant, Immanuel [22.4.1724 – 12.2.1804]:
Deutscher Philosoph. Aus pietistischem Elternhaus, seit 1770 Professor für Logik und Metaphysik in Königsberg. In seiner philosophischen Entwicklung werden, orientiert an seinen Hauptwerken *Kritik der reinen Vernunft* (1781), *Kritik der praktischen Vernunft* (1788) und *Kritik der Urteilskraft* (1790), eine vorkritische und eine kritische Periode unterschieden. Um 1760 begann die Wendung zur kritischen Philosophie, mit der K. die Aufklärung philosophisch vollendete und überwand. In seiner Theorie der Erfahrung haben Gott, Welt, Seele oder das »Ding an sich« als »Ideen« einen vorwiegend praktischen Charakter: als »Postulate der praktischen Vernunft« führen sie zur menschlichen Freiheit und zu einer weltbürgerlichen Ordnung, die den »ewigen Frieden« sichert. – In der *praktischen Philosophie* muß nach K. das oberste Begründungsprinzip für Handlungen bzw. Normen das Prinzip einer universalisierbaren Zwecksetzung sein (»kategorischer Imperativ«).

Kenkô, Yoshida [vermutlich 1283 – 1350]:
Der Laienmönch stammte aus einer alten Priester- und Gelehrtenfamilie der Hauptstadt. *Tsurezuregusa* bedeutet wörtlich: Aufzeichnungen aus Mußestunden; das Buch wurde bereits im 15. Jahrhundert gern gelesen, und im 17./18. Jahrhundert zählte es zu den Klassikern, die man jeder Braut in die Ehe mitgab. Das Werk enthält in 243 Kapiteln u.a. Betrachtungen über das Leben, das Glück der Einsamkeit, über Tempel und seltsame Mönche, über Liebe und alte Bräuche.

Kierkegaard, Sören [5.5.1813 – 11.11.1855]:
Dänischer Philosoph und Theologe. Bestimmend für sein Werk (größtenteils in Dialogform) sind die Kategorien der Existenz und Angst, der Freiheit und Entscheidung. Existenz begreift K. als Synthese des Endlichen und Unendlichen, die sich in drei Stufen (der ästhetischen, ethischen und religiösen) vollzieht. Die dem Menschen gegebene Freiheit der Wahl (Entscheidung) löst Angst (Verzweiflung) aus, ein Ausweg wird durch die »Gnade Gottes« gewiesen. Für K. ist Glaube der Glaube an das Absurde. – Im 20. Jahrhundert Wirkung auf die Existenzphilosophie und die dialektische Theologie. Werke u.a.: *Entweder-Oder* (1843), *Furcht und Zittern* (1843), *Der Begriff der Angst* (1844), *Die Krankheit zum Tode* (1849), *Einübung im Christentum* (1850).

Kleist, Heinrich von [18.10.1777 – 21.11.1811]:
Deutscher Schriftsteller. Quittierte 1799 den Dienst in der preußischen Armee und begann ein Philosophiestudium (v. a. Kant) und die Arbeit an dem Trauerspiel *Familie Schroffenstein* (erschienen 1803). In Dresden entstand das Lustspiel *Amphitrion* (1807); gleichzeitig Beginn der Arbeit am Lustspiel *Der zerbrochene Krug* (aufgeführt 1808, erschienen 1811). 1807 wurde K. in Berlin als Spion von den Franzosen verhaftet und sechs Monate inhaftiert; danach

ging er nach Dresden, redigierte den einzigen Jahrgang der Zeitschrift »Phoebus« und arbeitete u.a. an den Dramen *Penthesilea* (erschienen 1808) und *Käthchen von Heilbronn* (erschienen 1820) sowie an den Erzählungen *Michael Kohlhaas* und *Die Marquise von O.* Danach wandte sich K. politisch-historisierenden Stoffen zu und schrieb das Drama *Die Hermannsschlacht* (gedruckt 1821). Als sein Drama *Prinz Friedrich von Homburg* (1811; gedruckt 1821) nicht den erhofften Erfolg erbrachte, beging er gemeinsam mit der befreundeten Henriette Vogel Selbstmord.

Knigge, Adolph Freiherr von [16.10.1752 – 6.5.1796]:
Deutscher Schriftsteller. Knigge trat für die Ideen der Französischen Revolution ein, u.a. für die Einführung des Parlamentarismus in Deutschland. Außer Romanen, Adelssatiren, Dramen nach französischen Vorlagen und Erzählungen schrieb er den autobiographischen *Roman meines Lebens in Briefen* (4 Bände 1781-1783). *Über den Umgang mit Menschen* – der eigentliche »Knigge« – entstand 1788.

Konfuzius, eigentlich: Kong Qiu [551 – 479 v.Chr.]:
Chinesischer Philosoph, Begründer der später die Gesellschaft Chinas beherrschenden Institution des gelehrten Beamten und der nach ihm benannten praktischen Philosophie des Konfuzianismus.

Korczak, Janusz, eigentlich: Henryk Goldszmit [22.7.1878 – 5.8.1942]:
Polnischer Arzt und Pädagoge. Begleitete die zweihundert Kinder seines von ihm ab 1911 geleiteten jüdischen Waisenhauses in das Vernichtungslager Treblinka. 1972 erhielt er (postum) den Friedenspreis des Börsenvereins des Deutschen Buchhandels. Werke u.a.: *König Hänschen der Erste* (1923), *Wie man ein Kind lieben soll* (1926), *Das Recht des Kindes auf Achtung* (1928).

Kranz, Jakob, Dubner Maggid genannt, d.i. der Prediger aus Dubno [1741 – 1804]:
Sammlungen seiner Homilien (Auslegungen der Schrift) erschienen in fünf Teilen von 1830 – 1867. Der Verfasser wirkte achtzehn Jahre in Dubno, von wo aus er als Wanderprediger viele jüdische Gemeinden besuchte. Seine Predigten zeichneten sich aus durch die vielen eingeflochtenen Gleichnisse, die ihnen einen besonderen Platz in der jüdischen Homiletik einräumen.

Krylow, Iwan Andrejewitsch [13.2.1769 – 21.11.1844]:
Russischer Fabeldichter; schrieb in russischer Umgangssprache etwa zweihundert Fabeln, die die großen Traditionen von Aesop und La Fontaine fortführten.

Langer, Georg [1894 – ?]:

L. machte sich mit neunzehn Jahren auf, um in den kleinen Städten Ostgaliziens die Welt der Chassidim für sich zu entdecken. Er hörte die schönsten Geschichten und Legenden noch aus dem Munde der letzten Vertreter dieser mystischen Lehre.

Lessing, Gotthold Ephraim [22.1.1729 – 15.2.1781]:

Deutscher Schriftsteller und Kritiker. Nach dem Studium der Theologie, Philologie und Medizin in Leipzig (1746-48) lebte L. mit Unterbrechungen in Berlin und arbeitete als freier Schriftsteller sowie als Herausgeber und Mitarbeiter u. a. bei der späteren Vossischen Zeitung und in der mit Friedrich Nicolai und Moses Mendelssohn gegründeten Zeitschrift »Briefe die neueste Literatur betreffend«. 1767 ging er als Dramaturg an das neugegründete Deutsche Nationaltheater in Hamburg. Seine Theorien über Drama und Schauspielkunst (*Hamburger Dramaturgie*, 1767-69) und über die bildende Kunst (*Laokoon oder Über die Grenzen der Malerei und Poesie*, 1766) beeinflußten die Kunstauffassung und -ausübung der Klassik entscheidend. 1755 wurde *Miß Sara Sampson*, das erste bedeutende deutsche bürgerliche Trauerspiel, uraufgeführt. 1759 veröffentlichte er seine wegen der Abhandlungen zur Fabeltheorie bedeutsamen *Fabeln*. Weitere Werke u. a.: *Minna von Barnhelm* (1767), *Emilia Galotti* (1771), *Nathan der Weise* (1779), die geschichtsphilosophische Schrift *Die Erziehung des Menschengeschlechts* (1780).

Lichtenberg, Georg Christoph [1.7.1742 – 24.2.1799]:

Deutscher Physiker und Schriftsteller, universell gebildeter Vertreter der deutschen Aufklärung, vielseitiger Naturwissenschaftler mit Forschungen besonders auf dem Gebiet der experimentellen Physik. Seine Aphorismen und Aufsätze erschienen zum großen Teil in dem von ihm seit 1778 redigierten *Göttinger Taschenkalender*. L. war auch Kunstkritiker und wurde berühmt durch seine ironisch-geistvollen Aphorismen *(Sudelbücher)*.

Luhmann, Niklas [★ 8.12.1927]:

Studium der Rechtswissenschaft; seit 1968 Professor für Soziologie an der Universität Bielefeld, Arbeiten zur Industrie-, Rechts- und politischen Soziologie, führender Vertreter der sozialwissenschaftlichen Systemtheorie; führte Anfang der siebziger Jahre eine exemplarische Diskussion mit Jürgen Habermas über *Theorie der Gesellschaft oder Sozialtechnologie?* (1971). Werke u. a.: *Funktion der Religion* (1977), *Liebe als Passion* (1982), *Soziale Systeme* (1984), *Die Wirtschaft der Gesellschaft* (1988), *Die Wissenschaft der Gesellschaft* (1990).

Lukian von Samosata [um 120 bis nach 180]:
Griechischer Schriftsteller, sophistischer Wanderlehrer und kaiserlicher Sekretär in Ägypten. Schrieb als Kulturkritiker seiner Zeit Satiren (Erzählungen, Briefe, Dialoge), z.b. *Die Gespräche der Götter und Meergötter, der Toten und der Hetären.*

Machiavelli, Niccolo [3.5.1469 – 22.6.1527]:
Italienischer Schriftsteller. M. wurde 1498 Sekretär in der zweiten Staatskanzlei der Republik Florenz, wenig später auch Kanzler des ›Rates der Zehn‹. In dieser Stellung wurde er mit zahlreichen diplomatischen Missionen betraut. Nach der verlorenen Schlacht bei Prato (1512) seines Amtes enthoben, zog sich M. 1513 auf sein Gut bei Florenz zurück, wo die meisten seiner Schriften entstanden. 1531 schrieb er im Auftrag der Medici die *Historie fiorentine* (dt. 1788 »Historien von Florenz«). – In *Il principe* (1513; dt. 1804 »Der Fürst«) sieht M. als Voraussetzung dauerhafter politischer Herrschaft die Fähigkeit des Herrschers, politische Macht zu erwerben und zu erhalten und – unter dem Aspekt des fremdbeherrschten Italien – die nationale Einheit herzustellen. Die Frage nach der Erhaltung des Staates ist für M. so zentral, daß er den Herrscher unter der Voraussetzung des Staatsnotstandes (»necessità«) vom Zwang ethischer Normen befreit sieht. Damit begründete M. die Lehre von der Staatsräson. Weitere Werke u.a.: *Discorsi* (1513-21; dt. 1776 »Vom Staate«), das Lustspiel *Mandragola* (um 1520).

Meier, Christian [*16.2.1919]:
Deutscher Historiker. Er habilitierte sich in Frankfurt und lehrte anschließend Alte Geschichte in Freiburg/Brsg., Kassel, Köln, Bochum und München. Werke u.a.: *Res Publica Amissa* (1966), *Die Entstehung des Begriffs Demokratie* (1970), *Die Entstehung des Politischen* (1980), *Caesar* (1982), *Politik und Anmut* (1985), *Athen* (1993).

Meng-tzu, auch Mengzi [um 389 – um 305 v.Chr.]:
Klassiker des Konfuzianismus. Er vertrat die Ansicht, der Mensch sei gut, könne aber später aus eigener Nachlässigkeit negativen Einflüssen erliegen.

Moltke, Helmuth von [26.10.1800 – 24.4.1891]:
Preußischer General-Feldmarschall (1871). Nach seinem Dienst im dänischen Heer 1822 trat er in die preußische Armee ein, kam 1833 in den großen Generalstab, stand 1836-39 als Instrukteur in türkischen Diensten. 1858 wurde er Chef des Generalstabs. Werke u.a.: *Der russisch-türkische Feldzug in der europäischen Türkei 1828 und 1829* (1845), *Geschichte des deutsch-französischen Krieges von 1870/71* (1891).

Montaigne, Michel de [28.2.1533 – 13.9.1592]:
Französischer Schriftsteller und Philosoph, 1582 – 1585 Bürgermeister von
Bordeaux; zog sich danach in den Turm seines Schlosses zurück. M. war mit
seinem Hauptwerk *Les essais* (1580-88, dt. 1908-11 als *Essays*) der Begründer
des Essays als literarischer Form. Mit der vorurteilsfreien Menschen- und
Selbstbetrachtung leitete M. die Tradition der französischen Moralistik ein.

Morus, Thomas [7.2.1478 – 6.7.1535]:
Englischer Staatsmann und Humanist. 1529 Nachfolger T. Wolseys als Lordkanzler. Er unterstützte die Kirchenpolitik des Königs, soweit sie sich gegen
den Protestantismus richtete, lehnte aber die Errichtung einer Staatskirche ab
und trat 1532, als Heinrich VIII. die Unterwerfung der englischen Priester-
schaft forderte, zurück. Aufgrund seiner Weigerung, dem König als Oberhaupt
der anglikanischen Kirche den Suprematseid zu leisten, ließ ihn Heinrich VIII.
im Rahmen eines Hochverratsprozesses zum Tode verurteilen und enthaup-
ten. – Im Zuge der Frage nach der bestmöglichen Staatsform entstand seine
satirische Schrift *Utopia* (1516); sie begründete die Utopie als literarische
Gattung.

Musashi, Miyamoto [1584 – 1645]:
Japanischer Samurai, ein »Weiser des Schwertes«. Mit einundzwanzig Jahren
ging er in die kaiserliche Hauptstadt Kyôto, um dort die Schwertkunst zu
erlernen, die er bis zur Perfektion trieb. Sein Lehrbuch über die Techniken der
Kampfkunst wird heute auch in Wirtschaftskreisen gerne gelesen.

Nietzsche, Friedrich [15.10.1844 – 25.8.1900]:
Deutscher Philosoph und klassischer Philologe, aus pietistischem Pfarrhaus;
1864-68 Studium der Altphilologie in Bonn und Leipzig; 1869 Professor für
griechische Sprache und Literatur in Basel; dort Bekanntschaft u.a. mit Jacob
Burckhardt und Richard Wagner; 1878 Bruch mit Wagner; 1879 aus Gesund-
heitsgründen Aufgabe der Professur in Basel; 1889 psychischer Zusammen-
bruch in Turin (progressive Paralyse). Seit seinem Bruch mit Wagner transformierte er eine ästhetisch inspirierte Freiheitsphilosophie in eine radikale Kritik an den platonisch-christlichen Wertvorstellungen und -systemen, die eine
nachträgliche Rationalisierung von »Lebensschwächen« darstellen (»Sklaven-
moral«). Dagegen wird in einer »Umwertung aller Werte« der ungebundene
»Übermensch« als der sich selbst und seine Sinnstiftungen überwindende
Mensch, der Mensch der Zukunft, hervorgehoben. – N. gilt vielfach als Wegbereiter der Existenzphilosophie; seine entschiedene Ablehnung des deutschen Nationalismus, des Antisemitismus und Biologismus wurde (teilweise
mit Wirkung bis heute) grundsätzlich ignoriert; sein Einfluß auf Philosophie,
Wissenschaften und Künste ist bis zur Gegenwart wirksam. Werke u.a.: *Die
Geburt der Tragödie aus dem Geiste der Musik* (1872), *Unzeitgemäße Betrachtungen*
(1873-76), *Menschliches, Allzumenschliches* (1878/79), *Die fröhliche Wissenschaft*

(1882), *Also sprach Zarathustra* (1883-85), *Jenseits von Gut und Böse* (1886), *Zur Genealogie der Moral* (1887), *Der Fall Wagner* (1888), *Götzendämmerung* (1888), *Der Antichrist* (1895).

Ovid = Publius Ovidius Naso [20.3.43 v.Chr. – 17 oder 18 n.Chr.]:
Römischer Dichter aus wohlhabender Familie; wurde 8 n.Chr. von Augustus (wohl als Mitwisser der Ausschweifungen von Augustus' Enkelin Julia) nach Tomis verbannt. Bekanntheit erlangte O. bereits durch sein erstes Werk, die Liebeselegien *Amores* (ab 20 v.Chr.). In den *Heroides* (entstanden um 10 v.Chr.) entwirft O. psychologische Studien in Form von Liebesbriefen mythischer Frauengestalten. Die *Metamorphosen* (um 2-8 n.Chr.) stellen etwa 250 an- und ineinandergefügte Mythen dar, die durch das Verwandlungsmotiv zusammengehalten werden. Die nicht vollendeten *Fasti* stellen eine Erklärung des röm. Festkalenders sowie damit verknüpfender Sagen und Bräuche dar. In der Verbannung schrieb O. über sein eigenes Schicksal, v.a. in Briefen.

Paul, Jean, eigentlich: Johann Paul Friedrich Richter [21.3.1763 – 14.11.1825]:
Deutscher Romancier. Sein von grotesker Phantasie bestimmtes Romanwerk steht außerhalb der literarischen Strömungen seiner Zeit. In der *Vorschule der Ästhetik* (1804) entwickelte er eine umfassende, bis heute wichtige Theorie des Humors, in *Levana, oder Erziehungslehre* (1806) eine Pädagogik der freien Individualität. Werke u.a.: *Leben des vergnügten Schulmeisterlein Maria Wuz* (1793), *Blumen-, Frucht- und Dornenstücke oder Ehestand, Tod und Hochzeit des Armenadvokaten F. S. Siebenkäs* (1796-97), *Titan* (1800-1803).

Pestalozzi, Johann Heinrich von [12.1.1746 – 17.2.1827]:
Schweizer Pädagoge und Sozialreformer. Gründete 1775 eine Erziehungsanstalt auf seinem Gut Neuhof (bei Birr, Aargau); 1798 Übernahme eines Waisenhauses in Stans, 1800-04 Leitung einer Schule in Burgdorf, 1805-25 einer Heimschule in Yverdon, die durch die Erprobung der pädagogischen Grundsätze P.s weltbekannt wurde. Seine pädagogische Grundidee war Bildung für alle, d.h. die an den »Realverhältnissen« geweckte Entfaltung der geistigen und körperlichen Kräfte und Anlagen. P. wurde zum Wegbereiter der Volksschule und Lehrerbildung. Werke u.a.: *Lienhard und Gertrud* (vier Bände, 1781-87), *Über Volksbildung und Industrie* (1806), *Über die Elementarbildung* (1809).

Peters, Tom:
Ehemals Berater des Weißen Hauses, dann Partner von McKinsey, ist er heute erfolgreicher Unternehmensberater, inzwischen mit eigener Unternehmensgruppe. Spätestens seit *In Search of Excellence* (1982), das er zusammen mit Robert Watermann schrieb, avancierte er zum Wortführer des modernen Managements.

Petrarca, Francesco [20.7.1304 – 18.7.1374]:
Italienischer Dichter, bedeutender Vertreter des italienischen Humanismus; trat 1326 in den geistlichen Stand ein; 1330-47 im Dienst des Kardinals Colonna; 1353-61 im Dienst der Visconti in Mailand, als deren Gesandter 1356 auch am Hof Karls IV. in Prag; ab 1362 in Venedig, später in Arquà; erforschte v. a. antike Handschriften; verfaßte eine umfangreiche Briefliteratur in lateinischer Sprache, so die 24 Bücher der *Epistolae familiares* (entstanden 1364) und die 17 Bücher der *Epistolae seniles* (entstanden 1361); bedeutsam u.a. die in Versen verfaßten *Epistolae metricae* (entstanden 1331-61) sowie die Bekenntnisschrift *De contemptu mundi* (entstanden 1342/43), die in Form eines fiktiven Dialogs zwischen dem Dichter und dem hl. Augustinus gehalten ist. P.s lyrisches Werk in italienischer Sprache ist von weltliterarischer Bedeutung; die über viele Jahre entstandenen Gedichte faßte P. selbst in einer mehrfach umgestalteten Sammlung zusammen, deren letzte Fassung, heute unter dem Titel *Il canzoniere* (1470), neben Kanzonen, Sestinen, Balladen und Madrigalen v.a. 317 Sonette umfaßt. Dieses Werk gliedert sich in zwei Teile: die an die lebende und die an die verstorbene (fiktive) Geliebte *Laura* gerichteten Gedichte sowie die in Terzinen verfaßten *Triumphe*.

Platon [428 oder 427 v. Chr. – 348/347 v.Chr.]:
Griechischer Philosoph. Schüler von Sokrates; begründete etwa 387 die Akademie in Athen. – Sein umfangreiches Werk- in der Antike in neun Tetralogien geordnet – besteht (abgesehen von der *Apologia* und einigen Briefen) aus Dialogen, in denen meist Sokrates das Gespräch führt. Die wichtigsten sind *Symposion* (Das Gastmahl), *Phaidon, Politeia* (Der Staat), *Parmenides* und *Timaios*. P. verwendet darin die sokratische Dialektik als Weg zur Erkenntnis. In Auseinandersetzung mit den Sophisten, unter Einfluß von Parmenides' Lehre von dem einen wahrhaft Seienden und von Sokrates' Fragen nach dem Wesen des Allgemeinen (z. B. des »Gerechten«), das den vielen konkreten Fällen eine einheitliche Bedeutung verleihe, begründete P. seine Ideenlehre. Letztes Erkenntnisziel ist die Idee des Guten als obersten Prinzips. Das Verhältnis der Erfahrungsdinge zu den Ideen sowie den menschlichen Erkenntnisweg erläutert P. in berühmten Gleichnissen (Höhlengleichnis). Erkennen erklärt P. auch als Wiedererinnerung, da die Seele vor der Geburt im Raum der ewigen Ideen lebte, durch Leiblichkeit und Triebe jedoch gehemmt ist. Ihre Läuterung vollzieht sich auf ähnliche Weise wie die pythagoreische Seelenwanderung. Um auf Erden die Tugenden zu verwirklichen, erhofft P. die Realisierung eines Idealstaats, den Philosophen leiten, »Wächter« schützen und ein dritter Stand nährt. P. forderte u. a. eine verantwortungsvolle Erziehung.

Plutarch = Mestrius Plutarchus [um 46 – um 120]:
Griechischer Schriftsteller. Konsul unter Trajan und Statthalter von Griechenland. Seine Schriften werden gegliedert in *Moralia* (philosophische, religions-
philosophische und literarische Arbeiten) und *Biografien,* von denen 46 erhalten sind, die je einen Griechen und einen Römer vergleichen.

Puzo, Mario [* 15.10.1920]:
Amerikanischer Schriftsteller italienischer Abstammung. Schrieb spannende
Unterhaltungsromane: *Mamma Lucia* (1964), *Der Pate* (1969, verfilmt von Fran-
cis Ford Coppola), *Der Sizilianer* (1984, verfilmt von Michael Cimino), lebt in
New York.

Rabelais, François [um 1494 (1483 oder 1490) – 9.4.1553]:
Französischer Dichter. Sein Ruhm beruht auf dem phantastischen, grotesk-
komischen Romanzyklus *Gargantua und Pantagruel.* Das erste Buch (1532) entwickelt mit der Geschichte des Riesen Pantagruel eine umfassende Zeitsatire,
in die das gesamte Gedankengut der französischen Frührenaissance einfließt;
das zweite Buch (1534) enthält zugleich eine Verspottung der klösterlichen
Erziehung und der Sorbonne; im dritten und vierten Buch (1546 bzw. 1552)
werden zeitgenössische Vorstellungen von Astrologie, Medizin, Philosophie
u.a. satirisch angegriffen. Die Autorschaft des fünften Buches (1562, endgültige
Ausgabe 1564) ist umstritten.

Remisow, Alexej Michailowitsch [6.7.1877 – 26.11.1957]:
Sohn einer Kaufmannsfamilie, Handelsschule und Studien an der physika-
lisch-mathematischen Fakultät der Moskauer Universität, 1896 Verhaftung
und Aburteilung als vermeintlicher Rädelsführer der Studenten, sechs Jahre
Verbannung, Nähe zum Theater am Anfang seiner literarischen Laufbahn.
1921 Emigration, bis 1923 Leben in Berlin, danach bis zum Tod in Paris, 1948
wurde ihm die sowjetische Staatsbürgerschaft zuerkannt. Werke u.a.: *Die Uhr,
Schwestern im Kreuz* (1910), *Der Teich* (1915), außerdem Erzählungen; 1951
erschien sein Memoirenwerk *Mit gestutzten Augen.*

Rousseau, Jean Jacques [28.6.1712 – 2.7.1778]:
Französischer Moralphilosoph, Schriftsteller, Komponist und Musiktheoretiker
schweizerischer Herkunft. Lebte seit 1741 in Paris, 1765 in der Schweiz und
1767-70 in England; unterhielt (in späteren Jahren getrübte) freundschaftliche
Beziehungen zu den Enzyklopädisten d'Alembert, Diderot und Condillac. In
seiner politischen Philosophie forderte R. gleiche Rechte für alle Bürger unter
einem demokratischen Modell sozialer Kontrolle (»Du contrat social ou prin-
cipes du droit politique«, 1762); seine einflußreiche Erziehungsphilosophie formulierte er in »Émile ou De l'éducation« (1762). Weitere Werke u.a.: *Über den
Ursprung der Ungleichheit unter den Menschen* (1754), *Bekenntnisse* (1764-70).

Rumî, Dschalâl-ed-dîn [1207 – 17.12.1273]:
R. wurde in Balch (Afghanistan) als Sohn eines mystischen Theologen geboren, ließ sich aber mit seiner Familie in Anatolien (in Rum) nieder. Durch
die Liebe zu dem Wanderderwisch Schamsuddin von Tabriz wurde er zum
mystischen Dichter, der mehr als 35 000 Verse verfaßte, die er seinem Geliebten zueignete (*Diwan*). Später schrieb er auch ein mystisches Lehrgedicht, bekannt als *Mathnawi*, eine Art von Enzyklopädie mystischer Erfahrungen; überliefert wurden außerdem Briefe, Aufzeichnungen von Gesprächen und ein
Prosawerk. Sein ältester Sohn verfaßte eine poetische Biographie des Vaters
und organisierte den Derwischorden in Konya.

Russell, Bertrand [18.5.1872 – 2.2.1970]:
Britischer Philosoph, Logiker, Mathematiker, daneben politisch einflußreicher
Pazifist und Sozialkritiker, unterrichtete 1910-1916 am Trinity College in
Cambridge; aus dieser Stellung wurde er 1916 wegen eines Aufrufs zur Kriegs-
dienstverweigerung entlassen (und 1918 inhaftiert); in den sechziger Jahren
gründete er das »Vietnam-Tribunal« von Stockholm; 1950 erhielt er für eine
Schrift über Ehe und Moral den Literaturnobelpreis. In der Zeit zwischen
1910 und 1913 lernte er Ludwig Wittgenstein kennen und förderte ihn. Werke
u.a.: *Principia Mathematica* (mit Alfred North Whitehead, 1910-1913), *Philosophie des Abendlandes* (1946), *Autobiographie* (1967-69).

Saint-Exupéry, Antoine de, eigentlich Marie Roger Graf von Saint-Exupéry
[29.6.1900 – 31.7.1944]:
Französischer Schriftsteller. Ab 1934 bei der Air France. Er schrieb Romane
wie *Wind, Sand und Sterne* (1939), *Südkurier* (1929), *Nachtflug* (1931), Erzählungen und Schriften wie *Die Stadt in der Wüste* oder das Märchen *Der kleine Prinz*
(1943).

Schopenhauer, Arthur [22.2.1788 – 21.9.1860]:
Deutscher Philosoph; Auseinandersetzungen v.a. mit Fichte und Hegel. – 1819
formulierte S. im Titel seines Hauptwerks programmatisch seine Philosophie:
Die Welt als Wille und Vorstellung. Er verband die transzendentale Ästhetik Kants
mit einer buddhistisch beeinflußten Willensmetaphysik. Das Christentum
lehnt er als unphilosophisch ab. Als höchstes Ziel der Philosophie galt ihm die
Aufhebung des Wollens in ein »interesseloses Anschauen« der Kunst. Sein in
glänzendem Stil geschriebenes Werk begann erst um die Mitte des 19. Jahrhunderts zu wirken; Einflüsse v.a. auf den jungen Nietzsche, aber auch auf
Ludwig Wittgenstein, in der Kunst u.a. auf Richard Wagner. In seiner Willens-
und Trieblehre nahm S. Motive der Psychoanalyse vorweg. Weitere Werke:
Über den Willen in der Natur (1836), *Die beiden Grundprobleme der Ethik* (1841).

Seneca, Lucius Annaeus, d. J. [um 4 v.Chr. – 65 n.Chr.]:
Römischer Politiker, Philosoph und Dichter. Nach seiner Verbannung (41-48) war er Erzieher Neros; übernahm (als Konsul) 54-59 zusammen mit Sextus Afranius Burrus die gesamte Reichspolitik; als angeblicher Mitwisser der Pisonischen Verschwörung wurde er von Nero zur Selbsttötung gezwungen. Seine philosophischen Schriften waren der stoischen Ethik verpflichtet; sie gehörten bis zum 18. Jahrhundert zur meistgelesenen philosophischen Literatur; seine neun Tragödien (u.a. *Phaedra, Oedipus*) haben das neuzeitliche Drama bis zur französischen Klassik stärker beeinflußt als die griechischen Originale.

Serner, Walter [15.1.1889 – 1942]:
Promovierte in Greifswald zum Dr. jur., gehörte zum Kreis der Dadaisten, gab während des Ersten Weltkrieges die Zeitschrift »Sirius« und 1919 mit Otto Flake und Tristan Tzara den »Zeltweg« heraus, die letzte dadaistische Veröffentlichung; S. gehörte auch zu den Mitarbeitern an Franz Pfemferts expressionistischer Zeitschrift »Aktion«, Ende der zwanziger Jahre lag das siebenbändige Gesamtwerk vor. 1933 wurden Serners Bücher verboten. Am 20. 8. 1942 wurden Walter Serner und seine Ehefrau Dorotea aus dem Konzentrationslager Theresienstadt nach Osten deportiert – nur zehn Menschen haben diese fahrbaren Gaskammern überlebt.

Shazer, Steve de:
Leiter des »Brief Family Therapy Center« am »Wisconsin Institute on Family Studies«. Er gilt als einer der erfahrensten und innovativsten Kurzzeit-Therapeuten. Dabei besteht sein Ansatz in einer Verschmelzung hypnotherapeutischer Interventionstechniken Milton H. Ericksons mit lösungsorientierten Vorgehensweisen der systemischen Therapie. Werke u.a.: *Muster familientherapeutischer Kurzzeit-Therapie* (1982), *Wege der erfolgreichen Kurztherapie* (1985).

Simon, Fritz B.:
Psychiater und Psychoanalytiker, Mitbegründer des Heidelberger »Instituts für systemische Forschung, Therapie und Beratung«; Werke u.a.: *Der Prozeß der Individuation* (1984), *Die Sprache der Familientherapie* (mit Helm Stierlin, 1984), *Unterschiede, die Unterschiede machen* (1988), *Meine Psychose, mein Fahrrad und ich* (1992).

Sirin, Ibn = Muhamad ben Sirin [† 728 n.Chr.]:
Historiker und Theologe, der sich auch mit Psychologie und Esoterik befaßte; Verfasser eines Traumbuches vom Beginn des 8. Jahrhunderts, das der Arabist Helmut Klopfer 1958 in einer kleinen Buchhandlung in Ankara als Manuskript aus dem 15. Jahrhundert fand. Ihm verdanken wir die deutsche Übertragung.

Stendhal, eigentlich: Marie Henri Beyle [23.1.1783 – 23.3.1842]:
Französischer Schriftsteller. Pseudonym nach J. J. Winckelmanns Geburtsort
Stendal; schrieb neben Essays, Tagebüchern und Reiseberichten v.a. Novellen
(*Renaissance-Novellen*, 1855) und Romane, u.a. *Rot und Schwarz* (1830) und *Die
Kartause von Parma* (1839). In den *Bekenntnissen eines Egoisten* (1832) ent-
wickelte S. eine Philosophie des Ichkults. Weitere Werke u.a.: *Über die Liebe*
(1822), *Racine und Shakespeare* (1823-1825), *Das Leben des Henri Brulard* (Auto-
biographie, unvollendet).

Sun Tsu [3. Jahrhundert v.Chr.]:
Chinesischer Philosoph und Militärstratege, der die Lehre des Konfuzianismus
weiterentwickelte.

Tabori, George [* 24.5.1914]:
Schriftsteller und Regisseur ungarischer Herkunft. 1936 Emigration nach
London, 1946-70 Aufenthalt in den USA, ab 1971 in Deutschland. 1987-90
leitete er in Wien ein eigenes Theater, seit 1990 ist er v.a. in Berlin tätig. Mit
seinen Stücken, u.a. *Die Kannibalen* (1968), *Jubiläum* (1983), *Weisman und Rotge-
sicht* (1990), *Die Goldberg-Variationen* (1991), *Der Großinquisitor* (1993) hat T. sich
in die Tradition des Shakespeare-Theaters und die Kultur des jüdischen Wit-
zes eingereiht. T. schrieb auch Prosa, u.a. *Meine Kämpfe* (1986) und Dreh-
bücher. 1992 erhielt er den Georg-Büchner-Preis.

Tepl, Johannes von [Mitte des 14. Jahrhunderts – 1414]:
Deutscher Dichter. Verfaßte das berühmte Streitgespräch zwischen dem personifizierten Tod und einem Bauern *Der Ackermann aus Böhmen*, die bedeutendste deutsche Prosadichtung des Spätmittelalters.

Thoreau, Henry David [12.7.1817 – 6.5.1862]:
Amerikanischer Schriftsteller. Er studierte 1833-1837 an der Harvard University, danach war er zeitweilig Lehrer an der Schule seines Bruders und Land-
vermesser. Seine Naturbetrachtungen in der Einsamkeit einer Blockhütte
(1845-47) schrieb er in seinem (1854 in deutscher Übersetzung erschienenen)
Roman *Walden* nieder. Außerdem verfaßte er politische Aufsätze und Reden
über zivilen Ungehorsam und gegen die Sklaverei.

Thukydides von Athen [spätestens 455 – 400 v.Chr.]:
Historiker aus der Athener Aristokratie. Mutmaßlich begann er schon 431 mit
seinen historischen Forschungen; 425/24 übte er das Amt eines Strategen aus,
das ihm wegen eines Mißerfolgs die Verbannung einbrachte. Thukydides'
Werk ist eine historische Monographie über den Verlauf des Peloponnesischen
Krieges (431-404), die aber bei der Behandlung des Jahres 411/410 abbricht.

Tocqueville, Alexis de [29.7.1805 – 16.4.1859]:
Französischer Schriftsteller und konservativer Politiker. 1849-51 Außenminister. Nach einer Reise in die USA 1831/32 schrieb T. sein berühmtes Werk *Über die Demokratie in Amerika* (1835-40), in dem er die amerikanische Gesellschaft als Modell für die sich unausweichlich ausbreitende Demokratie beschrieb. In dem Werk *Der alte Staat und die Revolution* (1856) analysierte T. die Situation Frankreichs vor der Französischen Revolution.

Tucholsky, Kurt [9.1.1890 – 21.12.1935]:
Deutscher Journalist und Schriftsteller. 1913-33 Mitarbeiter der Zeitschrift »Schaubühne« (später »Weltbühne«); lebte ab 1924 größtenteils im Ausland; 1933 wurde er nach der Machtübernahme der Nazis ausgebürgert; seine Bücher wurden in Deutschland verbrannt; seitdem Verzicht auf Veröffentlichungen. T. vertrat als bedeutender Satiriker und Zeitkritiker einen linksgerichteten pazifistischen Humanismus. Werke u.a.: *Deutschland, Deutschland über alles! Ein Bilderbuch* (1929, zusammen mit John Heartfield), auch humoristische Erzählungen wie *Rheinsberg. Ein Bilderbuch für Verliebte* (1912), *Träumereien an preußischen Kaminen* (1920), *Schloß Gripsholm* (Roman, 1931).

Ury, William L.:
Direktor des »Program of Negotiation« an der »Harvard Law School«; Mitautor des Buches *Das Harvard-Konzept. Sachgerecht verhandeln – erfolgreich verhandeln* (1990).

Valéry, Paul [30.10.1871 – 20.7.1945]:
Französischer Dichter. Gehörte zum Kreis um Mallarmé; schrieb zunächst symbolistische Lyrik, setzte aber bald seine Bemühungen, den reinen, von allen Gefühlen gelösten Geist zu ergründen, in strenger Prosaform fort, u.a. in *Herr Teste* (Prosazyklus, 1896, erweitert 1926). V. gestaltete in seiner Lyrik – u.a. *Die junge Parze* (1917), *Palme* (1919), *Der Friedhof am Meer* (1920) – den Zwiespalt zwischen Bewußtsein (Intellekt) und Sensibilität (Natur, Gefühl). Er widmete sich in Aphorismen, theoretischen Schriften z.B. *Zur Theorie der Dichtkunst* (1938) und Dramen (*Mein Faust*, zwei dramatische Skizzen, herausgegeben 1945), besonders aber in seinen umfangreichen tagebuchähnlichen Aufzeichnungen – *Cahiers*, 29 Bände, veröffentlicht 1957-61 – der methodischen Analyse psychisch-geistiger Phänomene und deren exakter sprachlicher Erfassung.

Vergil = Publius Vergilius Maro [15.10.70 – 21.9.19 v.Chr.]:
Römischer Dichter. Lebte meist in Neapel, von Maecenas gefördert; sein in Auseinandersetzung mit den Epen Homers entstandenes Heldenepos *Aeneis* (zwölf Bücher, 29-19 v.Chr.) wurde zum Nationalepos der Römer: das Epos gliedert sich in zwei Teile (Buch 1- 6: Irrfahrten des Äneas, Buch 7-12: Ansiedlung in Italien). Als Klassiker der Antike gelten auch die 10 Hirtengedichte

(42–39 v.Chr.) sowie die Lehrdichtung über die Arbeit der italienischen Bauern *Georgica* (4 Bücher, 39–29 v.Chr.). Vorbildhaft für die gesamte lateinische Dichtung, erlebte die V.-Rezeption in karolingischer Zeit, im Hoch- und Spätmittelalter (Dante) und während der italienischen Renaissance (Torquato Tasso) eine besondere Blüte.

Voragine, Jacobus de [1230 – 1298]:
Mit sechzehn Jahren trat er in den Dominikanerorden ein; zwischen 1263 und 1273 verfaßte er die *Legenda aurea*, eine Sammlung von Legenden über die Heiligen des Kirchenjahres. Im Jahre 1292 wurde er zum Erzbischof von Genua geweiht.

Waldis, Burkard [um 1490 – 1556]:
Zunächst Franziskaner in Riga, kehrte er nach einer Rom-Fahrt als überzeugter Anhänger Luthers zurück. Er setzte sich in polemisch-satirischen Schriften für Luthers Lehre ein. Wichtig ist seine Fabelsammlung *Esopus* von 1548.

Watzlawick, Paul [* 1921]:
Er studierte Philosophie und Sprachen und promovierte 1949, die anschließende Ausbildung in Psychotherapie beendete er 1954. 1957 – 1960 wirkte er als Professor für Psychotherapie in El Salvador, seit 1960 Forschungsbeauftragter am »Mental Research Institute« in Palo Alto, Kalifornien. Außerdem lehrte er an der Abteilung für Psychiatrie an der Stanford University. Werke u.a.: *Menschliche Kommunikation* (mit Janet H. Beavin u. Don D. Jackson, 1969), *Die Unsicherheit unserer Wirklichkeit* (mit Franz Kreuzer, 1982), *Münchhausens Zopf* (1988).

Weber, Max [21.4.1864 – 14.6.1920]:
Deutscher Sozialökonom, Wirtschaftshistoriker und Soziologe. Professor in Berlin, Freiburg/Brsg., Heidelberg, Wien und München; Gründungsmitglied der Deutschen Gesellschaft für Soziologie und der Deutschen Demokratischen Partei; 1919 Mitarbeit an der Reichsverfassung. Im Mittelpunkt seines wissenschaftlichen Werkes stehen Studien zum Verhältnis von Religion, Wirtschaft und Gesellschaft. Werke u.a.: *Die protestantische Ethik und der Geist des Kapitalismus* (1904/05), *Gesammelte Aufsätze zur Religionssoziologie* (1920/21), *Wirtschaft und Gesellschaft* (1921). In seiner Arbeit über *Die Objectivität sozialwissenschaftlicher und sozialpolitischer Erkenntnis* (1904) plädierte W. für eine Trennung von politisch-praktischem Handeln und soziologischer Erkenntnis (Wertfreiheit der Wissenschaften).

Weil, Simone [3.2.1909 – 24.8.1943]:
Religiöse Sozialistin und anarchistische Mystikerin; Schülerin Alains. Sie stammte aus einer nichtreligiösen Familie mit liberalem Klima. 1931 bestand sie die Staatsprüfung für das Lehramt an höheren Schulen und wurde Philo-

sophielehrerin am Mädchengymnasium in Le Puy; später arbeitete sie in einer Fabrik und engagierte sich sozialpolitisch; ab 1942 lebte sie in den USA, danach in England. Werke u.a.: *Die Einwurzelung* (1949), *Das Unglück und die Gottesliebe* (1951), *Zeugnis für das Gute* (1990); seit 1993 erscheinen auch ihre Aufzeichnungen *(Cahiers)* in deutscher Übersetzung.

Widmer, Urs [* 21.5.1938]:
Schweizer Schriftsteller; bevorzugt in seinen Erzählungen (*Die Amsel im Regen im Garten*, 1971; *Indianersommer*, 1985) und Romanen (*Die Forschungsreise*, 1974; *Das enge Land*, 1981) surreale Elemente. W. schrieb auch Essays (*Die gestohlene Schöpfung*, 1984), Hörspiele und Stücke (*Frölicher – Ein Fest*, 1991).

Winnicott, Donald W. [1896 -1971]:
Englischer Kinderarzt und Psychoanalytiker, bedeutender Kinderanalytiker aus der Schule von Melanie Klein, der sich von der Pädiatrie der Psychoanalyse zuwandte.

Xenophon [um 430 – nach 355 v.Chr.]:
Griechischer Geschichtsschreiber und Schriftsteller, Schüler des Sokrates; 401 Teilnehmer am Feldzug Kyros' d.J. gegen Artaxerxes II., zeichnete sich nach der Schlacht bei Kunaxa bei der Leitung des Rückzuges der führerlos gewordenen zehntausend griechischen Söldner nach Trapezus aus. Sein Gesamtwerk läßt sich in vier Gruppen einteilen: historische Schriften, sokratische Schriften, u.a. Memorabilien, politisch-ethische Schriften, kleine Lehrschriften. Werke u.a.: *Anabasis, Hellenika, Apologia, Symposion.*

GLOSSAR

I. Ratschläge der Götter

Homer: Ratsversammlung der Götter
Atriden: Titel für Agamemnon und Menelaos, die Söhne des Atreus;
Argeier: Bewohner von Argos, bei Homer eine Sammelbezeichnung für die im Feldzug gegen Troja vereinten Griechen;
Kronide: Titel für Zeus, den Sohn des Titanen Kronos;
Achäer: Name eines frühgeschichtlichen Stammes der Griechen, bei Homer Bezeichnung aller Griechen;

Lukian: Rangstreitigkeiten auf dem Olymp
Asklepios: griechischer Gott der Heilkunde, der Kranke heilte und Tote erweckte; die Erweckung der Toten wurde – als Frevel – durch einen Blitz vom Olymp geahndet; doch als Apollons Sohn und Wohltäter der Menschen wurde A. zum Gott erhoben;
Herakles: Heros der griechischen Mythologie; im Wahnsinn hatte er Frau und Kinder erschlagen, wovon das sophoklëische Drama »Trachinierinnen« erzählt;
Paieon: ein alter Heilgott, der später mit Apollon identifiziert wurde;

In Noahs Arche
Vogel Awraschna: eine jüdische Variante des Vogels Phönix;

Gideons Berufung
Eiche bei Ofra: ein heiliger Baum; die Ortslage von Ofra ist unbekannt;
Manasse: Stamm Israels, durch Joseph begründet (vgl. Buch Genesis 41,51-52);
Efa: Maßeinheit, 1 Efa = ca. 40 l;

II. Vom Rat der Kinder und Narren

Geschichten von Diogenes
Obolos: griechisch eigentlich: Bratspieß, Metallstab; antike Münzeinheit in Gold, Silber oder Bronze;

Nasreddin Hodscha: Vom Klang der Münzen
Nasreddin Hodscha: Nasreddin Hodscha soll ungefähr zwischen 1212 und 1287 in Konia und in Ak-Schehir gelebt haben. Er bekleidete das Amt eines Imams, später eines Lehrers und zeitweilig sogar eines Richters;
Kadi: Richter;
Medresse: Mittelschule;

Till Eulenspiegels Flugversuch
Sigrist: altertümlich: Küster, Mesner;

Hans Jakob Christoffel von Grimmelshausen: Vom Handwerk des Narren
Obrister: Oberst;
Tyras: Name eines Jagdhundes;

III. Orakel

Edward Evans-Pritchard: Das Hühnerorakel der Zande
Ordal: altenglisch: Gottesurteil;

Vergil: Die Befragung der Seherin von Cumae
Sibylle von Cumae: Die Sibylle war eine orakelsprechende Priesterin Apollos in Cumae, einer griechischen Siedlung in Italien;
Teukrer: Trojaner;
Latium: Landschaft in Mittelitalien;
Phoebus: Apollo;
Trivia: Beiname der Diana als Göttin der Orte, wo drei Wege aufeinandertreffen;
Dardaner: Nachkommen des Dardanus; Trojaner;
Lavinium: Ortschaft in Latium; heute Pratica de Mare; möglicherweise gleichbedeutend mit Laurentum;
Thybris: alter Name des Tiber nach einem sagenhaften König;
Simoïs: Fluß in der Ebene bei Troja;
Xanthos: Fluß bei Troja, in der »Ilias« der »Skamander«;

Die Erwerbung der »Sibyllinischen Bücher«
Pontinische Sümpfe: italienische Küstenlandschaft, südöstlich von Rom; von den Etruskern trockengelegt, jedoch ohne langanhaltenden Erfolg;
Pythia: Name der Apollonpriesterin am Delphischen Orakel;

François Rabelais: »Dann greife ich zu meinen Würfeln«
forma dat esse rei: lateinisch: Die Form gibt der Sache erst Wesen;
Paulus: Julius Paulus, römischer Rechtsgelehrter (um 200);
Debile principium melior fortuna sequetur: lateinisch: Schwächlichem Anbeginn folgt ein besseres Glückslos;
Qualis vestis erit, talia corda gerit: lateinisch: So wie mit dem Kleide, steht's ums Eingeweide;

IV. Rat im Traum

Ibn Sirin: Wie der Traumdeuter vorzugehen hat
Huris: Paradiesjungfrauen des islamischen Glaubens;

V. Vom Rat der Weisen und Heiligen

Hugo Ball: Eine Anekdote aus dem Leben des Joannes Klimax
Joannes Klimax: Vertreter frühbyzantinischer Asketik (579-649), späterer Abt
des Sinaiklosters;
Präfekt: Klostervorsteher;

Dhu'n-Nun und die Fleischgrütze
Dhu'n-Nun: Er stammte aus Oberägypten (von nubischen Eltern) und galt
eher als Magier denn als Mystiker; er soll Bücher über Alchemie verfaßt haben
und war während der Verfolgung der Altgläubigen um 840 in Bagdad einge-
kerkert; er starb 859;

Martin Buber: Der törichte Beter
Berditschewer: Die Rede ist von Rabbi *Levi Jizchak von Berditschew*, einem Lehrer
des Chassidismus;
Chassidim: mystische Richtung des osteuropäischen Judentums, aufbauend auf
der lurianischen Kabbala, begründet in Galizien von *Israel Ben Elieser*, genannt
Baal Schem Tov;

VI. Fabeln und Anekdoten

Burkard Waldis: Von Glidern des Menschen und dem Bauch
Creso: Krösus;
Midi: Midas;
Am dreizehenden zum Römern: Vgl. Paulus, Brief an die Römer 13,1-7;

Jeremias Gotthelf: Guter Rat
Kabis: Kohl;

VIII. Von Trost und Rat

Boethius: Trost der Philosophie
»Sprich, verhehle es nicht im Herzen«: Zitat aus der homerischen »Ilias« I, 363;

Georg Langer: Nichts Böses
Zaddik Rabbi Bär: Die Rede ist von Rabbi *Dow Bär aus Mesritsch*, einem Lehrer
des Chassidismus;

Arthur Schopenhauer: Sattle gut und reite getrost!
Sokrates' Daimonion: die »innere Stimme«, auf die sich Sokrates immer wieder
berief;

IX. Heilsame Ratschläge

Jean Paul: Dr. Katzenbergers Ratschläge

Hallers Physiologie: nimmt Bezug auf *Albrecht von Haller,* Arzt, Naturforscher und Dichter, zugleich Professor für Medizin und Botanik in Göttingen (1708-1777);

X. Sich selbst zu Rate ziehen

Michel de Montaigne: Lange Beratungen
Präliminarien: Vorverhandlungen zur Festlegung vorläufiger Vereinbarungen;

Henry David Thoreau: Unbestechlich
der große Aufbruch nach Kalifornien: Nach dem Amerikanisch-Mexikanischen Krieg war Kalifornien 1848 für 15 Millionen $ an die USA verkauft worden; 10 Tage vor Abschluß des Vertrags entdeckte J. W. Marshall ein Goldvorkommen bei Sacramento. In den folgenden Monaten machten sich Tausende auf den Weg, um auf den Goldfeldern von Sacramento, Stockton und San Francisco ihr Glück zu machen.

XI. Berater und Herrscher

Platon: Aus dem siebenten Brief
Dionysios II.: * 397 v. Chr., Tyrann von Syrakus seit 367; wurde von Platon 361 und 360 mehrfach besucht und beraten, bis es zum Bruch kam; ging 344 nach Korinth ins Exil;

Francis Bacon: Über das Beraten
»Plenus rimarum sum«: Zitat aus Terenz, *Eunuch,* 1, 2, 25: »Ich habe überall Spalten.«
Heinrich VII. von England: König von England (1457-1509); beendete die Rosenkriege und begründete die Dynastie der Tudors;
Morton und Fox: Morton war Großkanzler, dann Erzbischof von Canterbury, schließlich Kardinal; Fox stieg vom Geheimsiegelbewahrer auf und wurde später Bischof von Exeter;
»non inveniet fidem super terram«: lateinisch: »Er wird keine Treue auf Erden finden«; vgl. Lukas 18,8;
»Principis est virtus maxima nosse suos«: Martial, Epigramme 8, 15, 8: »Die hauptsächlichste Fähigkeit der Fürsten besteht in der Kenntnis ihrer Diener.«
»Optimi consiliarii mortui«: Diogenes Laertius 7, 99: »Die besten Ratgeber sind die Toten.«
»In nocte consilium«: lateinisch: »Über Nacht kommt Rat.«

Immanuel Kant: Könige und Philosophen
Rottierung und Klubbenverbündung: altertümlich für: Zusammenschließung und Verbündung;

Max Weber: Zu einer historischen Typologie politischer Berater
Li-Hung-Tschang: chinesischer Politiker (1823-1901); vermittelte nach dem Boxeraufstand bei den Westmächten und unterzeichnete 1901 das Boxerprotokoll;
Kalligraphie: Schönschreibkunst, besonders in China und Japan;

XII. Militärischer Rat

Thukydides: Kriegsrat der Athener
Nikias: Sohn des Nikératos aus Athen; hielt im Sommer des 17. Kriegsjahres eine flammende Rede gegen den Krieg gegen Sizilien (vgl. Buch VI, 9-14);
Selinus, Egesta, Syrakus, Leontinoi, Messene, Megara: Orte und Städte auf Sizilien;
Alkibiades: Sohn des Kleinias aus Athen, Neffe des Perikles, Schüler des Sokrates, bewegte die Athener – gegen Nikias – zum Krieg gegen Sizilien;
Lámachos: Sohn des Xenóphanes aus Athen, war bekannt für seine Armut und Tapferkeit, Anhänger der Kriegspartei;

Christian Meier: Orakeldeutungen Caesars
Sueton: römischer Schriftsteller (70-140 n.Chr.), Freund des Plinius, im kaiserlichen Dienst als Bibliothekar und Kanzleivorsteher; verfaßte Kaiserbiographien von Caesar bis Domitian;
»Venus Victrix«: lateinisch: die siegreiche Venus, Schutzgöttin Caesars;
Schlacht bei Pharsalos: entscheidende Niederlage des Pompeius gegen Caesar am 9. August im Jahr 48 v.Chr.;

Stendhal: Auf dem Rückzug
Grimm: Friedrich Melchior von Grimm (1723-1807);
Otway: Thomas Otway, englischer Dramatiker in der Nachfolge Shakespeares (1652-1685);
Colardeau: französischer Dramatiker;
Calista, Lothario, Sciolto: Figuren aus der zitierten Tragödie von Colardeau;

Miyamoto Musashi: Vom Rhythmus in der Kampfkunst
Nô-Tanz: Tanz im Rahmen des japanischen Nô-Theaters, das im 14. Jahrhundert entstand und von Männern in kunstvollen Masken und prächtigen Kostümen gespielt wird;

Carl von Clausewitz: Vom Entwurf des Krieges
Herzog von Choiseuil: französischer Staatsmann (1719-1785), Günstling der Marquise de Pompadour; seit 1758 Außenminister, 1761-1766 Kriegsminister; 1770 von der Gräfin Dubarry gestürzt;

XIII. Rat in Diplomatie, Recht und Verwaltung

Hans von Hentig: Hilfstechniken bei Verhandlungen
Lord Beaconsfield: Benjamin Disraeli, Lord of Beaconsfield (1804-1881), Schriftsteller und Politiker, war 1866-1868 englischer Schatzkanzler, sowie 1868 und 1874-1880 Premierminister;
Jules Favre: französischer Politiker (1809-1880), Vertreter der gemäßigten Republikaner, handelte 1871 als Außenminister der »Regierung der nationalen Verteidigung« den Waffenstillstand aus und unterzeichnete den Frankfurter Frieden;
Wilson: Woodrow Wilson (1856-1924), 28. Präsident der USA (1913-1921);
Lloyd George: David Lloyd George, Earl of Dwyfor (1863-1945), britischer Handelsminister (1905-1908) und Schatzkanzler (1908-1915) sowie Kriegsminister (1915/16) und ab 1916 Premierminister;
Clémenceau: Georges Benjamin Clémenceau (1841-1929), französischer Politiker und Republikaner; Ministerpräsident 1906-1909, dann wieder ab 1917 mit weitreichenden Vollmachten;
Talleyrand: Charles Maurice de Talleyrand (1754-1838), französischer Staatsmann und Bischof von Autun;
Metternich: Klemens Wenzel Fürst Metternich (1773-1859), österreichischer Staatsmann, Gegner der Französischen Revolution und Parteigänger der Monarchie;
Lincoln: Abraham Lincoln (1809-1865), 16. Präsident der USA (1861-1865);
»Ambassadeur«: französisch: Botschafter, Gesandter;

XIV. Beratung in der Wirtschaft

David Armstrong: Thomas Edisons Entscheidungshilfen
Thomas Edison: amerikanischer Pionier und Erfinder (1847-1931);

Niklas Luhmann / Peter Fuchs: Unterscheidungen in der Unternehmensberatung
Girard: René Girard (* 1923), französischer Literatur- und Kulturtheoretiker, Vertreter einer neuartigen Opfertheorie; lehrt an der Stanford University; Werke u.a.: *Das Heilige und die Gewalt* (1987); *Der Sündenbock* (1988).

XV. Freundschaftsdienste

Seneca: XXV. Brief an Lucilius
Epikur: griechischer Philosoph (341-270 v.Chr.), lehrte in Mytilene, Lampsakos und Athen, wo er 306 eine eigene Schule gründete;
Cato: römischer Staatsmann (234-149 v.Chr.);
Scipio: römischer Politiker und Feldherr (236 oder 235-184 oder 183 v.Chr.), unterwarf 206 Karthago;

Laelius: römischer Konsul (um 190–vor 123 v.Chr.);

Bertrand Russell: Ein völliger Idiot?
Trinity: Trinity-College in Cambridge, an dem Russell zur Zeit der geschilderten Begegnung mit Wittgenstein lehrte;

Paul Valéry: Vertraute
pudenda und *tacenda:* lateinisch: Angelegenheiten, die zur Scham veranlassen und zum Verschweigen;

XVI. Guter Rat in Liebesangelegenheiten

Platon: Aus der Rede Diotimas
Mantinea: griechische Stadt (auf dem Peloponnes), aus der Diotima stammt;
Agathon: Name eines Teilnehmers am »Symposion«;

Robert Burton: Kuppelei, Liebestränke
»de Lamiis«: lateinisch: »Von den Hexen«;

Stendhal: Heilmittel gegen die Verliebtheit
Herzogin von Montpensier: Anne Marie Louise de Montpensier (1627–1693), verfaßte die »Mémoires«, darin »Les Amours de Mademoiselle et de M. de Lauzun« (erschienen 1746);

XVIII. Beraten ohne zu beraten: Der beste Rat ist gar kein Rat

Heinrich von Kleist: Aus einem Brief an Christian Ernst Martini
Christian Ernst Martini: Lehrer Kleists.

QUELLEN

Gilgamesch-Epos: Vom Kraut der Unsterblichkeit
Aus: *Das Gilgamesch-Epos.* Übersetzt von Albert Schott. Stuttgart: Reclam 1958, S. 97-99 [Elfte Tafel, Vers 263-300].

Homer: Ratsversammlung der Götter
Aus: Homer: *Odyssee.* Erster Gesang. Übersetzt von Roland Hampe. Stuttgart: Reclam 1979, S. 3-6 [Vers 19-95].

Lukian: Rangstreitigkeiten auf dem Olymp
Aus: Lukian: *Gespräche der Götter und Meergötter, der Toten und der Hetären.* Übersetzt von Otto Seel (angelehnt an Christoph Martin Wieland). Stuttgart: Reclam 1987, S. 27-29.

Ovid: Mann oder Frau?
Aus: Publius Ovidius Naso: *Metamorphosen.* Das Buch der Mythen und Verwandlungen. In: Prosa neu übersetzt von Gerhard Fink. Zürich/München: Artemis 1989, S. 71-72. © Artemis & Winkler, Düsseldorf/Zürich.

In Noahs Arche
Aus: Micha Josef bin Gorion (Hrsg.): *Die Sagen der Juden.* Übersetzt von Rahel bin Gorion. Frankfurt/Main: Insel 1962, S. 143-144.

Gideons Berufung
Aus: *Buch Richter* 6,11-24. Zitiert nach: *Neue Jerusalemer Bibel.* Freiburg/Brsg.: Herder 1985, S. 310. (Einheitsübersetzung der Heiligen Schrift) © Katholische Bibelanstalt, Stuttgart 1980.

Alexej Michailowitsch Remisow: Gottesurteil
Aus: Alexej Michailowitsch Remisow: *Gottesurteil.* Übersetzt von Alexander Eliasberg. In: *Im Schatten des Glücks.* Sieben Versuche die Welt zu bessern. Erzählungen. Leipzig: Insel 1990, S. 35-36 und 41-47.

Der Mann auf dem Dach
Aus: John P. Imlay / Dennis Hamilton: *Die Tiger-Taktik.* Erfolgreich überleben im Dschungel der Wirtschaft. Übersetzt von Ulrike Zehetmayr. Wien: Signum 1997, S. 33-34.

Geschichten von Diogenes
Aus: Diogenes Laertius: *Leben und Meinungen berühmter Philosophen.* Übersetzt von Otto Apelt. Hamburg: Felix Meiner [3]1990, S. 323 und 332.

Nasreddin Hodscha: Vom Klang der Münzen
Aus: Jean-Paul Garnier (Hrsg.): *Nasreddin Hodscha. Der türkische Till Eulen-spiegel.* Übersetzt von Olga Taxis-Bordogna. Zürich: pendo 1984, S. 34-36.

Till Eulenspiegels Flugversuch
Aus: *Till Eulenspiegel.* Ein Volksbuch. Herausgegeben von Hans Marquardt. Berlin: Verlag der Nation 1974, S. 36.

Miguel de Cervantes: Don Quijotes Ratschläge
Aus: Miguel de Cervantes Saavedra: *Der sinnreiche Junker Don Quijote von der Mancha.* Übersetzt von Ludwig Braunfels. München: dtv 1979, S. 864-866. © Artemis & Winkler, Düsseldorf/Zürich.

Hans Jakob Christoffel von Grimmelshausen: Vom Handwerk des Narren
Aus: Hans Jakob Christoffel von Grimmelshausen: Der abenteuerliche Simpli-cissimus Teutsch. Berlin/Weimar: Aufbau 1988, S. 155-156.

Dschuang Dsi: Herrscher und Pferdejunge
Aus: Dschuang Dsi: *Das wahre Buch vom südlichen Blütenland.* Übersetzt von Richard Wilhelm. Köln: Eugen Diederichs 1969, S. 252-253.

Janusz Korczak: Im Parlament der Kinder
Aus: Janusz Korczak: *König Hänschen I.* Übersetzt von Katja Weintraub. Mün-chen: dtv 1974, S. 238-239. © Vandenhoek & Ruprecht, Göttingen.

Sigmund Freud: Wenn jemand spricht …
Aus: Sigmund Freud: *Drei Abhandlungen zur Sexualtheorie.* In: *Sexualleben.* Stu-dienausgabe Band V. Herausgegeben von Alexander Mitscherlich, Angela Richards und James Strachey. Frankfurt/Main: S. Fischer 1972, S. 128 [Anmer-kung 1].

Antoine de Saint-Exupéry: Die Pillen des kleinen Prinzen
Aus: Antoine de Saint-Exupéry: Der Kleine Prinz. Übersetzt von Grete und Josef Leitgeb. Zürich: Verlag der Arche o.J., S. 74. © Karl Rauch Verlag, Düssel-dorf 1950 und 1998.

Edward Evans-Pritchard: Das Hühnerorakel der Zande
Aus: Edward Evans-Pritchard: *Hexerei, Orakel und Magie bei den Zande.* Über-setzt von Brigitte Luchesi. Frankfurt/Main: Suhrkamp 1978, S. 182-183.

Herodot: Das überlistete Orakel
Aus: Herodot: *Neun Bücher der Geschichte.* Übersetzt von Heinrich Stein und Wolfgang Stammler. Essen: Phaidon o.J., S. 175-176.

Xenophon: Die sokratische Empfehlung des Orakels
Aus: Xenophon: *Erinnerungen an Sokrates 1.1.* Zitiert nach: Georg Luck: *Magie und andere Geheimlehren in der Antike.* Stuttgart: Alfred Kröner 1990, S. 353-355.

Vergil: Die Befragung der Seherin von Cumae
Aus: Publius Vergilius Maro: *Aeneis.* In Prosa übertragen von Volker Ebersbach.
Leipzig: Reclam 1982, S. 125-126.

Die Erwerbung der »Sibyllinischen Bücher«
Aus: *Das große Sagenbuch.* Die schönsten Götter-, Helden- und Rittersagen.
Gesammelt und neu erzählt von Johannes Carstensen. Zürich: Diogenes 1992,
S. 144-146.

Plutarch: Über die Orakel der Pythia
Aus: Plutarch: *Über die Orakel der Pythia* 398-399. Zitiert nach: Georg Luck:
Magie und andere Geheimlehren in der Antike. Stuttgart: Alfred Kröner 1990, S. 382.

Paulus: Reden in der Gemeinde
Aus: Paulus: *Erster Brief an die Korinther* [14,1-19]. Zitiert nach: Neue Jerusale-
mer Bibel. Freiburg/Brsg.: Herder 1985, S. 1668. (Einheitsübersetzung der
Heiligen Schrift) © Katholische Bibelanstalt, Stuttgart 1980.

Chinesische Volkssage: Kann sein
Zitiert nach: Alan W. Watts: *Der Lauf des Wassers.* Eine Einführung in den Taois-
mus. Übersetzt von Susanne Schaupp. Frankfurt/Main: Suhrkamp 1983, S. 58.

François Rabelais: »Dann greife ich zu meinen Würfeln«
Aus: François Rabelais: *Gargantua und Pantagruel.* Herausgegeben von Horst
und Edith Heintze. Frankfurt/Main/ Leipzig: Insel 1974, S. 460-462.
© Sammlung Dieterich Verlagsgesellschaft, Leipzig.

Iwan Krylow: Das Orakel
Aus: Iwan Andrejewitsch Krylow: *Fabeln.* Übersetzt von E. Busse. Potsdam:
Eduard Stichnote Verlag o.J., S. 96.

Artemidor: Vom Traumdeuter
Aus: Artemidor von Daldis: *Das Traumbuch.* Übersetzt und erläutert von Karl
Brackertz. Zürich/München: Artemis 1979, S. 24-27. © Artemis & Winkler
Verlag, Düsseldorf/Zürich.

Pharaos Traum
Aus: *Buch Genesis 41,1-38.* Zitiert nach: *Neue Jerusalemer Bibel.* Freiburg/Brsg.:
Herder 1985, S. 64-65. (Einheitsübersetzung der Heiligen Schrift) © Katholi-
sche Bibelanstalt, Stuttgart 1980.

Ibn Sirin: Wie der Traumdeuter vorzugehen hat
Aus: *Das arabische Traumbuch des Ibn Sirin.* Übersetzt und erläutert von Helmut
Klopfer. München: Eugen Diederichs 1989, S. 36-40.

Sigmund Freud: Bemerkungen zu Theorie und Praxis der Traumdeutung
Aus: Sigmund Freud: *Bemerkungen zu Theorie und Praxis der Traumdeutung.* In: *Schriften zur Behandlungstechnik.* Studienausgabe Ergänzungsband. Herausgegeben von Alexander Mitscherlich, Angela Richards, James Strachey und Ilse Grubrich-Simitis. Frankfurt/Main: S. Fischer 1975, S. 259 und 261.

Ernst Bloch: Die Menschen träumen nicht nur nachts
Aus: Ernst Bloch: *Das Prinzip Hoffnung.* Frankfurt/Main: Suhrkamp 1959, S. 96–98.

Alain: Der Kern des Glücks
Aus: Alain: *Das Glück ist hochherzig.* Übersetzt von Franz Joseph Krebs. Frankfurt/Main: Suhrkamp 1987, S. 142–143.

Aus einem Gespräch des Fürsten Dara Shekoh mit dem Asketen Bâba Lâl
Aus: Peter Sloterdijk (Hrsg.): *Mystische Zeugnisse aller Zeiten und Völker.* Gesammelt von Martin Buber. München: Eugen Diederichs 1993, S. 68–69.

Meister Hakuin: Himmel und Hölle
Aus: *Zen.* Aussprüche und Verse der Zen-Meister. Gesammelt von Peter Weber-Schäfer. Frankfurt/ Main: Insel 1964, S. 44–45.

Hugo Ball: Eine Anekdote aus dem Leben des Joannes Klimax
Aus: Hugo Ball: *Byzantinisches Christentum.* Drei Heiligenleben. Frankfurt/ Main: Insel 1979, S. 35.

Jacobus de Voragine (Legenda aurea): Den Bogen nicht überspannen!
Aus: Jacobus de Voragine: *Legenda aurea.* Ausgewählt, übersetzt und herausgegeben von Rainer Nickel. Stuttgart: Reclam 1988, S. 117.

Yoshida Kenkô: Kein zweiter Pfeil
Aus: Yoshida Kenkô: *Betrachtungen aus der Stille.* Das Tsurezuregusa. Übersetzt von Oscar Benl. Frankfurt/ Main: Insel 1991, S. 62.

Bi-Yän-Lu: Ziegel und Spiegel
Aus: *Das Weisheitsbuch des Zen.* Koans aus dem Bi-Yän-Lu. Ausgewählt und erläutert von Achim Seidl. München: Eugen Diederichs 1993, S. 43–44.

Martin Buber: Der törichte Beter
Aus: Martin Buber: *Die Erzählungen der Chassidim.* Zürich: Manesse 1949, S. 346–347.

Dhu'n-Nun und die Fleischgrütze
Aus: Annemarie Schimmel: *Gärten der Erkenntnis.* Das Buch der vierzig Sufi-Meister. München: Eugen Diederichs 1982, S. 23–24.

Dschalâl-ed-dîn Rumî: Aus dem Diwan
Aus: Peter Sloterdijk (Hrsg.): *Mystische Zeugnisse aller Zeiten und Völker.* Gesammelt von Martin Buber. München: Eugen Diederichs 1993, S. 94.

Gotthold Ephraim Lessing: Ringparabel
Aus: Gotthold Ephraim Lessing: *Nathan der Weise.* Leipzig: Reclam 1970,
S. 84-88.

Altchinesische Fabel: Katze bleibt Katze
Aus: Paul Alverdes: *Das Hausbuch der Fabeln.* Fabeln aus aller Welt. München:
Ehrenwirth 1990, S. 8.

Die Mäuse beraten gegen die Katze
Aus: *Lateinische Fabeln des Mittelalters.* Herausgegeben und übersetzt von Harry
C. Schnur. München: Heimeran 1979, S. 39.

Altindische Fabel: Der Reisbrei
Aus: Paul Alverdes: *Das Hausbuch der Fabeln.* Fabeln aus aller Welt. München:
Ehrenwirth 1990, S. 34.

Burkard Waldis: Von Glidern des Menschen und dem Bauch
Aus: *Fabeln aus drei Jahrtausenden.* Herausgegeben von Reinhard Dithmar.
Zürich: Manesse 1992, S. 86-88.

Persische Anekdote: Drei Ratschläge
Aus: *Anekdoten der Weltliteratur.* Eine Auswahl aus drei Jahrtausenden. Zürich:
Manesse 1980, S. 104-105.

Jeremias Gotthelf: Guter Rat
Aus: Jeremias Gotthelf: *Schwäbischer Segen.* In: *Sämtliche Werke.* Herausgegeben
von Rudolf Hunziker und Hans Bloesch. Band XXIV. Zürich: Rentsch 1932,
S. 103-104. Zitiert nach: *Deutsche Anekdoten.* Stuttgart: Reclam 1986, S. 90-91.

Jean de la Fontaine: Der Reisewagen und die Fliege
Aus: Jean de La Fontaine: Fabeln. Leipzig: Reclam 1989, S. 52.

Gotthold Ephraim Lessing: Der hungrige Fuchs
Aus: Gotthold Ephraim Lessing: *Fabeln. Abhandlungen über die Fabel.* Herausgegeben von Heinz Rölleke. Stuttgart: Reclam 1967, S. 63.

Johann Heinrich Pestalozzi: Der Löwe und sein Ratgeber
Aus: Johann Heinrich Pestalozzi: *Fabeln.* Ausgewählt von Heinz Weder. Zürich:
Manesse 1987, S. 13.

Franz Grillparzer: Diplomatischer Rat
Aus: *Fabeln aus drei Jahrtausenden.* Ausgewählt von Reinhard Dithmar. Zürich:
Manesse 1976, S. 206.

Wilhelm Busch: Die Teilung
Zitiert nach: *Fabeln.* Arbeitstexte für den Unterricht. Herausgegeben von
Therese Poser. Stuttgart: Reclam 1975, S. 40-41.

Ambrose Bierce: Der selbstlose Schiedsrichter
Aus: Ambrose Bierce: *Lügengeschichten und Fantastische Fabeln.* Übersetzt von
Viola Eigenberz und Trautchen Neetix. Zürich: Haffmans 1987, S. 262.

Bertolt Brecht: Der hilflose Knabe
Aus: Bertolt Brecht: *Geschichten vom Herrn Keuner.* Aus: Ders.: Gesammelte Werke. Frankfurt/Main: Suhrkamp 1971, S. 22.

Jakob Kranz: Die Wahrheit und das Märchen
Aus: *Neue Jüdische Märchen.* Herausgegeben von Israel Zwi Kanner. Frankfurt/Main: Fischer 1978, S. 187.

Brüder Grimm: Die Bremer Stadtmusikanten
Aus: Brüder Grimm: *Kinder- und Hausmärchen.* Gesamtausgabe. Erster Band. München: Eugen Diederichs 1997, S. 139-142.

Märchen aus Angola: Von den beiden Männern, die sich neue Namen gaben
Aus: *Der Streit mit Kaluga.* Märchen aus Angola. Herausgegeben von Rainer Arnold. Leipzig/ Weimar: Gustav Kiepenheuer 1986, S. 205-206.

Polnisches Volksmärchen: Die drei guten Warnungen
Aus: *Polnische Volksmärchen.* Herausgegeben von Ewa Bukowska-Grosse und Erwin Koschmieder. München: Eugen Diederichs 1967, S. 253-256.

Die drei Spiegel der Zauberin
Aus: *Märchen von Hexen und Weisen Frauen.* Herausgegeben von Sigrid Früh. Frankfurt/ Main: Fischer 1986, S. 87-89.

Von der dritten Reise Sindbads des Seefahrers
Aus: *Sindbad der Seefahrer.* In: Tausendundeine Nacht. Hamburg: Cecilie Dressler 1993, S. 43-47. © Verlag Carl Ueberreuter, Wien.

Aurelius Augustinus: »Nimm es, lies es!«
Aus: Aurelius Augustinus: *Bekenntnisse.* Übersetzt von Joseph Bernhart. Frankfurt/Main: Insel 1987, S. 413-417. © Kösel, München.

Boethius: Trost der Philosophie
Aus: Boethius: *Trost der Philosophie.* Übersetzt und herausgegeben von Karl Büchner. Stuttgart: Reclam 1971, S. 45-47.

Hildegard von Bingen: Von Weltschmerz und himmlischer Freude
Aus: Hildegard von Bingen: *Wisse die Wege.* Ratschläge fürs Leben. Ausgewählt und übersetzt von Johannes Bühler. Frankfurt/Main: Insel 1997, S. 228-230.

Johannes von Tepl: Der Rat des Todes
Aus: Johannes von Tepl: *Der Ackermann und der Tod.* Übersetzt von Felix Genzmer. Stuttgart: Reclam 1984, S. 39-41.

Meister Eckhart: Von Schaden und Leid
Aus: Meister Eckehart: *Das Buch der göttlichen Tröstung.* Übersetzt von Josef Quint. Frankfurt/Main: Insel 1987, S. 36-37. © Carl Hanser Verlag, München/Wien 1955/1995.

Georg Langer: Nichts Böses
Aus: Georg Langer: *Der Rabbi, über den der Himmel lachte.* Die schönsten Ge-
schichten der Chassidim. Übersetzt von Friedrich Thierberger.
Frankfurt/Main: Fischer 1986, S. 102-103. © Scherz Verlag, Bern.

Arthur Schopenhauer: Sattle gut und reite getrost!
Aus: Arthur Schopenhauer: *Parerga und Paralipomena.* Sämtliche Werke. Her-
ausgegeben von Arthur Hübscher. Band V. Wiesbaden: Brockhaus 1972,
S. 460-461. © Heinrich Albert Verlag, Wiesbaden.

Simone Weil: Jenseits von Schmerz und Trost
Aus: Simone Weil: *Aufmerksamkeit für das Alltägliche.* Herausgegeben und erläutert von Otto Betz. München: Kösel 1987, S. 82.

Hippokrates: Mit weiser Voraussicht
Aus: Hippokrates: *Prognostikon.* In: *Fünf auserlesene Schriften.* Übersetzt von Wil-
helm Capelle. Darmstadt: Wissenschaftliche Buchgesellschaft ²1984, S. 124-125.
© Artemis & Winkler, Düsseldorf.

Aesop: Der Arzt und der Patient
Aus: *Der Fuchs und der Rabe. Antike Fabeln.* Ausgewählt von Antonie Günther
und Wolfgang Ritschel. Berlin/Weimar: Aufbau-Verlag 1981, S. 27.

Herodot: Seltsame Therapie
Aus: Herodot: *Neun Bücher der Geschichte.* Übersetzt von Heinrich Stein und
Wolfgang Stammler. Essen: Phaidon o.J., S. 103-104.

Ambrose Bierce: Zwei Ärzte
Aus: Ambrose Bierce: *Lügengeschichten und Fantastische Fabeln.* Übersetzt von
Viola Eigenberz und Trautchen Neetix. Zürich: Haffmans 1987, S. 205.

Jean Paul: Dr. Katzenbergers Ratschläge
Aus: Jean Paul: *Dr. Katzenbergers Badereise.* Frankfurt/Main: Insel 1990, S. 156-158.

Samuel Hahnemann: Aus seinen eigenen Händen
Aus: Samuel Hahnemann: *Organon der Heilkunst.* Herausgegeben von Richard
Haehl. Leipzig: Willmar Schwabe ⁶1921, S. 238 (§ 264-265).

Georg Groddeck: Die Schrunde im Mundwinkel
Aus: Georg Groddeck: *Gibt es Psychogenese?* In: *Krankheit als Symbol.* Schriften
zur Psychosomatik. Frankfurt/ Main: Fischer 1983, S. 140-141. © Georg Grod-
dek Gesellschaft, Frankfurt.

Alain: Melancholie
Aus: Alain: *Die Pflicht, glücklich zu sein.* Übersetzt von Albrecht Fabri. Frank-
furt/Main: Suhrkamp 1975, S. 18-19.

Moshé Feldenkrais: Bewußtheit durch Bewegung
Aus: Moshé Feldenkrais: *Die Entdeckung des Selbstverständlichen.* Übersetzt von
Franz Wurm. Frankfurt/ Main: Suhrkamp 1987, S. 175-176.

John Grinder / Richard Bandler: Bei mir wirkt überhaupt nichts!
Aus: John Grinder / Richard Bandler: *Therapie in Trance.* Hypnose: Kommunikation mit dem Unbewußten. Übersetzt von Sabine Behrens und herausgegeben von Connirae Andreas. Stuttgart: Klett-Cotta 1984, S. 211-212.

Aus einem Gespräch zwischen Claire Rayner und Donald W. Winnicott
Aus: Donald W. Winnicott: *Kinder.* Gespräche mit Eltern. Übersetzt von Ulrike Stopfel und Irmela Köstlin. Stuttgart: Klett-Cotta 1994, S. 116-118.

Fritz B. Simon: Ausschnitt aus einer Therapiesitzung
Aus: Fritz B. Simon: *Meine Psychose, mein Fahrrad und ich.* Zur Selbstorganisation der Verrücktheit. Heidelberg: Carl Auer 1992, S. 219.

Steve de Shazer: Der Schlüssel
Aus: Steve de Shazer: *Wege der erfolgreichen Kurztherapie.* Übersetzt von Ulrike Stopfel. Stuttgart: Klett-Cotta 1989, S. 62-63.

Epiktet: Was die Philosophie verheißt
Aus: Epiktet, Teles und Musonius: *Wege zu glückseligem Leben.* Übertragen und eingeleitet von Wilhelm Capelle. Zürich: Artemis 1949, S. 180-181.

Marc Aurel: Keine stärkere Festung
Aus: Marcus Aurelius Antonius: Selbstbetrachtungen. Übersetzt von Albert Wittstock. Stuttgart: Reclam 1966, S. 130-131.

Michel de Montaigne: Lange Beratungen
Aus: Michel de Montaigne: Die Essais. Ausgewählt, übertragen und eingeleitet von Arthur Franz. Stuttgart: Reclam 1993, S. 248-249 und 291.

Balthasar Gracián: Einsicht haben oder den anhören, der sie hat
Aus: Balthasar Gracián: *Handorakel und Kunst der Weltklugheit.* Übersetzt von Arthur Schopenhauer. Stuttgart: Reclam 1995, S. 88-89.

Georg Christoph Lichtenberg: Vorschriften
Aus: Georg Christoph Lichtenberg: *Sudelbücher I.* Schriften und Briefe Band I. Frankfurt/Main: Zweitausendeins 1994, S. 300.

Gotthold Ephraim Lessing: Lobsprüche und Schmähungen
Aus: Gotthold Ephraim Lessing: *Freimaurergespräche und anderes.* Ausgewählte Schriften. Leipzig/Weimar: Gustav Kiepenheuer 1981, S. 41.

Henry David Thoreau: Unbestechlich
Aus: Henry David Thoreau: *Leben ohne Prinzipien.* In: *Über die Pflicht zum Ungehorsam gegen den Staat* und andere Essays. Übersetzt von Walter E. Richartz. Zürich: Diogenes 1973, S. 42 und 44-45.

Hans Blumenberg: Selbstbehandlung
Aus: Hans Blumenberg: *Ein mögliches Selbstverständnis.* Aus dem Nachlaß. Stuttgart: Reclam 1997, S. 169-172. © Hans Blumenberg Erben 1996.

Michel Foucault: Achte auf dich selbst!
Aus: Michel Foucault: *Technologien des Selbst.* In: Luther H. Martin / Rux Martin / William E. Pader (Hrsg.): *Technologien des Selbst.* Übersetzt von Michael Bischoff. Frankfurt/Main: Fischer 1993, S. 29.

James George Frazer: Vom Tod der Regenkönige
Aus: James George Frazer: *Der goldene Zweig.* Das Geheimnis von Glauben und Sitten der Völker. Übersetzt von Helen von Bauer. Reinbek bei Hamburg: Rowohlt 1989, S. 126. © Kiepenheuer & Witsch, Köln.

Konfuzius: Die Gebildeten
Aus: Konfuzius: *Gespräche des Meisters Kung.* Herausgegeben und übersetzt von Ernst Schwarz. München: dtv 1985, S. 95.

Platon: Aus dem siebenten Brief
Aus: Platon: *Siebenter Brief.* In: *Briefe.* In: *Sämtliche Dialoge.* Band VI. Übersetzt von Otto Apelt. Hamburg: Felix Meiner, Philosophische Bibliothek, unveränderter Nachdruck 1998, S. 55-57.

Francesco Petrarca: Aus einem Brief an Kaiser Karl IV. in Prag
Aus: Francesco Petrarca: *Dichtungen Briefe Schriften.* Ausgewählt und herausgegeben von Hanns W. Eppelsheimer. Frankfurt/Main: Insel 1980, S. 105-107.

Thomas Morus: Beratungen auf Utopia
Aus: Thomas Morus: *Utopia.* Übersetzt von Curt Woyte. Leipzig: Reclam 1982, S. 56-57.

Niccolo Machiavelli: Beratung des Fürsten
Aus: Niccolo Machiavelli: *Der Fürst.* Übersetzt von Ernst Merian-Genast. Stuttgart: Reclam 1961, S. 130-132.

Francis Bacon: Über das Beraten
Francis Bacon: *Über das Beraten.* In: *Essays oder praktische und moralische Ratschläge.* Übersetzt von Elisabeth Schücking. Stuttgart: Reclam 1993, S. 68-74.

Thomas Hobbes: Vom Rat
Aus: Thomas Hobbes: *Leviathan* oder Materie, Form und Gewalt eines kirchlichen und staatlichen Gemeinwesens. Teil I und II. Leipzig: Reclam 1978, S. 217-224. © Hermann Luchterhand Verlag, Berlin und Neuwied 1961.

Immanuel Kant: Könige und Philosophen
Aus: Immanuel Kant: *Zum ewigen Frieden.* In: *Sämtliche Werke.* Hrsg. von Wilhelm Weischedel. Band XI. Frankfurt/Main: Suhrkamp 1968, S. 227-228.

Max Weber: Zu einer historischen Typologie politischer Berater
Aus: Max Weber: *Politik als Beruf.* Stuttgart: Reclam 1992, S. 27-29.

Mario Puzo: Der *consigliore*
Aus: Mario Puzo: *Der Pate.* Roman. Übersetzt von Gisela Stege. Reinbek bei Hamburg: Rowohlt 1971, S. 45. © Mario Puzo, 1969.

Thukydides: Kriegsrat der Athener
Aus: Thukydides: *Geschichte des Peloponnesischen Krieges.* Übersetzt von Georg
Peter Landmann. München/ Zürich: dtv/Artemis 1991, S. 476-477. © Artemis
& Winkler, Düsseldorf 1993.

Xenophon: Orakel zur Kriegsführung
Zitiert nach: Fritz Wille: *Führungsgrundsätze in der Antike.* Texte von Xeno-
phon, Plutarch, Arrian, Sallust, Tacitus. Zürich: Schulthess Polygraphischer
Verlag 1992, S. 41.

Christian Meier: Orakeldeutungen Caesars
Aus: Christian Meier: *Caesar.* München: dtv 1986, S. 477-478. © Wolf Jobst
Siedler Verlag, Berlin.

Konfuzius: Wie Kriege überflüssig werden
Aus: Ingrid Holzhausen (Hrsg.): *Weisheit der Völker.* Lesebuch aus drei Jahrtausenden. München: Eugen Diederichs 1991, S. 60.

Meng-tzu: Wer fünfzig Schritte flieht
Zitiert nach: *Sprichwörter und Lehrgeschichten der Chinesen.* Herausgegeben von
Gu Sheng-qing. Köln: Eugen Diederichs 1985, S. 48-49.

Stendhal: Auf dem Rückzug
Aus: Stendhal: *Über die Liebe.* Übersetzt von Walter Hoyer. Frankfurt/Main: Insel 1975, S. 309 und 337-340. © Sammlung Dieterich Verlagsgesellschaft, Leipzig.

Sun Tsu: Dränge einen Feind nie zum Äußersten!
Aus: Sun Tsu. *Über die Kriegs-Kunst.* Übersetzt und kommentiert von Klaus
Leibnitz. Karlsruhe: INFO Verlagsgesellschaft 1989, S. 56.

Miyamoto Musashi: Vom Rhythmus in der Kampfkunst
Aus: Miyamoto Musashi: *Fünf Ringe.* Die Lehre eines Samurai-Meisters.
Übersetzt von Siegfried Schaarschmidt. München: Droemer Knaur 1994,
S. 33-34.

Carl von Clausewitz: Vom Entwurf des Krieges
Aus: Carl von Clausewitz: *Vom Kriege.* In: *Kriegstheorie und Kriegsgeschichte.*
Herausgegeben von Reinhard Stumpf. Bibliothek der Geschichte und Politik.
Band XXIII. Frankfurt/Main: Deutscher Klassiker Verlag 1993, S. 361-362.

Helmuth von Moltke: Über den angeblichen Kriegsrat
Aus: Helmuth von Moltke: *Über den angeblichen Kriegsrat in den Kriegen König
Wilhelms I.* In: *Kriegstheorie und Kriegsgeschichte.* Herausgegeben von Reinhard
Stumpf. Bibliothek der Geschichte und Politik. Band XXIII. Frankfurt/Main:
Deutscher Klassiker Verlag 1993, S. 600-601.

Effektives Konfliktmanagement
Aus: William L. Ury / Jeanne M. Brett / Stephen B. Goldberg: *Konfliktmanagement. Wirksame Strategien für den sachgerechten Interessenausgleich.* Übersetzt von Ira Papakosta. Frankfurt/Main/New York: Campus 1991, S. 39-40.

Buch Exodus: Die Einsetzung von Schiedsgerichten
Aus: *Buch Exodus* 18,13-27. Zitiert nach: *Neue Jerusalemer Bibel.* Freiburg/Brsg.: Herder 1985, S. 100. (Einheitsübersetzung der Heiligen Schrift) © Katholische Bibelanstalt, Stuttgart 1980.

Salomons Urteil
Aus: *Das erste Buch der Könige* 3,16-28. Zitiert nach: *Neue Jerusalemer Bibel.* Freiburg/ Brsg.: Herder 1985, S. 417. (Einheitsübersetzung der Heiligen Schrift) © Katholische Bibelanstalt, Stuttgart 1980.

Benedikt von Nursia: Zur Beratung der Ordensbrüder
Aus: *Die Regel des heiligen Benedictus.* Übersetzt von Franz Faessler. Zitiert nach: Hans Urs von Balthasar (Hrsg.): *Die großen Ordensregeln.* Freiburg: Johannes Verlag Einsiedeln 1974, S. 195-196.

Jean-Jacques Rousseau: Gegen die Stellvertreter
Aus: Jean-Jacques Rousseau: *Der Gesellschaftsvertrag* oder Die Grundsätze des Staatsrechtes. Übersetzt von H. Denhardt. Stuttgart: Reclam 1974, S. 105-106.

Alexis de Tocqueville: Vom Geschworenengericht in Amerika
Aus: Alexis de Tocqueville: *Über die Demokratie in Amerika.* Erster Teil. Übersetzt von Hans Zbinden. Zürich: Manesse 1987, S. 412-413. © Deutsche Verlags-Anstalt, Stuttgart.

Johann Peter Hebel: Der Friedensstifter
Aus: Johann Peter Hebel: *Schatzkästlein des rheinischen Hausfreundes.* Herausgegeben von Jan Knopf. Frankfurt/ Main: Insel 1984, S. 449-450.

Hans von Hentig: Hilfstechniken bei Verhandlungen
Aus: Hans von Hentig: *Der Friedensschluß.* Geist und Technik einer verlorenen Kunst. München: dtv 1965, S. 163-164.

Tom Morris: Die Katze ist auf dem Dach
Aus: Tom Morris: *Aristoteles auf dem Chefsessel:* Was Manager von Philosophen lernen können. Übersetzt von Thomas Pfeiffer. Landsberg/Lech: Verlag Moderne Industrie 1997, S. 79-80.

Johanna und Günter Braun: Xenophon über Sokrates
Aus: Johanna Braun / Günter Braun: *Der unhandliche Philosoph.* Berichte zur Biografie des Sokrates. Frankfurt/Main: Suhrkamp 1983, S. 18-19.

Balthasar Gracián: Kunst im Unternehmen
Aus: Balthasar Gracián: *Handorakel und Kunst der Weltklugheit.* Übersetzt von Arthur Schopenhauer. Stuttgart: Reclam 1995, S. 41.

Kurt Tucholsky:
Zehn Gebote für einen Geschäftsmann, der einen Künstler engagiert
Aus: Kurt Tucholsky: *Zwischen Gestern und Morgen.* In: Gesammelte Werke.
Reinbek bei Hamburg: Rowohlt 1960, S. 126-127.

David Armstrong: Thomas Edisons Entscheidungshilfen
Aus: David Armstrong: *Das Fünf-Dollar-Dankeschön.* 72 ungewöhnliche Ge-
schichten aus dem Management. Übersetzt von Mara Huber. Freiburg/Brsg.:
Rudolf Haufe 1993, S. 155.

Urs Widmer: Top Dogs
Aus: Urs Widmer: *Top Dogs.* Frankfurt/Main: Verlag der Autoren 1997, S. 8-14.

Kazuo Inamori: Angst vor dem Versagen
Aus: Kazuo Inamori: *Erfolg aus Leidenschaft.* Das Credo von Japans führendem
Unternehmer. Übersetzt von Johanna Grassauer. Wien: Signum 1996, S. 166.

Ingo Schoenheit / Christian-Rainer Weisbach: Einwand-frei beraten!
Aus: Ingo Schoenheit / Christian-Rainer Weisbach: *Einwand-frei beraten.* Ein
Übungsbuch zur kundenorientierten Gesprächsführung. Frankfurt/Main:
VDE 1988, S. 15-16.

Kevin J. Murphy: Beschwerden von Kunden
Aus: Kevin J. Murphy: *Führen mit gesundem Menschenverstand.* Übersetzt von
Erwin Schuhmacher. Freiburg/ Brsg.: Rudolf Haufe 1991, S. 125-126.

Tom Peters: Liberation Management
Aus: Tom Peters: *Jenseits der Hierarchien.* Liberation Management. Übersetzt
von Team Ursel Reineke. Düsseldorf/München: Econ 1992, S. 610-611.

David Armstrong: Ich kaufe mehr Smarties
Aus: David Armstrong: *Das Fünf-Dollar-Dankeschön.* 72 ungewöhnliche Ge-
schichten aus dem Management. Übersetzt von Mara Huber. Freiburg/Brsg:
Rudolf Haufe 1993, S. 113.

Dirk Baecker: Unternehmensberatung mit Büchern
Aus: Dirk Baecker: *Postheroisches Management.* Ein Vademecum. Berlin: Merve
1994, S. 71-73.

Niklas Luhmann / Peter Fuchs: Unterscheidungen in der Unternehmensberatung
Aus: Niklas Luhmann / Peter Fuchs: *Kommunikationssperren in der Unternehmensberatung.* In: *Reden und Schweigen.* Frankfurt/Main: Suhrkamp 1989, S. 222-224.

Cicero: Brief an Paetus
Aus: »*Stillsitzen kann ich einfach nicht.*« Cicero zum Vergnügen. Herausgegeben
und übersetzt von Marion Giebel. Stuttgart: Reclam 1997, S. 27-28.

Seneca: XXV. Brief an Lucilius
Aus: Lucius Annaeus Seneca: *Dialoge. Briefe an Lucilius.* Erster Teil: Brief 1-81.
Philosophische Schriften Band III. Übersetzt von Otto Apelt. Hamburg: Felix
Meiner, Philosophische Bibliothek, 1993, S. 94-97.

Babrios: Der gute Rat
Aus: Paul Alverdes: *Das Hausbuch der Fabeln.* Fabeln aus aller Welt. München:
Ehrenwirth 1990, S. 21.

Giovanni della Casa: Über Besserwisser und Rechthaber
Aus: Giovanni della Casa: *Der Galateo.* Traktat über die guten Sitten. Herausge-
geben und übersetzt von Michael Rumpf. Heidelberg: Manutius 1988,
S. 58-61.

Adolph Freiherr von Knigge: Keine Höflichkeitsware
Aus: Adolph Freiherr von Knigge: *Über den Umgang mit Menschen.* Leipzig:
Reclam 1980, S. 44-45.

Arthur Schopenhauer: Der uneigennützige Rat
Aus: Arthur Schopenhauer: *Parerga und Paralipomena II.* In: *Sämtliche Werke.*
Herausgegeben von Arthur Hübscher. Band VI. Wiesbaden: Brockhaus 1972,
S. 647 [§ 361]. © Heinrich Albert Verlag, Wiesbaden.

Friedrich Nietzsche: Trügerisch und doch haltbar
Aus: Friedrich Nietzsche: *Menschliches, Allzumenschliches I.* In: *Sämtliche Werke /
Kritische Studienausgabe.* Herausgegeben von Giorgio Colli und Mazzino
Montinari. Band II. München/Berlin/New York: de Gruyter/dtv 1980, S. 342
[600].

Bertrand Russell: Ein völliger Idiot ?
Aus: Bertrand Russell: *Autobiographie II.* 1914-1944. Übersetzt von Julia Kirch-
ner. Frankfurt/ Main: Suhrkamp ²1978, S. 149.

Bertolt Brecht: Freundschaftsdienste
Aus: Bertolt Brecht: *Geschichten vom Herrn Keuner.* In: Gesammelte Werke
Frankfurt/Main: Suhrkamp 1971, S. 43-44.

Jean Genet: An einen Seiltänzer
Aus: Jean Genet: *Briefe an Roger Blin. Der Seiltänzer. Das kriminelle Kind.* Über-
setzt von Manon Grisebach. Reinbek bei Hamburg: Rowohlt 1977, S. 54. ©
Merlin Verlag, Vastorf.

Paul Valéry: Vertraute
Aus: Paul Valéry: *Windstriche.* Übersetzt von Hans Staub. Frankfurt/Main:
Suhrkamp 1995, S. 113.

Platon: Aus der Rede Diotimas
Aus: Platon: *Das Gastmahl* oder Von der Liebe. Übersetzt von Kurt Hilde-
brandt. Stuttgart: Reclam 1979, S. 72-79.

Giovanni di Boccaccio: Die kluge Geliebte
Aus: Giovanni di Boccaccio: *Das Dekameron.* Übersetzt von Albert Wesselski.
Leipzig: Insel 1980, S. 570-573.

Ovid: Liebeskunst
Aus: Publius Ovidius Naso: *Die Liebeskunst.* 1,459-1,487. Übersetzt von Erich
Fabian. Leipzig: Reclam 1982, S. 21-22.

Robert Burton: Kuppelei, Liebestränke, Ursachen
Aus: Robert Burton: *Schwermut der Liebe.* Übersetzt von Peter Gan. Zürich:
Manesse 1992, S. 177-181.

Stendhal: Heilmittel gegen die Verliebtheit
Aus: Stendhal: *Von der Liebe.* Übersetzt von Walter Hoyer. Frankfurt/Main:
Insel 1975, S. 166-170. © Sammlung Dieterich Verlagsgesellschaft, Leipzig.

Sören Kierkegaard: Aus dem Tagebuch des Verführers
Aus: Sören Kierkegaard: *Das Tagebuch des Verführers.* In: *Entweder – Oder.* Teil I.
Übersetzt von Heinrich Fauteck. München: dtv 1975, S. 424-425.

Roland Barthes: Etwas Verbot, viel Spiel
Aus: Roland Barthes: *Fragmente einer Sprache der Liebe.* Übersetzt von Hans-
Horst Henschen. Frankfurt/ Main: Suhrkamp 1984, S. 150.

Hafis: Ich sagte: Ratlos bin ich deinethalben
Aus: Hafis: *Liebesgedichte.* Übersetzt von Cyrus Atabay. Frankfurt/Main: Insel
1980, S. 80.

Brüder Grimm: Der kluge Knecht
Aus: Brüder Grimm: *Kinder- und Hausmärchen.* Gesamtausgabe. Zweiter Band.
München: Eugen Diederichs 1997, S. 268-269.

Lewis Carroll: Alice auf der Teegesellschaft
Aus: Lewis Carroll: *Alice im Wunderland.* Übersetzt von Christian Enzensber-
ger. Frankfurt/Main: Insel 1973, S. 70-72.

Paul Watzlawick: Der Hammer
Aus: Paul Watzlawick: *Anleitung zum Unglücklichsein.* München/Zürich: Piper
1983, S. 37-38.

Bruce Chatwin: »Wir essen alles auf!«
Aus: Bruce Chatwin: *Traumpfade [Songlines].* Übersetzt von Anna Kamp. Mün-
chen/Wien: Carl Hanser 1990, S. 238–239.

Daniil Charms: Der Milchzahn
Aus: Daniil Charms: *Zwischenfälle.* Übersetzt von Ilse Tschörtner. Berlin: Verlag
Volk und Welt o.J., S. 176.

Walter Serner: Abschiedsstile
Aus: Walter Serner: *Letzte Lockerung.* Ein Handbrevier für Hochstapler und solche, die es werden wollen. Herausgegeben von Thomas Milch. München: dtv 1984, S. 117. © Verlag Klaus G. Renner, Porto/Cast. d. L (PG) Italien, 1981.

Umberto Eco: Wie man intelligente Ferien macht
Aus: Umberto Eco: *Wie man mit einem Lachs verreist und andere nützliche Ratschläge.* Übersetzt von Günter Memmert und Burkhart Kroeber. München/Wien: Carl Hanser 1993, S. 78-80.

George Tabori: Ein Weihnachtsschmaus
Aus: George Tabori: *Betrachtungen über das Feigenblatt.* Ein Handbuch für Verliebte und Verrückte. Übersetzt von Ursula Grützmacher-Tabori. München/Wien: Carl Hanser 1991, S. 7-8.

Heinrich von Kleist: Aus einem Brief an Christian Ernst Martini
Aus: Heinrich von Kleist: *Briefe.* In: *Sämtliche Werke und Briefe in vier Bänden.* Herausgegeben von Helmut Sembdner. Band IV. München/Wien: Carl Hanser 1982, S. 472-473.

Johann Wolfgang von Goethe: Aus einem Gespräch mit Eckermann
Aus: Johann Peter Eckermann: *Gespräche mit Goethe in den letzten Jahren seines Lebens.* Herausgegeben von Otto Schönberger. Stuttgart: Reclam 1994, S. 462 [13. Februar 1831].

Theodor W. Adorno: Schwarze Post
Aus: Theodor W. Adorno: *Minima Moralia.* Reflexionen aus dem beschädigten Leben. Frankfurt/Main: Suhrkamp 1962, S. 154-155.

Walter Benjamin: Nicht abraten!
Aus: Walter Benjamin: *Gesammelte Schriften.* Band IV.1. Herausgegeben von Tilman Rexroth. Frankfurt/Main: Suhrkamp 1972, S. 403.

Bildnachweis

S. 32: Sempé: *Unergründliche Geheimnisse*. Übersetzt von Patrick Süskind. Zürich: Diogenes Verlag 1995, S. 5.

S. 48: Antoine de Saint-Exupéry: *Der kleine Prinz*. Übersetzt von Grete und Josef Leitgeb. Zürich: Verlag der Arche, o.J., S. 33. © Editions Gallimard, Paris.

S. 59: Uderzo/Goscinny: *Der Seher. Asterix Band XIX*. Stuttgart: Delta Verlag 1975, S. 17. © Les Éditions Albert René, Paris.

S. 72: Winsor McCay: *Little Nemo in Slumberland*. Band I: 1905-1907. Herausgegeben von Richard Marschall, übersetzt von Wolfgang J. Fuchs. Hamburg: Carlsen Verlag 1989, S. 20.

S. 85: Binet: »Ohne Titel«. In: *U-Comix. Comic-Strips für Erwachsene*. Nr. 38. Linden: Volksverlag 1983, S. 10. © Fluide Glacial, Paris.

S. 97/98: Wilhelm Busch: »Der weise Schuhu«. In: *Wilhelm Busch Album*. Herausgegeben und ausgewählt von Anneliese Kocialek. Berlin: Kinderbuch Verlag 1980, S. 202-203.

S. 110: Otto Ubbelohde: Zeichnung zu den »Bremer Stadtmusikanten«. In: Brüder Grimm: *Kinder- und Hausmärchen*. Band I. München: Eugen Diederichs Verlag 1997, S. 141.

S. 125: Robert Gernhardt: »Beim Drogenberater«. Aus: Robert Gernhardt: *Vom Schönen, Guten, Baren*. Zürich: Haffmans Verlag 1997.

S. 135: Claire Bretecher: »Hoffnungsloser Fall?«. Aus: Claire Bretecher: *Dr. med. Bobo 2*. Reinbek: Rowohlt Verlag 1987.

S. 148: Quino: *Mafalda 3: Viel Glück!* Ludwigshafen: Boiselle & Löhmann 1997, S. 15. © Quino/Distr. Bulls, Frankfurt 1998.

S. 158: Gustave Doré: Illustration für die »Fabeln« von Lafontaine.

S. 184: Bill Watterson: *Feine Freunde. Calvin und Hobbes: Das 15. Album*. Übersetzt von Waltraud Götting und Sebastian Gavajda. Frankfurt/Main: Wolfgang Krüger 1997. © Universal Press Syndicate, Kansas City.

S. 198: Friedrich Karl Waechter: *Wahrscheinlich guckt wieder kein Schwein*. Zürich: Diogenes 1978, S. 78. © Friedrich Karl Waechter.

S. 208: Honoré Daumier: »Robert Macaire als Geschäftsberater«. In: *Das litographische Werk*. Band I. Herausgegeben von Klaus Schrenk. Berlin: Henschel Verlag 1979, S. 159.

S. 226: Scott Adams: *Dilbert. Große Gedanken eines kleinen Geistes*. Übersetzt von Nikolaus Gatter. München: Wilhelm Heyne Verlag 1996, S. 27. © Fred Kipka, München und Wilhelm Heyne Verlag, München.

S. 238: *Tausend und eine Nacht. Arabische Erzählungen*. Übersetzt von Gustav Weil. Erlangen: Karl Müller Verlag 1984, S. 13.

S. 254: Gary Larson: *Die Entwicklung der Unarten*. Übersetzt von Christoph Göhler. München: Goldmann Verlag 1993. © Creators Syndicate International, Los Angeles.

S. 264: Charles M. Schulz: *Einfach genial. Snoopy & die Peanuts*. Buch 31. Frankfurt/Main: Wolfgang Krüger 1997, S. 12. © Fred Kipka, München.